Linda 67

FERNANDO DEL PASO

Linda 67
Historia de un crimen

AVE FENIX / SERIE MAYOR

PLAZA & JANES

Diseño de la portada: Trilce Ediciones
Composición tipográfica: Pedro Luis García

Primera edición: noviembre, 1996

© 1995, Fernando del Paso
© 1996, Plaza & Janés Editores México
Una división de Bertelsmann de México, S.A. de C.V.
Jordaens 34, México, D.F. 03710

ISBN: 0-553-060570

Impreso en México / Printed in Mexico

Distributed in the U.S.A. by Bantam Doubleday Dell

Para mi hermana
Irene
y mi cuñado
José Joaquín,
de Costa Rica

PRIMERA PARTE

I

AMANECER EN SAN FRANCISCO

Cuando se despertó, a él mismo le sorprendió el intenso olor a tabaco. Nunca antes la sala había olido a otra cosa que no fuera una mezcla de desodorante con aroma artificial de pino y el perfume Jaïpur de Linda. Una mezcla que cada día se volvió para David más repugnante hasta resultarle intolerable.

Se había dormido en el sofá, en piyama. Frente a él, en la mesa de la sala, había un plato lleno de colillas y, al lado, la cajetilla de cigarros que había comprado en la tarde. Quedaba en ella un solo cigarro. Lo sacó y lo encendió. Arrugó la cajetilla y resistió el impulso de arrojarla a un rincón de la sala. La dejó en la mesa.

Después examinó el saco de *tweed*, tirado en un sillón, que había usado el día anterior: no, no había una gota de sangre en él, ni tenía por qué haberla, ya que Linda casi no había sangrado: solamente un hilo, muy delgado, le había escurrido tras la oreja. No había tampoco en el saco uno solo de los cabellos dorados de Linda. Se le habían marcado, sí, algunos dobleces por haber estado guardado varias horas en la bolsa de lona, pero que sin duda desaparecerían solos si lo colgaba y no lo usaba durante un tiempo.

David Sorensen subió a su recámara, se dirigió al clóset y corrió las puertas. Había allí una impresionante colección de trajes y combinaciones de los casimires y materiales más finos, la mayor parte hechos a la medida por los mejores sastres de

Milán y de Saville Row. Más de una vez, cuando los contemplaba, David pensaba: pobre Papá Sorensen, lo feliz que hubiera sido con todos los trajes y camisas que tengo. Y con las corbatas: más de ciento cuarenta. Corbatas de seda acanalada de colores lisos compradas en Jermyn Street. Corbatas de brocado de la Place Vendôme, corbatas regimiento de Harrods y Pierre Cardin. Corbatas Bernini y Van Laak que Linda le había traído de Los Ángeles. En cuanto a las camisas, estaban hechas a su medida por el camisero de The Custom Shop, de Grant Avenue, y eran del mejor algodón egipcio.

David colgó el saco y cerró el clóset. Escogió una muda completa, se vistió, se encaminó al balcón y lo abrió para que el cuarto se ventilara. Era todavía de noche y se dio cuenta de que no tenía idea de la hora. Había dormido ¿cuánto?: ¿una, dos horas? No tenía puesto el reloj, de modo que regresó a la sala y de nuevo lo sorprendió la peste a tabaco, a la que se agregaba, ahora, el tufo del whisky.

Se había tomado casi media botella y fumado ¿cuántos cigarros? Contó las colillas que estaban en el plato: doce, mientras escuchaba a Patsy Cline cantando *Down Mexico Way*, una y otra vez, ¿cuántas? ¿diez, quizás? en un intento vano de que esa canción lo conmoviera: durante un tiempo, ésa había sido una de las canciones que más le gustaban a Linda, y ella misma la cantaba, al mismo tiempo que lo hacía Patsy desde el radio del automóvil de Linda, el Daimler azul, cuando viajaban, cada fin de semana, hacia el sur de California. Cada vez más al sur, pero sin llegar nunca a la frontera. Y el cabello de Linda, con el viento, era como un oleaje de oro.

Pero la canción no le había dicho nada. Recordó que, antes de que lo venciera el sueño, había puesto un disco de Keith Jarret.

Dos horas, había dormido un poco más de dos horas, según el reloj, que marcaba las seis y diez. Tomó el plato y se dirigió a la cocina para tirar el contenido en el bote de basura. Abrió la tapa del bote, pero se detuvo: una de las pocas veces que se había atrevido a fumar en la casa, Linda le reprochó que tirara allí las colillas. En otra ocasión usó el triturador de sobras y fue peor: toda la cocina se apestó con el olor a tabaco rancio que vomitó el fregadero y Linda, cuando llegó, hizo un escándalo. De nada sirvió esa vez abrir las ventanas para ventilar la casa. Linda detectó el olor a tabaco. Además, la mayor parte del año bastaba abrir las ventanas unos cuantos minutos para que se enfriara la casa entera. Desde entonces David Sorensen no volvió a fumar en la casa de Jones y Sacramento.

Pero Linda estaba muerta y, con ella, muerta su voz y muertos su pensamiento, sus sensaciones. Nunca más su piel disfrutaría las caricias de nadie. Ni de las suyas, ni de las de Jimmy Harris. Nunca más el aire le llevaría la fragancia de los limoneros en flor. Tampoco el hedor de las colillas.

Las tiró al bote de la basura, lavó y secó el plato y lo puso de nuevo en la mesa de la sala. En esa casa los ceniceros no existían. Recordó que en uno de los cajones donde guardaba sus camisas había una cajetilla de cigarros Marlboro. Decidió fumar en el balcón, para que la casa no se volviera a impregnar con el olor a tabaco.

Pero no lo hizo. Decidió, mejor, salir a caminar. Antes, desde luego, tenía que afeitarse. Rasurar esa barba de casi ocho días le hizo gastar tres navajas.

San Francisco era peligroso a esas horas, desde luego, pero no le importó. Necesitaba pensar mucho en muy poco tiempo, en todo lo que iba a hacer, en todo lo que iba a decir. A decirles a todos y a cada uno: al padre de Linda, a su amiga Julie, a la policía. A Olivia, desde luego, y a David Sorensen: necesitaba con desesperación preguntarse, y responderse, qué era lo que sentía ahora por Linda y en qué forma podía o debía afectarle su muerte. Necesitaba saber si también, con su muerte, había muerto el odio que, como el amor que alguna vez había sentido por ella, había nacido de la nada en un instante imposible de fijar en el tiempo, y crecido hasta inundarlo. Cómo la odiaba, sí, cómo la aborrecía.

Y necesitaba saber si podría olvidar, si podría darse cuenta cabal de lo que había hecho, si lo habitarían alguna vez el remordimiento o el espanto, y por cuánto tiempo.

El temor que había sentido las horas previas, los días anteriores a la muerte de Linda, había sido temor al temor, miedo a que el pánico no lo dejara llevar a cabo sus propósitos o le hiciera cometer una equivocación fatal. Fatal para él, desde luego. Miedo a que el miedo no lo dejara vivir después en paz por el resto de sus días.

Pero esa noche, durante las seis horas, ocho quizás que habían transcurrido desde la muerte de Linda, el temor estuvo ausente. El cuidado extremo, la astucia, la habilidad y la agilidad que le fueron necesarias, además del esfuerzo físico, primero para llevar a cabo su tarea y después para huir del lugar y caminar por el bosque y la carretera, casi a oscuras, sin que nadie lo sorprendiera, no dejaron lugar para el miedo.

Unas cuantas cosas, sí, lo habían molestado, pero mucho menos de lo que hubiera supuesto: el recuerdo del quejido que salió de su propia boca al momento de asestarle el golpe a Linda y que, sin que lo hubiera planeado, ocultó el ruido del impacto de la llave inglesa sobre su cráneo.

Recordaba también el gorgoriteo, el leve ronquido que comenzó a salir de la boca de Linda después del golpe, y que sólo dejó de escuchar cuando encendió el radio del automóvil.

Pero también persistía en su mente, como si la tuviera frente a sus ojos, una imagen que supo que nunca se le iba a olvidar: la placa del automóvil de Linda, que había tenido tan cerca de la cara, y en la que de hecho había apoyado la frente en el momento del último empujón que se necesitaba para que el vehículo se precipitara en el vacío.

Por último —pero curiosamente ninguno de estos recuerdos e imágenes le causaba nada que no fuera una ligera perturbación de los sentidos— el golpe seco, inesperado, que en el silencio de la noche a él le pareció como un trueno y que se escuchó un instante después de que el automóvil de Linda desapareciera del borde del arrecife. Este golpe había precedido al ruido del chapuzón. Sin duda, el Daimler había chocado contra un saliente de la roca que David Sorensen no había tomado en cuenta.

Era una fría madrugada de mediados de abril y la bahía de San Francisco estaba cubierta por una ligera bruma. Pero no había ningún viento helado, como el que lo había golpeado la noche anterior: el viento que llegaba del mar. Cerró el balcón, sacó del clóset un suéter de angora, cogió la cajetilla de cigarrros y el encendedor, que estaban en la mesa, bajó las escaleras y salió a la calle.

Descendió por Jones Street. Los cientos de foquitos blancos que, como estrellas, poblaban los árboles que crecían frente a Nob Hill Tower, estaban prendidos. Se detuvo en el primer cruce, Clay Street. A la derecha se veía el pico plateado, lleno de luz, de la Transamerica Pyramid y, en la lejanía y también iluminado, el puente de Oakland. No había un alma en las calles. Llegó a la esquina de Jones y Washington Street, desde la cual, en los días claros, podía distinguirse, de la bahía, una delgada franja azul.

Dio vuelta a la derecha y comenzó a bajar por Washington. Ésta era una de las calles que más le costaba subir cuando regresaba de sus caminatas matutinas. A la mitad de la cuesta pasó a su lado una camioneta de reparto de periódicos. La palabra *Chronicle* estaba pintada, con letras amarillas, sobre un fondo azul oscuro.

Desde la esquina de Taylor Street se podía ya apreciar, en todo su luminoso esplendor, el puente de Oakland. Siguió bajando, pasó al lado del Museo del Tranvía de Cable, cruzó Mason Street, enseguida Powell, y dobló a la izquierda en Stockton Street. El letrero que anunciaba con gas neón la Mandarine Pharmacy le indicó que estaba ya en el corazón de Chinatown. Por lo demás, nada hacía imaginar que unas horas después esa calle sería un hervidero de seres humanos, automóviles y camiones de carga.

De las coladeras brotaban densas nubes de vapor. Al cruzar Broadway se detuvo para darle el paso a un carromato de la basura. En la entrada de una tienda de porcelanas y *souvenirs* chinos, un montón palpitante de periódicos y cajas de cartón despedazadas le reveló la existencia de un ser humano que dormía bajo él.

Llegó a Washington Square. En una banca había una pareja de homosexuales. Ambos eran viejos y estaban pintarrajeados y bien vestidos. Pero no lo vieron. Parecían embebidos en su conversación y en sus secretos. A la derecha, altísima, iluminada por reflectores de intensa luz blanca, se levantaba Coit Tower. A la izquierda, blancas también, se alzaban las torres de la iglesia de San Pedro y San Pablo. Se aproximaba el alba y casi era posible distinguir las letras, grabadas en piedra, que a todo lo largo de la fachada formaban la leyenda *La gloria di colui che tutto muove per l'universo penetra e risplende*. También, en unas horas más, el jardín de la plaza se llenaría de gente: algunos turistas y, sobre todo, cientos de paseantes de raza china, entre ellos grupos de ancianos que acudían todas las mañanas a hacer ejercicios que parecían danzas.

David Sorensen inició el ascenso de la última colina que había entre Washington Square y El Embarcadero. Caminar por las calles de San Francisco era como caminar por las montañas. Bajar y subir por ellas era como bajar y subir por las olas, inmensas, de un mar petrificado. Eso lo sabía desde niño y era una de las muchas razones por las que amaba a esa ciudad. Bajó después, siempre por Stockton, hasta El Embarcadero. Conocía ese camino con los ojos cerrados. Había dejado de hacer *jogging* pero con frecuencia, en las mañanas, salía a caminar desde Jones y Sacramento hasta la bahía. No siempre seguía la misma ruta: a veces descendía por Columbus Avenue hasta el Parque Acuático. Otras, bajaba y subía después por Lombard Street, donde había vivido antes de conocer a Linda, para ver la bahía desde la glorieta de Coit Tower. El reto quedaba atrás: subir las empinadas calles de la ciudad. Para tomar fuerzas, solía tomar en Pier 39 una taza de chocolate caliente acompañada de media *baguette* con mantequilla: lo que los franceses llaman una *tartine*. Ahora todo estaba cerrado y a oscuras, en silencio.

Caminó rumbo a Yatch Harbor. Por El Embarcadero venía una patrulla, muy despacio, quizás a cinco, diez millas por hora. David Sorensen no se inmutó. La patrulla era bienvenida. Si su encuentro con ella no le daría una coartada, al menos quizás contribuiría a que la gente pensara en su inocencia. Cuando se detuviera junto a él y el policía le preguntara si necesitaba ayuda, él le respondería que no, que estaba preocupado porque su esposa no había llegado en toda la noche, pero que seguramente a su regreso la encontraría en casa.

La patrulla pasó a su lado y el policía que acompañaba al conductor observó a Dave, quien hizo una ligerísima venia con la cabeza. La patrulla siguió de largo.

David Sorensen se volteó a verla. La patrulla se detuvo y regresó en reversa. El policía lo saludó y le preguntó:

"¿Le pasa algo, señor? ¿Necesita ayuda?"

"No, gracias", respondió. "Simplemente estoy preocupado y salí a tomar el fresco. Mi esposa no ha llegado en toda la noche."

"¿Desea que lo llevemos a la comisaría, o al Hospital General?"

"No, gracias, creo que no tardará…"

"Así lo espero, señor", dijo el policía. David Sorensen vio alejarse a la patrulla hasta que sus luces giratorias, rojas y azules, se perdieron en la bruma.

Casi también perdida en la bruma, la luz del faro de Alcatraz parpadeaba a lo lejos. David recordó una frase del poeta Jack Kerouac: San Francisco es triste. Pero para él no lo había sido, al menos la primera vez que había vivido en esa ciudad, cuando papá Sorensen era Cónsul General de México. David Sorensen, o Dave, como le decían todos, tenía entonces doce años y, aun cuando el vello de su rostro comenzaba a engrosar y a sombrearse anunciando la aparición próxima de una barba cerrada y negra, todavía era un niño. Llegar por primera vez a San Francisco por carretera —después de una visita que su madre quiso hacer a Las Vegas— y encontrarse que antes de entrar había que cruzar un puente que llevaba a una isla llamada Isla del Tesoro, como la isla de Robert Louis Stevenson, exaltó su imaginación. Fue entonces cuando decidió que otros lugares de la ciudad y del campo, de las bahías de San Pablo y San Francisco, debían llamarse como él quisiera: inventaría para ellos nombres que le recordaran sitios en donde había sido feliz, en la realidad o en la ficción.

La Quebrada era uno de esos lugares. En una de las vacaciones que pasaron en México cuando Dave tenía ocho años de edad, se fueron un fin de semana a Acapulco. A Dave nunca se le olvidaría el majestuoso espectáculo que daban aquellos clavadistas que, como águilas que cayeran con las alas abiertas, se arrojaban desde la punta de un gigantesco arrecife para hundirse, tras un vuelo en picada de treinta o cuarenta metros, en las turbulentas y espumosas aguas. Dave le dijo a su papá que cuando fuera grande sería clavadista en Acapulco. Y cuando unos pocos años después llegaron a San Francisco, en los recorridos que hacía a pie o en bicicleta por el bosque de Muir y sus contornos, Dave descubrió en la costa un peñón al que bautizó con el nombre de La Quebrada. Era un arrecife de poca altura en cuya cumbre solía sentarse Dave a contemplar el horizonte. Una tarde observó que en la base del peñón las aguas formaban un círculo oscuro. Bajó del arrecife, se desvistió y se metió al mar para explorar los alrededores de la formación rocosa. Había allí, en efecto, una poza de ocho o diez metros de profundidad en cuyo lecho las aguas permanecían quietas. Era este lugar, al cual se llegaba por una brecha que partía de una carretera secundaria y cuya entrada pasaba casi inadvertida, y que al parecer era del uso exclusivo de los vehículos de los guardabosques, el bautizado por Dave con el nombre de La Quebrada. Y era La Quebrada inventada por él, no La Quebrada verdadera, donde Linda había encontrado la muerte.

Cuando Dave tenía catorce años, a Papá Sorensen lo llamaron a México para ocupar un cargo en la Secretaría de Relaciones Exteriores. Unos meses después fue asignado a Londres, de manera que Dave no volvió a vivir en San Francisco sino muchos años más tarde, cuando tenía veinticinco de edad. Fue el amigo de toda su vida, Chuck O'Brien, el que lo había convencido para que regresara a esa ciudad de la que él mismo se había enamorado, cuando años antes Dave lo había invitado a pasar unas vacaciones en ella. En esa su segunda estancia Dave conoció allí a Linda, y haberse enamorado de ella fue una más de las razones por las cuales, durante un tiempo, San Francisco volvió a ser para él una ciudad bella —de las más bellas del mundo— y sobre todo, una ciudad llena de luz, de alegría, de vida.

El desapego que surgió entre Linda y él poco después de su casamiento, la indiferencia más tarde y por último el odio, no cambiaron la ciudad a los ojos de Dave: una ciudad así nunca podría ser triste, nada más que por el hecho de ser tan hermosa.

Y además, porque si dejó de querer a Linda, comenzó a querer a Olivia, con la que había pasado momentos maravillosos allí mismo en San Francisco.

Recorrió Pier 39 hasta la orilla de la bahía. No encontró un alma. No era esa la primera vez que esperaba el amanecer en Pier 39. Lo había hecho con Linda y con Chuck, después de una parranda. Lo había hecho, también, con Olivia. Nunca olvidaría el asombro y la alegría de Olivia cuando escuchó los ladridos de las focas y los leones marinos que retozaban a un lado de Pier 39. Le había sorprendido, también, la audacia de las gaviotas, a las que poco les faltaba para comer de las manos de los turistas. Esa mañana del 15 de abril también se oía el alboroto de las focas, y las gaviotas subían y bajaban, se posaban en los barandales del muelle, planeaban en el horizonte, más blancas que la blancura con la que el alba cubría el cielo. La bruma, ligera, tenue, comenzó a disiparse y en el horizonte se dibujó el contorno gris de la isla de Alcatraz y, atrás de ella, el promontorio de Angel Island.

Comenzaron también a verse las luces de la Isla del Tesoro, de Sausalito y, más allá, las luces de la ciudades de Berkeley y Richmond. Los muelles comenzaron a poblarse de cientos de veleros anclados que allí pernoctaban, con las velas recogidas. Era como un bosque de mástiles blancos cobijados, todos, con lonas azules. Recordó una de las cosas que más le habían impresionado de niño: a los pocos días de llegado, se inició la temporada del Saint-Francis Yacht Club y los yates recorrieron la bahía escoltados por las embarcaciones del cuerpo de bomberos de la ciudad de San Francisco y de la ciudad de Oakland, que lanzaban a las alturas sus delgados, diamantinos surtidores de agua. Dave contó hasta treinta chorros altísimos que parecían otras tantas fuentes flotantes que navegaban por la bahía celebrando su propia belleza. Sí, era como si el agua se festejara a sí misma por ser tan hermosa, esbelta y transparente.

Redondo, fulgurante como una naranja en llamas, apareció el sol, y la bahía se transformó en un mar de cobre, de aguas pulidas y tersas.

Al mismo tiempo Dave sintió que la bruma que había ofuscado no su pensamiento, sino su conciencia durante toda la noche y parte del día anterior, comenzaba a desaparecer. Vio entonces, comprendió con una claridad alucinante, el horror de lo que había hecho y el horror de todo lo que aún tenía que hacer.

Camino de regreso, sin embargo, logró pensar no en Linda la muerta, sino en Linda la que el día anterior estaba viva. En otras palabras, no en la Linda que había dejado de existir hacía unas cuantas horas, sino en la otra Linda, la que también había dejado de existir pero de otra manera: la que dejó de ser la misma para transformarse en una Linda a la que él, Dave, nunca aprendió a querer.

II

BAJO EL VOLCÁN

"¿Babe Ruth o Lou Gehrig? ¿Cuál de los dos, eh? Dime."

Dave sintió una enorme lástima por Papá Sorensen. ¿Cómo era posible que, habiéndose quedado sin un centavo que pudiera llamar suyo después de trabajar en el Servicio Exterior Mexicano toda la vida, ahora se preocupara por cosas tan triviales en lugar de pensar en su porvenir?

Papá Sorensen estaba sentado bajo una buganvilia cuya sombra temblorosa se dibujaba en su rostro. Sonreía. Y a Dave le pareció que su sonrisa era la de un imbécil. O peor: la de un cínico. Papá Sorensen tenía asegurado lo que le quedara de vida, pero él, David, estaba arruinado, y a Papá Sorensen por lo visto le importaba un carajo.

La lástima se transformó en un sentimiento de rabia.

"En la película que hizo Gary Cooper de la vida de Lou, es Lou quien le salva la vida al niño que le pide que meta dos jonrones. Dos jonrones él y uno Babe. Pero en la película a colores de la vida de Babe que hace este actor, como se llama... en fin, ese gordo muy simpático, el de los Picapiedra, es a Babe a quien el niño le pide los dos jonrones, y Babe le cumple y el niño se salva... Eso no puede ser. Tú, Dave, ahora que vives en San Francisco, a ver si me lo puedes averiguar... Ah, ¿te acuerdas cuando íbamos los domingos a ver jugar a los Gigantes de San Francisco? ¿Eh?, ¿te acuerdas?"

Sí, Dave se acordaba. Habían llegado a vivir a San Francisco un año antes de que Juan Marichal entrara en el Salón de la Fama. Papá Sorensen se había aprendido de memoria en dos días la historia de los Gigantes, y cada domingo que jugaban en la ciudad, padre e hijo se ponían sus gorras con los colores del equipo: negro y naranja, y a veces también las chamarras, porque en el estadio Candlestick solían soplar vientos helados y se iban, felices, a ver el partido como dos amigos. Comían durante todo el juego, helados, malvaviscos, cacahuates, *pop corn*. Llegaban a la casa con el estómago lleno, pero tenían que fingir que estaban hambrientos para no ofender a Mamá Cuca, que siempre les tenía alguna sorpresa: por ejemplo, *bisque* de langosta, ravioles rellenos de salmón con salsa de crema y queso *gorgonzola*...

Lástima y rabia. Dave sintió las dos cosas al mismo tiempo y en igual medida: lástima por el hombre que estaba en los últimos años, quizás los últimos meses de su vida, después de haber perdido todo.

Rabia porque cuando vendió la casa de Cuernavaca no había pensado en él, Dave, su hijo único.

Papá Sorensen dijo que sentía mucho calor y quería descansar un poco. Tenía apenas ocho semanas y media de operado y cuatro *by-passes* no es cualquier cosa, ¿no es cierto, Dave?

Claro que era cierto. Por eso Dave se había apresurado a visitarlo en el hospital de Houston. Había sufrido mucho con la muerte de su madre, y ahora le dolía enormemente pensar que Papá Sorensen se fuera también. Lo que no obstaba para que, en todo caso, dejara arregladas las cosas. En Houston, cuando Papá Sorensen estaba en la sala de cuidado intensivo, lleno de tubos que le entraban y salían por casi todos los orificios de su cuerpo, no se atrevió a hablarle del testamento. Pero esta vez el objetivo principal de su viaje a Cuernavaca era el de pedirle que, si no había hecho testamento, lo hiciera de una vez. Él sería, sin duda, el heredero universal de cualquier manera, pero era mejor que todo estuviera por escrito.

Papá Sorensen, con la misma sonrisa triste, se encaminó a la casa. Dave se levantó de la silla y se recostó en la hamaca que pendía de dos flamboyanes.

Visto así, el cielo, de un azul intenso y brillante, parecía un lago rodeado de plantas llenas de flores al rojo vivo. Dave se sintió perdido y, sobre todo, engañado.

Había sido siempre engañado por todos. Había vivido, desde niño, en un mundo falso, lleno de mentiras. Esto lo había sabido siempre, pero era la primera vez que se lo confesaba a sí mismo. Hubiera querido, sí, que ese cielo tan puro hubiera sido un lago sin fondo para arrojarse a él desde las alturas y hundirse, caer en un torbellino azul y luminoso que le hiciera olvidar todo.

Uno de los engaños que más había durado, y tal vez el que más lo hería —pero desengañarse, saber la verdad no servía de nada— se relacionaba nada menos que con una condición, con una forma de ser y de pensar que es natural para la enorme mayoría de los seres humanos: la nacionalidad. No la nacionalidad adquirida, sino aquella con la que se nace. Había vivido, en tan pocos años, en tantas partes del mundo que no sabía ya a qué lugar pertenecía, si es que pertenecía a alguno…

"¿Tú, mexicano?", le había dicho Linda, y antes y después de ella otras amigas y otros amigos. "Tú, con ese apellido danés, ese pelo rubio, y los ojos verdes, por favor…" Linda se reía con ganas y él no se ofendía: comenzaba a seducirlo esa sonrisa que dejaba ver una blanquísima dentadura.

Dave le contó a Linda —como le contó después a Olivia— que su familia era mexicana desde que su tatarabuelo, Isaías Sorensen, que había nacido en Dinamarca en 1800, llegó al puerto de Veracruz, soltero y ya cumplidos los cuarenta años, para instalarse en Coatepec, casarse con una de las hijas del presidente municipal y echar los cimientos de un emporio cafetalero. Allí, en Coatepec, había nacido su bisabuelo, también llamado Isaías, y su abuelo, David Isaías. "Danés y judío", le dijo Linda y le puso el dedo índice en la nariz. De nada le sirvió a Dave explicarle que

23

esos nombres, Isaías, David, Salomón —como se llamaba el hermano de Papá Sorensen—, no tenían nada que ver con los judíos: obedecían a una tradición protestante: la tatarabuela era una gran lectora de la Biblia y su profeta preferido era Isaías. Desde luego, los Sorensen mexicanos eran católicos, desde que el tatarabuelo se convirtió.

"De modo que yo soy mexicano, así como tú eres gringa", le dijo a Linda, "a pesar de tu apellido francés, Lagrange". Y le puso el índice en la nariz.

Pero Dave sabía muy bien que, de mexicano, sólo tenía el segundo apellido, Armendáriz, el de su madre. A los Armendáriz y a los otros antecesores españoles debía Dave su barba negra y cerrada, que en unos cuantos días le cubría la mitad del rostro. "Cabello de vikingo y barba de conquistador español", le dijo Linda. "Pero así me encantas, con barba, porque te pareces a Alan Ladd cuando no se afeitaba…"

"¿Lo columpio un poco, patrón?"

Era la voz de la hijita del jardinero. Dave le dijo que sí, y cerró los ojos. Sintió la caricia de la brisa y pensó que le caería muy bien una siesta. Escuchó entonces la voz de Papá Sorensen:

"Dave, Dave, ¿no quieres un martini? Roberto los prepara de maravilla…"

Dave contestó que no, que gracias, que más tarde tal vez, que si había aceitunas con hueso y hielo picado… Escuchó de nuevo la voz de su padre que le ofrecía, en lugar del martini, un *mint-julep*. Le recordaba que allí en el jardín había unas preciosas matas de yerbabuena. Abrió los ojos. La sensación de que el cielo era un lago no había desaparecido, sólo que ahora el agua, y con ella las flores que la rodeaban, se mecían suavemente. Al fin quedaron inmóviles y Dave se dijo que, ya que no podía arrojarse al cielo, por lo menos meterse en la alberca sí era una posibilidad real. Se levantó de la hamaca, una hermosa hamaca de seda blanca, ancha como un lecho nupcial, y se dirigió a la casa para cambiarse.

¿Mexicano? ¿Qué podía tener Dave de mexicano? Había nacido en Londres en la época en que su padre ocupaba el cargo de tercer secretario en la embajada de México. Cuando tenía tres años de edad trasladaron a Papá Sorensen a Canadá, a la parte de habla inglesa, donde tuvo el primero de lo que fue una serie de ascensos vertiginosos y pasó así a ser segundo y primer secretario en Otawa, consejero y después ministro en París —donde Dave conoció al mejor amigo, casi al único de su vida, el irlandés Chuck O'Brien— y cónsul general en San Francisco cuando Dave acababa de cumplir doce años. Por último cuando Papá Sorensen fue nombrado embajador adjunto en Londres, hacía ya catorce años que Dave había abandonado su ciudad natal, y no le fue posible, desde luego, sentirse inglés. Nunca lo había sido. Vomitaba a los ingleses y no tanto por el desprecio que hacia ellos le había inculcado Chuck O'Brien, o por la ira que sentía contra los súbditos británicos Papá Sorensen desde la guerra de Las Malvinas: no, era un sentimiento espontáneo que se reafirmó con el trato de algunas novias anoréxicas que parecían negadas a todos los placeres, y con la mala época que había pasado cuando estudiaba en la London School of Economics.

De modo que Dave no era inglés, ni canadiense, ni francés, ni americano. Ser mexicano era lo único que le quedaba, pero le quedaba grande, ajeno. Disfrutaba la cocina mexicana de mamá Cuca, y conocía algunas de las partes más interesantes y bellas de México, porque cada dos años, en las vacaciones de Papá Sorensen, estuvieran en donde estuvieran viajaban a México: ya fuera a Veracruz o Acapulco, a veces a Chihuahua de donde era Cuca Armendáriz, a Yucatán y desde luego a Cuernavaca. A Dave le fascinaba ir a comer cangrejo a Mandinga, subir a la cumbre del templo de Chichén-Itzá, recorrer en tren la Barranca del Cobre, bañarse vestido en el mar azul turquesa de Tulum —el sol secaba sus ropas en unos minutos—, visitar el Museo de Antropología de la ciudad de México y jugar en los Jardines Borda a los que iba el emperador Maximiliano a cazar mariposas. Y sí, todo esto lo veía y lo gozaba, maravillado, pero como un turista curioso y lleno de asombro, sin sentir que eso le pertenecía.

Ya vestido con su traje de baño, con una toalla amarilla sobre los hombros y embarrado el cuerpo con crema bronceadora, Dave pasó por la terraza y sucumbió a la invitación de Papá Sorensen de probar los martinis que preparaba Roberto, el mozo. El martini seco, bien seco, clásico, era una bebida que, además de gustarle, le traía muy gratos recuerdos.

Dave y Chuck O'Brien nunca habían perdido contacto. Se escribían desde todas partes del mundo, pero pasaron muchos años sin verse hasta que un día, por puro azar, ambos ya convertidos en hombres, se encontraron en el aeropuerto de Chicago. Se reconocieron de inmediato, se abrazaron y se metieron en el bar más próximo para celebrar su encuentro.

A Dave se le ocurrió probar el martini seco. Tenía que ser, le dijo Chuck, con ginebra Beefeaters, un suspiro de vermouth seco Nolly Pratts y dos aceitunas con hueso. Chuck, por su parte, pidió un manhattan que, al igual que el martini, tenía que ser ortodoxo. O en otras palabras, preparado con *bourbon* —de preferencia Jim Beam—, Cinzano rojo y dos cerezas en almíbar. Ojo: no en marrasquino, porque amargan.

"¿Te cambiaste por fin a San Francisco?", le preguntó Dave.

"Al fin… ¿Recuerdas que me prometí de niño volver a San Francisco para vivir allí? Tú también tienes que regresar a esa ciudad. Mejor dicho, yo te voy a llevar y allí encontrarás fortuna y amor."

No cabe duda que Chuck no había cambiado: era, como siempre, el encargado de organizar la vida de los demás.

Dave probó el martini y lo aprobó. Sí, sin duda, Roberto había encontrado la fórmula del martini perfecto. Pero ahora Papá Sorensen, que lo acompañaba con un vaso de agua mineral, no sonreía. Con la cara inclinada y la boca entreabierta, su expresión era de una gran melancolía. Contemplaba con fijeza un lugar, en el jardín, donde no parecía suceder nada. Dijo después que tenía que ir al baño y entró en la casa. A través de la persiana, Dave observó que Papá Sorensen sostenía en las manos un objeto redondo. Recordó entonces que antes de ir a Houston había ido al Giants' Dugout de San Francisco en Grant Avenue, para comprarle una pelota de beisbol autografiada. No, no había ninguna de Willie Mays. Pero, por ciento veinticinco dólares, compró una bola firmada por Mickey Mantle. Papá Sorensen se llevó la pelota a la nariz y la olió como quien aspira un perfume. Era, sí, el perfume de la nostalgia, el aroma de otros tiempos que no volverían jamás.

Esa mañana, durante el desayuno, Papá Sorensen le había contado cómo había perdido la casa.

"Nunca ahorré nada. Es decir, sólo lo que me costó esta casa, que fui pagando durante años. Siempre me gustó la buena vida. Como a ti, Dave."

Dave asintió.

"Y siempre quise lo mejor para todos. Por eso, cuando a tu mamá le dio el cáncer, la llevé a Houston, te acordarás. Ya vivíamos en Cuernavaca y sólo nos quedaba ir a un hospital del gobierno. Eso nunca, me dije. El tratamiento de tu mamá y su agonía me costaron más de cien mil dólares. Yo no tenía un centavo, que no fuera mi pensión miserable que apenas nos alcanzaba para vivir y medio mantener la casa. El dinero me lo prestó tu tío Salomón, sobre la casa. Luego vino lo mío, que también resultó carísimo, y de nuevo tu tío Salomón me prestó el dinero, y me propuso un pacto: yo le vendía la casa por la cantidad que le debía, y él se comprometía a pasarme dos mil quinientos dólares mensuales mientras yo viviera, y aumentarlos de acuerdo con la inflación. Si vivo pocos meses, hice un mal negocio. Si vivo varios años, hice un negocio magnífico, ¿no crees, Dave?"

Dave no dijo nada: sólo de ver a Papá Sorensen que estaba hecho un anciano, demacrado, que apenas podía decir una frase sin que le faltara el aire, uno sabía que era el tío Salomón el que había hecho un muy buen negocio.

Dave se encaminó a la alberca y se recostó en una silla para asolearse un poco.

En eso había acabado la fortuna cafetalera de los Sorensen: en nada, pensó. Bueno, la de algunos de los Sorensen, los que descendían de David Isaías, su abuelo, no de los que descendían de su tío abuelo, Salomón. Su abuelo, David Isaías, se cansó un día de vivir en una hacienda. Prefería la ciudad y le encantaba Veracruz, así que le vendió a su hermano Salomón la parte que le correspondía de los cafetales y se fue a vivir al puerto. Le nacieron allí dos pasiones: la pesca del sábalo y el beisbol. Esta última, la heredó a su hijo y su nieto, los dos llamados David nada más, sin el Isaías.

El abuelo vivió como príncipe varios años, pero no supo multiplicar el dinero. Le alcanzó, todavía, para pagar la educación de su único hijo varón en el Colegio Alemán de la ciudad de México —en donde se estableció en los años veinte— y después en Yale. Cuando nació David Sorensen Armendáriz, el abuelo David Isaías estaba arruinado. Pudo, sí, morir en el Hospital Inglés y ser enterrado en el Panteón Francés.

Dave se levantó, dejó a un lado la toalla y se acercó a la alberca para tocar el agua con los dedos del pie. Como era de esperarse, estaba helada. Era fama que las albercas de Cuernavaca se llenaban con la nieve derretida que bajaba del volcán. El volcán de Malcom Lowry.

Se zambulló en la alberca. El agua, a pesar de lo fría, estaba deliciosa. Salió a la superficie, se limpió los ojos y comenzó a nadar de lado, suavemente. Se dio cuenta que era muy injusto con Papá Sorensen. Porque según Papá Sorensen, su hijo vivía en una maravillosa casa en San Francisco, era dueño de un BMW 850 que debía costar más de cien mil dólares, era el vicepresidente de una gran agencia de publicidad y estaba casado con una millonaria que, a su vez, era dueña de un Daimler Majestic de colección. Lo que no sabía Papá Sorensen es que ya no aguantaba a la agencia y que Linda ya no sabía, ella misma, si era o no millonaria, si lo había sido o si dejaría de serlo algún día: su padre la había amenazado con desheredarla por haberse casado con Dave y, para colmo, la casa y los dos coches estaban a nombre de él, de Lagrange. A pesar de todo, el viejo adoraba a su hija, también única, y no hubiera dejado que viviera con apuros económicos, de allí que, además de prestarle la casa y los dos coches, le pasara una generosa pensión mensual que les permitía vivir en la abundancia. Pero era Linda la que controlaba hasta el último centavo de esa pensión. Ella decidía cuándo y en dónde Dave se compraba su ropa, y de cuánto dinero podía disponer: tres o tres mil quinientos dólares mensuales, no más. A veces hacía alguna excepción. Una vez que Dave viajó a México, ella lo fue a dejar al aeropuerto y al despedirse le ofreció un rollo de billetes. "Toma mil dólares, por si tienes una novia en México, para que te alcance para la champaña..." Dave titubeó dos segundos y aceptó el dinero. Nunca había odiado tanto a Linda. Pero nunca, tampoco, se había odiado tanto a sí mismo, por dejarse humillar así. Gastó los mil dólares completos en champaña que Olivia y él se bebieron en la cama del hotel Camino Real de la ciudad de México.

Por lo demás, para no aburrirse y aprovechar el talento que al parecer tenía como diseñadora, Linda trabajaba en la empresa decoradora de su amigo Jimmy Harris. Aun así, todo estaba a punto de terminar: Linda le había advertido que si Lagrange cumplía su amenaza, ella pediría el divorcio al día siguiente. Dave decidió no decirle nada a Papá Sorensen. De nada serviría amargar sus últimos días. Al menos, mientras viviera, podría gozar de esa casa que tantos esfuerzos había costado y en la que había puesto tantas ilusiones.

Primero, papá anunció la compra del terreno: dos mil metros cuadrados. Unos meses después, los tres —mamá, papá y Dave— celebraban un día de campo en un breñal lleno de ortigas y piedras, de donde todavía no se habían ahuyentado las arañas ponzoñosas y los alacranes. Pero era *su* breñal. Un año después, el terreno estaba limpio y bardeado, y levantadas las primeras paredes de las habitaciones, según los planos de Papá Sorensen: aquí va la estancia, aquí uno de los baños, allá las recámaras, la alberca estará al fondo. Dos años más tarde, cuando volvieron, a la casa sólo le faltaban los pisos y las tejas del techo, pero aún no había alberca. Hubo después varias interrupciones y tuvieron que pasar siete años en total para que la casa y la alberca estuvieran terminados. La fertilidad del suelo de Cuernavaca permitió que el incipiente jardín se transformara pronto en un paraíso. Los flamboyanes transplantados crecieron y se llenaron de flores anaranjadas, color fuego. Las buganvilias se extendieron por las bardas, y todos los días alfombraban el pasto y la superficie de la alberca con hojas moradas, lilas y blancas. Otras enredaderas daban flores azul cielo, con forma de campánulas. Había también plantas de la flor del tigre y muchas otras de nombres desconocidos para Dave, y cuya infinita gama de colores: amarillo, lila, rosa, blanco, se esparcía por el jardín en forma de setos y arbustos, trepaba por los troncos de los árboles, y se refugiaba a la sombra de los rincones.

La inauguración de la casa de Cuernavaca fue uno de los días más felices de la vida de Papá Sorensen y Mamá Cuca.

Hicieron una gran fiesta a la que invitaron a toda la familia y a sus mejores amigos, Mamá se lució con un menú espléndido, y Papá descorchó algunos tesoros, entre ellos varias botellas de La Romanée Conti. Todavía, sin embargo, pasaron varios años antes de que Papá Sorensen pudiera liquidar el préstamo que le sirvió para construirla. De hecho, el último pago casi había coincidido con la venta de la casa al tío Salomón.

Esa misma tarde Dave se despidió por última vez de su padre: regresaría a Cuernavaca nada más que para esparcir sus cenizas a la sombra del volcán. Tenía, el lunes, un vuelo para Los Ángeles, donde había negocios pendientes de la agencia. Camino a la ciudad de México, se preguntó mil veces qué es lo que había pasado con Linda, dónde había quedado, qué se había hecho la

Linda de la cual, durante largo tiempo, había estado tan enamorado. ¿Pero era amor lo que sentía por ella? Existía en el idioma inglés una palabra exacta, *infatuation*, que describía el enamoramiento tumultuoso pero falso, aparentemente profundo, pero de una fragilidad pasmosa, de una brevedad insospechada, que estaba muy lejos del amor verdadero. Sí, seguramente eso es lo que había tenido por ella, *infatuation*. Pensar así, sin embargo, no le sirvió de consuelo: le dolía, de todas maneras, que los seres humanos —no sólo Linda, sino él mismo, todas las personas— pudieran transformarse hasta el punto de odiar lo que un día habían amado tanto. Hasta el grado, sí, de desear la muerte de la persona por la cual, antes, hubieran dado la vida. Pero... ¿de verdad él hubiera dado la vida por Linda? No, jamás.

Al día siguiente cambió su boleto en la agencia de viajes del hotel Camino Real. Decidió no ir a Los Ángeles sino regresar directamente a San Francisco.

Esta decisión cambió su vida, porque en ese vuelo conocería a Olivia.

III

DOWN MEXICO WAY

¿Cuándo?, sí, ¿cuándo había dejado de existir la Linda a la que tanto quería?

> *South of the border,*
> *down Mexico way,*
> *that's where they fell in love...*

Así cantaba la maravillosa Patsy Cline. Cantaba así, también, la también maravillosa Linda. Linda Lagrange. Linda, la linda de verdad, esa gringa magnífica que estaba en todo el apogeo de su belleza pagana, de su hermosura sensual y grosera, de su esplendor de anglosajona de carne maciza bronceada por el sol, rubia como el trigo y de ojos azules como el azul metálico de su Daimler azul.

¿Qué se había hecho esa Linda tan distinta de lo que fue después, y de quien Dave se enamoró a primera vista?

¿Qué se había hecho esa Linda tan alegre y llena de amor por la vida de la que Dave se enamoró al primer beso?

¿Qué se había hecho esa soberbia gringa, apasionada del vértigo, de la que Dave se enamoró a la primera caricia?

> *South of the border,*
> *down Mexico way...*

Una voz, la de Patsy Cline y otra voz, la de Linda, cantaban al mismo tiempo, en dúo perfecto. Patsy desde la radio del Daimler azul de Linda, Linda al volante de su Daimler azul.

Y el Daimler azul se deslizaba por la costera, camino a Half Moon Bay, camino a Santa Cruz, camino a Castroville y Santa Bárbara: camino, siempre, hacia el sur, junto al Pacífico azul, bajo el cielo azul de California, retratados ambos, reflejados, en el espejo azul mar, azul cielo, azul Pacífico, azul Daimler, de los azules ojos de Linda.

Estaba escrito que Dave y Linda iban a conocerse algún día, tarde o temprano. Fue temprano.

Chuck O'Brien, que era el responsable de haberle presentado a Dave a tanta gente en San Francisco, desde su peluquero, su dentista y su médico de cabecera, hasta los distintos empresarios que le darían empleo, conocía al viejo Lagrange.

"Te lo voy a presentar un día. Es un personaje. Podrías asociarte con él. Se ha hecho millonario fabricando bolsas de plástico, y tiene una muy buena clientela en California. Es de Tejas. Y como está espantado de lo pedestre, aburrida, insípida y vulgar que es la mercancía que lo ha hecho rico, se dedica a coleccionar objetos bellos y raros, algunas extravagancias también, y se ha vuelto filántropo: patrocina, en Tejas, una orquesta juvenil, un grupo de danza y un grupo de teatro. Pero lo mejor que tiene, lo más bello, lo más valioso, es su hija, única por cierto, que es una gringa clásica, muy muy gringa, pero muy atractiva. Buenísima. También te la voy a presentar…"

No hizo falta. Dave y Linda se presentaron solos.

Fue en el verano. Un día de julio. Lo que nunca le pasaba a Dave: distraerse mientras manejaba, le pasó ese día. No frenó a tiempo en un alto y su automóvil —que era entonces un Corvette *coupé*— le pegó por atrás a un automóvil azul.

Fue a mediodía, en la esquina de Greenwich Street y Columbus Avenue, junto a una tienda donde vendían pelucas. Por un momento, a Dave le pareció que el conductor había desaparecido. Se dio cuenta de lo que sucedía hasta que se abrió la puerta delantera derecha del automóvil azul y bajó de él una gringa, alta, bella, rubia. Y furiosa. Se trataba de un automóvil inglés, modelo antiguo, de volante al lado derecho.

"Pero qué carajos…", exclamó la gringa. Dave puso el freno de mano y bajó de su automóvil.

"Es mi culpa, toda mi culpa, le ruego que me perdone."

La gringa lo miró con ojos asombrados. Dave se dio cuenta de que le había gustado. Sonrió y le dijo:

"Estoy asegurado. Le pagarán todo. Pero primero vamos a ver cuál es el daño…"

El daño no era nada. O casi nada. Una punta de la placa del automóvil estaba ligeramente doblada. Era una placa blanca, con letras y números azules, y con la palabra California en rojo en tipografía que imitaba la letra manuscrita.

"Eso lo arreglo yo en un minuto…", aseguró, Dave, se dirigió a la cajuela de su automóvil y sacó una llave inglesa, con la que le dio un golpe a la placa.

"No, así no", dijo la gringa. "Es mejor prensarla y doblarla."

Cuando se puso en cuclillas para enderezar la placa, Dave supo cuál era el nombre de la gringa. Recordó algo que, recién llegado de niño a San Francisco, le llamó mucho la atención: una costumbre que había en California y otros estados americanos, donde por unos dólares adicionales que se les pagara a las autoridades, los automovilistas podían escoger los números y las letras de las placas de su automóvil, con tal que, sumados ambos, números y letras, no pasaran de siete.

"Linda. Usted se llama Linda, ¿verdad?"

Dave se puso de pie. Linda era casi tan alta como él. Debía medir cerca del metro ochenta.

"Así es…"

"¿Y el número? ¿Qué significa?"

"El año en que nací."

Dave señaló la placa con la llave inglesa:

"Quedó un poco rayada… ¿le importa?"

"Para nada."

"Supongo que sabe usted lo que su nombre significa en español…"

"Lo sé desde que tengo uso de razón. Me lo han dicho mil veces."

"¿Y le han dicho también que usted es como su nombre, linda, muy linda?"

"Sí, desde que me quitaron el freno de los dientes. También me lo han dicho mil veces", contestó Linda, y enseñó su bella sonrisa.

"Mil y una", dijo Dave.

"Gracias. ¿Sabe una cosa? Usted es el inglés más guapo con el que me he topado…"

"¿Inglés? Yo no soy inglés. Soy mexicano."

"¿Mexicano? Me está usted tomando el pelo…"

"No. Se lo juro. Ahora que, si quiere usted saber cómo es posible que un mexicano pueda parecer más inglés que los ingleses, tendrá usted que darme unos minutos de su tiempo… No aquí por supuesto, no enmedio de la calle…"

"¿Dónde, entonces?"

"La invito a comer…"

"Está bien. Sígueme y te llevaré a uno de los mejores restaurantes franceses de todo San Francisco… Pero no, primero vamos a dejar tu coche en el estacionamiento más cercano…"

"¿Estacionamiento?"

"O en tu casa, si vives cerca. Me gusta manejar y llevar a la gente, no que la gente me lleve a mí…"

"Vivo en Lombard Street…"

"Vamos pues a Lombard Street", dijo Linda.

Ya arriba del automóvil de Linda, Dave comentó:

"Éste es un coche de colección, un Daimler. ¿No es cierto? Debe valer una millonada…"

"Sí, es un Daimler Majestic del 67."

"¿También del año en que naciste?"

"Mi papá lo compró el día exacto en que nací, y después me lo regaló. Yo lo mandé pintar de azul."

"Está como nuevo", dijo Dave.

"Y lo estará siempre: no sólo le hemos adaptado *stereo*, aire acondicionado, volante hidráulico, frenos de potencia, qué sé yo, sino que además, de tanto cambiarle piezas al motor, le sucede lo que al leñador de hojalata del *Mago de Oz*: a través de los años, sin dejar de ser el mismo que el día anterior, el motor de hoy no tiene nada que ver con lo que fue un día... bueno, ésa es la idea de un amigo, a mí nunca se me hubiera ocurrido...", contestó ella, y agregó: "decía él que lo mismo nos sucede a todos, que a los adultos no nos queda nada de lo que fuimos de niños. ¿Tú crees?"

Dave no dijo nada. Linda continuó:

"¿Cómo te llamas?"

"David, pero todos me llaman Dave..."

"Es un bonito nombre."

"Gracias. Dime: ¿siempre manejas tú cuando vas con alguien?"

"Siempre. Bueno, a veces de noche no, porque no veo bien. Dice el médico que soy nictálope. Pero por lo demás, siempre manejo yo."

El automóvil dio vuelta a la izquierda en Jones Street. Al llegar a la cúspide de Nob Hill, en Jones y Sacramento, Linda señaló una casa blanca.

"¿Ves? ¿Ves esa casa blanca, la tercera? Ésa es mi casa."

"Ah, muy bien", dijo Dave, aunque apenas había alcanzado a verla. "Y... dime: ¿adónde me llevas?"

"Al Fleur de Lys, ¿lo conoces?"

"Sí, es muy buen restaurante."

"También el Masas's tiene una excelente cocina francesa, pero como soy muy supersticiosa prefiero el Fleur de Lys: está en el número 777 de Sutter Street... ¿no es razón más que suficiente para preferirlo?", dijo Linda.

"Supongo que sí…", contestó Dave.

"Dime, ¿te gusta Patsy Cline?"

"Mucho."

Linda encendió la grabadora.

"A mí me encanta *Down Mexico Way*, dijo, y las dos voces se dejaron escuchar al mismo tiempo. Cuando Patsy Cline cantó:

> *"then she sighed as she whispered*
> mañana…"

Linda exclamó:

"Me fascina la palabra *mañana… mañana, mañana*", repitió. "¿A ti no?"

"Depende", dijo Dave, y sacó sus cigarros. "¿Fumas?"

"No. Y por favor, algo sí te voy a pedir. Nunca fumes cuando estés conmigo."

Dave guardó la cajetilla sin decir nada.

En el Fleur de Lys, el portero, el *maître* y los meseros, el *sommelier*, todos, la conocían de nombre: Buenas tardes, señorita Lagrange. Pase usted, señorita Lagrange. Qué mesa prefiere usted, señorita Lagrange. Por supuesto sección de no fumar, señorita Lagrange.

"Eres muy popular, por lo visto."

"Soy muy rica y doy buenas propinas. Te voy a contar algo: una vez, en uno de estos restaurantes cinco estrellas, un mesero se atrevió a decirle a mi padre que yo dejaba mejores propinas que él. ¿Sabes qué le contestó mi padre?"

"No."

"Que yo era hija de un millonario y él no."

Dave soltó la primera de muchas carcajadas. La comida le pareció una fiesta. Linda, entonces, comía de todo, sin preocuparse de calorías o colesteroles. Y bebía de todo, aunque conocía mejor los vinos californianos que los europeos. Pero la envenenaban con champaña, le dijo a Dave, "así que escoge tú el vino, el mejor que tengan, ése yo lo invito", insistió, "y la champaña la elijo yo y la pagas tú".

De modo que después de la botella del soberbio Château Lafleur Petrus 82 que eligió Dave para acompañar la *terrine* de cordero, la ensalada *perigourdine*, la *cocotte* de ternera *aux fines herbes* y los quesos —*reblochon, roquefort, brie de Meaux*—, Linda ordenó una botella de Bollinger R.P., también del 82, para rociar el postre.

A la primera copa Dave le dijo a Linda:

"Vamos a hacer el amor."

"*Mañana*", dijo ella.

A la cuarta copa, Dave repitió la invitación y Linda repitió la respuesta:

"*Mañana.*"

Cuando se acabó la botella, Dave pidió otra.

"Tráigala pero no la abra", le dijo Linda al mesero. "Nos la vamos a llevar. Que esté bien fría."

"¿Adónde la vamos a llevar?" preguntó Dave.

"No sé. Al sur de la frontera. A México. No sé a dónde. Ahora ya no puedo beber más, tengo que manejar. Vámonos."

La señorita Lagrange insistió en pagar toda la cuenta, incluida la champaña. Sacó varias tarjetas de crédito, algunas de ellas doradas, y las extendió en abanico, como si fueran naipes.

"Escoge", le dijo a Dave.

"De tin marín, de do pingüé, cúcara mácara títere fue…"

Linda lloraba de la risa.

"Le tocó a American Express. Agréguele viente por ciento de propina", le dijo al mesero. "Sigo siendo hija de millonario…"

Se llevaron dos botellas de Bollinger. Por orden del *maître* se le prestó a la señorita Lagrange una champañera de plata llena de hielo. Linda tomó Van Ness Avenue hasta llegar a Mission Street y dobló a la derecha.

"¿Adónde vamos?" preguntó Dave.

Linda se alzó la falda, tomó la mano derecha de Dave y la puso sobre su muslo izquierdo. No tenía medias. Dave comenzó a deslizar su mano por la piel de Linda, de un bronceado color tabaco claro y alfombrada de una pelusa dorada, como la de un durazno.

Linda aceleró. Pero Mission Street estaba llena de señales de alto y semáforos, y a Dave se le hizo interminable el camino. Pasaron del número dos mil al tres mil, al tres mil quinientos, al cuatro mil.

"¿Adónde vamos?", repitió.

"Debí haber tomado hace rato la 280, para ir… para ir…"

Dave llevó su mano al sexo de Linda.

"¿Para ir adónde?"

"Para ir… por favor, Dave, nos van a ver, qué vergüenza", dijo ella, pero no hizo nada por impedir las caricias de él.

Estaban en pleno barrio hispánico, donde abundaban los restaurantes mexicanos, nicaragüenses, salvadoreños, de segunda y tercera categoría, alternados con las tiendas y fondas de paquistanos, chinos y afganos. Llegaron al número cinco mil doscientos de Mission Street.

"Puedes tomar la 280 en Balboa Park", dijo Dave.

"No, ya no, ya es tarde", contestó ella.

"¿Tarde para qué? ¿Adónde vamos?"

"A hacer el amor, pero no mañana: ahora. No, ahora no, *ahorita*", dijo Linda, y agregó:

"Al fin, al fin, allí está un motel decoroso…"

El Daimler entró al motel Mission Serra. Dave bajó a registrarse y cinco minutos después estaban en la cama de la habitación 16, después de brindar con la champaña en vasos de plástico.

Salieron del Mission Serra a las once de la noche. Ella le pidió que la fuera a dejar a su casa, en Jones y Sacramento. De allí llamaría un taxi que lo llevara a Lombard Street.

Cuando se despidió de ella en la puerta de su casa, Dave le preguntó:

"¿Cuándo nos vamos a ver?"

"*Mañana*", le contestó en español.

Y así fue.

Chuck O'Brien no lo podía creer. Dave tampoco.

"No, no lo creo", dijo Chuck.

"Yo menos", replicó Dave.

"Así que no necesitaste de mis buenos oficios para conocer a Linda Lagrange, ¿eh, bandido?"

"Para nada. Bastó que le diera un buen empujón por el trasero... primero por el trasero de su automóvil, luego por su mismísimo y maravilloso y suculento y millonario trasero."

"Eso merece un brindis", dijo Chuck.

Chocaron sus tarros llenos de cerveza verde. Chuck compraba el día de San Patricio unos barriles de cerveza teñida de verde tan voluminosos que le sobraba cerveza semanas enteras...

"Salud, Chuck."

"Salud, Dave. Qué suerte tienes. La muchacha, como te decía, es la hija única, hija adorada, del viejo Lagrange, un millonario. Bueno, seguramente, aunque quién sabe, no tan rico como Ross Perot o como esos multimillonarios mexicanos que salieron en *Forbes* y que secuestran a cada rato...no, no tanto, pero de que Lagrange tiene sus millones, los tiene, sí señor, y muchos... salud, Dave."

"Gringa y guapa", dijo Chuck como para sí mismo. "Guapa y rica. Rica y rubia. Rubia y joven. Joven y sana. Sana y simpática. Simpática y cachonda. Cachonda y liberal. Liberal e inteligente. Inteligente y loca. Loca y... ¿y qué más hace falta? Qué suerte tienes, hermano."

Desde la ventana de su oficina, en Beach Street, Chuck contempló el hervidero de gente que caminaba por el malecón: grupos de japoneses, todos con cámaras, que se sacaban fotos unos a otros, con frenesí. Turistas de bermudas floreadas y sombreros de paja: mexicanos, vietnamitas, negros gigantescos

41

con el torso desnudo y lustroso. Iban al Fisherman's Wharf, regresaban de Pier 39. Turistas y más turistas: suecos, alemanes, argentinos, y mendigos, y *freaks* locales, homosexuales, travestis, *yuppies*, pintores y fotógrafos ambulantes, policías. Y gordos. Chuck comprobó una vez más que Estados Unidos se estaba volviendo un país de monstruos. De todas las razas y edades: anglos, mulatos, chicanos, hombres y mujeres, adolescentes, que pesaban ciento veinte, ciento cincuenta, doscientos kilos. Junto a ellos él, el gordo Chuck, se sentía esbelto.

Linda Lagrange llegó unos minutos después, seguida por Elsy, la amiga irlandesa de Chuck. Chuck había organizado un paseo por la bahía de San Francisco en su yate. Habría langosta en abundancia, cerveza, champaña, mejillones, camarón y, sobre todo, sol, mucho sol.

Apenas habían dejado el muelle, rumbo a Alcatraz, Linda se quitó el bikini y se tendió bocarriba en la cubierta, sobre una de las toallas que Chuck tenía en su yate, y que reproducía la bandera de Estados Unidos, con todas sus barras y todas sus estrellas.

"Esto es lo que le faltó a Marilyn", dijo Dave: "Retratarse desnuda acostada en la bandera americana."

"Es cierto", contestó Chuck. "De lo mejor que produce este país son esta clase de gringas. Los japoneses nunca les ganarán este mercado…"

Era evidente que el bikini de Linda era muy angosto: casi todo su pubis estaba afeitado. Conservaba sólo dos franjas de vello a los lados del pliegue, muy delgadas, sí, pero suficientes para confirmar que Linda era rubia de la cabeza a los pies. Se veía, además, que acostumbraba a asolearse desnuda, porque el dorado de su piel era, a su vez, parejo de los pies a la cabeza.

La amiga de Chuck, celosa, se desnudó y se tendió al lado de Linda. Tenía también un cuerpo espléndido, aunque regordete, y además de que en él se marcaba el contraste de las partes blancas que rara vez se asoleaban, estaba lleno de pecas. Chuck adivinó el pensamiento de Dave: "Me gustan sus pecas. Las pecas atraen a las pecas. Y de todos modos, en la noche todos los gatos son pardos…"

Pasaron Angel Island y después junto a un barco-crucero lleno de viajeros que aplaudieron y silbaron. Luego, bajo el puente de Richmond-San Rafael. Algunos peatones y ciclistas que transitaban por el puente repitieron aplausos y silbidos, entusiasmados. Por el cielo pasó un escuadrón de aviones supersónicos *Blue Angels* dejando tras sí sus estelas de humo… demasiado lejos, demasiado veloces para que sus pilotos gozaran del espléndido *show*.

Linda se volteó bocabajo y mostró su grupa, redonda, contundente, magnífica.

A unos trescientos metros de la costa de China Camp, Chuck detuvo el yate y todos se bañaron en el mar. Como era de esperarse, el agua estaba helada y no duraron en ella sino unos cuantos minutos. Linda nadaba, observó Dave, como si hubiera nacido en el mar. Cuando se subió al yate, tenía chinita la piel de todo el cuerpo y le pidió a Dave que la secara.

Esto puso muy nervioso a Chuck quien les dijo que, si querían, podían pasar un rato al camarote. Pero no lo hicieron. Linda y Elsy se pusieron sus bikinis y Chuck localizó un pequeño embarcadero que ya conocía, para bajar a tierra y hacer un *picnic*. La langosta asada estaba de maravilla, pero Chuck O'Brien la comió bañada en catsup, lo que provocó la burla de Dave.

Esa noche, cuando los dos amigos estaban solos de nuevo, Chuck hizo un recuento de los adjetivos que había encontrado para Linda: "gringa, guapa, rica, joven, sana, simpática, cachonda, liberal, inteligente, loca… no está mal: diez adjetivos, uno por cada dedo de las dos manos, ¿eh? Qué suerte tienes".

Encendió un cigarro y agregó:

"Cásate con ella, cásate con Linda, y tu vida estará solucionada. Pero, ¿sabes qué? Necesitas un poco más de qué te diré… bueno, un empleo mucho mejor. No sólo en el que ganes más, sino que te dé más categoría social. ¿Te acuerdas que te hablé de la agencia de publicidad de Bob Morrison?"

Dave se acordaba.

"Buscan un vicepresidente bilingüe, con mucha personalidad, simpático, excelente vendedor... ése eres tú."

IV

LA CASA DE JONES Y SACRAMENTO

Solía pasar con frecuencia por el Pier 39, a pie o en automóvil, para ir al Fisherman's Wharf a comer almejas o calamares en coctel. Y era en una de las tiendas del lugar donde había comprado, para Linda, una lámpara, imitación Tiffany, cuya pantalla estaba formada no por vidrios emplomados, sino por conchas de moluscos pequeñas y translúcidas engarzadas en los huecos de un armazón de hierro negro.

A Linda le encantó la lámpara, pero la guardó en un clóset mientras, dijo, pensaba dónde ponerla. Quizás por eso, por el hecho de que Dave nunca volvió a ver la lámpara, se olvidó de su existencia.

Pero esa mañana la recordó, y recordó con amargura uno por uno los regalos que le había hecho a Linda y que ella refundía en los cajones del clóset o de la cómoda: el collar de plata y turquesas de Taxco, un juego de tocador de carey, unos guantes de cabritilla color de rosa con bordados de pequeñas perlas diseñados por Christian Dior para la tienda Nieman Marcus en exclusiva, y tantos otros, que por puro olvido habían dejado de existir.

Sólo muy de vez en cuando Linda usaba alguna joya o prenda de las que Dave le regalaba. Una de esas raras excepciones había ocurrido la noche anterior: Linda había estrenado la bufanda de lana amarilla de Aquascutum. Era un obsequio que le había hecho la última Navidad. En esa ocasión, Linda la desenvolvió, se la puso y se contempló en el espejo.

"Es bonita", dijo. "Pero es muy larga. Me recuerda la bufanda con la que se ahorcó Isadora Duncan."

Después la guardó y nunca la usó, sino hasta la noche del viernes 14 de abril. Linda, desde luego, no murió estrangulada. Pero ahora, allí donde se encontraba, pensó Dave, estaba condenada a tener la bufanda alrededor del cuello por días enteros, quizás por semanas, hasta que encontraran su cuerpo. Si es que algún día lo encontraban. O hasta que la bufanda se deshiciera y, con ella, la boca, los ojos, la lengua de Linda.

Pero ya no podía escapar a lo que se tenía que hacer.

Decidió volver en taxi a la casa. La nueva muchacha vietnamita que hacía la limpieza llegaría en una hora, y el carro de la basura lo haría unos veinte minutos. Esto le dejaba poco tiempo para vaciar la gasolina del tanque de plástico y lavar el tanque y el trozo de manguera. Luego debía meter el trozo en la bolsa de lona que la noche anterior había puesto en la bodega, junto con la chamarra, el gorro de estambre, la lámpara de pilas y los anteojos oscuros, y donde había también colocado los pantalones de casimir, los *blue-jeans*, los calcetines y los zapatos llenos del lodo del camino a La Quebrada.

Tampoco tomar un taxi le daría una coartada que jamás tendría, pero quizás también serviría para que la gente le tuviera compasión y no lo creyera culpable.

El taxista contaría después a la policía cómo había llevado a su casa a un hombre que recorría las calles, desesperado, en busca de su mujer. Pero para esto, para que pudiera ser citado a un interrogatorio o a un juicio como testigo, Dave tendría que aprenderse el nombre o el número del taxista. Y ¿cómo justificar ese hecho? Uno nunca se acuerda de esos detalles, a menos que ocurra algo especial...

Una vez más la suerte lo acompañó: resultó ser un taxista chicano llamado Juan Álvarez. Se sonrió. ¿Quién podría dudar que en esas circunstacias se acuerde uno del nombre de un paisano?

Al igual que el patrullero, el taxista le preguntó si deseaba que lo llevara, mejor, a algún hospital o a la comisaría…

Dave sintió un escalofrío: se dio cuenta que el taxista lo miraba por el espejo retrovisor y que había sorprendido su sonrisa. Transformó la sonrisa en una mueca, casi en un rictus, se llevó las manos a la cara y comenzó a mover la cabeza de un lado a otro:

"No, no… no puede ser, no."

"¿Cómo, señor?", preguntó el taxista.

"Digo que no, que a mi mujer no le ha pasado nada."

Dave retiró sus manos de la cara y cruzó la mirada a través del espejo retrovisor, con la mirada del taxista.

"Por supuesto que no, señor, Dios es muy grande."

"Ya debe estar en la casa."

"Claro que sí, señor."

Pero Dave sabía que más tarde, quizás ese mismo día, tendría que iniciar una larga peregrinación por hospitales y anfiteatros en busca de alguien a quien no iba a encontrar. Linda, que en México hubiera llamado la atención por su estatura y su piel dorada, por el azul de sus ojos, por su cabello, en Estados Unidos pasaba inadvertida. Había allí tantas mujeres con las mismas características que, Dave lo temía, bien podría suceder que en más de un hospital le dijeran: sí, aquí tenemos el cuerpo de una mujer que responde a esa descripción. Y Dave tendría que enfrentarse tres, cuatro, cinco veces, a tres, cuatro, cinco muertas iguales y distintas, que en distintas ciudades: en Oakland, en Richmond, en San José, en Santa Cruz, habían tenido distintas muertes.

La escena la imaginaba ya Dave con más claridad de la que hubiera deseado: bajaba —siempre pensó que los anfiteatros debían estar en los sótanos— al frigorífico donde el frío de la muerte prevalecía sobre el hálito del infierno, y el encargado se dirigía al gavetero y jalaba un cajón. Allí, sobre la plancha, había un cadáver cubierto con una sábana que el encargado del anfiteatro levantaba para mostrar la marmórea, deslumbrante desnudez de una mujer que, por sus atributos físicos, podía haber sido Linda, pero que jamás sería Linda.

"No, jamás, Linda tiene la piel bronceada, más oscura", diría Dave de una. "No, el pelo de Linda es más claro, su nariz más levantada", diría de otra. "No, no es ella. Linda es …Linda es mucho más hermosa", diría de una tercera. Aunque de todas y cada una podría haber dicho lo mismo: "No, no es Linda, Linda murió de otra manera. Linda no murió atropellada en Rockland Street. Linda no tuvo un paro cardiaco en un bar del barrio chino. Linda no fue asaltada en Russian Hill y no murió de una puñalada en el corazón. Linda murió de otra manera. Además, Linda no está desnuda, está vestida, con su bufanda amarilla alrededor del cuello. Linda no está aquí, sobre esta plancha, por la sencilla razón de que Linda está en el fondo del mar.

El taxi subió por Jones Street y en menos de tres minutos estaba en la esquina de Sacramento. Cuando llegaron, Dave se percató de que casi todas las luces de la casa estaban encendidas. Mejor, pensó: así sería más convincente su historia. El taxímetro marcaba tres dólares. Le dio cuatro al taxista para que no se olvidara fácilmente de él.

"Gracias, señor, y buena suerte. Que vuelva su esposa."

La casa de Linda y Dave estaba situada en la cúspide de Nob Hill, en la calle de Jones casi esquina con la calle de Sacramento. En la segunda mitad del siglo XIX, Nob Hill se había transformado en el lugar donde edificaron sus lujosas residencias los millonarios que habían amasado sus fortunas con los ferrocarriles y las minas de oro. De hecho, Nob Hill fue uno de los resultados de la profunda transformación que sufrió el pueblo mexicano de Yerbabuena, a causa de los miles de aventureros que llegaron entre los años de 1849 y 1850, atacados por la fiebre del oro: de la noche a la mañana el pequeño poblado se transformó en la gran ciudad, en el gran puerto de San Francisco que, por haber aglutinado en su seno a todas las razas del mundo y por su importancia comercial, llegó a ser considerada algún día como la moderna Alejandría. A Dave nunca se le había olvidado que en la primera gira por San Francisco que hizo con Mamá Cuca, al llegar a la esquina de Jones y Sacramento, el guía del trenecito turístico en el que iban dijo que a Andrew Hallidie se le había ocurrido inventar los famosísimos tranvías de cable al contemplar, lleno de compasión, el enorme sufrimiento de unos caballos que jalaban un vagón lleno de pasajeros hasta la cumbre de Nob Hill. San Francisco experimentó otras transformaciones, pero la más profunda y acelerada la provocó al terremoto y el incendio de 1906. Sin embargo, Nob Hill nunca perdió su categoría: cuando los Sorensen llegaron a San Francisco, y cuando más de diez años después regresó Dave, Nob Hill seguía siendo un lugar privilegiado, donde abundaban los departamentos de gran lujo. También hoteles de primera y, entre ellos, el célebre hotel Fairmont, obra maestra de la *belle époque*, que habiendo sido edificado apenas un año antes del sismo, lo sobrevivió sin mayores daños. A cien metros de la casa de Linda se elevaba la imponente, bellísima Catedral de Gracia a la que tanto iba Mamá Cuca a pesar de ser un templo episcopal, por la sola razón de que su puerta principal era una reproducción exacta de aquella que Lorenzo Ghiberti había hecho para el Bautisterio de Florencia.

Mamá Cuca se sentía capaz de contemplar por horas enteras las Puertas del Paraíso sin cegarse con su dorado esplendor.

La casa de Jones y Sacramento, era una construcción de tres pisos. Originalmente de un estilo poco definido, Linda había hecho una serie de modificaciones en la fachada, y agregó una mansarda, de manera que la casa adquirió un aire victoriano que recordaba las clásicas construcciones de Alamo Square, si bien era mucho más amplia del frente y desde luego con interiores también muy espaciosos, y carecía de escalera exterior. La fachada estaba pintada, toda, de un blanco inmaculado. La casa tenía una amplia cochera en la que cabían con holgura el Daimler de Linda y el BMW de Dave. Atrás de la cochera había dos cuartos:

el de lavado y secado, y una gran bodega donde estaban las herramientas, los equipos de *surf* y de esquí, las bicicletas, las raquetas de tenis, maletas y velices de todos los tamaños y colores, algunos cuadros valiosos envueltos en plástico que Linda alternaría tarde o temprano con los cuadros que estaban colgados en las paredes de la casa, botes de pintura, brochas, periódicos y revistas —entre las que había docenas de las revistas de decoración a las que estaba suscrita Linda—, y un sinfín de otras cosas.

A un lado de la bodega estaba la alacena. Al otro lado, el baño de la servidumbre, que incluía ducha, lavamanos y excusado. Al fondo, en medio, se abría una rampa que conducía a la cava que Dave había mandado construir con la autorización de Linda, y en la que había una gran variedad de vinos de California y de las regiones de Bordeaux, Bourgogne, Jura, Languedoc, La Loire, Roussillon y Médoc —algunos Château Lagrange en honor de Linda, aunque desde luego el viejo Lagrange no tenía nada que ver con la distinguida casa vitivinícola— así como vinos españoles, italianos, chilenos y húngaros de excelente calidad. Dave conservaba también algunas botellas de Retsina para acompañar, algún día, una taramosalata y un kebab de cordero como los que solía cocinar Mamá Cuca. A la cochera y el resto de estos cuartos se bajaba por una escalera interior conectada con la cocina.

Al lado de la puerta cochera, que se manejaba a control remoto, estaba la puerta de entrada que se abría con combinación digital: 06-15-67, números que correspondían al mes, el día y el año del nacimiento de Linda. Ambas puertas eran blancas también. La entrada tenía en lo alto un emplomado oval que ilustraba un racimo de uvas rodeado de hojas de vid. Éste, y las jardineras del balcón y las ventanas, que en la primavera se llenaban de begonias, pensamientos, violetas y hortensias, eran los únicos detalles en color de la fachada. Las tejas del techo eran grises, y dorados el llamador y el picaporte de la puerta de entrada y las manijas de la puerta cochera.

El vestíbulo anunciaba que también el blanco prevalecía en el interior de la casa y que las notas de color estaban dadas por las alfombras, los cuadros y los objetos. Así, en el blanco y brillante perchero con espejo biselado del vestíbulo destacaban un paraguas rojo, otro que parecía diseñado por Magritte: azul cielo con nubes blancas que Linda había comprado en la tienda del Instituto de Arte de Chicago, y tres bastones costarricenses de maderas preciosas tropicales —nazareno, guayacán, cenízaro, cocobolo— cuyas empuñaduras estaban formadas por las cabezas de un tucán de pico amarillo, de un loro de verde plumaje y de un rosado flamingo. Las paredes de la escalera eran blancas, y blancos también los pasamanos. La alfombra del vestíbulo y de la escalera, de un naranja subido, se continuaba en toda la sala y el comedor. La pared izquierda de la escalera lucía uno de los orgullos de Linda: cuatro bellísimas litografías, originales, de Vassarely. La decoración de la escalera que conducía al segundo piso no era sino la continuación de la primera: blanco el barandal, blancas las paredes tapizadas de cuadros, naranja la alfombra.

En el segundo piso estaba la recámara principal, que se distinguía por dos cosas: una enorme cama redonda y, sobre ella, en el techo, un vitral también redondo y de las mismas dimensiones. El emplomado se iluminaba desde adentro, con luces indirectas, mostrando su hermoso diseño, inspirado en algunos de los vitrales clásicos de Frank Lloyd Wright. La colcha, de un blanco inmaculado, reproducía así, en las noches, aunque de manera difusa, el dibujo y los colores del vitral, donde predominaban el amarillo canario y el azul cobalto. El baño, de grandes dimensiones, estaba al lado de la recámara. Era blanco también, con cortinas y tapetes de un azul oscuro, casi morado. En este segundo piso había un cuarto para huéspedes y una pequeña biblioteca que tenía libreros de caoba, un escritorio eduardiano, un sillón giratorio que hacía juego con el escritorio, así como un sofá y un sillón del más clásico estilo Chesterfield forrados con piel de color castaño claro. Al lado del cuarto de huéspedes había otro baño.

Dave subió despacio la escalera que conducía al primer piso. Lo agobiaba, de pronto, una enorme fatiga. La sala olía aún a tabaco y a whisky, y su primer impulso fue el de ventilarla de nuevo y recoger la botella y el vaso, pero pensó que no, que sería mejor que Hua-Ning, la vietnamita, se diera cuenta de que el señor había fumado y bebido toda la noche. Fue a la cocina, cogió un plato, sacó las colillas de la basura para ponerlas en el plato, y colocó el plato en la mesa de la sala. Llenó después a medias el vaso de whisky y encendió otro cigarrillo, se sentó en el inmenso sofá blanco de cojines rellenos con plumas de ganso, aspiró el humo y lo dejó escapar, lentamente, por la nariz.

Los sillones eran blancos y blanco también el tapete que estaba bajo la mesa de centro y sobre la alfombra anaranjada. En la mesa, la nota de color la daban diez o doce de los pisapapeles de la colección de Linda: pequeños mundos de cristal donde dormían un sueño esférico praderas con flores liliputenses, multicolores estrellas flotantes, soles verdes con rayos como espinas de erizo, espirales de nubes plateadas. Sí, sin duda Linda tenía buen gusto. Pero a veces todo parecía demasiado perfecto en esa casa. En la casa de Linda, no en la casa de Dave: él se había dado cuenta, quizás un poco tarde, que en esa casa nada le pertenecía, y que Linda no dejaba que nadie moviera un milímetro uno solo de los objetos. Ella disponía de todas las superficies horizontales y verticales de la casa. Las figurillas de Murano, el incensario hindú, los gobelinos franceses, la lámpara china: para todo había un lugar, y todo estaba siempre en su lugar. Los cuadros también: Linda no tenía tanto dinero como para adquirir un óleo de Picasso o de Gauguin, pero sí lo suficiente como para hacerse dueña de algunos tesoros, como una pequeña acuarela de Klee y varias litografías originales de Kandinsky y Dalí, además de las de Vasarely. Tenía también un óleo de Saura, otro de Leonora Carrington y uno más de Tamayo. Todos estaban en los sitios asignados por Linda en las paredes y de allí no los movía nadie sino ella.

Insegura de sus gustos y de su criterio, Linda prefería navegar con las corrientes de moda y, así, el Tamayo que estaba colgado encima de la chimenea fue a dar a la bodega por un tiempo indefinido cuando Linda colocó en su lugar un *early* Botero que nadie reconoció nunca porque el personaje allí pintado no era uno de esos gordos que a Dave le parecían inmundos, sino un muchacho moreno, delgado y semidesnudo, que tenía una camisa azul y un gallo en las manos. Todo parecía esa tela, menos un Botero. Por lo mismo, en cuanto el padre de Linda accedió a sus deseos y le compró un Keith Haring, el Botero también fue a dar a la bodega. Pronto el Keith Haring fue sustituido por un cuadro de uno de los mejores exponentes del fotorrealismo: una pintura de Richard Estes que ilustraba el Museo Guggenheim de Nueva York, como si estuviera visto desde la ventana de un edificio cercano. La fidelidad era tan asombrosa que daba la sensación perturbadora de tener una casa en San Francisco, con una ventana que daba a Nueva York. Pronto el Keith Haring regresó a su lugar.

Otra de las pasiones de Linda eran las plantas y, en eso, su casa parecía inglesa: había en ella toda clase de plantas de interior y entre ellas las clásicas y esbeltas aspidistras, algunos cactos y yucas así como varios helechos que desplegaban sus verdes abanicos circulares en macetones que colgaban del techo. La casa, por estar situada en el corazón de Nob Hill, debía valer varios millones de dólares. En ninguna parte de Estados Unidos era la propiedad tan cara como en California.

Dave apagó el cigarro y bajó a la bodega. Subió, hasta el baño del segundo piso, el tanque de plástico de cinco galones que contenía la gasolina que había sacado del automóvil de Linda, vació la gasolina en la tina de baño y lavó después varias veces el tanque y el trozo de manguera que le había servido para ordeñar el Daimler. Tapó después la tina, esparció en ella el contenido de un frasco de escamas perfumadas y dejó corriendo el agua caliente hasta que la tina se llenó a la mitad. Agitó el agua para que se llenara de espuma, restregó la tina con un cepillo de mango largo, y dejó que se fuera el agua. Bajó el tanque y la manguera a la bodega, y de ésta sacó la bolsa de lona. Se cercioró de su contenido... sí, estaba allí todo lo que tenía que estar: la chamarra, el gorro, la lámpara de pilas, los anteojos, los pantalones de casimir, los *blue-jeans*, los zapatos, los calcetines. Echó el trozo de manguera en la bolsa, puso la bolsa en el bote de la basura, abrió la puerta cochera, sacó el bote a la calle y regresó al garage para cerrarlo. En diez minutos más pasaría el camión y todo desaparecería para siempre. Subió a la casa para acabar de enjuagar la tina. Abrió después la ventana del baño y las restantes del segundo piso para ventilar el departamento y que desapareciera así hasta el último rastro de olor a gasolina.

En unos minutos, no sólo se fue el tufo de la gasolina, también el del tabaco, y Dave, por primera vez desde que vivía en esa casa, pudo respirar un aire distinto: un aire que, si no era puro, era al menos anodino. Pronto llegaría la vietnamita y, siguiendo instrucciones de Linda, esparcería en las habitaciones los diferentes *sprays*: porque a Linda se le había metido en la cabeza que la sala y el comedor debían oler a pino, los baños a jazmín y la recámara a rosas. Los olores, burdas imitaciones de los naturales, se contaminaban después unos a otros en el transcurso del día y a la mezcla se agregaba el perfume Jaïpur de Linda, lo que aumentaba el asco de Dave hasta la náusea. A pesar de haber fumado varios años, conservaba un olfato muy fino. De niño, era el primero que detectaba que la mantequilla comenzaba a agriarse o la leche a quemarse. Además, muy a su pesar, de todos modos cada vez fumaba menos.

La cocina era la única habitación de la casa donde las cosas olían a lo que tenían que oler: la carne asada a carne asada, la mandarina a mandarina, el café a café. Dave siempre desayunaba en la cocina, blanca también, inmaculada, para despertar cada día al mundo con los aromas verdaderos y nobles de las bebidas y los alimentos naturales y frescos.

V

LOS DOS MOSQUETEROS

"Tú eres D'Artagnan y yo soy Porthos."

Éstas eran órdenes y nadie podía, ni sabía, ni quería desobedecerlas, porque era Chuck O'Brien el que las daba.

Los jardines de La Bagatelle estallaban en rosas y comenzaban ya a florecer los iris, que tenían todos los colores del mundo: el negro azabache, el azul turquí, el amarillo pastel, el morado obispo, el gris ceniza, el café tabaco, el blanco marfil, el beige oro viejo. Y ellos eran dos caballeros —porque sólo dos mosqueteros había— que iban a cruzar el Canal de la Mancha para salvar la vida del Rey de Inglaterra, Carlos I…

Otras veces, remaban en el lago del Bosque de Boloña, y entonces Chuck decidía que Dave era el *Corsario Negro* y él, Chuck, el *Corsario Rojo*.

El calificativo rojo le caía muy bien a Chuck porque su pelo era rojo y rojas las pecas que le salpicaban la cara. Pero como todo buen irlandés, entre todos los colores prefería el verde, y apenas comenzaba el frío en octubre se presentaba a la escuela de Saint-Louis con un suéter esmeralda.

Dave lo recordaría así toda la vida, con ese suéter verde, regordete y rozagante, siempre con la sonrisa en la boca y dando órdenes.

Los años de París fueron, junto con los años de San Francisco, los más felices en la vida de Dave. Papá Sorensen fue trasladado a fines del 76 a la capital francesa ya con su nuevo nombramiento de consejero. Algún funcionario del gobierno mexicano se había al fin percatado de todas sus virtudes. David Sorensen padre hablaba a la perfección cuatro idiomas. Vestía como un príncipe. Se destacaba por la finura de sus modales y su cortesía. Era un hombre de una gran inteligencia, perspicaz, prudente, gran conocedor de vinos. Tenía un apellido que, en México, era único. Y era un hombre de cultura irreprochable. Reunía, en fin, todas las virtudes del diplomático ideal más otra virtud de la que carecían muchos: la de estar casado con una mexicana que era una gran cocinera, un verdadero *chef*, doña Refugio, capaz de deslumbrar a sus huéspedes con los canapés más sofisticados, de espíritu mexicano y universal al mismo tiempo. Doña Refugio, Mamá Cuca, era además famosa por sus joyas y vestidos típicos mexicanos.

Chuck titubeó —Dave recordó ese detalle, porque nunca antes había visto titubear a Chuck, y nunca más lo veía.

"Un momento", dijo. " Yo creo que a mi papá no le gustaría que yo fuera a salvar al rey de Inglaterra. A mí tampoco me gusta la idea. Mejor vamos y les ayudamos a los ingleses a cortarle la cabeza."

Por supuesto que a Sean O'Brien, el embajador de la República de Irlanda en Francia, no le hubiera gustado. Por odio a los ingleses jamás se le hubiera ocurrido inscribir a su hijo en el Colegio Británico de París. Sólo imaginarse que su hijo fuera confundido con un súbdito de su Majestad Británica o que se le contagiara algo del presuntuoso, arrogante acento de los habitantes de Mayfair o de los egresados de Eton, le resultaba intolerable. Por eso mandó a Chuck a una escuela de gobierno que tenía, al menos, la ventaja de ser una escuela excelente.

A Papá Sorensen, en cambio, lo que le faltó fue dinero, no deseos, para que Dave ingresara al Colegio Británico, y optó por inscribirlo en la misma escuela, la mejor de todas las estatales.

Cuando Dave y Chuck se conocieron en la escuela de Saint-

Louis, ninguno de los dos hablaba francés. Fue por esta razón, el no entender el francés, que sólo había dos mosqueteros: eran los únicos que hablaban inglés en toda la escuela. Dave, el que había aprendido en Londres y Canadá, y Chuck, el inglés de su tierra natal.

Esto también dio lugar a uno más de los engaños en los que Dave vivió. Sin entender ni la televisión ni la radio, cuando no estaba con Chuck O'Brien, a Dave no le quedaba más remedio que refugiarse en la lectura. Leyó, así, a los ocho años de edad y en inglés, no sólo a Walter Scott, también a Salgari y algunos cuantos autores franceses como Julio Verne y Alejandro Dumas. Papá Sorensen se convenció que tenía un hijo intelectual. Y el propio Dave pensó que su destino era ser un gran lector y, quizás, un gran escritor también. Cuando Dave aprendió el suficiente francés para leer a esos y otros autores franceses, dejó de interesarle la lectura. Quería acción, explorar el mundo, viajar. En buena parte, su amistad con Chuck satisfizo su sed de aventuras. El embajador O'Brien, que tenía alma de marinero, poseía un pequeño yate que él mismo tripulaba y una licencia de piloto y en una ocasión inolvidable viajaron en el yate Saint Patrick —no podía llamarse de otra manera— desde Dover hasta la desembocadura del Sena y, por el Sena, hasta el corazón de París.

Dos o tres veces a la semana Dave iba a jugar con Chuck O'Brien a la embajada de Irlanda. De vez en cuando, también, jugaba con los hijos del embajador de México, en la residencia de la Avenida Presidente Wilson, que a Dave le parecía un palacio. Algunos sábados, Papá Sorensen y Mamá Cuca llevaban a Dave y sus amigos a comer al Pré Catalan o al Pavillon Montsouris, y en unas vacaciones de invierno, Chuck O'Brien lo invitó a los Alpes a tomar clases de esquí.

En pocas palabras, Dave tuvo una infancia y una adolescencia que transcurrieron en el lujo y en la abundancia, y que le hicieron creer que era rico y que siempre lo sería.

El estilo de vida que se seguía en su propia casa contribuyó a esa ilusión: aunque Papá Sorensen no ganaba tanto como un diplomático brasileño o inglés de su misma categoría, su salario era alto, y tanto él como Mamá Cuca se encargaban de gastarlo todo sin ahorrar un centavo. La única inversión que hicieron fue la compra de la casa de Cuernavaca, que pagaron poco a poco a lo largo de más de quince años.

No había irresponsabilidad en esto: Papá Sorensen y Mamá Cuca estaban convencidos de que tenían que representar a su país de la manera más digna y elegante posible. Además, los dos presumían de ser gastrónomos, y el mayor placer de Mamá Cuca era el de aprender la cocina de otros países, para agasajar con platillos maravillosos a su esposo, a su hijo, y desde luego a los frecuentes invitados.

Así, en la casa de los Sorensen un día se cenaba una paella valenciana o una fabada asturiana de primera, al siguiente los esperaba un pato *à la poire* —a la pera—, o venado como lo servían *au petit Montmorency*: en salsa de vino de Borgoña con una bola de helado de jengibre; al siguiente día Mamá Cuca preparaba un ajiaco colombiano impecable al que no le faltaban las huascas, y al tercer día la sorpresa era un *Smörgåsbord* en el más clásico estilo sueco. En todas las ocasiones, de sobremesa y al amor de un oporto, la política y la comida eran los principales temas de conversación: Dave sabía de memoria, aún sin haber ido a muchos de ellos, los nombres de algunos de los mejores restaurantes de París, desde los más caros, como el Lucas Carton o L'Orangerie, hasta aquellos pequeños *bistrots* baratos y excelentes, que sólo algunos iniciados conocían, como Face au Square en Alésia, donde preparaban un hojaldre con morillas y salsa *béchamel* que era una verdadera delicia.

"Se lo recomiendo, embajador, acompañado de un Margaux", decía papá Sorensen, y agregaba: "por supuesto, *chambré*". Los nombres de los vinos y las champañas le fueron así también familiares a Dave desde muy niño.

Lo seducía la cava. La cava fue, unas veces, la sentina de un barco donde él y Chuck viajaban de contrabando. Fue, otras, el calabozo del Conde de Montecristo en la Isla del Diablo, una caverna en la Isla de las Tortugas, el interior del cadalso elevado para cortarle la cabeza al rey inglés y, también, fue simplemente una cava, un lugar encantado donde los vinos brillaban con luz propia, con destellos que eran como luciérnagas rojas y doradas. Con nombres, también, rodeados de luminosas aureolas: Cellier de la Vieille Église, Nuits-Saint Georges, Château Yquem, Champagne Laurent-Perrier... Papá Sorensen sabía lo mucho que a Dave le gustaba ir a la cava:

"Dave, por favor, ve a la cava y trae una botella de Chiroubles y dos de Château Palmer..."

"¿Château Palmer? ¿De qué año, papá?"

"Setenta y cinco..."

Papá servía unas gotas del vino en la copa, aspiraba el *bouquet*, examinaba el contenido de la copa al trasluz y lo paladeaba con lentitud.

"Este es un Margaux de Le Médoc, de color rubí con reflejos cereza", le decía Papá Sorensen a sus invitados, con un conocimiento de causa que nadie supo nunca si se originaba en una larga experiencia o en la lectura reciente de la *Guía de vinos Hachette*.

"Tiene un cuerpo singular", proseguía, "y un sabor fresco pero intenso, con ligerísimas reminiscencias de menta, vainilla y frutas maduras... No hay que dejarlo añejar más de diez años..."

De todos modos, Papá Sorensen sabía mucho de vinos. Más que la mayor parte de sus amigos franceses, lo que era decir bastante.

El mobiliario que Papá Sorensen había heredado de su padre y de su abuelo, y que se llevó a todas las ciudades en las que vivió: un juego de diván y sillas eduardianos, un comedor victoriano, una lámpara de Lalique, una cómoda de Boulle, una vajilla de Limoges, un juego de mesas Chippendale y las alfombras y los tapetes persas, además de otra gran variedad de muebles y objetos finos: todo esto contribuía a crear la atmósfera de abundancia en la que se crió Dave.

Cuando, unos años después, tuvo que embodegar los muebles para habitar en la residencia oficial del Cónsul General de México en San Francisco, Papá Sorensen decidió que nada de eso quedaría bien en la casa de Cuernavaca, por ser moderna y estar situada en una región de clima cálido, de modo que, con el pretexto de comprar muebles adecuados y de construir la alberca, comenzó a venderlos, uno por uno.

Pero la calidad de la vida de los Sorensen en San Francisco, lejos de decaer, comenzó un ascenso hacia el apogeo. Tenían chofer uniformado, un Lincoln continental del año que parecía forrado de charol, cocineras, recamareras y mayordomo, y vivían en una hermosa casa blanca y muy grande, lujosamente amueblada, en pleno Pacific Heights, en Washington Street casi esquina con Octavia. La casa estaba rodeada de un amplio jardín y, por si fuera poco, enfrente tenía al Parque Lafayette. Dave asistía al Liceo Internacional Francoamericano de Buchanan Street.

El salario de Papá Sorensen alcanzó también para alquilar un *chalet* en Sausalito, a donde iban la familia y los amigos los fines de semana y donde Dave pasó largas vacaciones acompañado de Mamá Cuca. Acompañado, también, de su imaginación: Papá Sorensen le regaló una bicicleta, con la condición única de sólo usarla al norte del Golden Gate. O sea, nunca cruzar el puente. Con ella, Dave exploró, recorrió, bautizó a su gusto con nuevos nombres que brotaban de sus lecturas y de sus viajes, los bosques, caminos, cuencas, arroyos, islas, playas, mares y acantilados de los alrededores de Sausalito.

Chuck lo visitó en unas vacaciones de verano que Dave nunca olvidaría. Estuvieron una semana en la ciudad, y el resto del mes en Sausalito. Esos primeros días se levantaban casi al alba para darse un chapuzón en la alberca de la casa, que tenía agua caliente. Jugaban después tenis en alguna de las canchas del parque y visitaban, tras otro chapuzón, algún lugar interesante de la ciudad: el Museo de Cera, el Ripley, el Guinness de los Récords Mundiales, el Museo Marítimo, el Exploratorium, los muelles, el zoológico, los jardines botánicos, el acuario. Asistían, también, a algunas de las pláticas y discusiones de sobremesa. Era el año de la guerra de Las Malvinas, de la muerte de Brezhnev, del retiro de Sugar Ray, de la masacre de Sabra y Chatila... Dave y Chuck escuchaban, y aprendían. Mamá Cuca los quería llevar al estreno de *E. T.* que estaba en el Regency I, o a ver *1001 Rabbit Tales*, pero ellos preferían una película de terror, como *Creepshow*, que pasaban en el cine Alexandria.

También en la calle aprendían. Los dos estaban a las puertas de la pubertad y comenzaban a atisbar los encantos prohibidos de la ciudad. En Haight Ashbury los *hippies* estaban en peligro de extinción, pero no muy lejos, en Castro, florecían los bares y cafés de homosexuales y lesbianas. Pasaban delante de ellos, con la sensación de pasar frente al infierno. Conocieron también a los travestis y las prostitutas de Eddy Street, que los llamaban con palabras y gestos obscenos, y oyeron hablar de la mariguana, de la coca, más de una vez se las ofrecieron, y del *angel dust*. Nunca probaron nada. Se fueron a Sausalito y a los bosques de *sequoias* y siguieron siendo niños después de estar a punto de dejar de serlo. Un día, en un pueblo más allá de Acrewood, sintieron tanto frío, que recordaron una tarde, en París, en la que el viento helado parecía partirles la cara. Salían de la iglesia de Santa Genoveva, atrás del Panteón. Desde hoy, dijo Chuck, este pueblo se llamará Santa Genoveva. Cuando se lo contaron a papá Sorensen, le vino a la memoria una frase de Mark Twain: "el invierno más frío que he pasado en mi vida, fue un verano en California"... Poco después de que Chuck dejara San Francisco, Dave descubrió el sitio a la orilla del mar al que llamó La Quebrada. Chuck nunca lo conocería.

Los primeros años en Londres, llevaron este estilo de vida a la culminación: vivían en una residencia no lejos de Belgrave Square y tenían un Bentley con chofer. Papá Sorensen y Mamá Cuca iban a los *garden tea parties* de la reina Isabel, a los campeonatos de Wimbledon, a las carreras de Ascott y, un día inolvidable, fueron los tres a la ópera de Glyndebourne, donde asistieron a una suntuosa puesta en escena de *La Clemenza di Tito* de Mozart. En el esplendor de la yerba y asistidos por el chofer, hicieron un *picnic*: salmón ahumado con crema y alcaparras, *roast-beef* frío, ensalada de endivias con aderezo de vinagre de nuez y mostaza dulce de Baviera y tarta de manzana con *custard*. El vino: Pouilly fumé helado.

Ver a Papá Sorensen con *jacquet* y chistera grises, corbata plateada y un clavel blanco en la solapa, era una gloria. Fue en esa época que Dave comenzó a descubrir la elegancia y a pedirle a Papá Sorensen que le prestara sus corbatas. Un amigo de Papá Sorensen le dijo un día: "Este muchacho salió con tan buen gusto como tú…"

Cuando Mamá Cuca se enfermó, pensó que iba a morir pronto, y le dijo a Papá Sorensen que era en México donde quería pasar sus últimos días. Papá Sorensen pidió su retiro —al que de cualquier modo ya tenía derecho por su edad— y se fueron a vivir a Cuernavaca.

Por primera vez en su vida, Dave se quedó solo y tuvo que cambiarse a un departamento amueblado en Kensington. Era un departamento pequeño, modesto, decorado con una cursilería asfixiante: alfombras de flores, papel tapiz con diseños florales también y colores chillantes, y muebles forrados con plástico transparente, en el que tenía que compartir el baño y el excusado con dos o tres inquilinos. Su insistencia en bañarse diario le causó graves problemas con la *landlady*, quien pensaba que lo hacía porque estaba enfermo de la piel. Los problemas se suavizaron cuando Dave comenzó a pagarle unas cuantas libras más al mes. Además, no había regadera y la tina —Dave se llevó una gran sorpresa— estaba en la cocina de la casa. No creía lo que le estaba pasando.

Cuando quiso vivir solo, en un departamento moderno, tuvo que mudarse a la periferia de la ciudad, en el condado de Kent, y se vio precisado a tomar de ida y vuelta a Londres los trenes suburbanos que iban siempre atestados y que en el verano apestaban. Tuvo también que aprender a contar cada limón, cada huevo, cada zanahoria que compraba y, al mismo tiempo que dejaba de adquirir las corbatas y las camisas que le gustaban, aprendió también a contar los peniques para ver si esa semana podía ir al *pub* el sábado en la noche a tomar dos o tres pintas de cerveza. Estaba inscrito en la London School of Economics, y los últimos muebles y objetos preciosos que aún le quedaban a Papá Sorensen tuvieron que ser vendidos, algunos malbaratados, para pagar una educación que nunca terminó.

Encontró un buen amigo en Kent, un joven refugiado guatemalteco que después desapareció en una selva de su país. Algunas tardes gozaban del espectáculo que les daba el chofer de un lord que, cuando tenía ocasión —seguramente cuando dejaba a su patrón en el club o en una larga sesión de negocios— llevaba a su casa el reluciente Rolls Royce y lo ordeñaba. Es decir, introducía un tubo de hule en el tanque de la gasolina, succionaba por el otro extremo y, cuando el combustible le llegaba a la boca lo escupía y con el chorro continuo llenaba un recipiente de uno o dos galones. A Dave y su amigo esto les divertía mucho, sobre todo porque el chofer lo hacía delante de ellos, sin vergüenza alguna. Cuando acababa, se enjuagaba la boca con unos buches de cerveza tibia, les decía algo en un *cockney* incomprensible y se iba, feliz de la vida. Pero no abundaban las diversiones en Londres. El teatro era muy caro. La ópera estaba fuera de su presupuesto. Los buenos restaurantes, inaccesibles, y en los *pubs* sólo se podía comer dos o tres cosas como el *steak and kidney pie* que lo tenía harto. Hacía además casi un cuarto de siglo que Londres había dejado de ser *the swinging London* para transformarse en una ciudad cada vez más sucia y decadente.

Dave se sintió muy infeliz. Había nacido en esa ciudad y pensó que siempre la amaría: sus recuerdos más lejanos, que se perdían —como en invierno se esfumaban las casas de Londres— en una bruma espesa, tenían que ver con los chopos de un parque en

Kensington, con los autobuses rojos de dos pisos, con el arco del Almirantazgo, con los osos blancos del zoológico de Regent's Park, con el monumento a Nelson quien, desde lo alto de su columna en la Plaza Trafalgar, avizoraba las costas de Calais. Y ahora esa ciudad lo deprimía en forma brutal. No quería saber nada de ella. Un día no aguantó más. Dejó la escuela, les dijo adiós a unos cuantos profesores y amigos, empacó su ropa y sus libros, le pidió a Papá Sorensen que le enviara un boleto de avión, y se fue de Londres para nunca más volver.

VI

LAGRANGE DESHEREDA A LINDA

El encuentro entre Bob Morrison y Dave se realizó en el Olympic Country Club, de Skyline Boulevard, segunda casa de Chuck O'Brien. Dave le hizo tan buena impresión a Bob que unos cuantos días después estaba ya instalado en la agencia de publicidad, en el piso once de un bello rascacielos de Drumm Street, cerca del Hyatt. Su oficina tenía dos ventanas. Desde una se veía, entero, el puente de Oakland. Desde la otra se contemplaba el bellísimo edificio *néo-art déco* del Marriott de San Francisco, el *jukebox*. En la puerta, un letrero decía: "David Sorensen — Vicepresidente". Había, quizás, demasiados vicepresidentes: cinco en total, pero de todos modos el título sonaba muy bien.

"¿Vicepresidente?", dijo Linda "Ah, eso le va a gustar a mi padre."

Dave no sabía que eso le iba tener sin cuidado al viejo Lagrange.

Las primeras dos semanas su trabajo no pudo ser más tranquilo. Bob Morrison le puso como tarea analizar todos los comerciales que alcanzara a ver en la televisión, y a hojear y a leer los libros que había en la agencia: desde una magnífica colección de los anuales *Penrose* y otra de *Printer's Ink* hasta las memorias de Ogilvy y una que otra de las críticas contra la publicidad que, en un tiempo ya lejano, habían parecido novedosas y virulentas, como *The hidden persuaders* de Vance Packard.

Dave se dio así un hartazgo de comerciales de todos los productos y servicios imaginables: whisky, papel higiénico, jabones y detergentes, mayonesas, automóviles, *shampoos* para perros, funerarias, cigarrillos, relojes, vajillas, baterías, aceites para cocinar y aceites lubricantes, cosméticos, mapas, alfombras y tapices para pared, refrigeradores, ropa interior, computadoras, pañales desechables, pianos, perfumes, pinturas para exteriores, enciclopedias, alimentos para perros, gatos y periquitos australianos, muebles de oficina, vinos, zapatos y plumas fuente, entre otros.

Cada sábado en la mañana, a eso de las nueve, Dave llegaba a la casa de Sacramento Street en su Corvette. En algunas ocasiones, Linda lo invitaba a pasar y hacían el amor en su recámara. Pero las más de las veces ella le pedía que guardara su Corvette en la cochera después de que ella sacara el Daimler.

Se repitió, varias veces, ese extraño rito que tanto le encantaba a ella: ponía el caset de Patsy Cline, siempre la misma canción, y la cantaba al unísono mientras manejaba el Daimler azul hacia el sur, hacia la frontera, camino de México, por la costera de California, llegando cada vez, cada sábado, un poco más lejos, un poco más hacia el sur, pero sin llegar nunca a México.

Así, el primer sábado llegaron a Half Moon Bay, alquilaron una habitación en el Pillars Inn y cenaron, en un restaurante que se llamaba Shore Bird, los mejores ravioles rellenos de mariscos de toda su vida.

Otro sábado llegaron hasta Monterey, se refugiaron en un motel de cuarenta dólares la habitación y comieron una *pizza* de chorizo, aceitunas y anchoas de entrega a domicilio.

El sábado siguiente, llegaron más al sur, a San Luis Obispo, y en la mañana del domingo desayunaron, en Avila Beach, café con leche y *hot-cakes* que compraron en un puesto ambulante.

El tercer sábado llegaron más al sur todavía, hasta Santa Bárbara, donde se metieron a un cine a ver una película de Robert Altman, y bajaron después hasta el Lago Casitas para pasar allí la noche.

Pero nunca llegaron, siquiera, a Los Ángeles, una ciudad que Linda aborrecía.

De hecho, Dave se preguntó si Linda estaba consciente de lo que decía cuando cantaba, junto con Patsy Cline, *South of the border, down Mexico way:* nunca había estado en México y, como lo dijo un día, bien claro, no tenía la menor intención de ir jamás...

En uno de esos pequeños viajes en los que apenas recorrían uno o dos centenares de kilómetros, Linda entró a una gasolinería y se estacionó atrás de un BMW 850.

"¿Te gusta ese coche?", le preguntó a Dave.

"Es un sueño. Me gustaría uno igual, pero de color amarillo huevo."

"Y ¿por qué no realizas tu sueño?"

"Tú sabes que no puedo darme ese lujo. Mi salario en la publicidad no me lo permite."

"A lo mejor te lo trae Santa Claus... si te portas bien."

Dave se portó bien y gracias a Santa Claus, o mejor dicho, al viejo Lagrange, tuvo su BMW 850.

Pero esto no sucedió sino hasta que Dave y Linda se casaron.

Un sábado, Linda le dijo al llegar:

"¿Traes tu pasaporte contigo?"

"No. ¿Por qué?"

"Vamos por él."

Camino al departamento de Lombard Street donde vivía Dave, Linda le dijo:

"Siempre quise casarme en Las Vegas. A buen paso, llegaremos en ocho horas."

Dave se quedó sin habla.

Esa vez Linda no puso, como siempre, el caset de Patsy Cline: tenía necesidad de hablar y de que Dave supiera quién era ella, qué hacía, qué deseaba en la vida. El primer Lagrange que llegó a los Estados Unidos era uno de los hugonotes que fundaron, en Nueva Orleans, el *vieux carré*, y que fueron después expulsados por los católicos españoles. Se llamaba hugonotes, como Dave bien sabía, a los protestantes franceses que solían reunirse a la sombra, en París, del monumento al rey Hugo Capeto. Los Lagrange emigraron después a Tejas, y pasaron varias generaciones en una situación muy cercana a la miseria, hasta que al fin su abuelo paterno acumuló una pequeña fortuna gracias a una tienda donde vendía toda clase de objetos de plástico. De todos estos objetos, fueron las bolsas en las que más invirtió el viejo Lagrange y, gracias a su intuición y buen sentido de los negocios, se hizo millonario.

La madre de Linda había muerto cuando ella apenas tenía tres años de edad. Linda no recordaba nada, o casi nada, de ella. Sólo que era una mujer melancólica, de larguísimos cabellos que caían sobre sus hombros y su espalda como una cascada de oro. El viejo Lagrange volvió a casarse, para divorciarse a los dos años. Nunca más se unió de nuevo con una mujer. Desde entonces, concentró todo su amor y sus obsesiones en su hija, Linda. Un amor lleno de contradicciones, porque "nunca quiso entender —le dijo Linda a Dave— que mi felicidad consistía en hacer lo que yo quería y no lo que él quería que yo hiciera". Así, cuando Linda decidió dejar la universidad —a insistencia de su padre estudiaba la carrera de derecho en la Universidad de Tejas— el viejo Lagrange puso el grito en el cielo y amenazó con desheredarla. Pero Lagrange siempre acababa por tranquilizarse, aunque a regañadientes.

El mayor triunfo de Linda respecto del dominio que su padre ejercía, o pretendía ejercer sobre ella, fue su decisión de ir a estudiar decoración y diseño de interiores en San Francisco. Lagrange amenazó de nuevo con desheredarla pero, y quizás porque San Francisco era una ciudad que él mismo amaba y visitaba con frecuencia, en lugar de hacerlo compró la casa de Jones y Sacramento y pagó todas las modificaciones que Linda quiso hacer tanto en la fachada como en el interior. A esto agregó Lagrange una muy generosa pensión. Era esa pensión, y no el salario que tenía en la empresa de Jimmy Harris, la que le permitía a Linda llevar una gran vida. Linda trabajaba por el placer que le daba hacerlo: le encantaba ver que algunos de sus diseños, así fuera de sillas, cortinas o azulejos, con frecuencia pasaran del papel a la realidad: tenía unos cuantos clientes con el dinero suficiente como para ordenar a una mueblería de primera, o a una fábrica de telas o de cerámica, que reprodujeran con total exactitud —y exclusividad— los diseños imaginados por Linda. Lo mismo sucedía con las alfombras, las lámparas, los macetones. Pero también lo que le fascinaba hacer, en las ocasiones en que los clientes deseaban una decoración integral a la que nada objetarían, era ir a las mejores tiendas de San Francisco a comprar los muebles y objetos más finos que encontraba. Tanto ella como Jimmy Harris se daban cuenta tras un rápido sondeo de cliente, que incluía la muestra de catálogos y de los números encuadernados de *House and Garden* y de otras revistas especializadas a las que estaban suscritos, como *Home Image, Interior Design, The Magazine Antiques* y *Living*, de sus preferencias. De modo que habían también desarrollado un instinto de lo cursi y del mal gusto que aplicaban cuando era necesario. Lo que Linda jamás hubiera puesto en su casa, como un juego de sala cuyo sofá y sillones en lugar de brazos tenían colmillos de elefante, había llenado de felicidad a un cliente. Había otros que soñaban con tener una mansión de pisos y paredes de mármol, destinada a parecer más una gigantesca cripta familiar que una casa habitada por seres vivos. Pero había de todos los gustos y el negocio consistía en adivinarlos y satisfacerlos. Tampoco faltaban los clientes que deseaban se les entregara una casa puesta de todo a todo, que debía incluir las sábanas y las colchas, los cojines, las toallas, los manteles y cada objeto que hubiera sobre los muebles. En esas ocasiones, la Ralph Lauren Home Collection, la línea de baño Royal Velvet, los ceniceros Waterford y los floreros Orrefors solían salvar la situación. También encontraba docenas de objetos y cosas bellas en Pier Imports y muebles modernos de maravilla en la tienda Concepts Today del Japanese Center, pero por lo general, entre sus clientes no abundaba el buen gusto. Rara era la vez en que los extremos se tocaban: acudía entonces a los muebles de Mackenzie-Childs, cuyo barroquismo fantástico oscilaba entre el gusto más exquisito y la cursilería total.

Cuando Linda no encontraba en San Francisco lo que deseaba, viajaba a Dallas y continuaba su búsqueda en la casa matriz de Nieman Marcus y de paso visitaba a su padre. O, si era necesario, iba a Londres o París. Ella insistía en que ciertas telas sólo las encontraría en Liberty's o ciertos tapices para pared en las Galerías Lafayette o en Printemps. Y, cuando era el caso, ciertas antigüedades en los mercados de pulgas de Portobello Road o de La Porte de Clignancourt. A veces le pedía consejo al viejo Lagrange, cuya afición por los objetos raros lo había rescatado de una ignorancia supina para adentrarlo en el mundo de la historia del mueble y del objeto artístico, a tal grado que pocos como él sabían cuáles eran los lugares indicados para comprar, a los mejores precios del mercado, una vajilla de Villeroy & Boch un juego de sala Luis XV auténtico o una puerta de hierro inspirada en Guimard. Lagrange la acompañaba a veces a Los Ángeles: gran parte de las mejores tiendas de antigüedades, como Richard Gould, Evans and Gerst, Foster Ingersoll, John J. Nelson o Sigrid Insull, se encontraban o en Melrose Place o en La Cienega Boulevard. Lee Calicchio y Malmaison Antiques eran dos de las tiendas de Manhattan que también Linda solía visitar con su padre, y desde luego, no se perdían ninguna de las más importantes subastas de antigüedades de Christie's. Cuando Lagrange viajaba a San Francisco para ver a Linda, llegaba siempre al hotel Fairmont, a unas cuadras de la casa de Jones y Sacramento, y le gustaba visitar las pequeñas tiendas de antigüedades de Polk Street. Siempre encontraba en ellas algo que despertaba su interés. Era allí, en el hotel Fairmont, en el cual se habían hospedado siempre su padre y su abuelo, donde se reunía con Linda. Nunca fue a la casa de Jones y Sacramento, porque para él ésa no era la casa de su hija. "La única casa que tienes y has tenido siempre, es la casa de Dallas, lo sabes bien", le dijo. "Bueno", le contestó Linda. "Pero al menos la casa donde vivo es *tu* casa. Tú eres el dueño." "Mi casa está en Dallas, ésta otra es mía nada más por lo que has dicho, porque es de mi propiedad." Y así fue; Lagrange, como Dave un año más tarde le hubiera querido contar a Papá Sorensen —y estuvo a punto de hacerlo— adoraba a su hija, pero no tanto como para poner las cosas a nombre de ella: la casa, el coche y los cuadros valiosos eran propiedad de Lagrange. "No es falta de amor", le dijo un día, "Lo que sucede es que no quiero que todo esto vaya a parar un día a manos de un extraño." "Si me caso", le dijo Linda, "mi marido no será un extraño, sino un miembro más de la familia". "Para mí siempre será un extraño", afirmó Lagrange.

"De modo que tendrás que resignarte a que tu BMW 850 esté a nombre de mi padre", le dijo Linda, camino de Las Vegas.

"¿De qué estás hablando?"

"Le dije a mi padre que quería otro automóvil, además del Daimler, para los fines de semana. No me atreví, por supuesto, a decirle que era para ti. A los pocos días me hablaron de la agencia para decirme que el coche estaba listo. Pero cuando les dije que lo quería amarillo yema, me dijeron que tardarían algunas semanas más... tendrás que tener paciencia."

Dave no salía de su asombro.

"Es mi regalo de bodas... Pero no me has dicho si quieres casarte conmigo."

"No me lo has preguntado. Ya lo decidiste."

"Bueno, no te estoy poniendo una pistola en el pecho."

"Y no hace falta. Sí quiero casarme contigo."

"En el entendido de que lo mío será mío y lo tuyo, tuyo."

Dave le contestó a Linda con el lenguaje que sabía que le encantaba:

"Por supuesto. Tus nalgas siempre serán tus nalgas, y mi pene siempre será mi pene."

Linda soltó una carcajada.

"Pero, por acuerdo mutuo, nos los vamos a prestar por tiempo indefinido."

Dave pensó que, de todos modos, él nada tenía. Bueno, algo por lo menos: la casa de Cuernavaca —faltaba un buen tiempo para que supiera que ya no pertenecía a su padre— a donde podrían pasar algunos fines de semana. ¿Y Linda? ¿Qué tenía Linda, si todo estaba a nombre de Lagrange? Bueno, tenía a Lagrange, que era su padre, que era millonario, que tenía cerca de setenta años y que sufría de insuficiencia cardiaca. De modo que, con un poco de suerte, y si Lagrange no desheredaba a Linda...

"¿Desheredarme? Nunca. Me ha amenazado con eso veinte veces, pero jamás lo ha cumplido. No se atrevería. Soy su único amor..."

La madrugada del domingo los sorprendió desayunando huevos *benedictine* con champaña en el restaurante del Caesar's Palace. De manera alternada, habían jugado en el casino y hecho el amor durante toda la noche. Linda tuvo una gran suerte con los traganíqueles pero todo lo que ella ganaba lo perdía Dave en la ruleta. Después de desayunar, y todavía de noche, salieron a caminar por Las Vegas Boulevard hasta la salida del sol. Dave llevaba dos días sin afeitarse y Linda le reiteró una vez más que le fascinaba verlo así. Pero Dave dijo que la barba le daba calor y comezón, y de regreso al hotel se rasuró. Linda tuvo que resignarse.

Aunque ya en los viajes anteriores que habían hecho *Down Mexico way* Linda había manifestado una tendencia a hacer el amor a las horas y en los lugares más inopinados, fue en esa breve luna de miel que se inició en Las Vegas y acabó en el Lago Tahoe, que la tendencia se transformó en una obsesión: hicieron el amor a las tres de la madrugada en el *jacuzzi* de la habitación, a las seis y media de la mañana en la alfombra del vestíbulo, a las diez de la noche en el Daimler, que estaba estacionado frente a la puerta del cuarto en el motel del lago, a las once de la mañana en la *kitchenette* de la habitación. Nada parecía excitar y satisfacer tanto a Linda. De regreso a San Francisco, en unas cuantas semanas no había un rincón de la casa de Jones y Sacramento en el cual Linda y Dave no hubieran hecho el amor. Pero Dave comenzó a cansarse cuando a Linda le dio por llevar consigo el teléfono inalámbrico a cualquier lugar donde estuvieran amándose, así fuera el baño, la cochera, la bodega o la cava. La grabadora sólo le servía a Linda cuando no estaba en la casa: no era capaz de dejar de contestar una llamada. Y fueron muchas las veces en que sonó el teléfono cuando sus cuerpos estaban engarzados. Linda contestaba, se ponía un dedo en la boca y le hacía señas a Dave para que continuara lo que estaba haciendo. Esto la excitaba aún más, sobre todo cuando conversaba con un hombre.

Un día, Linda llegó muy agitada a la agencia de Bob Morrison. Entró a la oficina de Dave y le dijo:

"Mi padre está furioso. Acaba de enterarse de que me casé contigo y amenazó de nuevo con desheredarme. Casi le da un ataque cuando supo que tú manejas el BMW. Hoy llega a San Francisco para hablar conmigo. ¿Qué vamos a hacer, Dave?"

Dave sabía muy bien qué era lo que tenían que hacer.

Llamó a su secretaria, le dijo que no quería que nadie, nadie, ¿entiende usted? lo interrumpiera durante media hora, cerró la puerta con llave, descolgó el teléfono, encendió el radio, y comenzó a desvestir a Linda. Linda nunca había hecho el amor teniendo como fondo un paisaje urbano tan deslumbrante.

El encuentro de Linda y el viejo Lagrange fue breve y violento. Linda pidió el auxilio de Chuck O'Brien, quien visitó más tarde a Lagrange en el Fairmont, pero fue inútil: no sólo se negó a conocer a Dave: no deseaba oír hablar de él y jamás quería que se volviera a mencionar el nombre de David Sorensen en su presencia. Lagrange se fue de San Francisco y dejó de hablarle a Linda. Pero la pensión no dejó de llegar al banco, puntualmente, durante más de un año.

Esta situación tranquilizó a Dave y Linda y por largo tiempo ambos se olvidaron de las amenazas del viejo Lagrange. La pensión de Linda alcanzaba para todo. Cubría los gastos de las tarjetas de crédito de Dave. La ropa de Dave. Sus caprichos. Cuando Linda iba a Nueva York o a Europa, se llevaba con ella a Dave quien, para dejar la agencia de Morrison por unos días, prometía volver con un análisis de la publicidad de productos que competían —o podrían alguna vez competir—, con aquellos que manejaba la agencia. Cosa, que, por otro lado, cumplía. Linda compraba su ropa y sus joyas y perfumes en tiendas como Cartier, Laura Ashley, Hermès, Úngaro, Giorgio Armani y Louis Vuitton, pero lo que más disfrutaba era ajuarear a Dave, comprarle camisas y casimires, corbatas, abrigos, guantes, anteojos deportivos, pañuelos y *gaznés*.

En la agencia de publicidad, si bien algunos de los ejecutivos y artistas comenzaban a mostrar cierta hostilidad hacia Dave, sus ideas eran muy apreciadas, y la representación de varios productos le hizo ampliar su círculo de conocidos. Poca falta le hacía, porque a Linda le sobraban amigos, y a Chuck O'Brien lo mismo. Con Chuck paseaba en su yate, montaba a caballo o jugaba golf en el Olympic Country Club. Con Chuck y sus amigas, con Julie Simmons, con los Harris a veces, con los Morrison y otros amigos, algunos ocasionales, veleaban en la bahía, o hacían *windsurf* en las playas de Pacifica, o escuchaban jazz en el Golf Dust Lounge o cualquiera de los mejores sitios de North Beach. En un intento más de que a Chuck O'Brien le gustara el beisbol —desde su primera visita a San Francisco, cuando los dos eran niños, Chuck nunca lo entendió— Dave lo llevó a ver un juego en el Candlestick Park entre los Gigantes de San Francisco y los Piratas de Pittsburgh. Chuck dijo que le gustaba mucho más el *cricket*. Dave dijo que el *cricket* era un beisbol subdesarrollado. Tampoco se pusieron de acuerdo con el futbol americano: Dave y Linda eran fans de los 49ers, y Chuck decía que el *rugby* era muy superior y aristocrático. Dave dijo que no veía nada de aristocrático en el hecho de revolcarse en el lodo como puercos, y que Chuck era muy contradictorio porque admiraba muchas cosas de los ingleses sin confesarlo. O peor: sin darse cuenta. Pero Chuck era un gran amigo y supo consolar a Dave cuando se suspendieron las ligas mayores de beisbol: todo era buen pretexto para que los dos, con su grupo de amigos, se fueran al mejor restaurante hindú de San Francisco, el Gaylord, a cenar un buen pollo *vindaloo*, o al Imperial Palace a comer un pato laqueado al estilo Pekín, con tal de olvidarse de un hecho asombroso, increíble, inconcebible: ese año no habría serie mundial. Iban también, con frecuencia, a los teatros experimentales de SoMa —South of Market—, y desde luego a los bares *gay* que tanto fascinaban a Chuck y a Linda. En más de una ocasión, viajaron en globo sobre los mares de olas verdes y rizadas de los inmensos viñedos de Sonoma County. Y en el invierno solían dejar San Francisco para ir a esquiar, también en grupo, a Vail, en Colorado.

Linda viajó a Dallas cuando le dio el infarto al viejo Lagrange. A su regreso, Linda le dijo a Dave que su padre estaba recuperado, pero muy débil, y que no había cumplido la promesa de desheredarla, pero no quitaba el dedo del renglón: le daba tres meses de plazo para entablar el juicio de divorcio.

Dave no dijo nada. Vio a Linda a los ojos, mientras pensaba que tres meses era un plazo muy largo para un viejo infartado. En tres meses puede pasar cualquier cosa. Valía la pena esperar.

Linda le gritó:

"No te permito que pienses así."

"Pensar cómo, si no he abierto la boca…"

"Nada, no importa", dijo Linda. Pero sí importaba, porque los dos habían pensado lo mismo, y ambos lo sabían.

Lagrange no murió, y durante las semanas que sucedieron a su infarto, comenzó a ocurrir el cambio de Linda. Nada tuvo que ver ese cambio, en realidad, con la enfermedad de Lagrange. No, simplemente, Linda se transformó de la noche a la mañana, como se transforman en creyentes los incrédulos. Como los iluminados por la gracia. Dave estaba acostumbrado a que ella se levantara todos los días a las seis y media de la mañana para ir al club a sus clases de *aerobics* y nadar dos millas. Pero no a que, en lugar de comer un par de huevos con tocino al regreso del club, Linda se limitara a una mezcla de jugo de toronja con apio, perejil y pepino y que además insistiera en que Dave hiciera lo mismo.

No fumar en la casa, ni en el automóvil, no fumar nunca delante de ella bajo ninguna circunstancia, era algo que acabó por aceptar. Después de todo, en Estados Unidos no se podía ya fumar casi en ninguna parte: no se fumaba en la agencia Morrison, ni en los bancos, ni en los aviones, ni en las oficinas públicas. Pero hasta allí llegaron sus concesiones. Antes de volverse vegetariana, Linda no salía a ninguna parte, no iba a ningún restaurante, si no llevaba en la bolsa un libro que indicaba el contenido de unidades de colesterol de cada alimento. El libro se transformó en una especie de biblia que era consultada al mismo tiempo que el menú del restaurante. Linda no volvió nunca más a comer hígado de ternera a la francesa, uno de sus platillos favoritos: cuatrocientas dos unidades de colesterol por cuatro onzas era demasiado. Prescindió de la mantequilla y del queso, de la leche, también de la carne de puerco y de todos los derivados que antes ambos disfrutaban tanto: el jamón, el salami italiano, los embutidos franceses. Al principio Dave se divertía y le ayudaba a Linda. Libro en mano, recitaba: tocino, ciento siete unidades por cada cuatro onzas, carne de búfalo cruda setenta, alcachofas cero, ravioles con queso veinticinco, conejo setenta y cuatro, pollo noventa y cuatro, zanahorias cero, bacalao fresco cuarenta y nueve, catsup cero, carne de pato ciento una, *paté de foie gras* ciento setenta y dos, caviar cuatrocientos sesenta por cada cuatro onzas, mostaza cero, coca-cola cero, cebolla cero, fresas cero, sesos... dos mil trescientas veintinueve.

"De todos modos, jamás comería sesos", dijo Linda.

Muy pronto, eso dejó de ser divertido. Dave se aburrió. Después, a Linda le dio por comer sin sal. Un día, Dave se encontró en la cocina una serie de menús para los tres alimentos del día: desayuno, comida y cena, que iban de lunes a sábado, todos bajos en colesterol y en contenido de cloruro de sodio. Las cocineras —dos muchachas mexicanas que se turnaban en la tarea— debían seguir las instrucciones al pie de la letra, sin introducir la menor variación en los menúes. A Dave la comida le pareció espantosa y una vez se sorprendió devorando lo que las mexicanas cocinaban para ellas mismas: frijoles negros y tamales. La paradoja lo hizo sonreír: en la casa de una millonaria norteamericana, lo mejor que se podía comer, lo que más sabor tenía, lo más rico, en fin, lo único delicioso era lo que en su país, México, comían los más pobres. Esto también se acabaría, cuando Linda despidiera a las mexicanas.

La obsesión por la higiene se agregó a las manías de Linda, con la única ventaja de que, desde entonces, por miedo al polvo y los microbios, ya no era fácil que se le antojara hacer el amor en cualquier parte. Luego, para colmo, Linda tuvo la idea de los *sprays* aromáticos.

Dave comenzó a comer todos los días en restaurante y nada le pareció más normal que tomar como aperitivo uno o dos martinis secos, acompañar la comida con vino y rematar con un Chinchón. Llegaba con modorra a la agencia, y dormía una siesta a puertas cerradas en su oficina. Comenzó a sentir la necesidad de una compañía. Mejor dicho, de una compañera.

La llamada que tenía que llegar, llegó una tarde: Martin-Heuber, el abogado de Lagrange, le habló por teléfono a Linda desde Dallas para informarle que su padre le daba dos semanas de plazo para iniciar el juicio de divorcio.

Tres semanas después, Martin-Heuber habló con Linda para decirle que su padre le había dado órdenes de comunicarse con ella para informarle que su testamento había sido modificado. Linda no figuraba en él. Una asociación de veteranos de la guerra de Vietnam había sido designada heredera universal de su fortuna. Sin embargo, en el mismo testamento se señalaba con toda claridad que, si Linda Lagrange se divorciaba de David Sorensen, sería ella la heredera de todo el dinero y todas las propiedades muebles e inmuebles de Samuel Lagrange.

Estaban en la sala de la casa de Jones y Sacramento cuando Linda recibió la llamada.

"Mi padre no nos ha dejado alternativa, Dave, tenemos que divorciarnos. Yo no nací para miserable."

"Tenemos que divorciarnos", repitió Dave como un eco.

"Pero seguiremos viéndonos y algún día, pronto, volveremos a vivir juntos", agregó Linda.

Pero Dave sabía que no era cierto. Que Linda se había cansado de él y él de ella. Y, desde hacía alguna semanas, sabía una cosa: Linda tenía un amante.

Dave acarició el brazo del sofá: ese sofá no era suyo, nunca lo había sido. Dejó el vaso de whisky en la mesa de cristal. Ni el vaso ni la mesa eran suyos. Nada, en esa casa, era o había sido suyo, ni lo sería jamás. Ni las puertas del clóset, que abrió para sacar el abrigo y la bufanda, ni la alfombra que pisaba, ni el barandal por el que deslizó su mano mientras bajaba del segundo piso al primero, ni el espejo en el que se miró de reojo, ni la perilla de la puerta, ni la puerta misma, ni el emplomado que la coronaba.

Esa tarde se fue a pie a la oficina. Otras veces lo había hecho en los días más tibios del año, pero esta vez la razón era otra: nada de lo que contenía la casa de Jones y Sacramento —salvo su ropa y unos cuantos libros y objetos personales— nada era suyo. Eso incluía al BMW 850 color amarillo huevo. No tuvo deseos de manejarlo.

VII

LINDA HA DESAPARECIDO

Durante más de tres minutos, Dave había contemplado el teléfono sin atreverse a dar comienzo a la farsa. A la gran farsa.

Hubiera querido hablarle, antes que a nadie, a Chuck O'Brien. Chuck siempre tenía solución para todos los problemas, y además el don admirable de tranquilizar a las personas en las situaciones más difíciles imaginables.

Pero ¿de qué lo iba a consolar hoy Chuck O'Brien si tendría que ocultarle la verdad y contarle la misma mentira que a todos los demás?

Desechó a Chuck O'Brien y pensó en comunicarse con el padre de Linda: al mal paso, darle prisa.

Pero no. Eso no era lógico. La primera persona a quien debía hablarle, era, sin duda, a Julie Simmons.

Caminó hacia el teléfono, y estaba punto de descolgar el audífono, cuando se dio cuenta que estaba prendido el indicador de mensajes de la grabadora. Prendió el aparato y escuchó. El primer mensaje ya lo conocía:

"Dave, soy Bob Morrison, veo que ya estás bien, puesto que nunca te encuentro. Espero que vengas sin falta el martes. Tenemos a las nueve una junta para el lanzamiento de *Olivia*. Hasta pronto…"

El segundo mensaje comenzaba con la voz de Linda:

"Dave, querido…"

Dave apagó el aparato, espantado. No esperaba escuchar la voz de Linda. Por unos instantes, titubeó. Era la voz de Linda, sí, pero de una Linda que unas horas antes había dejado de existir.

Comprendió, al mismo tiempo, que era necesario conocer el mensaje que Linda había dejado. Regresó la cinta y prendió de nuevo la grabadora.

"Dave, querido, estoy en Christofle con Julie, para escoger el regalo de bodas…"

Volvió a apagarlo. Era como si la voz de Linda tuviera vida propia y se hubiera refugiado en la grabadora. Regresó la cinta y prendió la grabadora por tercera vez.

"Dave, querido, estoy en Christofle con Julie, para escoger el regalo de bodas de Sheila Norman. Llegaré como a las siete."

Dave querido, querido Dave. Linda querida, querida Linda. ¿Por qué habían seguido llamándose así no sólo en público, sino también en privado cuando hacía tanto tiempo que habían dejado de quererse? Dave, querido, estoy en Christofle. No, Linda, no, querida, siento mucho decepcionarte. No estás en Christofle, ni estás en Macy's, ni en Nieman Marcus. Estás en otra parte, muy lejos de Christofle, y estás muerta, no puedes hablar. ¿Me escuchas, querida? Estás muerta abajo del agua: no puedes hablar.

Había un tercer mensaje en la grabadora:

"Señor Sorensen, habla Dick, del taller BMW…"

Volvió a detener el aparato. Les había dicho en el taller con toda claridad que no hablaran a su casa. Son unos imbéciles. Si Linda hubiera escuchado este mensaje, todo se hubiera venido abajo.

"… siento decirle que el parabrisas no llegará hasta el lunes…"

Pero no, en realidad, la culpa era de él: debió haber llevado el automóvil a un taller donde no lo conocieran y dejado un teléfono falso. Sabía muy bien que había otro servicio especializado en Broadway esquina con Samson y, sin ir más lejos, uno más, que se llamaba Petés, o algo por el estilo, en la misma Pacific Avenue, a un lado del Phaedrus…

"… pero por desgracia ya quitamos el otro y al quitarlo se hizo pedazos…"

Dave recordó el clavo y el martillo con los cuales, él mismo había estrellado el parabrisas del BMW. Sí, si Linda hubiera escuchado ese mensaje, estaría viva.

"… de modo que será hasta el lunes que…"

Dave corrió la cinta para pasar al cuarto mensaje, que tampoco contribuyó a su tranquilidad:

"Dave: habla Jimmy Harris. Lo siento, pero no puedo acudir a la cita, tengo que salir de la ciudad esta misma tarde… Además, todo me parece un disparate. Creo que estás delirando. Hablaré con Linda el lunes…"

La grabadora calló. No había más mensajes. Dave no podía creer que todo hubiera salido tan mal. La prueba circunstancial de más peso que, con un poco de suerte, señalaría a Jimmy Harris como el asesino de Linda: la tarjeta dorada de American Express, quedaba invalidada. Una cosa, sí, de lo que había dicho Jimmy Harris, lo hizo sonreír. Pobre imbécil: "Hablaré con Linda el lunes." No, mi viejo, nunca más en tu vida volverás a hablar con Linda.

Todo indicaba que la madre de Dorothy Harris había muerto, y que Jimmy había salido para San Diego, a fin de asistir a los funerales, en cuyo caso tendría varios testigos, decenas quizás, de que esa noche no estaba en San Francisco. Con un testigo bastaría, desde luego.

Paró la grabadora, regresó la cinta y borró los cuatro mensajes. En ese momento se apareció la vietnamita, que se quedó inmóvil y azorada.

"La señora no pasó la noche aquí. Tú no te preocupes y comienza la limpieza por el piso de arriba, por las recámaras y los baños", le ordenó.

La vietnamita abrió aún más los ojos, asintió con la cabeza y desapareció. Dave se dio cuenta de que no había comido en más de dieciséis horas y sintió un hambre que, en unos instantes, se volvió intolerable. Se encaminó a la cocina y abrió el refrigerador. En su compartimiento, como siempre, había *paté* de hígado de ganso trufado, jamón serrano, alcaparras, *peanut-butter*, jalea de membrillo, turrón de Alicante, y dos o tres quesos: uno de cabra con ceniza, un *gouda*, un *port-salut*. Antes, en el inmenso refrigerador, no había divisiones. Pero desde la transformación de Linda, ésta había destinado un lugar especial para todas aquellas cosas que, o habían dejado de gustarle, o ya no las comía porque tenían mucho colesterol, o mucha azúcar, o muchas calorías, o mucha sal, o mucho quién sabe qué. Quedó desde entonces claro que, de todo lo que había en ese compartimiento, ella no comía nada. Le rogó a Dave que, eso sí, se abstuviera de comprar *roquefort*, *camembert* o *blue-cheese*: no aguantaba la peste —así dijo, la peste— a amoniaco y leche podrida cuando abría el refrigerador.

En su compartimiento, Linda guardaba sus quesos y hamburguesas de soya, mermeladas para diabéticos y cosas por el estilo. Ambos compartían el resto del refrigerador, donde había cosas que los dos disfrutaban... Linda todavía se dejaba seducir por una langosta Thermidor y, desde luego, por una botella de champaña. Nunca faltaba la champaña en la cava y el refrigerador de los Sorensen. Pero, si antes la champaña iluminaba, intensificaba, salpicaba de alegría con sus burbujas doradas su pasión y su sensualidad, desde hacía tiempo lo único que les provocaba la borrachera era una irritación creciente: los brindis acababan en pleitos cada vez más amargos y más vulgares.

Desde luego el hambre y el ánimo de Dave no estaban como para *delicatessen*. Desmenuzó con las manos una pechuga de pollo, ya cocida, y se hizo un sándwich con el pollo, mayonesa y un poco de mostaza americana, y se sirvió un vaso de leche helada.

Después de comer el sándwich encendió un cigarrillo. Ya un poco más calmado, regresó a la sala y se dirigió al teléfono. El aparato, de color vino, colocado en una mesa ovalada y blanca, era una bella imitación de los teléfonos de mesa de los años veinte. Arriba de él estaba un grabado, en blanco, negro y naranja, de la Isolda de Audrey Beardsley.

Por el tono de la voz de Julie, se dio cuenta de que la había despertado.

"¿Qué? ¿Cómo? ¿Quién habla? ¿Eres tú, Dave?"

"Sí. ¿Te desperté, Julie? Perdóname…"

"Sí. Pero espera… déjame ver la hora. No importa, el despertador iba a sonar en diez minutos…"

"Julie, dime, ¿está Linda contigo?"

"¿Quién? ¿Linda? ¿Cómo quieres que esté Linda a estas horas, tan temprano?"

Dave hizo una pausa: había escuchado los ruidos del camión que recogía la basura. Sintió un gran alivio: el trozo de manguera y con ella la chamarra, la gorra, los zapatos, todo, incluyendo el lodo y las yerbas del camino a La Quebrada desaparecería para siempre.

"¿Me escuchas, Dave?"

"Lo que quiero decir, Julie, es si Linda se quedó a dormir anoche contigo, con ustedes…"

"Claro que no. ¿Y por qué se iba a quedar? Dime, Dave, ¿pasa algo?"

"Linda no regresó a la casa…"

"¿Cómo que no regresó? Yo la puse en un taxi. Después del peinador fuimos a Macy's para comprar los regalos de boda de Sheila Norman, luego a Croker Gallery y a Christofle, no, primero a Nieman Marcus donde Linda se compró un sombrero… ¿te lo enseñó, Dave? Se veía tan guapa con él…. y dejó apartado un vestido divino, vieras, Dave, de Moschino, para que le hicieran una pequeña modificación, y luego, sí, fuimos a Christofle. Y como ya era tarde y tenía que regresar a la casa… te digo que la puse en un taxi, Dave."

"Sí, sí, ya lo sé. Linda llegó en el taxi, pero después nos peleamos, tuvimos un disgusto y ella se fue en el Daimler….serían las ocho, no sé…"

"¿En el Daimler? Pero si a ella no le gusta manejar de noche…"

"Bueno, una cosa es que no le guste manejar de noche, y otra que no lo haga nunca. Por favor, Julie, no me salgas con tonterías. Linda no llegó, ¿te das cuenta? No llegó en toda la noche. Aunque claro, no sería ésta la primera vez que se largara con su coche sin decirme a dónde va ni a quién va a ver…"

"¿Cómo que a quién? No te entiendo, Dave…"

"Linda tiene un amante."

"Por favor, Dave…"

"Todo el mundo lo sabe: Linda y Jimmy Harris…"

"Mira, Dave, no quiero escuchar una palabra más… no sé por qué das crédito a chismes tan horribles…"

"Julie, entiende, por mucho que me duela pensar que Linda tiene un amante, prefiero que haya pasado la noche con él y no que le haya ocurrido un accidente…"

"No, no, claro que sí te entiendo, por supuesto… Dios mío, sí, ojalá que no le haya ocurrido nada serio… ¿te comunicaste ya con la policía?

"Todavía no."

"¿Por qué no hablas con Jimmy Harris?"

Dave estuvo casi a punto de decir: "él me dijo que iba a salir fuera de la ciudad". Se contuvo a tiempo.

"Él me dijo…"

"¿Cómo?"

"Que sí, que por supuesto le voy a hablar a Jimmy Harris."

"Dave, escúchame una cosa: ¿de cuándo acá te preocupa que Linda tenga un amante? No seas hipócrita. Soy la mejor amiga de Linda y sé cómo están las cosas. Ella no te quiere ya, y tú tampoco. Lo que tú has querido siempre de ella es el dinero…"

"Julie, tú no estás dentro de mí. No tienes derecho a decirme que no la quiero. Tú no puedes imaginar la angustia, el dolor que tengo, la espantosa preocupación…"

"Perdóname, Dave. Sí, yo no soy nadie para juzgar a los demás… por favor, tenme al tanto de lo que pase, ¿quieres?"

"Por supuesto, Julie, adiós…"

"Adiós, querido…"

Dave colgó el teléfono. Dave querido, querido Dave, Linda querida, querida Linda. La vida era así. Querido amigo, amigo querido. Querido cliente, querida señora, querido Chuck. Todos decimos querernos y muy pocos nos queremos. Casi nadie nos queremos. El sólo quería a una persona en el mundo, en el universo: a Olivia.

Para hablar con el señor Lagrange prefirió hacerlo con el teléfono inalámbrico. Tenía ganas de caminar por la casa mientras hablaba con él. Pensó que eso le daría fuerzas. No hacía mucho, Dave había descubierto que tenía varios estilos, hasta entonces inconscientes, de hablar por teléfono. Cuando hablaba con los clientes de la agencia, ponía los pies en el escritorio. Cuando hablaba con Chuck O'Brien usaba el inalámbrico, se servía un trago y se sentaba en el sillón más cómodo a su alcance Cuando Papá Sorensen estaba todavía vivo, le hablaba sentado a la orilla de la cama, y doblado, como si le doliera el estómago. Subió a la recámara por el teléfono. La vietnamita, siempre con los ojos llenos de asombro, tendía sobre la enorme cama redonda la blanca colcha inmaculada. Cuando le hablaba a Linda, antes de casarse con ella, desde su departamento de Lombard Street, más de una vez Dave se sorprendió a sí mismo contemplándose en el espejo del lavamanos, como si se preguntase qué parte de su cara: sus ojos, su nariz, su boca o su barba le gustaba más a ella. Y a Olivia, bueno, a Olivia estaba condenado a hablarle desde la agencia y las casetas telefónicas y no como hubiera querido hacerlo: acostado en la cama de la casa de Jones y Sacramento, teniendo como cielo el vitral que le recordaba los mil colores del jardín de Cuernavaca.

De regreso a la sala encendió otro cigarrillo con la colilla, aspiró hondo el humo y marcó el número de Lagrange en Dallas.

Lagrange contestó personalmente.

"¿Señor Lagrange? Habla David, David Sorensen."

"¿David? Pásame a Linda. Ya sabes que contigo no tengo nada de qué hablar…"

"Linda no está conmigo, señor Lagrange…"

"¿Qué quieres? Te advierto que voy a colgar el teléfono."

"Señor Lagrange…"

"Voy a colgar."

"Señor Lagrange, Linda no vino a dormir."

"¿Como?"

"Linda no vino a dormir. Pasó la noche fuera. Quiero saber si se fue a Dallas a verlo a usted."

"¿Linda? No, Linda no está aquí. ¿Cómo que no fue a dormir?"

Dave sacudió la ceniza de su cigarro en la maceta de la aspidistra.

"No ha venido en toda la noche."

"¿Estás borracho? Pásame a mi hija."

"Linda no está, la esperé toda la noche. Me quedé dormido en la sala a las tres de la mañana. Me desperté a las cinco. Tiene usted que entenderme, señor Lagrange, Linda no vino a dormir."

"Pero ¿qué le hiciste? ¿Qué sucedió?"

"Tuvimos una discusión, señor Lagrange…" dijo Dave, aspiró el humo de su cigarro y tiró la ceniza en el vaso donde había tomado whisky.

"Como le hayas tocado un cabello a mi hija, te mato, David, te mando matar…"

Dave caminaba a grandes pasos por la sala.

"No sé de qué habla, señor Lagrange. Le suplico que me comprenda. Adoro a Linda. Lo crea usted o no, es el gran amor de mi vida y estoy preocupado, muy preocupado: Linda y yo quedamos de vernos anoche aquí, a las ocho, para ir a cenar fuera. Vino, pero tuvimos una discusión y se fue, como le dije, se llevó su coche y no regresó. ¿Entiende usted, señor Lagrange? ¿Entiende usted?"

De nada le sirvió a Dave gritarle a Lagrange. Lagrange le gritó más fuerte.

"Sí, sí sabes de qué te estoy hablando. No toques a mi hija. Devuélvemela intacta. ¿Ya hablaste con Julie Simmons? ¿Con Jimmy Harris? ¿Dónde está Linda? ¿Dónde?".

Dave sabía que el viejo tenía una intuición formidable. Nunca confió en Dave. Lo despreció siempre. No quería saber nada de él. Sólo que se largara. Que dejara en paz a Linda. Que acabaran de divorciarse de una vez por todas. No, no quería hablar con él, pero le dijo de nuevo todo lo que pensaba de él, se lo gritó, vociferó su odio, lo vomitó, "devuélveme a mi hija intacta, Dave, ¿entiendes? No te atrevas a tocarle un cabello… Intacta o te mando matar, te lo juro… te mando matar…"

"Pero, señor Lagrange…"

Lagrange colgó el teléfono. El cigarro de Dave estaba casi consumido y la ceniza regada por todas partes: una pizca en el florero de las plumas de pavorreal, otra en el vaso de whisky, otra más también en la alfombra. Dave apagó la colilla aplastándola contra la superficie de una mesa china barnizada con laca negra. Tenía deseos de ensuciar todos los muebles, de estropearlos, de manchar todo, de llenar la casa de ceniza, de quemarla hasta sus cimientos. Cabrón viejo, dijo en voz alta, hijo de la chingada. Se sentó en la mecedora blanca con cojines rojos, y marcó el número de Chuck.

Chuck estaba de un humor espléndido, el día está precioso, le dijo, y se iba a pescar, no tienes de qué preocuparte, la palomita se fue del nido, búscala en Cancún, en Meliá su hotel favorito, te acuerdas, el de los jardines colgantes, cómo que ya le hablaste a Lagrange, el viejo va a hacer un escándalo, a estas horas todas la policía de San Francisco, qué digo de San Francisco, de toda California sabe que tu mujer no pasó la noche contigo, cómo que visitar los hospitales, no, viejo, a Linda no le ha pasado nada, simplemente se fue de parranda, el mal ejemplo que tú le das… y por supuesto, te ayudaré en todo lo que necesites, estamos en contacto.

Dave tuvo el impulso de hablar a casa de los Harris. Sabía que no iba a encontrar a Jimmy y que la muerte, o en todo caso la agonía de la madre de Dorothy había destruido la trampa destinada a su yerno: el hallazgo de la tarjeta de crédito de Jimmy ya no iba a servir de nada.

Tenía que hablarle a la policía y de eso no había escapatoria. Pero podía posponer la llamada por unas dos horas, tiempo suficiente para poner el anónimo en un buzón de Daly City y llevar después el Neón rojo a un servicio donde no lo conocieran, para que, con una buena lavada que incluyera al chasís, desapareciera cualquier posible huella —yerbas, quizás lodo— del camino a La Quebrada.

Y al regreso, por la misma razón, tendría que barrer el piso de la cochera. Sólo entonces hablaría con la policía, con Chuck O'Brien, visitaría con su amigo los hospitales, haría, en fin, lo que fuera necesario hasta el momento en que todo daría un vuelco cuando se comunicaran con él los secuestradores de Linda. Es decir, hasta el momento en que él dijera haber recibido una comunicación de ellos…

Cuando se estaba peinando, se descubrió una pequeña herida en la frente. Recordó entonces que se la había lastimado al apoyarla en la placa del Daimler.

VIII

FIESTA EN CASA DE LOS HARRIS

La idea de matar a Linda se le había ocurrido durante una fiesta que habían dado Dorothy y Jimmy Harris. En esa fiesta, además, Dave hizo un descubrimiento doloroso que contribuyó en gran medida a su propósito.

Jimmy Harris tenía su oficina y su casa en Sausalito. Ambas estaban situadas frente a la Bahía de Richardson. La oficina, en la calle principal, Bridgeway, era una construcción de dos pisos. En la planta baja, había una tienda, también propiedad de Jimmy Harris, que servía de anzuelo a los probables clientes de su negocio de decoración integral, y donde se vendían toda clase de curiosidades y objetos raros de alto precio: reproducciones en porcelana de los personajes de *Alicia en el País de las Maravillas*, collares de ámbar, caleidoscopios, hermosos frascos transparentes para adornar anaqueles de cocina atiborrados de pimientos y chiles en conserva de formas voluptuosas y brillantes colores. También, finísimos marcos Yamasaki, pequeños y abigarrados monstruos de Oaxaca labrados en madera, objetos surrealistas de cristal Kosta Boda, rompecabezas de los cuadros de Frida Kahlo, una colección de verduras y frutas —grandes coles, peras, zanahorias, duraznos y manojos de brócoli—, todas de terciopelo y, entre otro sinnúmero de objetos, grandes moscas, pulgas y cucharachas de peluche. Las oficinas, lujosísimas, y con grandes ventanales que daban a la bahía, se encontraban en la planta alta.

La casa se levantaba a media colina, en Santa Rosa Avenue, a una altura desde la cual el paisaje era de una belleza todavía más impresionante. Rodeada de árboles enormes y espesos y con grandes ventanas con vista a la bahía, además de una espaciosa terraza, era una mezcla de estilos: Niemeyer, Le Corbusier y Lloyd Wright que, sin embargo, se salvaba gracias al talento de Jimmy Harris, quien la había diseñado personalmente. La casa estaba al pie de un extenso bosque, también de su propiedad, que seguía hacia arriba la pendiente de la colina. Frente a la casa, los Harris tenían un patio donde podían estacionarse unos treinta o treinta y cinco de los automóviles de sus invitados: cuando menos tres o cuatro veces al año, los Harris daban una gran fiesta, para ochenta o cien personas, sin pretexto alguno, nada más que por agasajar a los amigos y divertirlos. Un poco, también, por relaciones públicas.

Linda llegó en su automóvil a casa de los Harris dos horas antes de que comenzara la fiesta para ayudarle a Dorothy a organizar los últimos detalles. Le había pedido a Dave que dejara el BMW en la casa y tomara un taxi, para que él pudiera manejar de regreso el Daimler.

La fiesta estaba ya muy animada cuando Dave llegó. Dorothy Harris lo recibió con un beso y le pidió al mayordomo que colgara en la percha su gabardina. Dorothy tenía cerca de cuarenta años de edad y podía decirse que era una mujer guapa y distinguida, pero el exceso de sol la había envejecido prematuramente.

"Pasa, Dave, qué gusto verte. Tu mujer ya llegó, como sabrás. No sé dónde anda Jimmy, pero ya vendrá a saludarte… ¿conoces a Sheila, mi sobrina, Sheila Norman?"

Sí, por supuesto que Dave conocía a Sheila, una joven aristócrata muy atractiva educada en Boston y en Europa, capaz de hablar de todos los temas, pero en particular de caballos y de automóviles. La saludó de mano y con un beso en la mejilla.

"Bueno, los dejo solos. *Están en su casa*, como dicen los mexicanos…", dijo Dorothy.

Dave saludó de lejos a uno o dos conocidos y se dispuso, con paciencia, a escuchar a Sheila Norman, sin dejar de mirar hacia todos lados. Su esperanza, como otras veces, era la llegada de Chuck O'Brien, quien solía salvarlo de personajes tan engorrosos como Sheila.

Chocaron sus copas de champaña y lo primero que dijo Sheila fue:

"Dígame, Dave: ¿todavía es propietaria de caballos María Félix?"

Dave se preparó para el tema: Sheila estaría veinte minutos hablando de caballos de carreras sin parar.

"No tengo la menor idea."

Pero ante su sorpresa, Sheila cambió de tema:

"No se oye hablar mucho últimamente de la 187, ¿verdad?"

"Porque está congelada. Pero si llega a descongelarse, será terrible para los ilegales. Es inhumana, y todos lo sabemos, comenzando por ese cabrón de Wilson…"

"Sí, claro, pero a usted no le afecta, ¿no es cierto?… Digo, personalmente…"

"Por supuesto que sí", dijo Dave, "yo soy indocumentado".

Sheila casi se atraganta con la champaña.

"Indocumentado, ¿usted? Está bromeando…"

"No es broma. Soy un mexicano que hace casi tres años trabaja en California sin permiso. Pero nunca me han pedido papeles…"

"Claro, con ese color de piel, de cabello y de ojos, y su acento de Chelsea, quién va a pensar que usted es mexicano… Pero, si está casado con una ciudadana americana, no creo que tenga problema en obtener la residencia… O ¿no se la dan automáticamente?"

Dave sintió una palmada en el hombro. Era Robert Morrison, el gerente de la agencia de publicidad.

"¿Qué tal, Dave? ¿Qué tal, Sheila? Escucha, Dave…Wilkins and Gamble cambió el *death-line* de su campaña para más tarde… ¿cómo va el proyecto?"

"Muy bien, Bob. Incluso ya tengo un nombre para toda la línea."

"No me lo digas ahora. Piénsalo y dame la sorpresa luego. Nos urge el *jingle* también. Bueno, nos vemos…"

"¿Qué le parece si vamos a la terraza a fumar, Dave?"

La terraza era el único lugar de la residencia de los Harris donde estaba permitido fumar. Dave y Sheila se agregaron a unos cuantos fumadores solitarios y sombríos. A lo lejos parpadeaban las luces de Tiburón y Belvedere.

"¿Marlboro rojos?", preguntó Dave.

"Demasiado fuertes para mi gusto, gracias. Fumo mentolados… Y dígame, Dave, ¿qué anuncia ahora? A qué productos se refería Bob Morrison?"

"A una línea de cosméticos. Cremas faciales, lápices de labios, barnices de uñas y esas cosas…"

"Y el nombre que se le ocurrió a usted para la línea es…"

Dave titubeó antes de contestar:

"Olivia."

"¿Como Olivia Newton-John?"

"Nada que ver con ella. Ni con Olivia de Havilland. Tratamos, o al menos ésa es mi propuesta, que el nombre recuerde el color de la piel morena clara, lo que en español llamamos *oliváceo*. Es una línea de cosméticos para las mujeres hispánicas de California y, si tenemos éxito, de todos los Estados Unidos…"

"¿Incluyendo a todas las ilegales?" preguntó Sheila.

Uno de los fumadores de la terraza pasó al lado de ellos y le dio una palmada a Dave en la espalda.

"¿Qué tal, Dave, Sheila…?"

"¿Qué tal, Mathias?"

Mathias Benson-Martin, los Ancira-Mont, los Hayward-Lucien, los Sada, los Bertin-Casasús, los Fitzgerald: no cabía duda que en las fiestas de los Harris siempre estaba *everybody who is somebody*. Dave respondió:

"Sí, incluyendo a las ilegales, forman un gran mercado…"

"Pero ¿no le parece inmoral que al mismo tiempo que las queremos echar de aquí, les vendamos cosméticos, cuando que algunas apenas si tienen para vivir…?"

Dave pensó que Sheila era una niña excepcional. Lo sorprendieron sus escrúpulos. Sheila, la prometida del multimillonario aristócrata británico Archibald MacLuhan, era tan *snob*, que en alguna otra ocasión le había dicho a Dave: "Me encanta el caviar. Pero debo confesarle que me gusta más el *sevruga*, que es más barato, como usted sabe, que el *beluga*, pero qué le vamos a hacer: así es la vida… Dígame Dave, ¿conoce usted de caviares…?" "Nací con una lata de *beluga* bajo el brazo…", había contestado Dave en esa ocasión. Con toda seguridad, los escrúpulos de Sheila eran parte de su esnobismo. Dave agregó:

"Habla usted como lo que antes se llamaba una *chic* radical, Sheila. Para nosotros *business is business*. Pero al mismo tiempo, contribuimos a que todas esas mujeres se sientan bellas, y a que, las que ya son bellas, lo sean más todavía. Fíjese bien: alimentamos una cosa preciosa, que es la autoestima, el amor propio…"

"Es usted un genio", dijo Sheila. Un mesero se acercó para ofrecerles champaña y bocadillos de caviar.

"Mmm… *beluga*", dijo Sheila, antes de probarlo y luego, sin más, cambió de conversación:

"Como usted sabe, me encantan los automóviles…"

Dave asintió con la cabeza.

"Pues hace unas semanas estaba yo en Jackson Hole, ¿lo conoce? caminando por la calle, y de pronto, no lo va usted a creer, Dave, que veo que se acerca un Lamborghini Diablo, pero no rojo, yo pensaba que todos los diablos eran rojos, no, era color huevo, como su BMW, porque ustedes dos, Dave, tienen algo de qué presumir si se trata de automóviles, ¿verdad?"

"Sí, en efecto, yo tengo un BMW 850 color yema de huevo, y Linda un Daimler Majestic 1967 color azul cielo, una verdadera pieza de colección…"

"Y no me había pasado la sorpresa, cuando veo que atrás del

Lamborghini venía un Bugatti rojo, maravilloso, de los años treinta... y luego, atrás, un Isotta Fraschini, morado, de 1926... la locura, ¿se imagina?"

"¿Y después?" preguntó Dave.

"Era, claro, un desfile del que no estaba yo enterada, así que la sorpresa fue magnífica. No los recuerdo todos, ni el orden, pero había un Delahaye, un Bentley convertible, rojo y negro, un Ferrari, un Porsche, un Rolls-Royce Phantom III, un Cord 812, ¿se acuerda usted del Cord?"

"Me acuerdo, sí, muy original para el año en que salió."

"Un Lancia, un Packard bellísimo, un Auburn estilo *cabriolet*... en fin, todos los grandes automóviles de la historia desfilaron ese día por la avenida principal de Jackson Hole ante mis ojos asombrados... Un Auburn, también. Sí, había un Auburn, si mal no recuerdo, de 1935, y un Deusenberg del 33, color azul Greta Garbo..."

"Azul ¿qué...?" preguntó Dave.

"Greta Garbo... no sé si porque ella tenía los ojos azules o por otra razón, el caso es que había un azul, tal vez exclusivo del Deusenberg, que así se llamaba... muy parecido, ahora pienso, al azul del Daimler de Linda..."

En el momento en que Sheila encendía otro cigarro, pasó al lado de ellos un hombre delgado, de unos cuarenta años, con la cabeza al rape y un saco de franjas que tenían todos los colores del arcoíris, como si se lo hubieran hecho con una bandera de la *gay-community* de San Francisco.

"¿Qué tal, Polo?", dijo Sheila, y a Dave, cuando el personaje se alejó: "¿Conocía usted a Polo Lucas? Es un diseñador de muebles genial, el preferido de mi tío Jimmy. Pero como tantos otros de sus amigos —me refiero a los amigos de Polo—, se la pasa hablando de los nuevos remedios para el SIDA, el pobre...parece que está infectado..."

"Pero, ¿hay remedios para el SIDA?", preguntó Dave.

"Por supuesto que no, nada funciona, pero ellos lo creen cada vez que se habla de un nuevo milagro... que si las algas azules, que si el peróxido de hidrógeno, la placenta de vaca, los hongos kombucha, qué sé yo, nada sirve..."

Sheila aspiró su cigarro y nuevamente cambió de tema:

"Y usted ¿qué opina del caso Simpson?"

Dave le contestó que, como muchas personas, estaba asqueado con lo que consideraba uno de los circos más grandes de la historia de la justicia y de los medios masivos de los Estados Unidos. Las publicaciones de la ralea del *National Enquirer* y del *National Examiner* parecen ahora de cuentos de niños frente a los horrores y absurdos con los que se solazan los diarios "serios" y, desde luego, la televisión, agregó. En su opinión debería suspenderse la transmisión de todos los juicios. Por lo demás algo, a veces, tenían de divertido, cuando la discusiones se volvían bizantinas.

"Sí, sí", lo interrumpió Sheila, "pero, ¿cree usted ...aparte del resultado del juicio, que O.J. mató a su mujer?"

"Desde un principio creí en su culpabilidad. Y siempre creeré en ella... como usted dice, aparte del resultado del juicio. Pero al mismo tiempo no puedo conciliar esta convicción, muy personal, con la cara de inocencia que tiene... y que siempre ha tenido..."

Volvió a pasar un mesero con champaña y Sheila tomó dos copas. Le dio una a Dave y le pidió al mesero que le trajeran más caviar. "*Sevruga*, si hay, por favor..."

"Y pregúntele a mi tía a qué horas vamos a pasar al *buffet*, estoy muerta de hambre... ¿Decía usted, Dave?"

"Sí, decía yo, de acuerdo con lo que creo, que no entiendo cómo alguien que parece un buen hombre, y que por lo visto lo ha sido toda la vida, de pronto enloquece, mata a puñaladas a su ex mujer y a su amante, y vuelve después a vivir como si nada hubiera pasado..."

"¿Ah sí? ¿Eso es lo que a usted le preocupa? A mí no. A mí me tienen sin cuidado los problemas de conciencia. Lo de las hispánicas ilegales lo dije para ver cómo reacionaba usted. Tengo a la inteligencia en muy alta estima y detesto la estulticia. Yo, lo que me pregunto, es: ¿cómo es posible matar a su mujer y dejar regueros de sangre por todas partes, en la ropa, en el coche de uno, en la casa, de sangre propia y ajena? Se necesita ser imbécil, no cree?... Por eso yo creo en la inocencia de Simpson... no pudo haber sido tan estúpido..."

El mesero regresó y le dijo a Sheila que la señora Harris mandaba decir que se pasaría al *buffet* en dos minutos, una vez que estuviera servido el jamón con piña. Sheila continuó:

"En mi opinión, cualquiera que tenga la necesidad imperativa de matar a otra persona, de quitársela de encima porque la odia o porque le estorba o por las dos cosas, o por lo que usted quiera, tiene un deber consigo misma: el planear el asesinato de tal manera, con tal cuidado, que nunca le puedan echar la culpa. ¿De qué sirve destruir a un enemigo si uno se destruye también?", dijo Sheila y volteó hacia las puertas de la terraza, que en esos momentos se abrían para dejar paso a Linda y a Jimmy Harris. Venían tomados de la mano, como dos novios.

"Sí", le dijo Dave a Sheila, "la entiendo, Sheila, pero no estoy de acuerdo con usted".

Sheila tomó de la mano a Dave, y Dave la dejó hacer. Fueron al encuentro de Linda y Jimmy.

"Insisto, Dave, en la inocencia de Simpson. No pertenece a esa clase de imbéciles... Aunque los hay más imbéciles todavía: aquellos que, pudiendo sacar un provecho adicional de la muerte de otro, desperdician la oportunidad..."

Dave se detuvo e interrogó a Sheila con la mirada.

"Por ejemplo", dijo ella, "matando a alguien a quien se va a heredar... claro, hay quienes tienen todo el dinero del mundo, como O.J., y hay quienes no lo tienen, ni tienen de quién heredar un centavo, ¿verdad? Ésos son los que no pueden sacar provecho... digamos, económico, de una muerte..."

Linda y Jimmy Harris estaban ya junto a ellos. Jimmy lucía

mejor que nunca. Tenía fama de donjuán que se explicaba por muchas razones: era alto, fornido y extraordinariamente bien parecido. No pasaba de los cincuenta años y tenía el cabello plateado, pero el cutis liso y rozagante. A él no le había afectado el sol: su piel era bronceada y fresca, como la de un adolescente. Su dentadura era perfecta.

"Vamos, los viciosos que apaguen sus infectos cigarros y que pasen a comer", dijo Jimmy Harris con una sonrisa.

Dave identificó, una vez más, el penetrante perfume que usaba Jimmy Harris. Le era familiar, porque más de una vez lo había detectado en el automóvil de Linda.

Sheila Norman dijo hasta pronto y, tras dar unos pasos, volteó la cabeza y le dijo a Dave:

"No lo va usted a creer, pero también había un Hispano Suiza 1924, con carrocería de madera de magnolia...".

Dorothy Harris la detuvo, la tomó del brazo y se acercó a Dave.

"Sí, sí, a comer. Pasa al *buffet*, Dave, pasen todos. Tenemos jamón con piña..."

Dave sabía, o al menos eso le había contado Linda, que ella y Jimmy Harris iban algunas tardes, una o dos veces por semana, a visitar proveedores y supervisar la instalación de las decoraciones integrales de aquellos de sus clientes que vivían cerca de San Francisco, y que a veces iban en el automóvil de él, el Jaguar plateado, y a veces en el de ella, el Daimler azul.

En ocasiones, el viaje les tomaba más de un día.

"Crepas de salmón escocés con crema y alcaparras, *barbecue* por supuesto...", continuaba Dorothy.

De aquí que el Daimler oliera, en ocasiones, al perfume de Jimmy Harris, que siempre prevalecía sobre el de Linda. Pero a Dave nunca se le había hecho tan penetrante.

"Ancas de rana *à la citronelle* para los audaces, un *bar* de ensaladas espléndido..."

Y tan irritante, tan agresivo.

"Vinos californianos de primera: entre los tintos, Merlot, reserva Laurant de Markham, y entre los blancos, Chardonnay reserva Farniente… no los hay más finos… aunque claro, el que quiera seguir tomando whisky o lo que sea, está en su casa… Éste es un país libre."

"Tengo entendido que tu mamá está grave", le dijo Dave a Dorothy.

"Sí, pobrecita. Tendré que ir a verla la semana próxima. Me gustaría estar a su lado todo el tiempo en sus últimos días pero, o vivo en Sausalito, o vivo en San Diego…"

"Por supuesto", dijo Dave.

"Y los pastelitos, *les petits-fours*, son todos de Le Nôtre, que acaba de abrir una sucursal en San Francisco. Pasen, pasen todos."

Pasaron al *buffet*.

En otras circunstancias, la presencia de Chuck O'Brien hubiera sido una especie de salvación. Esta vez no. Estaba allí, sí, con un plato rebosante de manjares y una copa de champaña en la mano, el viejo y querido amigo, cada vez más pecoso y más gordo, sin una cana que desvirtuara el intenso naranja rojizo de su pelo, y feliz y sonriente como siempre. El viejo amigo que le había conseguido el primer empleo, el segundo, el tercer empleo que había tenido en San Francisco. Chuck, convertido en el dueño de una empresa fabricante de veleros en la ciudad en la que siempre había soñado vivir desde que visitó a Dave en un verano, conocía todo San Francisco y solía obtener cualquier cosa que se proponía. "Nunca te daré empleo en mi compañía, viejo, porque nuestra amistad se iría a pique", le dijo. "Pero a cambio, te conseguiré un magnífico trabajo, y si no te gusta te conseguiré otro, lo que quieras." Y fue así que Dave se transformó primero en el gerente de ventas de una de las mejores compañías vitiviní-colas californianas, luego en el representante de unos exportado-res mexicanos de zapatos de primera fabricados en León, y por último en vicepresidente de la agencia publicitara de Robert

Morrison, que estaba asociada con Doyle-O'Connor and Burns de Chicago.

Chuck O'Brien saludó con efusividad a Sheila, le besó la mano y, como de costumbre, hizo gala de su frivolidad y su ironía:

"Acabo de felicitar a Archibald por el compromiso. Sabrás, Dave, que el novio de esta chica encantadora desciende de la mejor de las dos ramas MacLuhan. La otra, la de los pobres, dio algunas ovejas negras, y entre ellas un merolico canadiense. Archibald, en cambio, cuenta entre sus antecesores, según la leyenda, a los inventores del Drambuie, ese licor de los dioses que es, por cierto, lo único escocés que trago en la vida... te felicito."

Sheila sonrió y se despidió de Dave y de Chuck con un movimiento de cabeza.

"Y ¿cómo vas en la agencia, Dave?"

Dave le dijo que al parecer a todo el mundo le gustaban mucho sus ideas, no sólo por originales sino por prácticas: cuanto *slogan* o lema de campaña se le ocurría, así fuera en español o en inglés, cuantas ideas para comerciales filmados imaginaba, habían vendido cantidades muy respetables de no menos de seis o siete productos: unas galletas dietéticas, los propios vinos que fabricaba su antiguo patrón, una marca de camisas y otros artículos de vestir que competían con Benetton, un tabaco rubio para pipa, "y qué sé yo qué otras cosas, pero el caso es que siento que no acaban de aceptarme. Entiendo los celos del Departamento Creativo, pero la tirria de los demás —le dijo Dave a Chuck—, realmente me sorprende. Trato siempre de ser simpático".

A pesar de su expresividad y su voz estentórea, Chuck se consideró siempre una persona *très bien elevée* —como decía, o sea, de muy buena crianza— y nunca hablaba con la boca llena. Dave tuvo que esperar a que Chuck acabara de masticar el enorme trozo de jamón que le inflaba los cachetes:

"Mira Dave, ya sé qué es lo que sucede. Dos cosas: una", le dijo tocando el pañuelo que Dave lucía en el saco, "es este pañuelo o *pochette*, como correctamente lo llamas. Esto es una violación de la ley no escrita de Madison Avenue. Ningún ejecutivo de ninguna agencia de publicidad usa *pochettes*. Eso está mal visto. Y casi ninguno, tampoco, mancuernillas. La otra cosa es el inglés que hablas con un acento tan británico que hasta a mí me da escalofríos. Tienes que tomar un curso de inmersión de inglés tejano, o mejor, californiano. Del peor que exista. Tienes que darte cuenta que los gringos no pueden tragar a un mexicano que habla un inglés tan elegante y perfecto como el del profesor Higgins de *My Fair Lady*, ¿me explico? Aunque tal vez lo mejor es que representes a una empresa europea y que no digas que eres mexicano, sino un príncipe húngaro, ¿okey? Vamos a ver qué se puede hacer…"

Chuck siguió hablando, pero Dave ya no lo escuchaba. Por esa única vez hubiera deseado seguir conversando con Sheila. Como millones de personas sentía asco, sí, pero también fascinación por el caso de O.J. Simpson. Le fascinaba y le asqueaba también el caso de la mujer de Carolina del Sur que había arrojado su automóvil con sus dos pequeños hijos adentro a las profundidades del lago John D. Long. Hubiera querido que Sheila le diera su opinión sobre ese espantoso crimen. Pero la sobrina de Jimmy Harris se colgó el resto de la noche del brazo de su prometido Archilbald MacLuhan. Sólo cerca del final de la fiesta, Dave vio que Sheila y Jimmy Harris conversaban en un rincón de la sala. Podía ver apenas sus cabezas, pero se dio cuenta que, más bien, parecían discutir. Sheila se veía alterada.

Salieron a la una de la mañana de la fiesta, poco antes de que los Harris hicieran el acostumbrado y generoso reparto de pequeñas dosis de cocaína a sus amigos adictos. Linda había dejado la coca cuando nació su obsesión por la salud, y Dave, por su parte, no compartía ni las virtudes ni los vicios de una clase social alta a la que parecía pertenecer, pero a la que nunca había pertenecido.

Dave se sentó al volante y, apenas había cerrado las puertas del Daimler, Linda le dijo:

"Dave, apestas a tabaco."

Dave volteó la cabeza y la miró:

"Y tu coche apesta a Jimmy Harris."

Encendió el motor y arrancó.

"Detente. Detente, quiero hablar contigo."

"Espera que al menos salgamos de la casa de los Harris, ¿okey?"

Linda se quedó callada. Después de cruzar el portón, Dave dio vuelta a la derecha en Santa Rosa y, unos metros más abajo, a la izquierda, en San Carlos Avenue. Linda no abrió la boca. La noche estaba oscura, y el angosto camino bordeado de árboles parecía un túnel.

Cuando llegaron el pie de la colina, en Bridgeway, Dave detuvo el automóvil.

"¿Qué es lo que quieres hablar conmigo?"

"Mira. Mira Dave. Mira", repitió Linda. "Quiero que sepas de una vez por todas que a mí nadie me pide cuentas de lo que hago. Si ando con Jimmy Harris es porque quiero andar con un hombre, no con un niño. Y sabes muy bien que ya presenté la demanda de divorcio. Mi abogado te hablará la semana próxima. ¿No te parece ridículo, a estas alturas, reclamarme qué hago o dejo de hacer? ¿No entiendes que todo se acabó ya? Creo que alguna vez te quise, pero ya no me acuerdo qué es quererte, en qué consiste. No me gustas ya. No te entiendo. No nos entendemos. Se acabó, ¿comprendes? Se acabó. Y además me sales muy caro. Vamos a casa, por favor, y no hablemos. No soporto tu voz."

Camino a la casa de Jones y Sacramento, los dos permanecieron callados. Sólo cuando iban por el *freeway* del Golden Gate, Linda dijo:

"Vas muy aprisa."

Dave vio el velocímetro. Marcaba noventa millas por hora. Disminuyó la velocidad. Salió del *freeway* por Richardson Avenue, tomó Lombard Street hasta Van Ness, dobló a la izquierda en Clay Street y por último a la derecha en Jones Street. Dave pensó que sólo una vez le había parecido descubrir, en el cuerpo de Linda, un rastro del perfume de Jimmy. Que eso no hubiera ocurrido con más frecuencia tenía una explicación: la manía de Linda de bañarse no sólo antes, sino después de hacer el amor, y la de enjabonarse y tallarse el cuerpo dos o tres veces cada vez que se bañaba.

Cuando estaba en la sala Linda dijo:

"Me voy a dormir, estoy agotada. ¿Subes?"

"No, me quedo un rato."

"¿Te vas a emborrachar?"

"Dije que me quedo un rato".

"Bueno. No enciendas la luz ni hagas ruido."

Linda subió a acostarse y Dave se sirvió un whisky con soda y hielo, apagó las luces del sala y se sentó a beber, a oscuras, en pequeños sorbos. Hasta esa noche había pensado que jamás en su vida iba a saber lo que era el odio. Conoció en la escuela a compañeros que le caían mal, a quienes le hubiera gustado romperles la boca. De hecho, a algunos se las rompió y otros se la rompieron a él. En una ocasión sintió unos celos enormes de un muchacho que le quitó una novia cuando estudiaba en el liceo en San Francisco. Ese sentimiento fue lo más cercano al odio que experimentó en su vida. Pero lo olvidó muy pronto, más rápido de lo que había supuesto. El sentimiento no dejó un solo rastro de rencor. Algunas veces pensaba que tarde o temprano el odio se presentaría en su vida, sí, pero…. ¿cómo iba a reconocerlo? La situación, ahora, era parecida. Pero sólo parecida. A la novia del liceo la quería. A Linda ya no. Y en aquel entonces su novia, el compañero que la conquistó y él mismo, todos eran niños. Ahora, él era un adulto y lo mismo Linda, a pesar de lo que ella había dicho: no quiero andar con un niño. Pero ella tuvo la culpa. Siempre lo trató como un niño, como un bebé. Y él se dejó querer de ese modo. Fue un error. Bien sabía que en la cama era uno de los hombres más hombres que Linda había conocido. Y he conocido muchos, le dijo. Comencé a los quince años, tengo veintisiete. Tú calcula: cuatro o cinco por año, son como sesenta. Pero nadie como tú en la cama, mi bebito lindo, nadie, mi chiquito.

Por eso el descubrimiento de la relación de Linda con Jimmy Harris le pudrió el alma. Dentro de unos meses, semanas quizás, Dave sería el escarnio de todos sus amigos. Cornudo y pobre. Se sirvió otro whisky. Recordó los miserables departamentos de Londres. ¿Qué carajos iba a hacer? El sueldo de la agencia no le alcanzaría jamás para comprar la ropa a la que estaba acostumbrado, para ir a los restaurantes que le gustaban, para ponerle una casa a Olivia, para pasearla por Europa. Olivia descubriría que era un pobre diablo. Pobre y cornudo. Si el odio era como una espuma caliente que sube por el pecho, por dentro del pecho y lo ahoga a uno. Si el odio era un deseo de dirigirse a la recámara y destapar a Linda y golpearla hasta hacerla perder el sentido. Si el odio era un deseo incontenible de matar a Linda, de matarla no una, sino dos veces, tres, como si eso fuera posible, tendría que serlo, debería ser posible, porque ella le había hecho sentir la muerte más de una vez: ella había matado en él al niño, al joven, al hombre que habitaban en su cuerpo y su mente. Sí, si eso era el odio, entonces su odio era odio puro, odio sin disfraces, un odio que no le cabía en el cuerpo: comenzó a respirar como si le faltara el aire, como si sus pulmones fueran un fuelle, y se asustó al darse cuenta, de pronto, de lo que en ese momento era capaz de hacer. Pero no, se dijo, no, no, no voy a cometer una estupidez, la destruiré, sí, la destruiré, pero sin destruirme yo. Lo que tengo que hacer no lo haré borracho, lo haré en mis cinco sentidos.

Salió al balcón para refrescarse y procuró y logró pensar en otras cosas. Minutos después subió a la recámara, se desvistió y se metió a la cama.

A un metro de él, dándole la espalda, Linda dormía. Dave la odió. La odió dos veces. La odió tres. La odió mil.

IX

LAS COINCIDENCIAS

Cinco días antes de la muerte de Linda, a Dave le hubiera gustado escribir un diario, para anotar en él:

"La vida está llena de coincidencias asombrosas que pasan inadvertidas salvo cuando necesitamos de ellas con desesperación. Pueden, entonces, llegar o no llegar. Si llegan, las reconocemos de inmediato y son ellas las que nos empujan a la acción."

El diario le hubiera servido, también, para anotar con todo cuidado cada uno de los pasos que debía dar, a fin de no omitir ninguno, de no cambiar el orden, de cumplir la fecha y la hora exactas en que debía llevar a cabo cada una de las cosas que se había propuesto hacer y que consideraba indispensables.

Pero tenía que confiar en su memoria. En nada ni en nadie más.

Las coincidencias fueron:

Primero, el resfrío que comenzó a sufrir el viernes 7 de abril, ocho días antes de la muerte de Linda.

Segundo, el despido, por parte de Linda, de Inés y María, las sirvientas mexicanas.

Tercero, el hallazgo de la tarjeta de crédito American Express de Jimmy Harris. Estos hechos, que eran coincidencias nada más que por haber coincidido unos con otros en el lapso de unos cuantos días, representaron para Dave, respectivamente:

a) La posibilidad de ocultar su identidad el día elegido para asesinar a Linda.

b) La libertad para mentirle a Linda sin que hubiera una sola persona que pudiera escuchar sus conversaciones tras una puerta, sin quererlo o a propósito: estarían los dos solos en casa. Nadie podría decir: esa noche el señor y la señora salieron juntos. Yo los vi. Se fueron en el coche de la señora.

c) La posibilidad de hacer aparecer a Jimmy Harris como el asesino de Linda (posibilidad que fue la que hizo que Dave se decidiera de una vez por todas a actuar).

A lo que se agregó, cuarto, otra circunstancia fortuita: el hecho de que Olivia fuera azafata de Aeroméxico, lo que representaba:

d) La posibilidad de llevar a México el dinero. El dinero, desde luego, del *rescate* de Linda. ¿Cuántos millones de dólares? Aún no lo sabía.

El dolor de cuerpo y el ardor de garganta comenzaron hacia las cuatro de la tarde. Dave le avisó a Bob Morrison que se sentía mal y se retiraba. Después llamó a Olivia. Nunca le hablaba desde su casa. Sólo desde la agencia o desde una cabina. La agencia tenía muchos negocios en México, de modo que dos o tres llamadas más entre las docenas, cientos que se hacían cada semana a ese país, pasaban inadvertidas. Tampoco usaba su tarjeta de crédito. Prefería entrar a un banco o a una lavandería automática para cambiar quince o veinte dólares por monedas de un cuarto y comunicarse con Olivia desde la primera cabina a su alcance. Guardaba también, en el escritorio de la casa de Jones y Sacramento, dos frascos llenos de cuartos de dólar. De vez en cuando compraba en el Visitors' Center tarjetas con clave individual.

Dave acudió esta vez al teléfono público más cercano a Jones y Sacramento: el de Larkin Street. Olivia estaba en su casa. Dave le dijo que iba a meterse en cama, pero que no se preocupara. Tenía una fiebre muy alta y quería cuidarse. Confirmó que el jueves en la noche ella pernoctaría en San Francisco en el hotel de siempre y prometió ir a verla hacia las ocho de la noche, para cenar juntos. "No", le dijo, "esta vez no podré pasar la noche contigo. Pero puedes estar segura que te idolatro". Olivia se resignó. También lo adoraba.

Al día siguiente, sábado, llegó el médico enviado por Chuck O'Brien, quien le recetó un antibiótico fuerte y unas inhalaciones de Vick-Vaporub en agua hirviendo. Fue el último día de Inés y María, que se encargaron de atenderlo. Linda desapareció. Volvió por la tarde, hacia las seis, sólo para decirle que se iba a Dallas a visitar a su padre —Dave sabía que era mentira— y que volvería al día siguiente, domingo, en la noche.

Le dijo, también, que Inés y María estaban despedidas. Las dos muchachas mexicanas les hacían todo: Inés llegaba a las ocho de la mañana y se iba a las tres de la tarde, la hora de entrada de María, quien a su vez se retiraba a las diez de la noche. Ellas planchaban, cocinaban, hacían la limpieza de toda la casa. Para las fiestas, Linda alquilaba meseros y contrataba a un mayordomo y a un *chef*.

"Pero ¿por qué?", preguntó Dave.

"Ya te lo dije. Porque no tienen papeles. Hace meses que se los pido y siempre tienen un pretexto para no traerlos. Dicen que se les perdieron, pero es mentira."

"Eres una racista", le dijo Dave.

"Tú sabes muy bien que no es cierto. Lo que sucede es que no quiero tener problemas. No quiero indocumentados en mi casa. Además, Inés huele mal cuando tiene la regla. Tú mismo te has quejado de eso…"

Dave no dijo nada. Linda acabó de rizarse las pestañas.

"Si yo fuera racista, no contrataría a dos vietnamitas. Por cierto, la primera de ellas, que se llama Hua-Ning, viene nada más por las mañanas a partir del lunes. Su prima, que vendrá por las tardes, y que ahora está en Petaluma, no puede comenzar sino hasta el otro lunes, que es el 16…. no, el 17."

Linda se llevó el *bilet* a la boca. Después de chuparse los labios, volteó a ver a Dave:

"¿Quieres que le diga a María que venga mañana, por si se te ofrece algo?"

Dave dijo que no, que prefería estar solo. Y sí, deseaba estar solo, solo y su alma, solo y su conciencia, solo con su odio y sus rencores, solo con su pensamiento: para que la soledad le ayudara no a decidir si hacía o no lo que quería hacer, sino cómo. La voz de Sheila Norman le perforaba el cerebro: ¿De qué sirve destruir a un enemigo si uno se destruye también? Y ¿por qué no sacar, además, provecho de una muerte? Hay quienes no tienen de quién heredar un centavo y no pueden sacar provecho económico de una muerte… Hay quienes son imbéciles, y hay quienes son más imbéciles todavía…

"¿Qué dices?", preguntó Linda. Dave se dio cuenta que había murmurado las últimas frases y que poco le había faltado para decirlas en voz alta.

"Nada."

"¿Te vas a dejar la barba?", preguntó Linda.

"No, ¿por qué?"

"Pienso que si te la dejas sería capaz de enamorarme de nuevo de ti…"

Dave agradeció con un ligero movimiento de cabeza.

"Voy a guardar mi coche", agregó Linda. "Jimmy me va a llevar al aeropuerto."

La relación de Linda y Jimmy Harris era cada día más descarada. Pero por lo menos, por esta vez Jimmy no impregnaría el Daimler con el nauseabundo olor de su perfume…

En la noche, después de hacer las inhalaciones, Dave se metió a la cama tiritando. Tomó dos aspirinas y encendió la televisión. Pasaban una película de Burt Lancaster. A los diez minutos estaba profundamente dormido. Lo despertó, con una pesadilla, el ruido del aparato. La pantalla estaba vacía. Sudaba con profusión. Recordó el sueño: iba con Linda en el Daimler azul, por la costera de California. Él manejaba, a pesar de que no era de noche. El cabello de Linda se le arremolinaba en la cara y la cubría. Linda reía a carcajadas y trataba, con las manos, de quitarse el cabello del rostro. De pronto, el coche estaba detenido y él tenía las manos en el cuello de Linda. La risa se había transformado en un largo gemido animal. Después Linda dejó de respirar. Dave retiró sus manos, crispadas, y el aire comenzó, con lentitud, a apartar el cabello de Linda. Pero Dave descubrió, con horror, que la cara que estaba bajo el remolino dorado no era la de Linda, sino la de Olivia, que lo miraba con los ojos inmensamente abiertos. Por el blanco de los ojos caminaban las hormigas.

El dolor que Dave sintió en el pecho le recordó a su padre. La opresión de la angina de pecho que era, le decía Papá Sorensen, como tener una piedra enorme encima, debía ser semejante. No prendió la lámpara. Aprovechó la temblorosa luz de la pantalla de la televisión para tomar un vaso de agua. Apagó la televisión y a pesar de la angustia volvió a dormirse profundamente.

Se despertó a las diez de la mañana, sin fiebre y con hambre. Había sudado toda la noche y sentía la piel pegajosa. Pensó que un buen baño no le haría mal si después se frotaba el cuerpo con alcohol.

Se quedó, sin embargo, un buen rato en la cama, con la vista fija en el emplomado del techo. En ese momento, como caída del cielo, le vino una idea: la forma de sacar provecho de la muerte de Linda. Provecho, sí: dinero. Mucho dinero. A partir de ese instante el propósito de matar a Linda se volvió transparente e imperativo, y desaparecieron los pocos escrúpulos morales que aún tenía.

La cuestión era, ahora, saber *cuándo* y *cómo* la iba a matar. Cómo, desde luego, sin que nadie supiera nunca quién la había matado. Porque formas de matar a alguien, hay mil. A puñaladas. Pero muy pocas formas sin que se sepa quién es el asesino. Por ejemplo, y como decía Sheila Norman, no hay que dejar regueros de sangre. Ni propia ni ajena. Menos formas, hay, todavía, de matar sin que se sepa que la víctima fue asesinada. Una vez leyó que si se le clavaba un clavo largo en el cráneo a una persona de un solo martillazo, se le provocaría una muerte instantánea que sería diagnosticada como muerte súbita natural: derrame cerebral o algo por el estilo. La cabeza del clavo quedaría oculta por el cabello. Pero… ¿y si no era así? Y si Linda no moría al instante y volteaba a verlo y le preguntaba: Dave, ¿qué me haces?, ¿qué me hiciste?, y lo miraba con ojos cuyas pupilas estaban inmensamente dilatadas como si supieran que iban camino de la oscuridad. ¿Y tendría él el valor de asfixiarla con un cojín sabiendo que ella sabía, mientras agonizaba, que él era el asesino? ¿Tendría el valor de dispararle de frente? Y de dónde sacaría la pistola si no había ninguna pistola en la casa? O ¿de dónde sacaría el veneno y cuál veneno de todos? ¿Cómo va uno a la farmacia y dice: quiero cincuenta gramos de arsénico? ¿Para qué? ¿Para matar a las ratas? ¿Qué cara pone uno para comprar estricnina, o láudano, o belladona? Y ¿cuánto? ¿Cuánto de cada cosa es necesario para matar a una persona? O ¿de dónde sacaría los somníferos si ni ella ni él tomaban nunca pastillas para dormir? Y si consiguiera unos barbitúricos, ¿cómo le haría tomar a ella todo un frasco? ¿O medio? ¿O sólo la dormiría un poco y así, dormida, le ataría una soga al cuello para colgarla de una viga o le inyectaría burbujas de aire en las venas, o le pondría un embudo en la boca para echarle por él un litro de tequila y que muriera, así, de congestión alcohólica?

Casi todo le pareció imposible y grotesco, desde arrojarla por la ventana de su oficina en Drumm Street, hasta desnucarla con el golpe de una llave inglesa sin que una sola gota de sangre le salpicara la ropa. Y en todo caso: en el primero, en el segundo, en el tercero de los casos, en todos… ¿cuál sería su coartada?

Más grotesco aún le pareció que, a una velocidad pasmosa. desfilasen por su mente los recuerdos de los crímenes, imaginarios o reales, que había leído o visto en novelas y películas, o visto y leído en los periódicos y la televisión. Él jamás sería capaz de descuartizar a Linda y llevarse los pedazos de su cuerpo en una maleta para tirarlos en un basurero. Pero podría, sí, quizás, arrojarla en su automóvil a un barranco, después de pegarle en la cabeza con la llave, así como lo habían hecho, ¿cómo se llamaban? ¿Cora y Frank? con el griego. O quizás aventarla de una lancha y pegarle después con el remo en la cabeza hasta que se ahogara. El agua le hizo recordar, como en un sueño, la imagen de una película, ¿de quién?, ¿de Robert Mitchum?, una imagen fantástica, bellísima, alucinante, inolvidable: una mujer muerta, sentada en un automóvil o una carretela sin techo en el fondo de un lago… su larga cabellera ondulaba, horizontal, bajo el agua, y entre ella nadaban los peces. Como en un sueño, también, recordó su propio sueño y la cara de la mujer que había ahogado a sus hijos, tal como la había publicado hacía unos meses en la portada la revista *Time*… el automóvil de Linda era la clave. El automóvil y la llave inglesa. El automóvil, la llave inglesa y el agua.

El agua, la hondonada en el mar, el hoyanco bajo la espuma donde arrojaría el Daimler de Linda con Linda adentro, desde un peñasco era, desde luego, La Quebrada. Lo que él, y sólo él conocía con ese nombre, La Quebrada, en la costa pacífica de California, a una hora o poco más de Mill Valley.

Se quedó dormido. Unos minutos nada más bastaron para que su subconsciente elaborara, hasta el último detalle, el plan que debía seguir. Sabía ya *cómo* matar a Linda. Le faltaba saber *cuándo* la mataría.

Cada viernes la oficina de Jimmy Harris cerraba al mediodía para abrir hasta el lunes. Linda comía en la casa después de guardar el Daimler, ya que Julie Simmons iba por ella a las tres de la tarde para ir juntas con el peinador. Solían hacer algunas compras y regresar a las siete o siete y media. A Julie también le gustaba conducir su propio automóvil y Linda se dejaba llevar porque volvían cuando ya estaba oscuro. Otra excepción era Jimmy Harris: a él también lo dejaba conducir su Jaguar plateado.

Dave decidió considerar el viernes 14 de abril como el día probable de la muerte de Linda.

Frente al espejo volvió a asombrarse una vez más de lo rápido que le crecía la barba. Tenía la costumbre de afeitarse en las mañanas, con una *gillette*, y hacia las siete de la noche, así estuviera en la casa o en la agencia, volvía a rasurarse, esta vez con una máquina eléctrica. Destapó el *gel* y lo frotó en la barba hasta que la cubrió con nubes de espuma. Tomó entonces el rastrillo y se quedó inmóvil.

En esos días de abril, aún frescos, nada más natural que usar una gorra de estambre. Dave tenía varias gorras para esquiar en el invierno. Con una de ellas se taparía el cabello rubio. Pero no: a esas gorras lo fino se les veía desde lejos. Mejor compraría una gorra de segunda mano en una tienda del Salvation Army o de Thrift Town. Con unos anteojos oscuros se taparía los ojos verdes. Y con la barba negra —que en sólo tres días más estaría en su apogeo— quedaría también cubierto, salvo los pómulos y la frente, el resto de su cara. Después nadie podría identificar al Dave de siempre, rubio, afeitado y de ojos claros, con el hombre al que, sin duda, algunas personas verían una mañana dejar su coche en el estacionamiento del Q-Mart de Santa Genoveva, y otras lo verían regresar al automóvil en la noche, y otras más...

Imposible, pensó Dave. El automóvil de Linda, el Daimler azul era parte indispensable del plan. Pero no, desde luego, el suyo, el BMW. Se dio cuenta que quedaban muchas cosas en las cuales pensar, muchos cabos sueltos. Se necesita ser estúpido. Se necesita ser un imbécil. Un BMW 850 y, por añadidura, amarillo, color yema de huevo. ¿Ya no ves a los que te ven? ¿Ya se te olvidó con qué ojos de envidia, de admiración ve la gente tu automóvil cuando pasa por las calles de San Francisco? Es decir: no tu automóvil porque no te pertenece. Pero al menos el automóvil que todo el mundo cree que te pertenece. Recordó su paseo con Olivia al acuario Steinhart. Olivia nunca había visto caballitos de mar. Y él la llevó a verlos, en el BMW amarillo, y como era día festivo dieron muchas vueltas por el Parque Golden Gate antes de encontrar estacionamiento, cuarenta minutos después, cerca del Arboretum Strybing. "Toda la gente admira tu coche, David", le dijo Olivia. "Más te admiran a ti", le dijo él. "Por favor, aquí una mexicana no llama la atención", protestó Olivia. "La mexicana más hermosa del mundo sí que la llama", le contestó Dave.

La solución obvia era alquilar un coche. Pero... ¿cómo justificarlo? ¿Qué hacer con el BMW? Decidió no ser tan exigente consigo mismo: las soluciones no siempre se encuentran al momento, cuando uno quiere. Haría las cosas que tenía que hacer ese domingo, o mejor dicho las cosas que *quería* hacer y, mientras las hacía, iba a pensar en aquellas que, ésas sí, sería necesario hacer a toda costa.

Sí, alquilar un coche. Se dejó la espuma en la barba. Y esconder el BMW. Se desnudó y abrió la regadera. Un coche que no llame la atención. Después de bañarse se envolvió en una gran toalla blanca. Esconderlo ¿dónde?, ¿cuándo? Encendió la secadora. Alquilar un Neón gris, blanco, rojo: el que tuviera el color más común de todos. Se puso un poco de VO5 en el pelo y se pasó el cepillo. O un Volkswagen verde. Se lavó los dientes. O ¿rentar un carro japonés? ¿Un Toyota? Se sonrió a sí mismo en el espejo. El BMW podía descomponerse. Se puso una piyama limpia. ¿Desinflarle una llanta? Bajó a la cocina. No, Linda le diría: llama a la Triple A. Se le antojó un té Earl Grey. ¿Dejarlo en la noche con las luces encendidas para que se le bajara la batería? No, Linda le diría: llama a la Triple A. Cocinó un huevo en agua hirviendo. Exactamente cuatro minutos. ¿Arrancarle unos alambres para estropear el sistema eléctrico? Cuatro minutos, ni un segundo más. No, lo descubriría fácilmente el mecánico, desde luego, de la Triple A... Ni un segundo menos. Fue a recoger el periódico. Leyó los titulares. El domingo se cumplirían 50 años de la liberación de Buchenwald. Regresó a la cocina y se puso a tostar dos rebanadas de pan. Rumores de que la Chrysler se pondrá en venta. Sacó el huevo del agua. Alquilar un Chevy rojo por dos días como mínimo. Rompió la parte superior del cascarón. Y llevarlo al estacionamiento del Q-Mart de Santa Genoveva. Untó las rebanadas con mantequilla. Y recogerlo al día siguiente, en la noche. Colocó el huevo, vertical, en una copa y desprendió el cascarón. Después del crimen. Hacia las dos de la mañana. Con unas tijeras cortó las rebanadas de pan en tiras del ancho, cada una, de un dedo. Siempre con la gorra de estambre, la barba, los anteojos oscuros si era necesario. Y, no estaría mal, una chamarra también de Thrift Town o de la tienda de San Vicente de Paul. Le puso sal al huevo. ¿Y qué hacer con el BMW? Sirvió un chorrito de leche fría en una taza. Descomponerlo por dos días. Agregó el té. Pero ¿cómo? Comenzó a remojar, en la yema del huevo, una de las tiras de pan. Chocarlo contra un poste. Dio unos sorbos de té. No, si lo viesen iban a creer que estaba borracho, y no lo olvidarían. El té le hizo recordar sus tiempos en Londres. Destrozar una salpicadera a martillazos. Los tiempos alegres, los tristes. No, eso le dolería como si lo hiciera en carne propia. Pensó también en el futuro. Tuvo de pronto una idea. Con Linda muerta. Lo que una vez le había pasado al BMW. Con Olivia viva. Podía pasarle de nuevo. Se llevó los dedos a la boca y le envió un beso a Olivia. En una ocasión, en la carretera, un guijarro se estrelló en el parabrisas del BMW y le hizo, además de una pequeña perforación, una rajada. Cambiar el parabrisas se llevó dos días, porque hubo que pedir el nuevo a la planta de Carolina del Sur. Sí, ésa era la mejor idea para poner fuera de circulación al BMW:

Con un clavo y un martillo le estrellaría el parabrisas.

Quedito, porque no se trataba de hacerlo pedazos.

Pero rápido, con decisión.

A Linda le diría, el jueves: "tuve que llevar el automóvil al taller. Tiene un problema eléctrico".

El viernes en la noche, cuando ella regresara a la casa, le diría: "dejaron mal el coche. Esta mañana lo recogí, y me dejó tirado cerca de Santa Genoveva".

Agregaría después: "pero me lo entregan hoy mismo. Me

dijeron que me esperarían hasta las diez de la noche. "Me acompañas a recogerlo en tu automóvil?"

Y Linda diría que ya sabía que no le gustaba manejar de noche.

Y él le diría que él iba a manejar el Daimler.

¿Y de regreso?, preguntaría Linda.

Él no le diría que para ella no habría regreso. No, le diría que podían pasar la noche en un *bread-and-breakfast* muy victoriano, muy inglés, delicioso, que había en Santa Genoveva, después de cenar en un restaurante italiano, el Paradiso, famoso por su langosta... Volverían al día siguiente, cada quien en su automóvil...

La langosta la acompañarían con champaña helada, Dom Perignon, desde luego. O Bollinger. O La Grande Dame.

Y Linda diría que sí. Entre otras cosas, porque siempre le había gustado Dave con barba, y la barba, para entonces, ya tendría ocho días.

Diría que sí, que como despedida no estaba mal. Que quizás podrían pasar una última noche sin pelear, como la gente civilizada.

"Como la gente civilizada", repitió Dave.

"Y regresar cada quien en su automóvil", dijo Linda.

Y la idea le pareció a Linda un poco ridícula.

Pero dijo que sí.

Es decir, *diría* que sí.

Tenía que decir que sí.

X

¿QUÉ TANTOS DÓLARES SON MUCHOS DÓLARES?

El sábado 8 y el domingo 9 de abril fueron días tranquilos para Dave. Se dio un banquete de películas, comió poco y durmió mucho. Procuró no pensar en Linda y su muerte, y dejarlo todo para el lunes. El lunes 10 se despertó a las nueve de la mañana. Por un instante le causó extrañeza que no estuviera destendido el lado de la cama que correspondía a Linda, pero recordó que ella había dormido las dos últimas noches en la recámara de los huéspedes para que no se le contagiara la gripa. Le timbró a la vietnamita para que le subiera el desayuno: un jugo de naranja, café, un par de huevos fritos con tocino, pan tostado, mantequilla y mermelada de frambuesa.

Luego marcó el número de la agencia de Bob Morrison.

"¿Está el señor Morrison?"

"Lo siento, señor Sorensen. Está en una junta."

"Yo debería de estar en esa junta, de modo que no le molestará que lo interrumpa."

Dave tenía razón. Bob Morrison estaba impaciente por conocer el nombre que proponía Dave para la línea de cosméticos, así como otras de sus ideas complementarias. Por ejemplo, los nombres que proponía para los colores de los lápices labiales y los barnices de uñas.

"Por lo demás, viejo, y mientras sigas pensando en la cama, es mejor que descanses hasta que te recuperes bien", le dijo.

Cuando Dave pronunció el nombre de *Olivia*, hubo un breve silencio del otro lado del teléfono. Después, se escuchó la voz de Morrison que decía: no está mal, no está nada mal.

Dave sabía que la frase *no está mal* era, en el lenguaje publicitario, un elogio. Y no está *nada mal* era el elogio máximo.

"Gracias", dijo Dave. "A mí me pareció lo mismo."

"Y nombres para los lápices labiales y los barnices ¿tienes ya algunas sugerencias?"

Sí, Dave tenía ya algunas sugerencias, pero no estaba seguro de ellas. Por ejemplo, había pensado en vincular los nombres de los tonos y matices con playas y balnearios mexicanos: Rojo Cancún, Rosa Ixtapa, Rojo Acapulco. O con el mambo, el bolero y otros ritmos y músicas que se volvían a poner de moda. Rojo Mambo, Rosa Bolero. No está mal, pensó. Pero no se atrevió a sugerir nada todavía.

"Esta bien", le dijo Bob Morrison. "No te preocupes. Piénsalo y échame una llamada en la tarde. Hemos estado analizando la situación y creo que a la corta o a la larga saldremos a mano. No podemos vender la línea en México, porque los envases los hacemos aquí, y con la devaluación del peso los precios serían muy altos para el mercado mexicano. Pero como los productos se maquilan allá, nuestras ganancias aquí en Estados Unidos serán más grandes si nos apresuramos a traerlos por toneladas en barricas o lo que sea. El cliente ya está de todos modos en contacto con algunos fabricantes de envases mexicanos. Cuando los envases se hagan allá, atacaremos el mercado. O sea que, como te digo, estoy optimista, y esta operación nos dejará muchos dólares… ¿No lo crees así, Dave?"

Dólares. Muchos dólares. ¿Qué tantos dólares son muchos dólares?, pensó Dave. ¿Muchos para quién? ¿Para el Bank of America? ¿Para Rockefeller? Mil millones de dólares es mucho ¿para quién? ¿Para Ross Perot? Cien millones, ¿era mucho para el viejo Lagrange? Y para él, para Dave Sorensen: ¿qué eran muchos dólares…?

"¿No lo crees?… Dave, ¿me oyes? ¿Haló?"

Por ejemplo: ¿cinco? ¿diez millones de dólares?

"Sí, Bob, perdóname. Me distraje. Pensaba, precisamente, en los nombres de los colores…"

Que podrían ser, también, Rojo Iguazú, Rojo Brasil, Rosa Managua… Las posibilidades eran infinitas.

"Bueno, me parece bien que pienses mucho. Cuídate y espero tu llamada."

Hua-Ning llegó con el desayuno. Dave abrió el cajón de la mesa de noche donde guardaba su cartera. De ella sacó un billete de un dólar y un billete de cien dólares. Mientras contemplaba en el billete de un dólar la cara de George Washington, y en el billete de cien dólares la de Benjamín Franklin, comenzó a calcular.

Llamó a su banco y preguntó por el gerente, el señor Gardner. Le dijo que estaba en cama, enfermo, y que necesitaba cambiar un cheque de mil dólares. Que enviaría a su sirvienta, la vietnamita.

Llamó después a Hua-Ning y le dijo que fuera a cambiar el cheque al banco y que en la caja pidiera que se le pagara con billetes de diez dólares. Serían, así, cien billetes.

Se levantó con los dos billetes en la mano y se dirigió a la biblioteca. Colocó los dos billetes en el escritorio. Sintió que ahora eran Washington y Franklin los que lo veían a él. Sacó una regla del cajón y midió los billetes. Todos los billetes americanos de todas las denominaciones: uno, cinco, diez, veinte, cincuenta y cien dólares han sido siempre iguales de largo, ancho y grueso. De largo, quince centímetros y medio. De ancho, seis centímetros y medio. El grueso lo supo cuando Hua-Ning le entregó un fajo de cien billetes de diez dólares: apretados, con la fajilla que suelen poner los bancos, los cien billetes medían un centímetro de grueso. Sueltos, un centímetro y medio.

Dave bajó a la bodega, tomó la cinta métrica y midió una maleta de tamaño mediano. Era una Lancel que había comprado en París. Medía setenta y ocho centímetros de largo, cincuenta y cinco de ancho, veintitrés de grueso.

De regreso a la biblioteca hizo el cálculo: un fajo de cien billetes de cien dólares son diez mil dólares. En una maleta de esas dimensiones cabrían: a lo largo, una hilera de cinco fajos de quince y medio centímetros. O sea, cincuenta mil dólares. Esto, multiplicado por las hileras que cupieran a lo ancho de la maleta, y que eran ocho, daba como resultado cuatrocientos mil dólares. Multiplicados por los veinte fajos que cabrían de acuerdo con el grueso de la maleta, ocho millones de dólares. En dos maletas de ese tamaño se podría llevar, por lo tanto, dieciséis millones de dólares. Quince, digamos, para no ser tan ambicioso. O diez: ¿para una persona como él: no eran muchos, más que suficientes, diez millones de dólares? Pero, si podía pedir y conseguir quince, ¿por qué no hacerlo?

Volvió a guardar en su cartera a Washington y Franklin y decidió bañarse y vestirse para salir a la calle. Sentía una gran necesidad de fumar y de hablarle por teléfono a Olivia. Se dirigió a la biblioteca y sacó de un frasco que había dentro del primer cajón, varios puños de monedas de cuarto de dólar, que guardó en el bolsillo del pantalón.

Bajó por Sacramento Street. En la esquina con Larkin había un teléfono, pero tenía un letrero que decía que estaba descompuesto. Cuando salió de la casa se encaminó hacia el oeste, por Sacramento Street, hasta la Avenida Van Ness, donde volteó a la izquierda. Era un riesgo caminar a pleno día, y que lo vieran con la barba. Pero era un riesgo pequeño, y decidió correrlo. En Van Ness Avenue había otra caseta. Mientras caminaba hacia ella se dio cuenta que eran tres las cosas en las que quería y no quería pensar, y que se mezclaban en su mente mientras caminaba por las asoleadas calles de San Francisco. Una, eran los dólares. Otra, Olivia. Otra más, los nombres de los colores para los cosméticos... Rojo Washington. Rojo Franklin. Rojo Linda. Rojo Olivia: el pensamiento suele hacer bromas absurdas. ¿Cuántos dólares son mucho para quién y para qué? ¿Cuántas miles de veces hay que poseer la cara de Franklin, para ser feliz? ¿Cuántos millones el rostro de Washington?

Cuando llegó a la caseta se encontró que había dos personas esperando hablar. Decidió seguir de frente y regresar en unos minutos. Encendió un cigarrillo y caminó despacio. ¿Cómo recibe uno, cuándo y dónde recibe uno —se preguntó— el dinero de un rescate? Sí, cómo y cuándo. Pasó una mujer con un niño de la mano. Al tirante del pantalón del niño estaba amarrado el hilo de un globo plateado que bailaba por encima de sus cabezas. Las nubes, lacias y desgarradas, parecían correr más aprisa que otros días.

Si en una maleta mediana que, llena, pesaría —calculó Dave— de diez a quince kilos, si en una maleta así caben siete millones de dólares, ¿cuántas maletas se necesitan para que quepan cien millones, y cuánto pesarían? Catorce. Sí, entre catorce y quince maletas. Si fue verdad, entonces, que por los millonarios que habían secuestrado el año anterior en México se había pagado más de cien millones de dólares de rescate por cada uno... si fue verdad, ¿cómo entregaron el rescate? ¿Cómo se entregan catorce maletas que en total pesan cerca de doscientos kilos, sin que la policía se entere, sin que nadie las vea cuando las sacan de una casa, cuando las ponen en un coche, o en dos porque no caben en un solo automóvil, y cuando las bajan de los coches para subirlas a otro vehículo, a otros vehículos? ¿Cómo hacer eso sin que nadie se entere, nadie vea, nadie escuche? ¿En medio de un desierto? ¿En medio de un bosque, a la media noche? ¿En medio de la bahía al amanecer? ¿En medio de un parque? Cómo, dónde, cuándo: esto le recordaba lo que Bob Morrison le dijo el primer día de trabajo en la agencia: cada vez que tengas un producto que hay que vender por medio de la publicidad, hazte las siguientes preguntas, Dave: *qué, a quién, dónde, cuándo* y *cómo*. ¿Qué? Un barniz de uñas, por ejemplo. ¿A quién? A las jóvenes hispánicas. ¿Dónde? En California. ¿Cuándo? Todo el año. ¿Cómo? Ah, esto es lo más difícil de todo: cómo. Cómo vender un producto. Cómo convencer a una joven chicana que con este lápiz de labios se verá más bella. Cómo convencer a Lagrange y a la prensa, a todo el mundo, de que Linda fue secuestrada. Cómo persuadir a los niños de que prefieran un chocolate sobre otra marca. Cómo hacerle creer a los amigos de Linda, a la prensa, a la televisión, a todo el mundo, de que si el viejo Lagrange no entrega los diez, los quince millones de dólares del rescate, van a matar a Linda.

Rojo Amapola. Rojo Rosa. Rojo Buganvilia. O, ¿por qué no? Acudir a las frutas: la cereza, la zarzamora, la fresa, la sandía… Y convencer, también a todo el mundo, de que el rescate había sido entregado por él a los secuestradores de Linda, pero que ellos, de todos modos, la habían matado. Ellos, no él. Él no debía dar motivos para que nadie, nunca, pensara que había sido él.

Caminó de regreso hacia la cabina telefónica. Tenía que hablarle a Olivia y regresar a la casa antes de que Linda llegara. Eran las diez, las doce hora de México. Lo más probable era que Olivia estuviera en su casa. La cabina estaba ya desocupada. Descolgó el aparato, pero apenas escuchó el tono, lo colgó.

Se había dado cuenta, de pronto, de dos cosas: la primera, que no era necesario devanarse los sesos para encontrar una forma y un lugar para que a él, Dave, le entregaran el dinero del rescate de Linda, una vez que todo el mundo creyera en el secuestro. ¿En un parque? ¿En la catedral de Saint Mary? ¿En el aeropuerto, donde dos maletas más entre miles pasarían desapercibidas? No hacía falta: el dinero, los millones de dólares, le sería entregado a Dave en su casa, nada menos, nada más. Es decir, en la casa de Jones y Sacramento.

El problema sería —ésa era la segunda cosa de la que se había percatado— qué hacer con el dinero, en el supuesto caso —aunque esto era indispensable— de que hubiera convencido a la policía de no intervenir en la supuesta entrega del rescate a los supuestos secuestradores.

Dave se había alejado unos cien metros de la caseta. Se dio

vuelta y comenzó a regresar hacia ella, despacio: creía saber ya qué tenía que decirle a Olivia, la única persona que podía ayudarlo a sacar el dinero de los Estados Unidos.

La historia de un gran número de secuestros recientes —incluyendo los de los industriales mexicanos— demostraba que, cada vez con mayor frecuencia, la policía dejaba que la familia se las arreglara directamente con los secuestradores: su intervención podía provocar, como había sucedido en muchos casos, el sacrificio de la víctima.

Dave tendría que lograr eso: que nadie lo siguiera una vez que tuviera el dinero en su poder. Pero seguir ¿adónde, si no había lugar adónde ir? Que nadie lo siguiera cuando llevara a esconder el dinero. Pero ¿adónde? ¿Al bosque Muir, para enterrarlo al pie de un árbol? ¿A la cava de la casa de Jones y Sacramento? ¿Al desván?

Aun cuando lograra que no lo siguieran durante los primeros días posteriores a la entrega que le hicieran del dinero, no se hacía ilusiones: si intentaba tomar un avión para México, la policía lo detendría en el aeropouerto.

Descolgó el teléfono, puso las monedas necesarias para obtener tono, marcó el número de Olivia en México y siguió después colocando monedas de un cuarto. Sabía cuántas eran necesarias para una comunicación de tres minutos.

Desde la primera noche que habían estado estado juntos en San Francisco, Olivia le había pedido a Dave que no lo hicieran en el Chancellor Hotel que era donde pernoctaba la tripulación de Aeroméxico. Dave sugirió el Hyatt del Fisherman's Wharf y fue allí donde se veían cuantas veces Olivia viajaba a San Francisco. Ahora era necesario cambiar de lugar, y así se lo dijo:

"No, nos vemos en el San Bruno Inn, por favor. Está a unos cuatro o cinco kilómetros del aeropuerto. Sí, mi amor, San Bruno Inn, este jueves. Toma un taxi en cuanto llegues al aeropuerto. Te estaré esperando... Luego te explico. Adiós. Cuídate. Te quiero muchísimo..."

Dave regresó a la casa, se puso de nuevo la piyama y se metió a la cama a leer los diarios. Linda habló por teléfono para decir que no iría a comer. El dolor de garganta volvió a causa de los cigarros que había fumado en la calle. Llamó a Hua-Ning para que le subiera un plato de miel de abeja con jugo de limón, y le dijo que cuando se fuera le dejara preparado un sándwich de atún. Pensó que, si bien sólo a última hora —el jueves y el propio viernes— podría dedicarse a la mayor parte de todo aquello que le era indispensable hacer, al menos ese lunes podría adelantar una o dos cosas: por ejemplo, comprar las cuatro maletas, los anteojos oscuros, el maletín, la chamarra, la gorra de montaña y una pequeña lámpara de pilas.

Rojo Amanecer. Rojo Mediodía. Rojo Atardecer. Rojo Linda. Rojo Sangre. Rojo Olivia. Linda se ahogaba en un mar de sangre. Olivia vomitaba cerezas rojas, redondas, brillantes. Dave se hincaba ante Papá Sorensen y le enseñaba las manos, que estaban rojas. Papá Sorensen era Benjamin Franklin, con los labios pintados de rojo. Enseguida iba por la costera, en el carro de Chuck O'Brien y le contaba el sueño, y Chuck decía pero qué sueño tan absurdo, se reía a carcajadas y el automóvil se salía de la curva y comenzaba a despeñarse, pero abajo no estaba el mar sino una pradera llena de rojas amapolas. Sabía que de su garganta iba a salir un alarido cuando lo despertó el teléfono y qué coincidencia: era Chuck O'Brien.

"Increíble, Chuck. Soñé que te estaba contando un sueño y ya ves, te lo estoy contando…"

Aunque, en verdad, nunca se lo contó.

"¿Era un sueño bonito, o una pesadilla?"

"Una pesadilla."

"Bueno, te quedará el consuelo de que la realidad es mejor que el sueño. ¿Cómo sigues? Te noto un poco ronco…"

"Mejor, pero todavía me duele todo el cuerpo."

"Más vale que te cuides para que el sábado estés bien. Los invito a un paseo en yate…"

Dave le dijo a Chuck que sí, que desde luego se aliviaría. No podía decirle que, según sus cálculos, para el sábado Linda ya estaría muerta.

En las páginas amarillas del directorio encontró una tienda de maletas: Olympic Luggage, de Market Street. Quería dos maletas de tales y tales medidas, dijo, duras, Samsonite de preferencia con ruedas, y negras. Cuando fue a recogerlas dejó el BMW a dos cuadras de la tienda. Pagó en efectivo y se dirigió en el coche al Safeway que recordaba haber visto en Mission Street esquina con la Calle 30. Pero al llegar vio a un piquete de huelguistas que se paseaban con sus mantas y carteles. Quizás no todos los trabajadores de la tienda estaban en huelga, pero decidió no arriesgarse. Era mejor no hacerse notorio. Se subió al coche y se dirigió a Stonestown Galleria, uno de los centros comerciales más grandes de la ciudad, en la Calle 19 y Winston Drive. Allí encontró las otras dos maletas Samsonite, iguales, y una lámpara de pilas pequeña, del tamaño de un habano.

Tenía en su casa, desde luego, varios pares de anteojos oscuros, pero todos finos y ostentosos, como los Carrera-Porsche que había comprado en París. En la primera sucursal de Wallgreen's, encontró unos anteojos comunes y corrientes. Luego se dirigió a una de las tiendas de ropa usada que había visto una vez y que, según sus cálculos, estaba entre Balboa Park y Mission Street. Pero se encontró otra más cerca, de la cadena Thrift Town, en Mission y la 20. Al entrar recordó las tiendas Oxfam de Londres. Otra de las humillaciones que había sufrido en Inglaterra ocurrió un día en que olvidó su abrigo en un tren que iba de Charing Cross a Dulwich. Nunca lo encontró y se dio cuenta de que se veía obligado a escoger entre un viaje a Brujas o comprar otro abrigo. Hizo las dos cosas porque compró un abrigo de segunda mano en Oxfam. Todas las tiendas de esa clase olían igual aunque la ropa que vendieran estuviera lavada: era el olor de la desolación. En Thrift Town encontró lo que buscaba: una chamarra de lana gris con un zíper largo, un gorro de estambre de color indefinido y una especie de mochila pequeña, de lona, donde guardó todo.

Llegó a la casa de Jones y Sacramento a las seis de la tarde. Metió el coche en el *garage*, y llevó la bolsa de lona y dos de las maletas a la bodega. Subió las otras dos maletas a la recámara, les hizo a ambas una pequeña marca en la base con un barniz de uñas: ¿Rojo Granate? ¿Rojo Rubí? ¿Rojo Fuego? para que no se confundieran con las otras dos, y comenzó a empacar su ropa en ellas.

En la primera puso varios trajes. Pensó que en esta época no era muy lógico no llevarlos en una bolsa especial para trajes, pero esto sería algo que, al fin y al cabo, carecería de relevancia. Lo importante era que, así le inspeccionaran las maletas al salir de San Francisco o al llegar a México, las autoridades aduanales o la policía internacional o quien fuera no encontrarían sino ropa. Además de los trajes guardó varios juegos de camisetas y calzoncillos, siete u ocho pares de calcetines, dos piyamas, una bata y unas pantuflas. Fue al baño y sacó de un cajón una de las pequeñas bolsas de piel que solía llevar a sus viajes, donde había un rastrillo, un cepillo de dientes, un peine, un dentífrico, una crema de rasurar y un tubo de vaselina para el pelo. La puso en la primera maleta. En la segunda maleta colocó doce camisas, cerca de veinte corbatas, un estuche con varios pares de mancuernillas, diez o doce pañuelos de seda, una bata más —de tela de toalla—, varios cinturones, tres suéteres y tres pares de zapatos. La cerró también y bajó las dos maletas a la bodega.

Además de que Linda nunca bajaba a la bodega, había en ella tantas cosas, y entre ellas algunas torres de revistas y periódicos, que Dave no tuvo problema en ocultar las maletas.

Se metió en la cama justo a tiempo: cinco minutos antes de que llegara Linda.

"¿Estás mejor?", le preguntó.

"Un poco, gracias."

Eso fue todo lo que hablaron esa noche. Después de bañarse

Linda se fue a dormir a la recámara de los huéspedes. Dave se propuso concentrar toda su atención en un capítulo de la Guerra Norte-Sur que pasaban por la televisión, y esto le sirvió para conciliar el sueño. Durmió diez horas seguidas, sin pesadillas. O al menos, cuando despertó no recordaba haber soñado nada.

XI

LA TARJETA DORADA

Hua-Ning tocó a la puerta para preguntarle a Dave Sorensen si quería desayunar. El martes 11 de abril comenzaba como el lunes. La misma rutina, que incluía una llamada a Morrison.

"Perdón que no te hablé ayer, Bob", le dijo Dave.

Bob Morrison estaba de humor excelente:

"Viejo, a todo el mundo le ha gustado el nombre *Olivia* para la línea. Collins brincaba de gusto. Con decirte que quiere ver ya para mañana sugestiones para logotipo y varios *slogans*… Además, claro, de propuestas para los colores…"

"El orgullo de ser hispánica", dijo Dave.

"¿Cómo?"

"El orgullo de ser hispánica: el *slogan* debe girar alrededor de ese concepto."

Bob Morrison no vaciló un segundo:

"Eso no está mal, no está pero *nada*, *nada* mal."

También sobre los colores de los barnices, coloretes y lápices labiales estuvieron de acuerdo. Eliminaron las frutas, las piedras preciosas, los amaneceres y los mediodías, también las flores, y se quedaron con los nombres de algunas playas y lugares exóticos de la América Latina: Acapulco, Darién, Mocambo, Bahía, Maracaibo…

"Parece que se te ocurren más ideas en estado horizontal, Dave. Tómate todo el tiempo que quieras mientras las sigas pariendo…"

Dave sabía que no podía pensar todo el día todos los días en *Olivia*, la línea de cosméticos. Pero tampoco en Olivia, la azafata de Aeroméxico. Tampoco en Linda: en lo que quedaba del martes, y de todo el miércoles, no tenía nada qué hacer, sino esperar y pensar en nada. Pero ¿cómo piensa uno en nada?

Decidió que lo mejor era leer los diarios y después un libro. En la biblioteca no había más de doscientos o doscientos cincuenta volúmenes, y entre ellos los libros *no* que a Dave le hubiera gustado leer, sino los libros que Papá Sorensen creía que todo el mundo debía leer. Eligió una novela: *Más allá del deseo*, de Sherwood Anderson.

Después de leer una docena de páginas se dio cuenta que no entendía nada ni iba a entender, por la imposibilidad de concentrarse. Acudió entonces a la historia de los Gigantes de San Francisco, *Memoria y recuerdos de un siglo de beisbol*. Interrumpió la lectura en los años treinta, en la página en que una fotografía mostraba el momento en que *Big Cat*, Johnny Mize, conectaba un jonrón. Linda había llegado a almorzar. La acompañó. Pensó que mientras más amable y condescendiente estuviera con ella, más se facilitarían sus planes.

El menú estaba mejor de lo que se había imaginado: una entrada que consistía en gajos de toronja con hojas de yerbabuena, un *carpaccio* "dietético" ideado por Hua-Ning que tenía ciertos resabios a gengibre y comino y un *pie* de limón endulzado con sacarina. Por fortuna, si Linda no lo dejaba nunca fumar en su presencia, no se oponía a que le pusiera sal a su comida o incluso a que acabara de llenarse con otra cosa, como lo hizo ese día con un sándwich de queso *cheddar* con mantequilla y salsa HP.

Linda le pidió a Hua-Ning que fuera a buscar el teléfono inalámbrico. Cuando salió la vietnamita, dijo:

"Ah, se me olvidó mi libreta de direcciones en el coche…"

"Yo voy por ella, no te preocupes", le dijo Dave.

Dave bajó a la cochera. En la pared estaban colgadas las copias de todas las llaves de la casa y de los dos automóviles. Dave tomó las llaves del Daimler y abrió la puerta delantera derecha. Del otro lado, sobre el asiento, estaba la libreta de direcciones de Linda. Se la guardó en la bolsa de la bata y, cuando iba a cerrar la puerta, vio que algo brillaba en el piso. Era una tarjeta, dorada, de American Express. Pensó que era también de Linda.

Pero cuando subía las escaleras, la sacó de la bolsa y la vio: el nombre de la tarjeta no era el de Linda Lagrange. Era el de James Harris. Volvió a guardarse la tarjeta en la bata, y sintió que se le aceleraba el pulso.

De nuevo solo en la casa, Dave sacó la tarjeta y la miró. No cabía duda: el dueño de esa tarjeta era James Harris, conocido por su diminutivo, Jimmy. Como si no le creyera a sus propios ojos, se llevó la tarjeta a la nariz. Apestaba a Jimmy Harris.

Fue a la mesa de noche y guardó la tarjeta en su cartera.

Sabía que ese hallazgo podía serle muy útil, pero no sabía cómo. Trató de recomenzar la novela de Sherwood Anderson, sin conseguirlo.

Si Chuck O'Brien fuera ahora el amigo íntimo que había sido en París, un amigo al que hoy como ayer le hubiera podido confiar sus secretos más íntimos y terribles, sus proyectos más disparatados, y hoy, hoy sobre todo sus planes criminales, sus ilusiones pueriles, su pasión por Olivia, su odio contra Linda, el deseo irresistible de asesinarla, el pánico a ser descubierto, le hubiera preguntado: ¿Qué puedo hacer con esta tarjeta de crédito, Chuck? ¿En qué forma puede serme útil?

Y Chuck, que todo lo sabía, le hubiera contestado:

"Mira: si Jimmy Harris ya reportó la pérdida de la tarjeta, o lo hace antes del sábado, la tarjeta no te servirá de nada. Pero desde luego, tú no le vas a preguntar si ya la reportó, y es recomendable considerar la posibilidad de que no lo haya hecho y de que no lo haga en unos días más. ¿Cuántas tarjetas de crédito tendrá Jimmy Harris? ¿Cinco? ¿Siete? ¿American Express? ¿Carte Blanche? ¿Diners Club? ¿Diez? ¿Discover? ¿Visa? ¿En Route? ¿Japan Credit Bureau? ¿Carte Bleue? ¿Master Card? Cuando se tiene muchas tarjetas, a veces la pérdida de una de ellas puede pasar inadvertida por un tiempo. ¿No te parece? Pero que te sea útil o no la tarjeta, depende de cómo, cuándo y dónde vas a matar a Linda… ¿tienes ya una idea?"

Y Dave le diría que sí, que por supuesto, y le contaría a Chuck que pensaba arrojarla al mar en La Quebrada, como él llamaba a una poza profunda bajo un peñón que había en la costa pacífica, donde él, de niño, acostumbraba zambullirse y a donde nunca lo había llevado: desde el fondo, la superficie de las aguas se ve como un trozo, redondo, de cielo, o como la luna de un espejo: es una poza profunda, de ocho o diez metros. Allí la voy a echar, dentro de su automóvil, el Daimler, y no creo que nunca la encuentren… el automóvil de los niños del lago John D. Long apareció porque la madre, Susan Smith, confesó… De otra manera jamás lo hubieran encontrado… De modo que se me ocurre…"

Y Chuck, como siempre, le adivinaría el pensamiento:

"Se te ocurre lo mismo que a mí: que nada pierdes con dejar la tarjeta en el coche cuando lo arrojes al agua… Creo que nunca darán con el Daimler si la poza es como me la cuentas…pero por si acaso, si acaso por un milagro lo encuentran, porque a alguien se le ocurre nadar allí, o qué se yo, encontrarán en él, también, la tarjeta de crédito dorada American Express de Jimmy Harris, que si quieres ya habrá perdido su brillo y su color —su olor también—, pero no el número y el nombre de Jimmy…" le diría Chuck, y agregaría:

"En ese caso, lo ideal sería que esa tarjeta haya sido usada ese día. Es decir, que se haya hecho un pago con ella, cualquier pago, el día de la muerte de Linda, es decir el viernes 14 de abril. Pero ¿cómo hacer un pago sin que tú tengas que firmar la nota?"

"¿Cómo?", preguntó Dave. "¿Cómo hacer un pago sin que yo tenga que firmar la nota?"

Sacó la tarjeta de la cartera y miró el dorso. Jimmy Harris firmaba con su nombre completo: James Harris, con una letra sencilla, redonda, que parecía escrita con lentitud. Nada más fácil de imitar. Pero imitarla no era la solución: lo identificarían como la persona que hizo el pago, cualquiera que fuese… y como la misma que firmó la nota.

"¿Reservando por teléfono boletos para el teatro y amparando la reservación con el número de la tarjeta…? No, por supuesto que no, siempre contesta una grabadora que a su vez grabaría tu voz, Dave…Y por otra parte no es lógico que alguien se ocupe de reservar boletos de teatro el día en que va a cometer un asesinato…"

Chuck tenía la solución para todo. Le diría:

"Si serás pendejo, Dave… ¿Cuántas veces no has pagado la gasolina con tu tarjeta, desde afuera, sin tener que firmar nada, sin que nadie te vea…?"

"Si seré pendejo… ¿cuántas veces no he pagado la gasolina con mi tarjeta, desde afuera, sin tener que firmar nada, sin que nadie me vea, en la gasolinería que está en la esquina de Union y Van Ness?"

No cabía duda: Chuck tenía de nuevo la razón.

"Pero no vayas a la gasolinería con tu coche. Lleva el Daimler de Linda cuando vayas con Linda rumbo a La Quebrada. En las computadoras, como sabes muy bien, no sólo queda registrado el número de la tarjeta, sino también la fecha y la hora de la compra."

Claro que esto lo sabía Dave, y muy bien, como le dijo a Chuck. Pero quiso corroborarlo al instante. Fue al escritorio y sacó de un montón de notas el último recibo de la gasolinería de Union Street y Van Ness. El recibo decía:

```
03-22-95                          10:55
CURRIES AUTOMOTIVE
2465 VAN NESS AVE
SAN FRANCISCO                     CA
VISA
```

```
455510100O145644
INVOICE : 3465510
PUMP: 5
AUTH : 022166
8.518 G @                          $ 1.279
UNLE-SELF                          $ 10.89
TOTAL                              $ 10.89
```

Thank you
Please come again

"No faltaba nada…ni siquiera el número de la bomba…", pensó Dave y regresó la nota a su lugar.

De pronto dijo en voz alta:

"Pero… ¿y si el tanque está lleno o tiene demasiada gasolina y no se justifica ir a cargar?"

Chuck acudió una vez más en su ayuda:

"Recordarás que los viernes es el día en que Linda deja el coche guardado en la casa, por la tarde, porque se va con Julie Simmons al peinador y a ver tiendas…"

"¿Y…?"

"Dave: ¿te acuerdas del Rolls-Royce?"

"El Rolls-Royce… ¿Cuál Rolls-Royce? Ah, Claro, el Rolls-Royce de Londres…"

"Pues ésa es la clave. Vete ahora mismo a conseguir un tubo delgado, de hule, de un metro o un poco más, y un tanque de plástico de cinco galones…"

Así le hubiera dicho Chuck O'Brien, él, que todo lo sabía, y que para todo tenía la mejor de las respuestas. Dave se dirigió a la biblioteca. En uno de los cajones de su escritorio guardaba algunas fotos de las más queridas de su infancia. La que tenía en las manos era de él y Chuck en París. Estaban sentados en el pretil de la fuente de los jardines de Luxemburgo. En el espacio que había entre ellos, allá a lo lejos, navegaban sus barcos de juguete. Chuck tenía el brazo derecho en alto y el puño cerrado:

parecía anticipar que, un día, estaba destinado a ser el dueño de una fábrica de veleros.

Ese amigo había sido, alguna vez, su conciencia. Su conciencia total. Pero también eso había perdido. Esa riqueza inimaginable que consistía en tener a alguien a quien poder contarle todo, con quien compartir todos los sueños y las pesadillas, también eso se había desvanecido. Chuck existía aún. Él también. Pero ninguno de los dos era el de antes. Ahora, aun cuando estuvieran juntos, los dos estaban solos. Cada quien con su conciencia y su soledad.

"Qué lastima Chuck", le dijo al retrato. "Lástima que esta vez no te puedo pedir consejo. Sabrás que he estado hablando solo desde hace diez minutos…"

Chuck tampoco podría decirle cómo lograr que Jimmy Harris saliera la noche del viernes de su casa o de donde estuviera, y por varias horas. Él solo, por supuesto, sin ninguna compañía, sin ningún testigo que le diera una coartada. De otra manera, de nada serviría que encontraran su tarjeta en el automóvil de Linda. Pero algo se le ocurriría.

Apenas salió la vietnamita de la casa, Dave se bañó, se vistió, y se lanzó en busca del tubo de hule. Decidió comprarlo, también, en la Stonestown Galleria. Allí encontró lo que buscaba: una manguera suave, muy flexible, de poco más de un centímetro de diámetro interior, y un tanque de plástico de cinco galones, o sea de unos veinte litros. Fue después a Walgreen's porque tenía una idea más: adquirió allí un par de guantes de látex finos, de los que usan los médicos para auscultar. En la sección de papelería quiso comprar un sobre corriente. Sólo vendían paquetes de diez como mínimo. Compró un paquete, y, en una máquina automática, estampillas de correo. Por último, compró un ejemplar de *The National Enquirer* y otro de *The National Examiner*.

De regreso en Jones y Sacramento, Dave cortó un metro y medio de manguera, sacó un sobre del paquete y guardó el sobre, las estampillas, los guantes de látex y los ejemplares de los dos semanarios en un cajón de su escritorio, con llave. Escondió después el metro y medio de manguera y el tanque en la bodega, y tiró en el bote de la basura lo que quedó de la manguera, junto con el resto de los sobres.

Volvió a repetirse la rutina de la tarde y la noche del día anterior: se metió a la cama a ver televisión durante varias horas para olvidarse de todo, y gracias a dos películas y a las noticias que vio y escuchó varias veces —los rebeldes de Chiapas iniciarán un diálogo con el gobierno mexicano, Bob Dole se perfila como un fuerte precandidato a la Casa Blanca, las explosiones de Gaza amenazan el proceso de paz en el Medio Oriente—, logró olvidarse de todo, Linda llegó cerca de las diez, lo saludó de lejos, "¿qué tal, querido?", y se fue a dormir al cuarto de huéspedes.

Y pareció que la rutina del miércoles 12 sería el espejo de la rutina de la mañana del día anterior: se despertó después de que Linda se hubiera marchado, "adiós, querido", escuchó entre sueños; la vietnamita le subió los diarios y el desayuno, se bañó y se puso una piyama y una bata limpias. Su barba se había espesado y estaba más negra que nunca.

Después del baño pidió más café y le echó una ojeada al *San Francisco Chronicle*. El famoso Joe Montana, *quarterback* de los *49ers* y probablemente el deportista más popular de la historia de Bay Area, anunciaría su retiro en unos cuantos días... Se conmemoraban los cincuenta años de la muerte de Franklin D. Roosevelt... y había algo sobre los llamados "asesinatos de Novato"... ¿Asesinatos de Novato? Ah, sí, el laosiano aquél que mató a tiros, más de cuarenta, a su ex novia y al padre y al hijo de ella en el pueblo de Novato. Más tarde leería con más calma la noticia.

Cerró el diario y pensó que si quería que Jimmy Harris abandonara su casa por tres horas o más, lo ideal sería que aceptara una cita con él lejos de Sausalito. Tenía, pues, que encontrar un pretexto y un lugar. ¿Un lugar? ¿Por qué no al sur de San Francisco?... ¿Pacífica? Demasiado cerca... ¿Swanton? Demasiado lejos... ¿San Gregorio? Sí, San Gregorio estaba a la distancia ideal. Pero ¿en qué parte de San Gregorio? Había pasado siempre a un lado del pueblo, sin entrar nunca... vio la hora: eran las nueve y cuarto. Tenía tiempo de ir a San Gregorio, escoger el lugar de la cita y regresar para la hora del almuerzo. En el camino pensaría en el pretexto que necesitaba.

Media hora después se dio cuenta de que, por la costumbre, en lugar de tomar la carretera interestatal 280, se encontraba en la costera, la número uno. Pero pensó que no era tan importante. Perdería quizás media hora que recuperaría al regreso. Sin embargo, al llegar a Pacífica encontró que la carretera estaba cerrada a causa, al parecer, de un derrumbe. "Probablemente continuará cerrada todo el fin de semana, señor", le dijo el vigilante. Se vio obligado a regresar unas millas hasta Sharp Park Way para tomar Skyline Boulevard hasta la carretera 35, luego la 280 sur y, unos quince minutos después, la 92.

La 92 estaba atascada de automóviles que iban a treinta o treinta y cinco millas por hora y era imposible rebasar: desde la entrada a la carretera hasta el fin, en Half Moon Bay, había doble raya amarilla. Pero cuando Dave llegó al pueblo, se dio cuenta de que no tenía por qué seguir hasta San Gregorio: al día siguiente, viernes, y en la noche, el tráfico sería muchísimo más denso. Half Moon Bay, el bello lugar donde había pasado una noche deliciosa con Linda, deliciosa, sí, pero que ahora parecía lejanísima, era, pues, el sitio indicado para citar a Jimmy Harris y lograr así que perdiera varias horas. El lugar exacto estaba allí, sobre la 92, casi en el cruce con la costera: un centro comercial. Dave se estacionó, entró a Hall Mark, compró una tarjeta de Feliz Cumpleaños, le preguntó a la cajera cómo se llamaba el centro, ella le dijo que no podía hablar y contar el cambio al mismo tiempo, contó el cambio, se lo dio, le contestó "Straw Flower Shopping Center", y él memorizó el nombre.

De regreso el tráfico estuvo un poco más fluido, y Dave estaba ya en la casa de Jones y Sacramento antes de la hora en que Linda solía llegar. De todos modos, a los pocos minutos llamó Linda para decir que iba a comer fuera. Dave le dijo a la vietnamita que podía retirarse, y después él mismo se asó un *T-bone steak* y aderezó unas hojas de lechuga con salsa mil islas. Luego de una breve siesta, se encerró en la biblioteca. Se llevó, por si acaso, el teléfono inalámbrico. Sacó los guantes de látex, se los puso y sacó el sobre que había guardado y los ejemplares de *The National Enquirer* y *The National Examiner*. De otro cajón tomó unas tijeras y un tubo de pegamento.

Cuando comenzó a recortar de un encabezado del periódico las primeras letras, le entró una temblorina. No podía controlar sus manos. Se dio cuenta que estaba trastocando el tiempo. Que eso tendría que hacerlo después de que Linda hubiera muerto. Que eso era violentar, romper el orden de todo un plan que, en principio, no debería, no podría admitir ninguna alteración.

Pero el simple hecho de encontrar la causa del temblor de sus manos, de explicarlo, lo calmó. Para el mensaje escogió letras de distintos encabezados. Algunas de color. Casi todas, de tamaño diferente. Escogió otras letras, ésas sí todas iguales, para poner su nombre y dirección. Fue luego al baño, y tomó del botiquín las pinzas para depilar. Volvió a la biblioteca, y en una hoja de papel, con la ayuda de las pinzas y el pegamento, fue formando, letra por letra, el mensaje. Cualquiera que tuviera un poco de imaginación sabía, sin necesidad de haber leído sobre anónimos de esta clase, que los periódicos tienen distintas tipografías, y que no se supone que un secuestrador lea o tenga un ejemplar, por ejemplo, de *The San Francisco Chronicle* o de la revista *Time* en su casa y sí de periódicos corrientes y morbosos como *The National Enquirer* o *The National Examiner*. Para eso, y nada más que para eso, para formar el mensaje, era que Dave los había comprado el día anterior, por primera y última vez en su vida.

En un principio Dave se imaginó que sería una tarea fastidiosa: el mensaje tenía más de cien caracteres.

Asesinatos, suicidios, violaciones, secuestros, escándalos sexuales: todo esto formaba parte de cada número de *The National*

Enquirer y de *The National Examiner*, además de una buena cantidad de noticias sensacionalistas pseudocientíficas. De los titulares, los subencabezados y los pies de foto, Dave comenzó a recortar las letras para el mensaje. Así pasaron a formar parte de él una, dos, varias letras de cada uno de los horrores, las mezquindades y los milagros de la semana :

Un nuevo escándalo en la familia de Michael Jackson. Una entrevista en la que Pat Boone admitía haber engañado a su esposa con diez mujeres. Un método infalible para ganar la lotería con la lectura de las palmas de las manos. El suicidio de Hugh, el hijo drogadicto de la figura legendaria de la televisión Carroll O'Connor y desde luego, O. J. y O. J. y O. J. hasta el cansancio: la policía busca una fotografía de su ex mujer Nicole Brown que puede exonerar a O. J…

Era, pensó Dave, como si la muerte de Linda estuviera formada por pequeños suicidios, por asesinatos minúsculos, por alevosías y traiciones diminutas. Tuvo que hacer un esfuerzo para no levantarse a buscar *The San Francisco Chronicle* y recortar varias letras de los asesinatos de Novato o la revista *Time* de hacía varios meses, y recortar letras de la noticia del asesinato del lago John D. Long. El mensaje decía:

> *Tenemos a tu esposa. Queremos quince millones de dólares. Nos comunicaremos contigo. Si llamas a la policía nunca más la verás viva.*

¿Por qué había redactado el mensaje en plural? ¿Por qué había dicho *tenemos* a tu esposa en lugar de decir *tengo* a tu esposa? Quizás por intuición, nada más, porque para una persona sería muy difícil hacer, sola, sin ayuda de nadie, todo lo que Dave iba a inventar que harían los secuestradores de Linda.

Después, en el dorso del sobre, y también letra por letra, puso su nombre y su dirección. Dobló el mensaje, lo metió en el sobre, cerró el sobre, le puso una estampilla y lo guardó en otro sobre más grande, cerró este segundo sobre y lo puso en el cajón. Se quitó los guantes, los dejó encima del sobre grande y cerró el cajón con llave. El sábado en la tarde pondría en un buzón, muy lejos de la casa de Jones y Sacramento, el anónimo que, según sus cálculos, le llegaría el lunes. Tal vez la policía se extrañaría de la precipitación de los secuestradores, pero no le quedaba otra alternativa: estaba seguro de que, una vez conocida la desaparición de Linda, comenzarían a vigilarlo las veinticuatro horas del día. Guardó las tijeras, las estampillas y el pegamento, y reunió los restos de los periódicos recortados, los hizo una bola y bajó con ellos a la bodega. Había sido un error dejar en la basura la manguera mutilada y los sobres porque el bote estaba aún en la cochera: no lo sacarían sino hasta el día siguiente, temprano. Subió a la cocina por una bolsa de basura grande y bajó de nuevo. Puso en la bolsa la bola de papel periódico, la manguera y los sobres que quedaban, y colocó la bolsa en la cajuela del BMW.

Después sacó de la bodega el trozo de manguera que había cortado, subió al baño y llenó el lavabo de agua. Luego sumergió un extremo del tubo en el agua, y el otro extremo se lo llevó a los labios para crear el vacío y succionar el líquido, que llegó a su boca mucho más rápido de lo que pensaba. Cerró el extremo del tubo con el pulgar, escupió el agua en la tina —como si estuviera ya succionando gasolina y no agua inofensiva— y curvó el tubo para que el agua, por sí sola, continuara saliendo, derramándose en la bañera, hasta que el lavabo quedara vacío. Así lo hacía el chofer *cockney* con la gasolina del Rolls-Royce de su patrón, así lo haría él, si fuera necesario, con la gasolina del Daimler azul de Linda.

Vacío, en efecto, el lavabo, y satisfecho de la prueba, Dave escurrió el trozo de manguera, lo secó y lo escondió de nuevo en la bodega. Salió de la casa en el BMW, y en el primer callejón que encontró colocó la bolsa dentro de un tambo de basura.

De regreso a la casa de Jones y Sacramento, se preparó para soportar la rutina que le esperaba, y que iba a repetirse la noche de ese miércoles, y la mañana del día siguiente, jueves 13 de abril:

Intentaría una vez más leer algunas páginas de la novela de Sherwood Anderson.

Vería una o dos películas en la televisión.

Linda llegaría en la noche, le preguntaría cómo sigues querido, y se iría a dormir al cuarto de huéspedes.

Con suerte, él dormiría ocho o nueve horas seguidas.

El jueves 13 la vietnamita le subiría los diarios y el desayuno.

Le hablaría, a las nueve, a Bob Morrison para comunicarle sus ideas.

Bob Morrison diría *no está mal, nada mal*.

Y así fue, Morrison dijo *no está mal, nada mal*, después de que la rutina se había cumplido como estaba previsto, al pie de la letra: Dave intentó en vano leer la novela, leyó en cambio otras páginas de la historia de los Gigantes de San Francisco, vio varias películas, pensó en ideas para *Olivia*, le dijo buenas noches a Linda cuando llegó, se durmió, se despertó temprano, leyó los diarios, desayunó, habló con Bob Morrison y le dijo:

"Bueno, pues me alegro que todas las ideas te hayan gustado."

A las once de la mañana, ya vestido, Dave mandó a la vietnamita a comprar una cajetilla de cigarros Marlboro rojos.

Cuando ella salió de la casa, Dave bajó a la bodega, y cogió un martillo y un clavo de dos pulgadas. Colocó el clavo en la orilla izquierda del parabrisas del BMW y lo golpeó con el martillo. No sucedió nada. Con el segundo golpe, más fuerte, el clavo resbaló y arañó el cristal. Con el tercer golpe, el clavo abrió en el parabrisas un pequeño orificio del que partieron dos rayos finos y brillantes.

Dave subió para esperar a Hua-Ning, quien le entregó la cajetilla de cigarros. Se lo echó en la bolsa, bajó a la cochera, se subió al BMW y salió de la casa.

Dave se dirigió a un estacionamiento de Ellis Street, abierto las 24 horas, donde dejó el BMW. Caminó unas cuadras, y tomó un taxi para el aeropuerto. En la terminal internacional esperó el autobús de Hertz, donde alquiló un Neón rojo con el que regresó él a la casa de Jones y Sacramento. Pero no pudo meterlo: había olvidado en el BMW el control remoto que abría la cochera. Tuvo que regresar al estacionamiento para recobrarlo. Se dijo que, errores así, lo conducirían al fracaso. Guardado ya el Neón, puso en la cajuela, con llave, las dos maletas Samsonite negras que contenían su ropa.

Subió luego a la sala, a esperar a Linda.

"Y ese coche ¿de dónde salió?", le preguntó ella al entrar.

"De Hertz. El BMW tiene un problema eléctrico. Lo dejé en el taller y alquilé éste…"

"No puedes pasarte un día sin coche, ¿verdad?"

"Ni una mañana."

"Pero si no estás trabajando, ¿para qué necesitas automóvil?"

"Hoy sí trabajo. Me siento mucho mejor y voy esta tarde a supervisar el muestreo de una nueva línea de cosméticos, que comenzará hoy y seguirá mañana en todo lo que es el barrio de Excélsior…"

"¿Y por qué Excélsior?"

"Porque son productos para chicanas… para ilegales."

"No necesitas ser agresivo…"

Dave comprendió que debía ceder.

"Perdóname."

Dave se alegró de que a Linda no le hubiera extrañado que alquilara un Neón en vez de un automóvil de lujo. Luego le preguntó por la madre de Dorothy Harris. Linda le dijo que estaba cada día más grave y que por lo mismo Jimmy no la acompañaría a la exposición internacional de flores de cera y de seda que se abriría en Sacramento al día siguiente, viernes, en la mañana. Jimmy quería estar *stand-by* por si tuviera que viajar de urgencia a San Diego.

Dave se sobresaltó:

"Cómo, ¿no vas a estar aquí mañana?"

"Claro que sí. Pienso estar de regreso a las dos a más tardar.

Julie y yo tenemos cita con el peinador y vamos a hacer algunas compras."

Después de la comida, Linda regresó a su trabajo, y Dave esperó hasta que dieran las cinco de la tarde para salir de la casa. Caminó a California y Powell para tomar el tranvía de cable que lo dejó en Ellis Street, recogió el BMW y lo llevó al taller de siempre, el Phaedrus, en el 1675 de Pacific Avenue. Todo el mundo sabía que en esos talleres no almacenaban parabrisas, y que tenían que pedirlos a la fábrica cuando se necesitaban. Con otra ventaja a su favor: Carolina del Sur se regía por el *eastern time...*

En efecto, el empleado del taller consultó su reloj:

"Usted sabe, señor Sorensen, que un parabrisas se lo tenemos aquí en 24 horas, pero que hay que pedirlo a la planta de Spartanburg, en Carolina del Sur y allí es dos o tres horas más tarde, la planta debe estar cerrada. De modo que me temo que llegará hasta el sábado en la mañana... si quiere llevarse el coche y traerlo de nuevo…"

"No, lo dejo. Háganle un servicio completo mientras llega el parabrisas, por favor…", dijo Dave.

"Muy bien, señor Sorensen. Le hablaré cuando llegue el parabrisas…"

"No, no hace falta, gracias. Además, mañana no va a haber nadie en casa. Cuando llegue el parabrisas colóquelo. No me hable…"

"Pero usted deberá aprobar el presupuesto…"

Dave fue tajante:

"No hay problema. Nunca hay problema conmigo, usted lo sabe. No me hable."

Dave tomó un taxi de regreso a la casa de Jones y Sacramento, y a las siete y media salió, en el Neón rojo, rumbo al hotel San Bruno Inn para encontrarse con Olivia.

XII

LAS SEIS MALETAS

A las ocho de la noche del jueves 13 de abril, David Sorensen llegó, en el Neón rojo, al hotel San Bruno Inn cercano al aeropuerto de San Francisco. Se detuvo en la entrada y bajó para registrarse en la administración con el nombre de José Zamora. Pagó el cuarto por adelantado, en efectivo. Estacionó luego el Neón frente a la puerta de la habitación, la número 23, bajó las dos maletas Samsonite negras, las metió en el cuarto y regresó a la puerta principal para esperar a Olivia.

Unos minutos después, Olivia bajó de un taxi. Vestía su uniforme de aeromoza y llevaba consigo una pequeña maleta.

Salvo los dos días de vacaciones que Olivia había pasado con él en San Francisco y dos ocasiones en la ciudad de México, Dave sólo la había visto así, con ese uniforme azul marino de Aeroméxico, o desnuda. Maravillosamente desnuda.

"¿Gusta usted algo de beber?": ésa fue la primera frase que escuchó de sus labios. Pero entonces no se dignó levantar la vista para contestarle:

"Sí, gracias. Champaña con jugo de naranja."

Ese encuentro había tenido lugar unos meses antes, el día en que Dave, después de visitar a su padre en Cuernavaca decidió, en lugar de ir a Los Ángeles, regresar a San Francisco.

Dave intentaba, sin conseguirlo, leer la revista *Escala*: no podía concentrarse. Pasó una por una las páginas, apresurado. Un anuncio de un hotel en el Gran Cañón. Otro de los automóviles de colección de Alejandro Acevedo. Uno más de los relojes Pierre Balmain. Otro, de relojes también, marca Piaget. Un parque nacional de Costa Rica.

"Aquí tiene usted, señor."

Dave estiró el brazo para tomar el vaso que le ofrecía una mano de mujer de piel morena, dedos largos y finos, uñas largas pintadas de color vino oscuro.

"Gracias", dijo, y la vio por primera vez.

Sus ojos se llenaron de los ojos de ella. Por un instante tuvo la sensación de que la intensa, aterciopelada negrura de esos iris, inundaba sus propios ojos de melancolía.

Al mismo tiempo, bajo la pañoleta azul, blanca y roja que Olivia llevaba anudada al cuello, Dave pudo ver el principio de sus pechos.

La siguió con la mirada. No era alta, pero estaba bien formada: cadera ancha, hombros angostos, piernas largas.

Piernas largas, confirmó Dave, mientras la veía bajar del taxi.

Hombros angostos: corroboró, al abrazarla. Después ella le echó los brazos al cuello y lo besó, y él bajó las manos por su talle hasta llegar a las caderas: caderas anchas, macizas, hechas para el amor.

Cuando se encontraba de nuevo con Dave, Olivia nunca decía buenos días, o qué tal o cómo estás, mi amor. Lo besaba, y del beso pasaba a la conversación:

"¿Te vas a dejar la barba?"

"No necesariamente. Es que estoy *décontracté.*"

"¿De contra qué?"

"*Décontracté* quiere decir en francés casual, informal… es una moda."

"Pues no me gustas así. Con una barba tan negra, cualquiera creería que te pintas de rubio el pelo…"

"¿Te parece? Bueno, vamos al cuarto, ya me registré."

Apenas abrió la puerta de la habitación número 23, Olivia vio las dos maletas.

"Y esas maletas, ¿son tuyas?"

"Claro que son mías... ¿De quién más podían ser?"

"¿Te vas a ir conmigo a México? ¿Te vas a escapar?"

"Ahora te explico", dijo Dave y le desanudó la pañoleta. Luego, fue a correr el cerrojo de la puerta.

"¿Quieres decirme entonces qué pasa?", preguntó Olivia, se sentó en la cama y con un rápido movimiento de pies se descalzó.

Dave acercó una silla a la cama y, todavía con la pañoleta en la mano, contestó:

"Quiero que me guardes estas dos maletas por un tiempo."

"¿Guardarlas, en México?"

"No, aquí en San Francisco, en un *locker* del aeropuerto."

Olivia comenzó a quitarse las medias.

"¿Por cuánto tiempo?"

"El máximo. Si es posible, ocho días. Pero quiero que renueves el *locker* cada vez que vengas, hasta que yo te diga... será sólo por una semana..."

Dave se acercó más a Olivia y le desabotonó la blusa.

"¿Y después?", preguntó ella.

"Después nos vamos juntos a México."

Olivia dejó que Dave la acariciara los pechos sobre el brasier por unos segundos. Luego, con sus manos, apartó las manos de Dave.

"David... ¿qué tienen esas maletas?"

"Ropa... ropa mía. ¿Quieres verla?"

Olivia y Dave se habían enamorado a primera vista, pero ella, al principio, se resistió a entregarse. Se decidió sólo hasta el tercer viaje que hizo a San Francisco después de conocer a Dave. "Me gustan tus ojos", le dijo Olivia, "tu pelo, tus manos, tus muslos, tus labios, me gustas todo. Me gusta cómo hablas, cómo duermes, cómo caminas, cómo ríes, cómo estornudas, cómo te vistes, cómo te desvistes, cómo bostezas".

Dave puso las maletas sobre la cama y las abrió. Olivia comenzó a sacar las camisas y las corbatas.

"Pero qué preciosidad de camisas… ¿y qué va a decir la gringa cuando vea que vaciaste tu clóset?"

Para Olivia, y también desde la primera vez que se refirió a ella, Linda fue siempre *la gringa*.

"La gringa no va a decir nada, porque no se va a dar cuenta. Tengo más de sesenta camisas, más de ciento cincuenta corbatas, más de cuarenta pares de mancuernillas, y así por el estilo…"

"No te puedo creer."

Olivia comenzó a desplegar las camisas en la cama y a combinarlas con las corbatas. "A esta camisa amarilla —dijo— le viene de perlas esta corbata de franjas negras y doradas…"

"Entonces, como te decía, tú me guardas las maletas, y el día en que nos vayamos…"

"Y con esta camisa de rayas grises, ésta verde olivo… ¿qué te parece?"

Dave ya había aprendido otra de las diferencias fundamentales entre Linda y Olivia. El hecho de que Linda, cuando uno le hablaba no dejara de mirar a los ojos sin pestañear, no era garantía de que estuviera escuchando. En cambio, Olivia podía estar haciendo cualquier cosa, y no perder una palabra de lo que le decían.

"Y con esta camisa azul cielo, esta corbata de lunares morados… ¿te gustan mis combinaciones?"

"Mucho: eres un genio."

"Pues no las olvides. Te quiero ver con cada una de ellas", dijo Olivia y, mientras recogía las prendas, agregó: "¿Y el día en que nos vayamos…?"

"El día en que nos vayamos, o mejor dicho, la noche anterior de tu llegada a San Francisco, voy a apartar dos habitaciones en otro hotel, no sé cuál aún, pero ya te avisaré…"

"¿Por qué dos habitaciones? ¿Por qué no una sola habitación

y en este mismo hotel, o en el Hyatt, donde siempre nos hemos visto?"

"Mira: te voy a explicar todo…"

Olivia se paró en busca de su bolsa, sacó de ella sus cigarros y se sentó de nuevo en la cama.

"No entiendo nada", dijo, y se puso un cigarro en la boca tras ofrecerle otro a Dave.

Dave, también con el cigarro en los labios, puso sus manos en las rodillas desnudas de Olivia.

"Dime una cosa, Olivia: tú puedes pasar unas maletas por la aduana del aeropuerto de la ciudad de México sin que las revisen, ¿verdad?"

Dave hizo avanzar sus manos y comenzó a acariciar, apenas tocándolos con las yemas de los dedos, los muslos de Olivia.

"Sí, claro, como aeromoza no tengo problema. Además, mi primo es jefe de la aduana del aeropuerto, pero… ¿por qué quieres…?"

Dave la interrumpió:

"Ésa es una de las ventajas de nuestro país, ¿no es cierto? La flexibilidad…"

"También se le llama corrupción", dijo Olivia.

Dave se hizo el sordo. Olivia sacó de su bolsa un encendedor y se lo entregó. Después de prender ambos cigarros y de poner un cenicero sobre la cama, Dave asentó con fuerza sus manos sobre los muslos de Olivia.

"Puedes por ejemplo decir que llevas tu ajuar, ¿verdad? Tu vestido de novia, los zapatos de la boda…"

Olivia dejó el cigarro en el cenicero y separó las manos de Dave de sus piernas.

"Mira, David: no me chantajees. No me gusta que me chantajeen. Dime la verdad: ¿vas a llevar drogas a México?"

"No seas tonta. El camino de las drogas es de México a los Estados Unidos, no de los Estados Unidos a México…"

Dave volvió a la carga. Olivia lo dejó hacer.

"¿Tienen doble fondo las maletas?"

"Por Dios, Olivia, qué cosas dices, claro que no. Te lo puedo demostrar."

"No hace falta. Te creo."

"Quiero decirte algo muy importante, Olivia, de una vez por todas. He recibido amenazas de muerte. La gringa es muy rica, pero yo también tengo dinero. Quiere robarme, quitarme todo. Su padre tiene muchas influencias y aquí, como en todos los países, las influencias también valen. Necesito sacar mi dinero del banco y llevármelo a México, en efectivo. Tengo también las joyas de mi madre, que valen mucho, collares de perlas, una pulsera de brillantes, papeles importantes, escrituras de terrenos. Quiero llevármelo todo y no tener problemas con la aduana cuando llegue a México… ¿me entiendes?"

"Entiendo eso, claro. Pero las maletas que quieres que lleve a México no tienen ni tu dinero ni tus papeles. Sólo tu ropa…"

"Ah, es que no son ésas las maletas que quiero que lleves…"

"Te juro que no sé de qué hablas…"

"Lo que quiero es que me ayudes."

"Te voy a ayudar, David, tú lo sabes bien."

"Quiero pedirte otra cosa. ¿Conoces el bar Jorongo del María Isabel Sheraton de México?"

"No, pero conozco el hotel, es el que está frente al Ángel…"

"Según mis cálculos, el jueves próximo estarás en México, ¿verdad?"

"Sí."

"Bueno, te voy a pedir que estés a las siete de la noche en el bar. Te voy a hablar allí, pero no voy a preguntar por Olivia Ortiz, sino por Alicia Avendaño, ¿okey? Alicia Avendaño…"

"Pero David, ¿por qué haces todo eso?"

"Porque no quiero involucrarte."

"Pero si *me estás* involucrando."

"Me refiero a mis líos personales. Estoy convencido de que

supervisan todas mis llamadas y no tardarán en seguirme… Por eso lo hago."

"Está bien, está bien, allí estaré."

"Ahora déjame explicarte lo de las dos habitaciones y lo de las maletas…"

Olivia apagó el cigarro y se puso de pie.

"No, ahora no, gracias, voy a darme un baño…"

Olivia se desabrochó la falda. Desabrochó después el brasier y dejó ver sus senos oscuros, con pezones que parecían mitades de uvas moradas y húmedas. Se quitó después la falda. Dave hizo el intento de tocarla, pero ella le apartó las manos. Dave recordó que cuando al fin Olivia se le había entregado, lo hizo a oscuras, sin dejarle ver su cuerpo. A la mañana siguiente hicieron el amor con las cortinas apenas entreabiertas: la luz del día transformó el cuerpo de Olivia en una silueta difusa, de bordes luminosos. Sólo hasta la tarde del día siguiente Dave pudo contemplar ese cuerpo oscuro, fragante, perfecto, en todo su esplendor. Y ahora que la veía desvestirse una vez más, pensó que la gringa, Linda, se desvestía siempre de prisa, sin la menor coquetería, como si estuviera sola, como si nadie la viera, y ya desnuda, doblaba y colgaba su ropa antes de que Dave pudiera tocarla. Olivia, en cambio, cada vez que se despojaba de su ropa parecía que era la primera vez que lo hacía y como si estuviera en medio de una plaza, a la vista de todo el mundo: despacio y con titubeos, los ojos entrecerrados y la boca entreabierta, poseída por un leve temblor y con una mezcla de gozo y ansiedad, de vergüenza y descaro.

Acostado al lado de ella, desnudo también y después de hacer el amor, Dave le acarició los pechos a Olivia y le dijo:

"Vuelvo a comenzar. La noche anterior a nuestra ida a México, te voy a pedir que en cuanto llegues a San Francisco te vayas al Ramada después de sacar las dos maletas del *locker*. En un taxi, desde luego. Tu habitación estará a nombre de la señorita Avendaño. Ah, una cosa: es preferible que te cambies el uniforme en un baño del aeropuerto por un vestido común. Yo llegaré al Ramada una hora después. También es necesario que lleves un mínimo de equipaje, sólo una bolsa de mano, teniendo en cuenta las dos maletas. Yo tendré ya apartada otra habitación, a nombre del señor Martínez, que estará junto a la tuya, o muy cerca. Yo llegaré con otras dos maletas exactamente iguales a éstas: las dos Samsonite, negras, con ruedas, del mismo tamaño. Esa noche vamos a cambiar de maletas sin que nadie se dé cuenta. Yo me llevaré a México las que te dejo hoy, y tú te llevarás las que te deje esa noche. Al día siguiente yo saldré del Ramada cuando menos una hora antes que tú. Si nos encontramos en el aeropuerto, no nos conocemos, ¿entiendes? Tampoco en el avión, desde luego. Es también indispensable que nadie nos vea juntos en el Ramada. Después del cambio de maletas, cada uno se va a encerrar en su propio cuarto hasta el día siguiente. Ni siquiera nos vamos a hablar por teléfono, ¿entiendes? Estoy seguro que la policía seguirá cada uno de mis pasos. Dos o tres días después de nuestra llegada a México te buscaré. Mientras tanto, me guardarás las maletas sin abrirlas. Estarán, de todos modos, cerradas con una combinación que yo solo conoceré… ¿entiendes?"

"Entiendo todo lo que dices, pero no por qué lo haces… ¿estás seguro que no vas a llevar drogas?"

"Te lo juro."

"Espérate", dijo Olivia, estiró el brazo y apagó la lámpara de mesa.

"¿Por qué apagas la luz?"

"Júramelo otra vez. Mi abuela decía que cuando uno jura con luz, sólo lo escucha Dios, y que cuando uno jura a oscuras, sólo lo escucha el diablo."

"Y ¿por qué quieres que nos escuche el diablo?"

"Porque el diablo no perdona… júramelo. Júrame que no vas a llevar drogas a México."

"Te lo juro."

"¿Por quién? ¿Por tu madre?"

"Lo juro por mi madre."

"Está bien."

Dave le quitó, muy despacio, la sábana que la cubría.

"Y ¿qué pasa cuando hacemos el amor a oscuras?"

"Es lo mismo. Sólo nos ve el diablo. Por eso no se debe hacer el amor con luz hasta que el amor es verdadero y digno de Dios."

Olivia nunca se había portado con una solemnidad tan ridícula. Dave se sonrió.

"¿Quieres que prenda la luz?"

"Hace ya tiempo que hacemos el amor con luz, ¿no es cierto? Y por favor, no me hables de hacer el amor, ya sabes que no me gusta."

Dave encendió la lámpara y la besó en el cuello. Olivia cerró los ojos. Dave había aprendido a apreciar esa otra gran diferencia que existía entre Linda y Olivia. Linda se refería a las cosas por su nombre, de una manera vulgar, soez, que en un principio excitaba a Dave, pero que después lo fastidió. Quiero que me cojas, decía, quiero que me mames los pechos, apriétame más, muévete más aprisa. Dave comenzó a recorrer con la boca el cuerpo de Olivia: pasó del cuello a los pechos y con la punta de la lengua le lamió los pezones, duros y dulces. Olivia lo dejó hacer. Y, cuando no quería algo, cuando no deseaba que Dave la acariciara o la besara como él quería, también Linda se lo decía, con una claridad que lo humillaba. Linda sólo tomaba en cuenta sus propios deseos, nunca los de él. Dave besó el vientre de Olivia, y Olivia lo dejó hacer. En cambio, cuando Olivia no deseaba algo, apartaba las manos o la cabeza de Dave con ternura, con una leve presión que más parecía una caricia. Al mismo tiempo, y con la misma suavidad, Olivia sabía guiar a Dave a todos los rincones de su cuerpo que ella quería que él explorara con sus manos o con su boca.

Esta vez, como otras, Olivia dejó que Dave le besara los muslos. De vulgares y soeces, las relaciones entre Dave y Linda pasaron a lo grotesco: Dave tenía que bañarse antes de hacer el amor con Linda. Dave tenía que lavarse los dientes antes de hacer el amor con Linda. Dave tenía que ponerse desodorante en las axilas antes de hacer el amor con Linda. Dave, por supuesto, tenía que ponerse un preservativo antes de hacer el amor con Linda. Y Linda, claro, seguía el mismo ritual y además, en la tina del baño y en cuclillas, se aplicaba un *spray* vaginal desodorante. Dave separó las piernas de Olivia y le lamió el principio de los muslos, y Olivia puso las manos en su cabeza y comenzó a jugar con su pelo, ensortijándolo. Hacía ya meses desde la última vez que Dave le había hecho el amor oral a Linda. Es decir, desde que lo había intentado por última vez. Linda le dijo de pronto: Dave, ve a enjuagarte la boca. Y Dave se levantó y se fue al baño a enjuagarse la boca con un antiséptico. Cuando regresó a la recámara, no tenía ya deseos sino de dormir. Esa noche tuvieron otro gran pleito: a Dave no le interesaba saber cuántos millones de microbios tiene el ser humano en la boca y menos si el SIDA se contagiaba o no por la saliva.

Es verdad que, a veces, para Dave el cuerpo de Olivia era un cuerpo dúctil, casi maleable, que parecía adaptarse al tamaño y la forma de sus manos y su deseo. Tendida, desnuda, inmóvil, Olivia se dejaba acariciar por Dave de la cabeza a los pies y Dave, entonces, creía sentir el éxtasis del escultor que con sus propias manos había creado un cuerpo perfecto en la arena y con la arena, una arena suave y ardiente que podría desmoronarse entre sus dedos si no la acariciaba como se acaricia al viento. Algo también tenían de dunas cálidas, iluminadas por el sol, las curvas y las colinas, las suaves pendientes del cuerpo de Olivia. Con las caricias y los besos, el cuerpo se llenaba de vida, de una vida impetuosa que brotaba de las entrañas mismas, del corazón de Olivia, y crecía hasta llegar a flor de piel. Dave sentía así que una Olivia, la misma y distinta, nacía una y otra vez, virgen, en cada abrazo.

Pero también era verdad que Olivia tenía su propio lenguaje para el amor. Un lenguaje que la transformaba, de estatua dócil, en un animal insumiso, en una gata voluptuosa que sin una palabra: con sólo el murmullo y las ondulaciones, el oleaje de su carne herida por la pasión y la necesidad, y con sus jadeos, profundas exhalaciones y gemidos entrecortados, y con la vida propia que de pronto parecían adquirir sus brazos o sus piernas que restregaban y prensaban el cuerpo de Dave con un arrebato, con una violencia, con un frenesí que era casi imposible conciliar con su gentileza y dulzura: por todo ello Olivia se manifestaba como única dueña de sus instintos y sus deseos. Así, cuando Dave, de rodillas, le abrió las piernas para contemplar, a la suave luz de la lámpara, su sexo que era como una orquídea negra con pulpa de nácar rebosante de miel, Olivia se incorporó, rodeó con sus manos la cabeza de Dave y la hundió entre sus muslos. Y Dave bebió esa noche del sexo de Olivia y, como el cordero que lame un bloque de sal, su sed fue insaciable.

Olivia había cerrado los ojos y parecía dormir. Dave encendió un cigarro y contempló cómo el humo se desbalagaba antes de llegar al cielorraso de la habitación.

Recordó una vez que Papá Sorensen había arrojado al suelo, indignado, una novela de Henry Miller. "Es un obsceno", dijo "Un cochino." "Pero papá, eres un puritano anticuado. Hoy todos los escritores modernos escriben sobre las formas de hacer el amor", le dijo Dave. "El amor se hace, no se escribe. El amor se hace, no se habla de él", contestó Papá Sorensen. Así era Olivia: hacía el amor, pero no le gustaba que hablaran de él.

Mientras veía a Olivia que dormía o fingía dormir, Dave pensó que nunca, en toda su vida, había conocido a una mujer que fuera tan mujer y tan niña al mismo tiempo hasta tal punto que, cuando la paseó por San Francisco durante esos dos largos, inolvidables días, le había hecho sentirse de nuevo el niño que, a los doce años, había llegado a esa hermosa ciudad para enamorarse de ella para siempre al descubrir sus encantos y misterios. Porque iguales, sí, a los de un niño, y tan ingenuos e intensos, habían sido el asombro y la alegría de Olivia al recorrer las empinadas calles de

San Francisco y visitar el acuario, el *planetarium*, el Golden Gate y contemplar los tranvías de los que colgaban en racimos los pasajeros, y los muelles, el Jardín de Té Japonés. Olivia le pidió que le comprara un algodón de azúcar y una manzana almibarada y después se fueron a comer hamburguesas a una cafetería.

Hacia las once y media, Dave se levantó, se vistió y le dio un beso en la frente a Olivia.

"Adiós, amor mío", le dijo.

"Hasta pronto, David."

"Por favor, no se te olvide que te llamo el jueves de la semana próxima al Jorongo…"

"No, no me olvidaré", respondió Olivia sin abrir los ojos. Tenía las pestañas más negras, más largas y más rizadas del mundo.

Dave se encaminó a la puerta y de pronto recordó que no había cerrado las maletas. Regresó y fijó la combinación de ambas.

"Cerré las maletas, mi amor. Escogí los últimos cinco números del teléfono de tu casa. Eso, por si las quieres abrir…"

"Está bien", dijo Olivia.

En el camino de regreso, Dave pensó que Olivia correría el riesgo de que la sorprendieran con los dólares y que además la acusaran de complicidad en el asesinato de Linda. Pero quizás no la sorprendieran: era una moneda al aire. En cambio, la ganancia sería muy grande. Él encontraría la forma de "lavar" el dinero en México. En México, todo se podía hacer. Era sólo cuestión de llegar al precio.

Y después, comprarían una casa en Cuernavaca, otra en la costa mexicana del Pacífico, y se irían a Europa. Olivia no la conocía.

Olivia en el Arco del Triunfo. Olivia en la torre de Pisa. Olivia en el Coliseo. Olivia en la Alhambra. Olivia en el Rhin. Olivia en la Costa Azul. Olivia en los jardines de La Bagatelle, entre todas las rosas del mundo: era necesario correr el riesgo.

En el camino, también, pensó que su plan distaba mucho de

ser perfecto. Sin duda a la policía le parecería muy sospechoso que, teniendo él casa en San Francisco, fuera a pasar la noche en un hotel antes de tomar un vuelo y bien podría indagar qué otros huéspedes había en el Ramada. Tal vez lo mejor era llegar al hotel, hacer de inmediato el intercambio de maletas, y salir enseguida para hospedarse en otra parte, en tanto que Olivia haría lo mismo diez minutos después.

O incluso él se regresaría a su casa a pasar la noche, y se iría no en el mismo vuelo que Olivia, sino en otro, un día más tarde.

De la 280 pasó a la 101, y al llegar a Jefferson Square tuvo una idea mejor: al día siguiente, viernes, muy temprano, iría a comprar otros dos velices en donde cupieran, en cada uno, una de las maletas Samsonite con los dólares, y que serían de color, no negros. Nada muy llamativo, desde luego: grises o cafés. Y de tela. En otras palabras, dos velices muy distintos a las maletas Samsonite.

Dobló en Geary Street para tomar Van Ness y subir por California hasta Jones Street. Sí, eso es lo que tenía que hacer. El hotel no sería el Ramada, sino el Marriot que, por su gran capacidad —mil quinientas habitaciones— tenía mucho tráfico de visitantes, día y noche. Apartaría una habitación para él en el quinto o sexto piso, y otra para Olivia en el noveno o décimo —por decir algo— ambas con nombres falsos y distintos, desde luego. Pero… ¿cómo apartarlos sin tener que mostrar una tarjeta de crédito? ¿En efectivo? Eso estaba bien en un motel… No en el Marriot, donde se vería raro. La solución: con el efectivo que tenía en la casa, comprar quinientos dólares en cheques de viajero, inventando una firma, para pagar con ellos las dos habitaciones.

Al llegar a la casa, abrió la puerta cochera con el control remoto. La puerta se cerró, después, a sus espaldas. Olivia debería registrarse en el Marriot una media hora antes que él, sin su uniforme de aeromoza, y esperarlo en su habitación. Él llegaría con las dos maletas grises. Dentro de cada una de ellas estaría una de las dos maletas Samsonite, con los dólares. Él dejaría que el maletero las llevara a su habitación. En cuanto saliera el maletero, sacaría las Samsonite y tomaría el elevador para subir a la habitación de Olivia a hacer el cambio, que sería cuestión de unos cuantos segundos, y regresaría por unos cinco minutos a su habitación, en donde dejaría abandonadas las maletas grises.

Saldría después del hotel. Si lo estaban vigilando, pensarían que habría entregado a alguien los dólares, en las maletas grises, y se quedarían esperando la salida de quien llevara esas maletas grises. Nadie, por supuesto, iba a hacerlo. Olivia saldría hasta la mañana del día siguiente, con dos Samsonite negras.

Ya en la recámara, Dave se desvistió sin encender la luz. Se imaginó que Linda dormía en el cuarto de los huéspedes.

Y, si lo detenían a la salida del hotel para revisar las maletas, se encontrarían con su ropa.

Linda, en efecto, descansaba en la habitación contigua: Dave escuchó un ligero ronquido.

XIII

CAMINO A LA QUEBRADA

Cuando Dave despertó a las ocho de la mañana del viernes 14 de abril, Linda había salido ya de la casa para ir a Sacramento. Si, como ella había dicho, regresaría a más tardar a las dos de la tarde, todo saldría como estaba previsto.

Dave se desayunó, se bañó, y escogió su ropa: un pantalón de casimir, gris claro. Un suéter gris oscuro, de cuello de tortuga. Una camisa blanca. Zapatos negros estilo Boston. En resumen, un atuendo poco llamativo. Tomó unos *blue-jeans* y los tenis que usaba para caminar en las mañanas. Pero no, los tenis eran finos y se les notaba. Los zapatos negros pasarían inadvertidos.

Bajó a la bodega, y en la bolsa de lona donde ya estaban los anteojos oscuros, la chamarra y la gorra de estambre, guardó los *blue-jeans*. Se dio cuenta entonces que no sería lógico que, cuando regresara a la casa, lo hiciera con una bolsa tan corriente y sucia. No le fue difícil encontrar en la bodega una bolsa de Macy's que guardó también en la mochila de lona. Puso ésta en la cajuela del Neón y subió a la recámara para hablar con Jimmy Harris que a esa hora —ya eran las nueve y media— debía encontrarse en su oficina.

Nunca había sabido decir mentiras. Pero ahora tenía que aprender a mentir. Mentirle a todo el mundo. Tendría que actuar, y ser convincente. En realidad, había ya comenzado a serlo, con Olivia y con la propia Linda y no había salido tan mal. La siguiente víctima era Jimmy Harris. Si Jimmy no había reportado la pérdida de su tarjeta y no lo hacía sino hasta el sábado o después, y se dejaba convencer por Dave de ir a las ocho de la noche a Half Moon Bay y una vez en Half Moon Bay lo hacía perder una hora cuando menos, Jimmy no tendría ninguna coartada.

Y si algún día encontraban el Daimler azul, las pruebas en su contra serían abrumadoras: lo acusarían del asesinato de Linda, y se alejaría toda sospecha contra él, Dave. Las posibilidades de que todo esto ocurriera eran pocas, sí, quizás mínimas, pero reales.

Contestó la secretaria de Jimmy Harris. Después, él tomó la llamada.

"¿Dave? Hola, qué tal. Tu mujer no está aquí, se fue a Sacramento."

"Sí, ya lo sé. Es contigo con quien quiero hablar. Pero necesito hacerlo personalmente, no por teléfono."

"Cuando gustes. Estaré en la oficina toda la mañana y probablemente también toda la tarde."

"No, no puedo ir. Dime una cosa: ¿estás solo en tu oficina en estos momentos?"

"Sí, ¿por qué?…"

"Te lo diré después. Escucha: me voy ahora al sur de la ciudad, a Palo Alto y luego a Sunny Valley y a Half Moon Bay. ¿No nos podríamos ver en Half Moon Bay a las ocho de la noche?"

"¿En Half Moon Bay? ¿Tan lejos y a esas horas? ¿Estás loco, Dave? ¿Y por qué no nos vemos mañana?"

"Voy a salir y no volveré sino hasta el lunes…"

"Pues el lunes, entonces…"

"Jimmy, se trata de algo urgente y grave. Conozco muy bien la relación que hay entre tú y Linda y de eso quiero hablar…"

Hubo una larga pausa del otro lado de la línea.

"¿Me escuchaste?", preguntó Dave.

"Sí, sí. Pero no sé qué quieres decir."

"Lo sabes muy bien. Escúchame, Jimmy Harris: si no nos vemos hoy mismo te juro que voy a armar un escándalo."

"Nunca pensé que reaccionaras así. Claro, eso es muy latino. No se puede esperar otra cosa de un mexicano. Los anglos, tú sabes, somos más civilizados. No le tengo miedo a un escándalo, Dave, y pienso que hemos hablado demasiado. Voy a colgar."

Dave sintió que el pez se le escurría entre las manos. Pero descubrió, para sorpresa de él mismo, que todavía tenía recursos y audacia. Y sobre todo, imaginación:

"Mira Jimmy, escucha, por favor. Entiendo que todo esto te parezca absurdo. Lo que sucede es que te mentí. Mi interés en hablar contigo no tiene nada que ver con las relaciones que existen o puedan existir entre tú y Linda, sino con algo más serio. Tengo razones para creer que Linda está involucrada con narcotraficantes... Parece que la engañaron. Y creo que sólo tú y yo la podemos proteger..."

"¿Narcotraficantes? Dave: ¿estás borracho?"

"Nunca he estado más lúcido en mi vida. Si vas a Half Moon Bay te presentaré a algunas amistades de Linda que te van a interesar... y por favor, no le digas nada a ella ni a nadie. Podrías poner su vida en peligro."

"No entiendo, Dave. Si esto es una broma, te advierto que es una broma de muy mal gusto."

"No es broma. Yo mismo quisiera que lo fuera, pero por desgracia no lo es. ¿Te veo a las ocho en Half Moon Bay?"

"Está bien... ¿en qué parte de Half Moon Bay?"

"Apunta: en el centro comercial que está a la salida de la carretera 92, antes de que se cruce con la uno... se llama Straw Flower Shopping Center..."

"Lo conozco..."

"Y si me tardo un poco, espérame, por favor..."

"Dave, escúchame..."

"¿Sí?"

"Te repito que no entiendo nada. ¿Estás seguro que no podemos hablar ahora? Voy a donde quieras..."

"Parece que no estás tomando en serio lo que te digo, Jimmy… y me temo que es muy serio."

"Okey, okey, te veo esta noche en Half Moon Bay."

"Hasta luego."

"Hasta luego."

Dave colgó y sintió una opresión en el pecho. Estaba seguro que Jimmy no había creído una sola palabra, y que en cuanto Linda regresara de Sacramento, hablaría con ella y todo se vendría abajo.

El teléfono sonó. Era Jimmy Harris.

"¿Dave? No me dijiste en qué parte del Shopping Center…"

"En la entrada del Hall Mark. Y te repito: si tardo, por favor espérame. Es muy importante."

El pez había caído en la red. Dave se asombró de lo ingenua que, en un momento dado, puede ser una persona inteligente. La capacidad de credulidad del ser humano, pensó, es infinita.

A las diez, Dave salió en el Neón con una cinta métrica en el bolsillo, a comprar las dos maletas donde guardaría las Samsonite. Encontró en Market Street dos maletas grises de marca desconocida, pero que tenían las medidas que buscaba. Pagó en efectivo, fue a guardarlas en la bodega de la casa y se encaminó a un banco, donde compró los quinientos dólares de cheques de viajero: dio un nombre falso, y firmó con un garabato fácil de imitar. Después se dirigió al Centro Stonestown Galleria donde había comprado la manguera. Estacionó el automóvil y una vez en la tienda, se dirigió al baño. Se encerró en un excusado y se cambió de ropa. Se puso los *blue-jeans* y la chamarra, el gorro y los anteojos oscuros, y guardó el suéter y los pantalones grises en la bolsa de lona. Frente al espejo se ajustó la gorra de estambre de manera que ocultara perfectamente su cabello rubio, y se subió hasta el cuello el zíper de la chamarra. Nadie lo hubiera reconocido. Nadie lo iba a reconocer.

Decidió comprar cualquier cosa para no hacerse notar: una libra de manzanas y unos cigarros.

Al volante del Neón Rojo, y con un cigarro en los labios, Dave siguió de largo por la Calle 19 que lo llevaría directamente al puente tras atravesar el Parque Golden Gate y Presidio.

Era un día espléndido. Ni asomo de la bruma que, apenas el miércoles, había amenazado con inundar la ciudad. Cientos de peatones recorrían el puente y las aguas de la bahía, plateadas, parecían alfombradas de espejos rotos.

Tomó el camino que lo llevaría a Mill Valley, San Anselmo, Fairfax, Woodacre y por último al pueblo al que había bautizado como Santa Genoveva. En Santa Genoveva cotejó el millaje del automóvil. Veintidós mil trescientas tres millas. Tomó después, en dirección a la costa, una carretera secundaria bordeada por grandes árboles. A cuarenta millas por hora, según sus cálculos, en cuatro o cinco minutos llegaría a la brecha. Así fue. Cuando la encontró, cuatro minutos y medio más tarde, el millaje era de veintidós mil trescientas seis millas. Dobló a la izquierda y se detuvo en el principio de la brecha. Todo estaba como la última vez que había visitado La Quebrada hacía dos años, al regresar a San Francisco. Incluso como estaba hacía catorce años. Si uno no conocía esa brecha, era fácil pasarla por alto. De allí a la costa había otras tres millas. Algo, sin embargo, había cambiado: las yerbas que crecían en medio de la brecha eran más altas y abundantes y no se veían huellas recientes de neumáticos. Tal vez había sido abandonada hacía poco tiempo para emplear otro camino, lo que, en todo caso, era mejor para sus planes. Dave calculó que, a buen paso, recorrería a pie la distancia de La Quebrada al camino en una hora y media, y del camino al estacionamiento del Q-Mart en otra hora. En total, dos horas y media. Tres cuando mucho. De ida a la brecha, sólo se había encontrado un vehículo en sentido contrario, y otro, un camión de carga, lo había rebasado. En el regreso, el camino estuvo vacío.

Llegó a Q-Mart. Había escogido esta tienda porque estaba abierta las veinticuatro horas. A nadie, pues, le extrañaría que alguien sacara un automóvil del estacionamiento a las dos o tres de la mañana.

Dave entró a la tienda y compró otra libra de manzanas. Luego se dirigió al coche, dejó en él las manzanas, sacó de la cajuela la bolsa de lona, cerró el coche y se encaminó hacia la parada de autobuses. No había caminado cincuenta metros cuando regresó. La segunda bolsa de manzanas, por el nombre de la tienda y la nota que estaba adentro, denunciaba su paso por Santa Genoveva, con la fecha y la hora exactas. Había estado a punto de cometer un gravísimo error. Vació el contenido de la segunda bolsa en la primera, cogió las dos notas, cerró el coche y tiró en la basura la bolsa de Q-Mart y las notas.

Caminó hasta encontrar un taxi que lo llevó a Fairfax. Allí, tomó otro taxi hasta San Francisco. Se bajó en la esquina de la Calle 19 y Judah Street, y tomó el autobús 28 hasta la estación de Daly City. Necesitaba hacer un poco de tiempo para llegar a la casa de Jones y Sacramento después de que Julie Simmons hubiera pasado por Linda. Se metió a la primera fonda que vio, y comió una hamburguesa con queso, acompañada de un café negro. Caminó después hacia el Save-More-Market de Miriam Street, buscó el baño y, encerrado como antes en un excusado, volvió a cambiarse: sacó el suéter y los pantalones grises de la bolsa de lona, sacó también la bolsa de Macy's, y guardó todo: los anteojos oscuros, la gorra de estambre, la chamarra, la lámpara de pilas, los *blue-jeans* y la propia bolsa de lona, en la bolsa de Macy's.

Regresó a la estación de Daly City, donde tomó el BART, y se bajó en Powell Street. Pensó que era buena idea confundirse con los turistas y se formó en la cola para el tranvía de cable. Como siempre, había una multitud de extranjeros deseosos de abordar uno de los famosos tranvías. Pero también, como casi siempre, la cola avanzó con relativa rapidez, y quince minutos más tarde se bajaba en la esquina de Powell y Sacramento. Subió, despacio, a un costado del hotel Fairmont. Siempre le había gustado mucho el hotel Fairmont, desde que Papá Sorensen llevó a la familia a comer al Mason's. Fueron también dos o tres veces a desayunar al café Sweet Corner, donde preparaban unas tostadas de canela deliciosas. Pero el Fairmont dejó de gustarle cuando se enteró de que, cuando iba a San Francisco, el viejo Lagrange siempre se alojaba en él. Siguió después al costado de la Catedral de Gracia. Eran casi las tres de la tarde, la hora en que Julie solía pasar por Linda. Caminó más despacio y a pocos metros de llegar a la cumbre de Nob Hill, se detuvo. Un automóvil estaba estacionado frente a la puerta de la casa. Era, sin duda, el de Julie. A los pocos segundos Linda apareció en la puerta y se subió al vehículo, que arrancó y bajó por Sacramento.

Dave llegó a la casa, marcó la combinación digital 06-15-67 y entró. La vietnamita le preguntó si deseaba algo de comer. Dave le dijo que no, y que ya se podía ir.

"Me pidió la señora que sacudiera todos los objetos de la sala antes de irme."

Dave se dijo que después de todo no había prisa y decidió tener un poco de paciencia. Bajó a la bodega a esconder la bolsa de Macy's y subió después a la biblioteca donde puso, en el tocadiscos, una antología de Philip Glass. Hacia las cuatro de la tarde Hua-Ning se despidió.

Dave bajó a la bodega y tomó las llaves del Daimler para ver cuánta gasolina tenía. La aguja señaló más de tres cuartos de tanque. Sacó entonces de la bodega el recipiente de plástico y el trozo de manguera, y se dispuso a ordeñar el tanque del automóvil.

Al sentir en la boca la gasolina, la impresión fue tan desagradable, que la escupió en el piso y soltó la manguera. La ligera inclinación del piso de la cochera hizo que se formara un hilo del líquido que escurrió hasta la puerta. Tomó de nuevo la manguera y volvió a succionar, pero esta vez escupió la gasolina en el tanque de plástico, tapó el extremo de la manguera con el pulgar, la curvó y dejó que la gasolina cayera en el recipiente. Llenar el tanque, de cinco galones, le llevó un tiempo que le pareció eterno.

Cerró el tanque y lo guardó, junto con el trozo de manguera, en la bodega. Buscó, entre las herramientas, una llave inglesa y, junto con la bolsa de lona, la guardó en la cajuela del Daimler. Puso las llaves en su lugar y subió a la casa. Metió los cheques de viajero entre las páginas de un libro. Eran las cuatro y cuarto. Seis y cuarto de la ciudad de México. Según sus cálculos, Olivia debía estar en su casa. Necesitaba hablarle. Necesitaba, con desesperación, escuchar su voz.

En ese momento sonó el teléfono. La grabadora comenzó a funcionar.

"Dave, soy Bob Morrison, veo que ya estás bien, porque nunca te encuentro…"

Tuvo el impulso de contestar, pero no lo hizo. No quería que nadie estropeara sus planes.

"…espero que vengas sin falta el lunes. Tenemos a la nueve una junta para el lanzamiento de *Olivia*. Hasta pronto…"

Sacó del escritorio dos puñados de monedas de un cuarto y salió de la casa para comunicarse con Olivia desde la cabina de Larkin Street.

Olivia seguía sin entender, pero lo amaba con toda el alma y lo apoyaría siempre. Él por su parte le pidió que no se olvidara que el jueves de la siguiente semana le hablaría al bar Jorongo y que preguntaría por la señorita Avendaño. Le recordó también que en su siguiente viaje a San Francisco renovara por ocho días, o en todo caso por el máximo posible, el *locker* del aeropuerto donde estaban las dos maletas Samsonite con su ropa. Después de que sucediera lo que tenía que suceder, tendrían que cambiar de bar, y ella, de nombre. Esto último, desde luego, no se lo dijo a Olivia. Nada más lo pensó.

"Sigo sin entender nada, David. ¿Estás bien?"

Nadie lo entendía. Jimmy Harris no lo entendía. Olivia no lo entendía. Pero estaba previsto: era mejor así.

"Claro que estoy bien. No me pasa nada. Pero la próxima vez, por favor, no me llames David… ¿okey?"

"¿Cómo quieres que te llame?"

"Como gustes. Pero no David... entonces... el jueves de la semana próxima, en el Jorongo, a las siete... ¿correcto?"

"Está bien... ¿Me quieres?"

"Te adoro."

"Cuídate. Me da mucho miedo lo que estás haciendo."

A las seis estaba de regreso en Jones y Sacramento. Colgó el suéter en el clóset y sacó de él un saco de *tweed* gris en el que guardó sus cigarrillos. La cartera donde llevaba el dinero en efectivo, su licencia de conducir y sus tarjetas de crédito, la puso en la bolsa trasera del pantalón. Pero antes sacó su tarjeta dorada American Express, la dejó en un cajón de su escritorio y la sustituyó por la tarjeta dorada de Jimmy Harris.

Algo le inquietaba, sin embargo. Volvió al escritorio por la tarjeta de Jimmy Harris, la llevó al baño, llenó el lavabo de agua y la echó en ella. Si quería que el Daimler se hundiera pronto en el agua, debería dejar una ventana bajada, cuando menos uno o dos centímetros. Pero la tarjeta flotaba en el agua, y podría salirse por la rendija. Se le ocurrió echarle un poco de agua con la mano: la tarjeta se hundió. De todos modos se dio cuenta que el riesgo era muy grande. Tenía que cerrar bien todas las ventanas del coche, y esperar que no tardara mucho en hundirse.

Linda llegó con varios paquetes. Entre ellos una caja redonda de la que sacó un sombrero de fieltro azul, de alas anchas.

"¿Te gusta? Es para la boda de Sheila Norman. Por cierto, ya compré su regalo. Primero pensé en un juego de té de Limoges. Pero ella me insinuó que fuera a Christofle, donde también tiene una *liste de mariage* además de la de Neiman y la de Macy's... así que acabé comprándole un juego de cubiertos para doce personas..."

"Qué bien", dijo Dave, "Seguro que le va a encantar... es tan *snob*... Por cierto, me quedé sin coche..."

"¿Cómo?"

"Regresé el Neón que había rentado, me llevé el BMW a Santa

167

Genoveva, y me dejó tirado allí. Lo llevé a un taller y tomé un taxi de regreso, pero me acaban de hablar para decirme que ya está listo... ¿Me acompañas a recogerlo? Me esperan hasta las diez de la noche..."

Linda lo miró sin decir una palabra. Dave le puso la respuesta en los labios:

"Ya sé que no te gusta manejar de noche. Yo manejo el Daimler y podemos regresar hasta mañana, cada quien en su coche. En Santa Genoveva hay un restaurante italiano, el Paradiso, en donde cocinan una langosta de maravilla. La podemos acompañar con champaña. ¿Qué te parece? Además, hay un hotel pequeño, exclusivo, *bed and breakfast*, muy inglés, muy victoriano, delicioso..."

Dave había imaginado una respuesta distinta de Linda. Había imaginado que ella se resistiría y que tendría que convencerla. Pero no sucedió nada de esto. La respuesta de Linda fue muy sencilla.

"Está bien. Voy a ponerme unos pantalones y unos zapatos más cómodos. Ahora bajo."

Mientras la esperaba, Dave notó que el botón de la grabadora estaba encendido y pensó que quizás, durante su ausencia, Jimmy Harris podría haber hablado. Sólo tuvo tiempo de escuchar el primer mensaje: el de Bob Morrison. No supo si había otros. Linda bajaba por las escaleras.

"¿Con quién hablabas?", le preguntó. Se había puesto unos pantalones beige, un par de tenis, una chamarra de piel y la larga bufanda amarilla que él le había regalado.

"Con nadie. Era un mensaje de Bob Morrison."

Subieron al coche. Apenas él se puso al volante, Linda dijo:

"Huele a gasolina."

"¿Tú crees? A mí no me olió."

"Porque tienes el olfato atrofiado de tanto fumar."

Dave no dijo nada. Una vez afuera, cerró la puerta cochera con el control remoto, y partió rumbo a Polk Street.

"¿Santa Genoveva?", preguntó Linda. "¿Dónde queda Santa Genoveva?"

"No es su verdadero nombre. Yo se lo puse así en recuerdo a Chuck O'Brien. Una vez, de niños, jugamos allí…"

"Eras un niño raro. A mí jamás se me ocurrió cambiarle el nombre a una ciudad, ni a nada… ¿Cuál es su…?"

Dave la interrumpió:

"Nunca te he llevado a los lugares donde jugaba yo de niño, ¿verdad? A todos los que llamé de otra forma…"

"Nunca."

"¿Ni a La Quebrada?"

"No."

"Te voy a llevar a La Quebrada."

XIV

EN LA PROFUNDIDAD DE LA NOCHE

Dave bajó por Sacramento y dobló a la derecha en Polk Street. Era el camino que siempre tomaba para ir al Puente Golden Gate y Sausalito, el más directo: Polk, y luego a la izquierda en Lombard Street hasta Richardson Avenue y el *freeway*. Pero esta vez Dave se detuvo en Union Street y marcó, con la direccional, vuelta a la izquierda.

"¿No nos vamos a ir por Lombard?", preguntó Linda.

"Sí, pero hay que cargar gasolina."

"¿Gasolina? Si tiene tres cuartos de tanque".

"No. Un cuarto o menos."

"No es posible", dijo Linda, y se asomó al tablero. "No puede ser. Tenía tres cuartos cuando regresé de Sacramento. O será que… ¿te acuerdas que la cochera olía a gasolina?".

Dave volteó a la izquierda.

"¿Piensas que se está saliendo la gasolina? No lo creo. Quizás el flotador se haya zafado, o la aguja indicadora no funciona bien. De todos modos, no hay forma mejor de saberlo que cargando gasolina…"

Atravesaron Van Ness Avenue y entraron a la gasolinería. Dave estacionó el Daimler junto a la bomba, sacó la tarjeta dorada de Jimmy Harris y la insertó por dos segundos en la ranura indicada. Luego, la puso en la bolsa derecha exterior del saco, guardó la cartera con el resto de las tarjetas y el dinero en la bolsa trasera del pantalón, le quitó la tapa al tanque, colocó la manguera y oprimió el botón que decía *start*. Todo salió como lo había imaginado. La bomba comenzó a funcionar y la manguera se detuvo automáticamente cuando se llenó el tanque. Eran doce dólares con veinticinco centavos. El recibo apareció, como siempre, por otra ranura. De una ojeada, corroboró que contenía toda la información que era de esperarse: la fecha, la hora y el número de la tarjeta de Jimmy Harris. Había hecho lo mismo en una gasolinería docenas, quizas cientos de veces —pagar con tarjeta de crédito—, pero en esta ocasión era muy importante que no fallara nada. Y nada falló. Dejó el recibo. El próximo cliente se encargaría de arrancarlo y tirarlo, o quizás de entregarlo en la administración diciendo que alguien lo había olvidado. Daba igual: de todos modos la operación estaba ya registrada en el corazón de la computadora. Sólo faltaba que Jimmy Harris no hubiera reportado la pérdida de la tarjeta.

"¿Ves?", le dijo Dave a Linda cuando subió al coche. "Le faltaba bastante gasolina."

"Hay que llevarlo a revisar."

"Sí, mañana mismo", dijo Dave y, al tiempo que arrancaba el automóvil, sacó la tarjeta de Jimmy Harris de la bolsa del saco y la puso en el piso del automóvil, abajo del asiento, sin que Linda se diera cuenta.

"¿No será peligroso? Nos puede dejar tirados."

"Es cuestión de fijarnos en la aguja. Yo me encargo de eso, no te preocupes."

Dave bajó por Van Ness Avenue, dobló a la derecha en Green Street y a la derecha en Franklin para tomar Lombard.

El calendario anunciaba luna llena para ese viernes 14 de abril, pero había nubes pasajeras que la cubrían. Eran, sin embargo, nubes ligeras que filtraban la luz del astro. Cuando atravesaba el Golden Gate Dave se dio cuenta que siempre, a causa de su nombre, había pensado que el puente era dorado. Mucha gente lo pensaba así también. Pero no, el adjetivo dorado correspondía a la puerta, la puerta dorada del Estado Dorado, California. El puente era rojo, y probablemente siempre había sido rojo. Esto no le quitaba lo bello. Y así, iluminado, en una noche de una mágica claridad, era majestuoso, magnífico. Y en Alcatraz y en Angel Island, en Sausalito y Tiburón, en la Isla del Tesoro, en Richmond, en Berkeley, en todos los poblados y caseríos a la orilla de las bahías de Richardon y de San Francisco, las luces parpadeaban como racimos de luciérnagas.

Tomó de nuevo el camino que lo llevaría a Mill Valley, San Anselmo, Fairfax, Woodacre y Santa Genoveva. Era una noche fría, bastante fría. Linda le pidió que encendiera la calefacción, y le preguntó:

"¿Como va la aguja?"

"No se ha movido ni medio milímetro", contestó Dave.

A los cinco segundos, escuchó un ligerísimo ronquido. Cuando Linda no manejaba se dormía con una facilidad extraordinaria. La calefacción ayudaba, desde luego.

Dave tardó más de una hora en llegar a Santa Genoveva. Linda durmió plácidamente. Sólo había despertado, por un segundo, en Mill Valley. Dave dejó atrás las últimas casas de Santa Genoveva, y se fijó en el millaje del Daimler: nueve mil quinientas cincuenta y cinco. Nueve mil quinientas cincuenta y cinco, pensó Dave, de la décima o décimoquinta vuelta del medidor de millas. ¿Cuántas decenas de miles habría recorrido ese automóvil en veinticinco años? Pero era mejor no pensar en tonterías: tenía que estar pendiente, porque la brecha se encontraría apenas pasadas las quinientas cincuenta y ocho millas.

Bajó las luces al encontrarse con un coche que venía por el otro carril. Las volvió a subir. Fue el único vehículo con el que se cruzó en todo el trayecto. Linda decía que no le gustaba manejar de noche, y sobre todo en carretera, porque tenía la sensación de transitar por un túnel que no tenía fin, y que cada vez se hacía más estrecho. Esta vez Dave tuvo la misma sensación. Nubes más espesas cubrían la luna, y la oscuridad arreció.

Le faltaría una milla para llegar a la brecha, cuando se dio cuenta que, hasta ese momento, todo lo que había hecho parecía formar parte de una aventura inocente, inofensiva: dejarse la barba, comprar la gorra y los anteojos, la chamarra, comprar el tanque y la manguera, cortar la manguera, engañar —si es que de verdad lo había engañado—, a Jimmy Harris, estrellar el parabrisas del BMW, alquilar el Neón rojo, dejarlo en Santa Genoveva, medir cuántos dólares cabían en una maleta, comprar cuatro maletas Samsonite, llenar dos de ellas con su ropa y llevárselas a Olivia. Comprar después dos maletas grises donde cupieran dos de las maletas Samsonite, engañar a Olivia, pedirle que respondiera a otro nombre cuando le hablara al Jorongo, ordeñar el Daimler, engañar a Linda, andar disfrazado por las calles de Santa Genoveva, cambiarse de ropa en los excusados, ver si la tarjeta de crédito flotaba en el agua, comprar cheques de viajero con nombre y firma falsos: todo era como un juego, un juego fantástico, un juego de niños que parecía inventado por Chuck O 'Brien. Cómo le hubiera gustado, sí, a Chuck, participar, jugar a que él era el policía y Dave el asesino, cómo se iba a divertir Chuck, sí, cuando se lo contara. Pero desde luego, jamás se lo iba a contar, a menos que…

A menos que, en ese momento, en los siguientes dos o tres minutos, o en los treinta, veinte, diez segundos que faltaban para llegar a la brecha, despertara a Linda para decirle: "¿Sabes qué? Creo que es mejor regresar. Yo volveré mañana por el coche."

Y entonces todo quedaría como un juego, como un sueño que, ése sí, se lo podría contar a Chuck: fíjate Chuck, que soñé que iba a matar a Linda…

Cuando el Daimler dio vuelta a la izquierda para estacionarse a la entrada de la brecha, Linda se despertó:

"¿Qué pasa? ¿Es la gasolina?".

Dave ya había abierto la puerta y bajaba del automóvil.

"No, no es eso. Parece que se bajó una llanta."

"Por Dios, todo le tenía que pasar al mismo tiempo a este

coche", se quejó Linda, y agregó: "¿por qué no llamamos a la triple A?"

"Y ¿dónde voy a encontrar un teléfono aquí?", protestó Dave," Te he sugerido varias veces que instales un teléfono en el coche…"

Linda se quedó callada. Desde atrás del automóvil Dave le gritó:

"Sí, está ponchada una de las llantas traseras. Pero no te apures, la cambio en cinco minutos."

Volvió al frente del coche y tomó las llaves para abrir la cajuela. Sacó de la cajuela la llave inglesa. Luego, se dirigió a la puerta trasera izquierda. Hasta ese momento, y en una fracción de segundo, se dio cuenta de que el hecho de que el Daimler tuviera el volante al lado derecho, complicaba un poco las cosas: para golpear a Linda sería mejor hacerlo con un movimiento del brazo de dentro hacia fuera, y eso sólo sería posible si utilizaba el brazo izquierdo. Pero no dudó un instante. Él había sido siempre un buen bateador y su brazo izquierdo estaba adiestrado para impulsar un bate de dentro hacia afuera. Abrió la puerta, colocó la llave inglesa en el asiento y comenzó a quitarse el saco.

"¿Qué haces?", le preguntó Linda.

"Me quito el saco…"

"¿Con este frío?"

"Es que no quiero mancharme", contestó Dave y arrojó el saco al otro extremo del asiento: no quería, en efecto, que se manchara con la sangre de Linda.

Tomó la llave inglesa con la mano izquierda, la empuñó con fuerza y descargó el golpe en la base del cráneo de Linda.

No escuchó el crujido del hueso: su propia voz lo ocultó, su propio quejido que, como un lamento o el gemido de un animal, salió de su garganta.

Dave se quedó paralizado por unos segundos. La cabeza de Linda reposaba en el respaldo del asiento delantero, inmóvil.

Había un silencio absoluto que fue perturbado por el susurro del viento entre los árboles. Luego, se escuchó lo que parecía el ulular de un búho.

Dejó la llave inglesa en el piso del automóvil y se sentó de nuevo al volante. Fue entonces cuando escuchó el ronquido de Linda. En esta ocasión, un ronquido distinto al usual, más parecido a un gorgoriteo.

"¿Linda?", la llamó, "¿Linda?"

El golpe no había sido suficiente para matarla, pero sí para dejarla inconsciente. Un buen golpe, con esa pesada llave inglesa, le hubiera hecho trizas el cráneo. Pero era evidente que no lo había asestado con todas sus fuerzas, ya fuera porque la había golpeado con el brazo izquierdo o porque simplemente el miedo o el asco, o las dos cosas, se lo habían impedido. No se atrevió a golpearla de nuevo: a duras penas pudo controlar el temblor de sus manos para encender el motor y arrancar el coche. Sabía que, de todos modos, ella ya no iba a despertar.

Avanzar por la brecha le resultó mucho más difícil y lento de lo que había calculado. Abundaban las yerbas altas y había uno que otro hoyanco lleno de agua. Parecía, en efecto, un camino abandonado hacía tiempo. No se atrevió, además, a encender todas las luces: avanzó con los cuartos, que apenas servían para iluminar unos cuantos metros del camino.

El sonido del ronquido de Linda cambió: parecía ahora el ruido de una persona expectorando. No podía soportarlo un segundo más. Encendió el radio. Había música clásica. Al parecer, una sinfonía de Mahler. Después de la sinfonía siguieron las noticias. Casi no las escuchó porque el volumen estaba muy bajo, apenas lo suficientemente fuerte como para ocultar el gorgoriteo de Linda. La huelga de los trabajadores de las tiendas Safeway, Lucky y Save-Mart, parecía próxima a terminar. Clinton declaró sentirse reivindicado por el libro en el cual McNamara reconocía que los Estados Unidos se habían equivocado en la guerra de Vietnam. En Tokio se preparaba la movilización de cien mil policías ante la amenaza de la secta de Asahara de envenenar los túneles del metro, al día siguiente, sábado… Luego, siguió más música cantada: era la voz de Burl Ives, que había muerto ese viernes… Dave tardó más de una hora en recorrer el camino. Faltaba poco para llegar al final de la brecha cuando empezó a salir la luna. Apagó las luces y el radio. No sabía si la luna sería una ventaja o una desventaja para sus planes. La brecha se ensanchaba a medida que se aproximaba a la costa, hasta desaparecer, a unos cuantos metros del borde del peñasco.

Al contemplar la silueta negra de la roca recortada sobre el fondo de un cielo invadido por una tersa claridad, plateados sus bordes por la luna llena, Dave pensó que, después de todo, esa luz le ayudaría a avanzar hasta la orilla del peñasco sin precipitarse él mismo. Avanzó con lentitud hasta la orilla. Luego, se bajó y vio que el Daimler estaba todavía a un metro del borde. La noche estaba más fría de lo que había supuesto, sobre todo allí, a orillas del mar, desde el cual soplaba un viento helado. La temperatura debía estar cercana a los cero grados centígrados. Se puso de nuevo el saco y se sentó al volante. Avanzó. Bajó de nuevo: el Daimler había quedado, esta vez, a unos cincuenta centímetros. Subió una vez más y avanzó. Volvió a escuchar el suave ronquido de Linda. Bajó. El Daimler estaba a treinta centímetros de la orilla del peñasco. Quizás a veinticinco. Había llegado el momento de empujarlo.

Dave pensó que Jimmy Harris no sería tan tonto, dado el caso, de dejar que pareciera un asesinato lo que había sido un asesinato. Era difícil, desde luego, casi imposible, pensar en motivos para que Linda se hubiera suicidado y, si encontraban su cuerpo del lado izquierdo, detenido por el cinturón de seguridad —eso, siempre y cuando lo encontraran antes de que se deshiciera— se descubriría que, por una parte, otra persona conducía el automóvil y, en lo que concernía al golpe en la cabeza, que no se lo había dado al caer el automóvil al agua. Pero como en todo, siempre había posibilidades de que surgieran varias hipótesis. Decidió entonces desabrocharle el cinturón. Así, el hecho de que el cuerpo estuviera del lado derecho o izquierdo del asiento no tendría importancia: daría varios tumbos y quedaría quién sabe en qué lugar del automóvil, con lo que sería fácil justificar la fractura del cráneo.

Dave se acercó para quitarle a Linda el cinturón y, en la penumbra, se dio cuenta que un delgado hilo de sangre le escurría por detrás de la oreja, y que tenía la boca llena de espuma. Sin saber por qué lo hacía, la jaló del brazo. La cabeza de Linda se columpió como si fuera de trapo, y el cabello le cubrió el rostro. Luego, Linda cayó y quedó recostada en el asiento. Dave cerró la puerta, sacó del asiento trasero la llave inglesa, se acercó al lado izquierdo del borde, a unos veinte metros del lugar desde el cual debería precipitarse el Daimler, y arrojó la herramienta al agua.

Regresó al automóvil, tomó las llaves para abrir la cajuela, y de la cajuela cogió la bolsa de lona y la dejó a un lado, en el suelo. Volvió al frente del automóvil, para ponerlo en neutral, y se decidió, de una vez por todas, a empujarlo. Se dio cuenta que podría ensuciarse el saco. De modo que se lo quitó de nuevo y lo colocó, doblado, sobre la bolsa de lona. De todos modos, ya no tenía frío: el sudor le empapaba la camisa.

Comenzó, entonces, a empujar. Al principio pareció que, en unos segundos, el automóvil llegaría al borde: se movió cinco, quizás diez centímetros. De pronto, el coche se detuvo y se regresó un pequeño trecho. Dave fue a examinar el borde. El terreno subía ligeramente antes de llegar a la orilla. Dave buscó, y encontró sin dificultad dos piedras. Volvió a empujar, más despacio. El auto avanzó unos centímetros y se detuvo. Dave colocó las piedras tras las ruedas, y volvió a empujar, de espaldas, aferrando la defensa y haciendo palanca con pies y piernas. El coche avanzó y, ante su sorpresa, ya no retrocedió. Volvió a colocar las piedras tras las ruedas y regresó al borde: las llantas delanteras estaban a tres o cuatro centímetros de la orilla.

Se decidió a dar el último empujón: lo hizo de frente, apoyando la cabeza en la cajuela del coche. Fue entonces cuando se lastimó la frente con la placa. Y fue la placa del Daimler lo último que vio de él.

Cayó de bruces en el momento en que se oyó un ruido que no esperaba escuchar. Fue un golpe seco, intenso, como un estallido: el golpe de una masa metálica contra la piedra. Entre este golpe, y el ruido del chapuzón del coche en el mar, transcurrió sólo un instante.

Dave se levantó y se sacudió las manos y la ropa. Alumbró el suelo: por ser pedregoso y estar alfombrado a trechos por una yerba pequeña, no había al parecer huellas del Daimler. Tomó el saco y la bolsa de lona y corrió hasta llegar a la boca de la brecha.

Sólo entonces se detuvo para cambiarse de ropa y ponerse la chamarra, los *blue-jeans* y el gorro de estambre. Dobló el saco de *tweed* con cuidado y lo guardó también, junto con los pantalones grises. La luna se ocultó en ese momento como si nada más hubiera salido, pensó Dave, para alumbrar la muerte de Linda.

Camino a la carretera, Dave tuvo que encender y apagar muchas veces la pequeña lámpara de pilas. Aunque estaba lejos de Muir Woods, abundaban los altísimos *sequoias* de enormes troncos rojos y otros árboles que formaban una espesa barrera a los lados de la brecha. Encendía la lámpara para darse una idea de los accidentes del camino que se encontraría en los siguientes tres o cuatro metros. La apagaba y los transitaba en medio de una densa penumbra. La oscuridad arreció hacia la mitad del camino, y volvió a sentir la sensación de caminar por un túnel que, esta vez, no sólo se hacía cada vez más angosto, sino cada vez más bajo.

La sensación era tan fuerte que bajó la cabeza y comenzó a caminar encogido. El sudor que le escurría por el cuello y la espalda, de las axilas, estaba ahora helado.

Se detuvo por un momento. En lo que era un silencio casi absoluto, sólo se escuchaba el susurro de las hojas, mecidas por un viento apenas perceptible. Estaba agotado. No había recordado que el camino de regreso era todo de subida y que por ello necesitaba más tiempo del calculado para llegar a la carretera.

Dave encendió la linterna y comenzó a caminar de nuevo. Al murmullo de las hojas se agregó el ruido de sus pasos, su propio jadeo y los latidos de su corazón. El silencio del bosque y de la noche se desmoronaba, se ahogaba en un mar de ruidos y murmullos. Entre ellos, también, los que se le habían grabado en la memoria para siempre y que sólo él podía escuchar: el gemido que había exhalado cuando golpeó a Linda, el gorgoriteo que había brotado de la garganta de ella, el leve, levísimo ruido de la espuma que le crecía en la boca, y el golpe seco del automóvil al golpearse contra el saliente de la roca.

Se sentó en una piedra a descansar, y decidió no fumar, a pesar de los deseos que tenía de hacerlo. Respiró profundamente varias veces, reteniendo el aire en los pulmones y, con el dorso de la mano, se enjugó el sudor de la frente. Pronto regresó el silencio que, como una nube densa, invisible, comenzó a descender de lo alto de la noche.

Un rayo de luz que recorrió los troncos de los árboles en una fracción de segundo, le anunció a Dave que se encontraba a unos cuantos pasos del lugar donde la brecha desembocaba en la carretera.

Tenía que caminar tres millas por esa carretera, para llegar a los alrededores de Santa Genoveva. Una vez en las orillas del pueblo, sólo le faltarían unas diez cuadras para llegar al Q-Mart. Comenzó su recorrido por el lado izquierdo de la carretera, en sentido contrario al de los vehículos. Sin embargo, volvía la cabeza cada cinco o diez segundos, para descubrir a tiempo cualquier automóvil que se apareciera a sus espaldas.

Durante el trayecto, la luna salió y se ocultó de nuevo varias veces.

Pero tuvo suerte. Sólo a la mitad del camino vio las luces de un automóvil que se aproximaba en sentido contrario. Es decir, antes de ver los faros del vehículo, notó un vago resplandor.

Esto le dio tiempo para examinar con la lámpara la orilla de la carretera. Había una depresión que le permitió echarse al suelo y pasar inadvertido. Cuando desaparecieron las luces rojas del vehículo Dave se levantó y continuó su camino.

Cerca de la una y media de la mañana, llegó al pueblo. Las calles estaban vacías. Sintió un temor que nunca antes había tenido: que lo asaltaran, que lo golpearan, que lo dejaran inconsciente sobre el pavimento y abriera los ojos en un hospital. Todo, entonces, se vendría abajo. Sería lo más grotesco que podía sucederle.

Pero no le sucedió.

A los diez para las dos, Dave estaba ya en el estacionamiento del Q-Mart, donde habría, quizás, unos treinta o cuarenta vehículos estacionados. Por lo demás, estaba vacío: no había una sola alma a la vista. Nadie se apareció, tampoco mientras Dave caminaba hacia el lugar donde se encontraba el Neón rojo. Nadie cuando se subió a él y manejó hacia la salida del estacionamiento.

El camino se encontraba despejado. El cielo también: la luna brillaba en todo su apogeo y, desde el extremo norte del Puente del Golden Gate, los rascacielos del centro de San Francisco brillaban como si fueran de plata. Cuando llegó a la salida sur, detuvo el automóvil y sacó el brazo para pagar el peaje en la única caseta que estaba abierta a esas horas. Llevaba ya preparada la cantidad exacta: tres dólares.

"Gracias, señor", dijo el encargado de la caseta sin voltear a verlo.

Llegó a la casa de Jones y Sacramento, una hora y media después de salir de Santa Genoveva. De la bolsa de lona tomó el saco de *tweed* y lo puso por un momento en el asiento trasero del Neón. Examinó luego los pantalones de casimir que había usado cuando manejaba camino a La Quebrada: estaban sucios y había una desgarradura en una de las rodillas. Los devolvió a la bolsa y allí mismo, en la cochera, se desvistió y metió en ella los *blue jeans* y los zapatos que estaban llenos de barro y pequeñas yerbas. También los calcetines que aún estaban mojados además del gorro y la chamarra. Revisó después la camisa: estaba arrugada, pero sin mancha alguna. Puso la bolsa en la bodega, recogió el saco y subió a la sala. Dejó el saco en un sillón, se sirvió un whisky doble con hielo y subió a la recámara. Se quitó la camisa, la colocó en la cesta de la ropa sucia tras examinarla por segunda vez, y se puso en piyama. Destendió luego la cama y bajó a la sala, con el whisky en la mano. Encendió un cigarro: era la primera vez, en más de un año, que fumaba en la casa.

Apuró el contenido del vaso y se sirvió más whisky: tenía que prepararse para hablarle, en unas horas más a Julie Simmons, a Chuck O'Brien, al viejo Lagrange, a la policía...

Puso después el disco de Patsy Cline varias veces, sin que le produjera ninguna emoción. Cambió el disco por uno de Keith Jarret y, tras varios whiskies y cigarros, se quedó dormido en el sofá.

Dos horas después caminaría hasta El Embarcadero para ver, desde Pier 39, el amanecer en San Francisco.

SEGUNDA PARTE

XV

SIGHT-SEEING TOUR

Sonó el *click*, se vio el relámpago del *flash*, y ya estaba: no era Olivia rodeada de todas las rosas del mundo, pero al menos sí de casi todos los rododendros del Golden Gate Park. En esos dos días que pasaron juntos en San Francisco, Dave le tomó dos rollos enteros: 72 fotografías.

Olivia entre los rododendros, y junto a todos los presidentes de los Estados Unidos de los últimos sesenta años de este siglo: Roosevelt, Truman, Eisenhower, Kennedy, Nixon, Clinton, Johnson, Carter, Ford… eso fue en el Museo de Cera.

El domingo 16 de abril, Dave hizo el recuento de esos dos gloriosos días. También del día y medio que había pasado desde que arrojara a Linda a La Quebrada. El sábado, hacia las ocho de la mañana, después de hablar con Chuck O'Brien, desconectó el teléfono y bajó a la cochera. El piso delantero del Neón estaba lleno de lodo. Lo lavó con cuidado y sacó el auto y lo estacionó frente a la casa para barrer el suelo de la cochera donde había también un poco de barro y unos cuantos guijarros. Recogió todo con cuidado en una bolsa de plástico que guardó en el coche. Subió después a la biblioteca y sacó del escritorio el sobre con el anónimo. Lo hizo sin guantes, porque pensó que, de todos modos, sería natural que el sobre tuviera las huellas digitales del destinatario. Buscó luego un bote de basura donde tiró la bolsa con el lodo y las yerbas, y se dirigió a un taller de lavado de

Mission Street donde dejaron al Neón inmaculado por dentro y por fuera, el chasís incluido, y buscó después un buzón donde puso la carta. De regreso en la casa de Jones y Sacramento, se quedó profundamente dormido. Lo despertó el propio Chuck, en persona, quien lo invitó a comer un *brunch* y a buscar a Linda en un hospital. Linda entre agónicos y enyesados. Olivia junto a Lindbergh y De Gaulle. También habían ido al acuario, y los pequeños, blancos caballitos de mar, quedaron reflejados en los ojos de Olivia todo el día. Chuck pasó por él a las diez de la mañana.

Era en el California Pacific Medical Center en donde habían operado a Linda del apéndice. Era ése el hospital más caro de San Francisco, el que sin lugar a dudas hubiera elegido en caso de un accidente. Pero allí les dijeron que no estaba y que, si una ambulancia la hubiera recogido inconsciente, debía encontrarse en el Hospital Central de San Francisco.

Volvió a sonar el *click* y a relampaguear el *flash*: Olivia quedó inmortalizada junto al rostro de terciopelo azul de una mujer con zíperes en los párpados y en la boca, llamada *El Espectro de la Gardenia*, en el Museo de Arte Contemporáneo. Pero Dave insistió en ir antes al Saint Francis Memorial Hospital y al Seaton Medical Center y Chuck, que había pasado por él en su automóvil, un MG rojo, lo llevó a donde quiso. Linda entre médicos y enfermeras vestidas de blanco. Linda llena de tubos y plasmas: si así se la imaginaba Chuck, estaba muy lejos de la verdad. No, David, no,viejo, no, vas a ver cómo no le ha pasado nada a Linda, dijo el bueno, buenazo de Chuck. Y en los dos hospitales les dijeron lo mismo: tenían que ir al Hospital Central de San Francisco.

Olivia y Chuck se parecían en algo que para Dave era muy importante: los dos eran como niños, y como niños gozaban los lugares que visitaban. Desde luego, la primera vez que Chuck fue a San Francisco, todavía lo era —un niño— y como tal se había divertido, asombradísimo, en el Museo Ripley. Años después

Olivia se retrataba, *click, flash*, en la entrada del museo junto a Joe Montana y O.J. Simpson. Pero Dave no era una celebridad, y sabía que el solo hecho de haber asesinado a Olivia... ¿a Olivia? Qué digo, a Linda, que el solo hecho de haber asesinado a Linda no le aseguraba que hicieran de su cuerpo y su cara una imagen de cera. En otras palabras, no le garantizaba la fama. Olivia junto a las cabezas humanas reducidas al tamaño de un puño por los indios jíbaros. Olivia que devoraba un algodón de azúcar color de rosa.

Del Seaton Medical Center, que estaba en Daly City, se fueron al Hospital Central en Potrero Avenue. Pero antes Chuck convenció a Dave de comer algo, y acabaron por hacerlo en el famoso John's Grill, donde almorzaba todos los días Dashiell Hammett mientras escribía *El Halcón Maltés*. Era uno de los lugares favoritos de ambos, donde tanto los martinis secos como los manhattan estaban a la altura de sus exigencias. Tras la comida, llegaron por fin al Hospital Central, donde tampoco encontrarían a Linda. Dave lo sabía. Chuck lo ignoraba.

Chuck no se atrevía a sugerir que fueran a la morgue. Dave lo hizo, pero cuando estaban a punto de llegar, dijo que no, que no tenía caso, que Linda no estaba muerta, que lo sabía sin que nadie se lo dijera, que lo presentía y lo sentía, muy dentro del pecho. Chuck lo invitó entonces al Royal Oak en Polk Street y Vallejo, para refrescar el paladar con unas cervezas Anchor Steam. Era éste, también, uno de sus lugares favoritos, un bar íntimo, mágicamente iluminado por los destellos multicolores de los emplomados de veinte lámparas Tiffany y al cual Chuck le había compuesto unos versos:

> *Vallejo and Polk:*
> *The Royal Oak...*
> *laughs and cheers,*
> *lots of beers...*

Luego, Chuck se llevó a Dave a su casa, donde tomaron café y coñac. Dave fumó como loco y se emborrachó. Chuck se midió, porque había decidido que tenía que cuidarlo y, más tarde, llevarlo a la casa de Jones y Sacramento.

Olivia junto al hombre más gordo del mundo. Olivia en la Bahía de San Francisco, de espaldas al mar. Chuck, según él mismo contaba, quería vivir, y de hecho vivió unas semanas en Seacliff. Pero pronto descubrió que los atardeceres en el mar, por espléndidos, por dorados que fueran, lo deprimían. Prefería los amaneceres, y por eso había comprado una casa con grandes ventanas en Marina Boulevard, cerca de su oficina y no muy lejos del Fisherman's Wharf. Con frecuencia contemplaba la salida del sol mientras desayunaba. Sí, definitivamente, podía vivir sin ocasos grandiosos, pero no sin esos amaneceres de luz opalescente y brumas grises, surcados por garzas y pelícanos. Allí, muy cerca, Dave había posado junto a Olivia. Un turista les había hecho el favor de tomar la fotografía. Atrás de ellos estaba la bahía entera, y en ella, docenas de muchachos que hacían *windsurf*: las velas parecían alas de gaviotas anaranjadas, verdes, rojas, blancas, moradas, nacidas del mar.

Dave se emborrachó, sí, pero no perdió la conciencia. No perdió, tampoco, el recuerdo. Los dos, conciencia y recuerdo, lo mantuvieron a flote en ese pantano que parecía llegarle al cuello. Sabía muy bien que no debía despertar las sospechas de Chuck. Pero esto le fue fácil porque Chuck, para distraerlo, habló de todo menos de Linda. Le contó cómo, a insistencia de unos amigos, había ido a ver *Rocky Horror Super Star* y cómo salió de allí traumatizado. Tú sabes que soy ateo, Dave, pero la verdad, eso de que Jesucristo sea un gran marica, un jotazo con brasier, pantaletas rosas con encajes y liguero, todo pintarrajeado, es llevar la blasfemia muy lejos. Buñuel se queda como un niño de teta frente a la serie inacabable de herejías gratuitas, cada una más burda que las otras. Pienso que a mi madre, que era tan católica, le hubiera dado un infarto con la escena de Lázaro. Lázaro resucita y después de que le quitan la mortaja y queda completamente desnudo, Jesucristo se le monta de un brinco y Lázaro se lo fornica, dijo Chuck, muy escandalizado. Luego le contó la historia pintoresca de Norton, autonombrado emperador de los Estados Unidos, que sentó sus reales en San Francisco, y por último, en un intento de alegrar a Dave, le recordó que en unas dos semanas y tras de doscientos cincuenta y siete días de huelga, los Marlins de Florida y los Dodgers de Los Ángeles abrirían la temporada de beisbol 1995 de las Grandes Ligas.

Sería poco después de las siete de la noche cuando Chuck llevó a Dave a la casa de Jones y Sacramento, lo subió a la recámara, le quitó saco y zapatos, y lo cobijó. Le dijo que iba a bajar a la sala para escuchar los mensajes que hubiera en la grabadora, y que en unos minutos volvería a subir para informarle.

De regreso a la habitación, Chuck le dijo que no había noticias de Linda... todavía. Que había hablado Julie Simmons desde luego, varias veces, también la secretaria de Samuel Lagrange para avisar que su jefe estaba en San Francisco alojado como siempre en el hotel Fairmont, una llamada de Dorothy Harris desde San Diego, y otra de Jimmy Harris, que le pedía que lo perdonara por un plantón o algo por el estilo.

Chuck se despidió de Dave, apagó la luz y cerró la puerta. Dave se acordó de Olivia en el Museo Ripley, que intentaba en vano apresar una joya que, gracias a la magia de la holografía, estaba y no estaba allí. Olivia con Mickey Rooney. Olivia entre las pirañas. Linda en el fondo del mar. Hizo un intento por levantarse para escuchar el mensaje de Jimmy Harris y averiguar si lo había llamado desde San Francisco o desde San Diego. Pero lo venció el sueño.

Eso fue el sábado, 15 de abril. El domingo, Dave amaneció vestido, en su cama, y con dolor de cabeza. Dos cervezas bien frías y tres cigarrillos lo devolvieron a la vida. Fue entonces que se acordó del mensaje de Jimmy Harris. El mensaje decía: "Dave, viejo, perdóname por el plantón de anoche, pero tuve que salir

de la ciudad. Me dijeron que Linda no aparece. Por favor, háblame a la casa en cuanto sepas algo."

Dave borró el mensaje y pensó: si Jimmy Harris salió de la
ciudad, no es porque haya ido a San Diego, porque su llamada y
la de Dorothy se hicieron por separado. Pero desde luego, pudo
haber ido a San Diego el viernes y regresado el sábado... no, no
tiene mucho sentido. De todos modos, ya está de regreso en
Sausalito, es evidente...

Olivia en el Exploratorium, *click, flash*: nunca en su vida había
visto, y mucho menos hecho, pompas de jabón tan gigantescas,
en las que cabía —y metía, desde luego— su propia cabeza.
Olivia entre los esturiones de largos bigotes, y la espantosa
confusión que, durante ese sábado, ese largo día camino a la
noche, y en medio de una gran y cada vez más estúpida borrachera, hizo que Dave viera: la cabeza de Linda, que era una cabeza
de cristal azul, con zíperes en la boca y en los párpados, llena de
agua donde nadaban los caballitos de mar. Y era la de Olivia una
cabeza de madera oscura rodeada de borbotones de vapor y su
cabello era un paisaje de arena dibujado por el viento. Salió de su
casa a las once, y dejó encerrado en la cochera el Neón rojo, a
sabiendas de que ese día iba a beber como un cerdo, hasta caerse.

Fue un día largo porque buscaba en vano lo que había perdido
o tal vez jamás había tenido: el miedo y el arrepentimiento.
También el odio por Linda parecía haberse desvanecido. A cambio de eso, había encontrado el asco, asco, sí, náusea, por el hecho
de haber matado. No quería encontrar vacía la casa, es verdad, ni
la cama, pero no porque quisiera ver a Linda viva, sino porque la
ausencia definitiva de Linda ocupaba la casa entera. Tenía que
salirse ya de Jones y Sacramento.

Había retratado también a Olivia junto a Francesco Lentini,
el hombre que tenía tres piernas y Chuck, en su primer viaje a
San Francisco, había posado junto a Liu Ch'ung, el hombre que
tenía cuatro iris: dos en cada ojo. A la izquierda, señoras y
señores, podrán ustedes contemplar el puente de Oakland. A la

derecha, la Transamerica Pyramid. Ésta es una de las ciudades más bellas del mundo que, al igual que el Ave Fénix, renació de su escombros y sus cenizas después del terremoto de 1906, vociferaba el guía, y todos los pasajeros del tranvía abrían la boca como si por los ojos y las orejas no les cupiera todo el asombro. Chuck no era la excepción. Olivia entre los arrecifes de coral con flecos color salmón. A la una de la tarde, Dave estaba en The Elephant Walk escuchando jazz y bebiendo cerveza. Chuck había sido siempre muy hombre, de eso no cabía duda, pero los bares de homosexuales y lesbianas ejercían sobre él un extraña atracción. También sobre Linda. Chuck daba como pretexto que no entendía la existencia de los homosexuales. Linda no tenía excusa, ni la necesitaba. Dave los acompañó alguna vez a Esta Noche a ver a las reinas latinas del *drag*. Otras veces, cuando Linda ya tenía una botella de champaña entre pecho y espalda, insistía en que Dave la llevara al club Nob Hill de Bush Street o al Moby Dick para ver hombres desnudos, de grandes músculos y grandes miembros. Linda entre todos los hombres desnudos del mundo. Olivia entre todos los maricas de San Francisco. La cerveza, en esas cantidades, es mala consejera, lo sabía Dave, que fue al baño y vomitó todo lo que había comido y bebido en su vida.

No, no quería regresar a la casa de Jones y Sacramento. No quería no encontrarse a Linda allí. No quería dormir en la cama donde Linda nunca jamás se acostaría de nuevo: el hedor de su perfume Jaïpur lo echaría de allí, su ausencia lo ahogaría. Caminó hasta Alamo Square, se acostó en el pasto y se quedó dormido. Una hora después despertó, con frío, y casi sobrio. Pero no quería estarlo y se dirigió al Royal Oak y allí, una vez más, se embriagó con cerveza y se acabó media cajetilla de cigarros. Después de orinar, frente al espejo del baño se preguntó, puso la cara tiesa, cuándo comienza y cuándo acaba, puso la cara fláccida, el *rigor mortis*, cuándo comienza el cuerpo a desintegrarse, abrió los ojos lo más que pudo, cuándo los ojos a hacerse

malvavisco, sacó la lengua, cuándo la lengua a volverse mermelada. Salió del bar y tomó un taxi para el Acuario Steinhart. Allí,
junto al pez lobo que devora a los de su propia especie y es
devorado por ellos, debía estar, si no Linda entera, al menos su
cabeza. Y sí, estaba allí, entre los pejelagartos y las salamandras
chinas, la cabeza de Linda, que había abierto al fin los ojos y la
boca y de ambos, de la boca y de los ojos, le brotaban burbujas.
Y en el gran acuario de los delfines y los tiburones estaba Linda
recostada bocabajo, sobre el lomo de un delfín plateado, abraza-
da a su cuello, con un sombrero azul de anchas alas y su bufanda
amarilla revoloteando tras ella como la cola de un cometa: allí
estaba Linda, esta vez con los ojos cerrados y de cuerpo entero.

El guardia lo sacó trastabillando y le recomendó que tomara
un taxi para su casa. Dave le dio las gracias y recordó, *click, flash*,
la foto de Linda entre los pingüinos. No, de Linda no, de Olivia:
las volvía a confundir. Se rió. Lloró. Volvió a reír y sorbió sus
lágrimas. Luego, zigzagueando, como si caminara por los jardines torcidos de Lombard Street, se encaminó al Strybing Arboretum, donde, recordaba, Olivia bajo las araucarias, los pinos, los
eucaliptos, los cedros del Líbano y los cipreses de Monterey.
Olivia bajo los arces y los robles: allí tomaron, cuando menos,
quince fotografías.

De pronto sintió que el suelo se levantaba y le golpeaba la cara.
Se reincorporó con un gran esfuerzo. Se había llenado de lodo.
A la izquierda, señores, la que fuera la famosa prisión de Alcatraz, donde estuvo Al Capone. A la derecha, la Isla del Tesoro.
En esta ciudad, señores, vivieron alguna vez Robert Louis Stevenson, Ginsberg, Kerouac, Ferlinghetti, Jack London y Mark
Twain. De ella dijo Rudyard Kipling que era una ciudad loca
habitada por locos y bellas mujeres. Y allí, en la Isla del Tesoro,
dijo Dave en voz alta, hay dos maletas Samsonite que revientan
de dólares. Nadie lo escuchó, por fortuna. Se levantó y caminó
hacia la Calle 7, fuera del parque, para tomar un taxi. Le dijo al
taxista que lo llevara a Jones y Sacramento, pero al llegar a Van

Ness Avenue y Fell Street decidió bajarse. Olivia entre todos los sidáticos que habían florecido en El Río, en Phoenix, o a pleno sol en Baker Beach, y a plena luna en Buenavista Park: era una exposición de fotografías de enfermos agónicos que habían visto en el Museo de Arte Contemporáneo, pero esta vez no hubo *click*, Olivia estaba conmovida, no hubo *flash*, estaba horrorizada. No, Olivia prefirió retratarse con Shirley Temple, con Chaplin, con Joe di Maggio, con El Gordo y el Flaco, con la guillotina y la cabeza de María Antonieta, con Sammy Davis y, en el Museo Ripley, con un enano de Alejandría que medía diecisiete pulgadas y al que le dieron, por cárcel, la jaula de un tucán.

Nunca, pero nunca, había sido el dueño del automóvil que deseaba, pensó, mientras caminaba, haciendo eses, por Van Ness, pobre, pobre Dave. Pobre y cornudo. No, cornudo ya no. Pobre, todavía, pero pronto dejaría de serlo. Era en Van Ness donde se concentraban las principales distribuidoras de los autos más finos, Pasó frente a un escaparate de Rolls-Royce, y recordó el Lincoln de San Francisco que nunca había pertenecido a Papá Sorensen. Pasó por la tienda de los Mercedes Benz, y recordó el Bentley gris que tampoco Papá Sorensen había jamás poseído. Y pasó también por las distribuidoras donde, primero los Jaguar y unas cuadras más adelante los Lamborghini, lucían toda su suntuosa, inalcanzable majestad, y pensó en ese auto que tanto amaba, y que era ya como una extensión de su cuerpo, el BMW 850 color yema de huevo y que nunca, tampoco, había sido suyo y menos de Papá Sorensen sino de ese cabrón, ese hijo de la chingada de Lagrange, murmuró entre dientes, le hubiera roto no el parabrisas, le hubiera hecho pedazos los faros a patadas, le hubiera hundido la cajuela con un martillo, a cuchilladas le hubiera rasgado los asientos y reventado las llantas. Lo hubiera rociado con gasolina para pegarle fuego.

Olivia junto a *El alba perfumada por una lluvia de oro*, como se llamaba el cuadro de Miró, Olivia entre las anémonas de color helado de pistache y Linda, la cabeza de Linda, sí, pero ¿por qué siempre, o casi siempre cuando pensaba en Linda o soñaba con ella veía sólo su cabeza? Tal vez porque cuando le asestó el golpe, y un segundo después de asestarlo, fue lo único que vio de ella y lo que jamás se le olvidaría: la cabeza de Linda que sobresalía del asiento delantero del Daimler azul. En Sacramento dobló a la izquierda, subió, sofocado, la aguda pendiente que llevaba al Parque Lafayette, y una vez en el parque ascendió hasta la cumbre de la colina para contemplar, al otro lado, en Washington Street, la casa, blanca y enorme, en donde había vivido. Era casi de noche y estaban ya iluminadas las grandes ventanas que daban al parque. A pesar del frío, parejas de amantes efímeros —de unos minutos o de unas horas— se preparaban para sus ritos homosexuales. De las ventanas de la casa parecían partir las risas y exclamaciones de papá y sus amigos, de él mismo, Dave, y del propio Chuck. Los gritos, también, de estupor, cuando los ingleses hundieron el Belgrano y de júbilo cuando, al día siguiente, los argentinos hundieron el Sheffield. La guerra parecía un partido de futbol que Mamá Cuca amenizaba con gazpacho helado y gelatina de apio y manzana. Todos se habían vuelto irracionales. La prueba era que esos gritos no fueron muy distintos, recordó Dave, de aquellos que brotaron de sus bocas unos meses más tarde, cuando en el Memorial Coliseum de Berkeley, el equipo de California derrotó al de Stanford en los últimos minutos. Dave recordó también que Papá Sorensen regresó una sola vez a San Francisco, en 1989, para gozar y sufrir dos acontecimientos excepcionales: la participación de los Gigantes en la Serie Mundial de beisbol en el estadio de Candlestick, y el terremoto que, desatado a la mitad de uno de los partidos, le quebró el espinazo en dos al puente de Oakland. Pero no visitó la casa de Washington y Octavia. No quería saber nada de lo que pasaba en el Parque Lafayette: en los días tibios, y sobre todo en sábados y domingos, se llenaba de hombres y muchachos semidesnudos tirados al sol en el pasto. En las noches, entre los matorrales, se hacían el amor. Alguien decía que en el Parque Lafayette, al que ya todo el mundo llamaba la Pradera de las Hadas, los jardineros encontraban los lunes tantos condones usados por metro cuadrado, como en el bosque de Boloña de París.

Bajó luego a Van Ness y subió hasta Polk Street para repetir, ebrio, el camino que tantas veces había hecho, sobrio, hasta el Parque Geo Sterling. Pasó por el supermercado Big Apple en donde compraba, en primavera, mangos y mameyes mexicanos. Pasó también, después de cruzar Clay Street, por la Taquería Los Dos Amigos. Los dos amigos, sí, él y Chuck. Pero, ¿hasta cuándo, si nunca más podría hacerlo el objeto, el querido objeto de sus confidencias? Nunca, nunca podría contarle a Chuck la horrorosa verdad. Entró a un bar de mala muerte, donde tomaban cerveza dos homosexuales vestidos, del cuello al tobillo, de piel negra y lustrosa. Al pie de ellos dormitaban dos pastores alemanes. Pocas veces como ese domingo Dave tuvo oportunidad de contemplar la extraordinaria, variadísima fauna humana de San Francisco. En lo que a animales de verdad se refería, en el Museo de Ciencias, fotografiada junto a dos o tres de las gigantescas fotografías de más de cien animales bellísimos a punto de extinguirse, Olivia le hizo prometer a Dave que la próxima vez que ella pasara unas vacaciones en San Francisco, así fueran de un solo día, la llevaría al zoológico para que *click, flash*, la fotografiara junto a los leones, *click*, junto a los tapires, *flash*, junto a los monos araña, *click*, junto a las jirafas, *flash*, junto al tigre de Bengala, *click, flash*. Dave se rió a carcajadas, pero nadie se inmutó en el bar. Encendió otro cigarrillo, pagó las dos cervezas que se había tomado, fue al baño, orinó de nuevo, vomitó una vez más, se manchó con vómito el saco sin darse cuenta, y salió a la calle.

Cruzó Washington y pasó junto a la Immendorf Gallery, la tienda en donde Linda compraba sus *posters*, luego, entre Jackson y Pacific pasó al lado del restaurante italiano Caffè Monda en el que varias veces había cenado con Chuck unas muy buenas pastas, rociadas con *Chianti*, cruzó Broadway y antes de cruzar

Vallejo Street tomó, en el café de la esquina, dos expresos endulzados con miel de abeja. Pasó por la librería Russian Hill donde solía comprar novelas policiacas de segunda mano de autores como Patricia Highsmith o Rex Stout, cruzó Green Street, pasó por La Folie, un muy buen restaurante francés, y recordó que cuando fue con Olivia al Museo de Ciencias, Olivia pesaba en Venus 108 libras, 121 en la Tierra, tan sólo 20 y media en la luna, y él la abrazó, la levantó en vilo, giró con ella y le dijo: me gusta más tu peso terrestre. Olivia junto al péndulo de Foucault. Olivia entre las ilusiones de óptica del Exploratorium. Y ahora ¿qué podría decirle, sí, qué, para que lo amara más, para que lo amara igual? ¿Lo amaría más o lo amaría igual si le decía asesiné a la gringa? ¿Lo amaría siempre si le decía la asesiné con toda premeditación, con toda alevosía, con toda ventaja, le destrocé el cráneo, la eché al mar con todo y su automóvil y uno de esos caballitos de mar que tanto te gustan debe haber ya hecho su nido en la boca de la gringa?

Si, ¿qué decirles a Olivia y a Chuck? Olivia parecía una niña en la tienda de Pier 39 donde había tijeras, sacacorchos, abrelatas y mil cosas más, todas para zurdos, porque ella era zurda, como ya Dave lo había notado. Olivia, deslumbrada, en ese mundo de cristal de Murano y Baccarat. Olivia, embobada, en el universo de los juguetes de cuerda, Olivia, fascinada, en un caballito del carrusel. Olivia en Fisherman's Wharf: *click, flash*, junto a los mostradores de las pescaderías donde fulguraban los lenguados y las lobinas, los huachinangos y las barbadas, *click, flash*, Olivia sentada en el suelo, los dos sentados como cualquier turista, y comiendo alguna de las tantas delicias que vendían en los puestos, como gambas capeadas, o coctel de cangrejo, pulpo o calamar, mejillones con catsup o una sopa de jaiba servida en un pan redondo y hueco, los dos, Olivia y Dave con sendas latas de cerveza envueltas con papel estraza para disfrazarlas a los ojos de la policía, que de todos modos sabía que se trataba de latas de cerveza.

Dave pasó por el cine Alhambra, al cual había ido tantas veces con Mamá Cuca, y se dio cuenta entonces que, el mismo día en que había visto, con Olivia, la cara con los zíperes, contemplaron en el Museo de Cera y en la sección de torturas famosas —lenguas agujeradas con hierros ardientes, cuervos que le sacaban los ojos a un hombre vivo, ratas que le comían el vientre a otro—, el rostro de una mujer con los ojos y los labios cosidos con un hilo, grueso como tripa de gato. Pasó al lado de Little Thai, el restaurante tailandés, cruzó Union Street, pasó frente al Imperial China, dobló a la derecha en Greenwich y subió la empinadísima calle que lo llevaría al parque Geo Sterling. Una vez en el parque, como había sucedido en el Lafayette, había que ascender aún más, hasta la cumbre de la colina. Llegó casi sin aliento y encontró, en ese paseo sin sentido por las calles de San Francisco, en ese deambular frenético, el paralelo de lo que, adentro de él, en su cabeza y en su corazón, le estaba sucediendo: subir y bajar, escalar paraísos falsos, bajar a infiernos ciertos, ascender a la sobriedad y la inteligencia, precipitarse en la embriaguez y la estulticia, elevarse a la alegría que le daba pensar en el recuerdo de Olivia, Olivia junto al cuadro de Van Gogh reproducido con pan tostado en el Museo Ripley, y en su gran ilusión: los dos a punto de tomar el vuelo de Aeroméxico que los llevaría a París, y hundirse, sí, despeñarse desde esa alegría, hasta el fondo de la amargura y de la desesperación, caer, sí, en el limbo de un presente sin pasado y sin futuro, que parecía eterno: comenzaba cada segundo, pero no terminaba nunca. Y ese presente era él, David Sorensen, que contemplaba la bahía al atardecer, y el puente Golden Gate desde el cual, como una polvareda inmensa, avanzaba la niebla que en pocas horas cubriría las cumbres de los rascacielos. El presente era él, David Sorensen, un asesino, un criminal sin remordimientos, o ¿no era verdad? porque él no había dado muerte a una vieja prestamista infeliz, ¿no es cierto? sino a una gringa cabrona, ¿no es cierto? cabrona y puta, ¿no dijo ella que había tenido más de sesenta amantes?, que lo había recogido materialmente de la calle o ¿no era así? y que cuando se cansó de él le dio una patada en el culo, quién dice que no, y la había matado por quince millones de dólares, y no por unas baratijas.

Al bar N'Touch se metió sin saber que era también un bar de homosexuales, en este caso todos, o casi todos, asiáticos y muy jóvenes. A pesar de estar tan cerca de su casa, en Polk y Sacramento, nunca había reparado en él. Pidió una cerveza y, en medio de la penumbra, descubrió a una mujer joven, muy atractiva, que desde luego no era una mujer, de piel morena y cabello oscuro que estaba sentada al otro extremo de la barra. Ante el asombro de Dave, su cara sufrió una serie de metamorfosis, como las que se hacen con una computadora: de cara de mujer pasó a ser la cara de un muchacho, y, en forma sucesiva, una y otra vez, la cara de Olivia, la cara de Linda, la cara del muchacho, la cara de Olivia…

Cuando el muchacho se acercó a él y le habló, en una fracción de segundo Dave recordó que en el Exploratorium, Olivia y él se habían sentado uno frente al otro en una pequeña mesa en la que había un par de audífonos y un micrófono para cada uno, y también un control individual que les permitía cambiar a voluntad el tono de sus voces. Conversaron, así, primero con sus voces normales. Después Olivia movió su control hacia los tonos más graves, y él el suyo hacia los tonos más agudos. Terminaron hablando, ella, con una voz de bajo profundo y él, con una voz atiplada, de gran marica. Se rieron hasta las lágrimas.

Y ahora, Dave tenía frente a él a Olivia, que le hablaba con esa misma voz, ronca, y le preguntaba qué le iba a invitar de beber. Dave se sonrió, pero cuando la cara de Olivia se transformó en la cara del muchacho, Dave alzó el brazo como si fuera a pegarle. Una mano aferró su muñeca y, por atrás de la espalda, le torció el brazo. Lo invitaron a salir con un empujón que casi lo tiró al suelo.

No supo por qué, en lugar de subir por Sacramento hasta su

casa, deambuló una vez más como loco hasta encontrarse frente a una cabina telefónica. Entró en ella y quiso marcar el número de Chuck O'Brien, pero los dedos no lo obedecían. Lo logró hasta la tercera vez. Sólo alcanzó a decir: por favor, Chuck, ayúdame, estoy en un teléfono de Van Ness, y se dobló como un acordeón. La bocina quedó descolgada, y él ya no escuchó la voz de Chuck que le gritaba qué pasa, Dave, qué sucede. Media hora después Chuck lo encontró allí, acurrucado en el piso de la cabina, profundamente dormido. Lo llevó casi a rastras a la casa de Jones y Sacramento, lo metió vestido a la regadera y, cuando Dave volvió en sí, le dijo: Mira Dave, comprendo que la desaparición de Linda te tiene trastornado, pero ya es tiempo que vuelvas a la normalidad. Te voy a dejar. Tú te desvistes, ¿entendido? te das otro baño, te pones la piyama y te metes a la cama. Mañana vas a recibir la visita de la policía, viene el inspector Gálvez, ¿entendido?

Sí, Dave entendió: se desvistió, se bañó, se puso la piyama, se metió a la cama y apagó la luz.

En la duermevela, mitad despierto, mitad dormido, vio, como en sueños, la cabeza de Linda en un acuario. Linda abría los ojos y lo veía, y su mirada estaba llena de reproche. Tenía un sombrero a la Greta Garbo, de alas muy anchas y ondulantes y de color azul. Azul Greta Garbo, azul Pacífico, azul Daimler. Pero de pronto las alas del sombrero se transformaron en las alas de una gran mantarraya que, al ondular, ocultaban y cubrían, de manera alternada, el rostro de Linda. Arriba de los ojos de Linda lo miraban, también, los pequeños ojos redondos y acerados de la mantarraya.

XVI

LA VISITA DEL INSPECTOR GÁLVEZ

Dave se vio obligado a beber un *Bloody Mary* bien cargado, para despertarse. Bajó a la sala a los quince para las nueve para esperar al inspector Gálvez, cuya visita había sido confirmada por una llamada que recibió Dave de la estación de policía.

Hua-Ning entró con una pequeña bolsa de papel en la mano.

"Señor: me encontré esto en la bolsa de la gabardina que me ordenó enviar a la tintorería…"

Dave reconoció la bolsa de la tarjeta que había comprado en el Hall Mark de Half Moon Bay.

"Eso no sirve. Tíralo a la basura, por favor…"

El inspector Gálvez llegó a las nueve en punto a la casa de Jones y Sacramento. Hua-Ning lo hizo pasar a la sala, donde lo esperaba Dave.

"¿Inspector Gálvez? Mucho gusto. Siéntese, por favor. Habla usted español, supongo…"

"No, mi familia llegó aquí hace más de cien años. Soy un ciudadano norteamericano por los cuatro costados", dijo el inspector, se sentó, y colocó un portafolios sobre la mesa de la sala.

"¿Gusta usted una taza de café?"

"Sí, gracias."

Dave tocó la campanilla de plata que había sobre una de las mesas de la sala, Hua-Ning se presentó y Dave le ordenó que trajera café para ambos.

"¿Volvió ya a la casa la señora Sorensen?", preguntó el inspector.

"No… ¿puedo saber cómo se enteró usted de su ausencia?"

"Su suegro, el señor Lagrange, reportó su desaparición a la policía."

"Pienso que la policía no tiene por qué enterarse de estas cosas. Suceden en todos los matrimonios."

"No, señor Sorensen, perdóneme, no en todos los matrimonios desaparece la esposa sin dejar rastro…"

"Mi esposa no ha desaparecido. Me abandonó, simplemente. Pero ya volverá, como le dije a mi suegro… y supongo que él a su vez se lo dijo a usted: tuvimos un disgusto el viernes en la noche y ella me dijo que me dejaba… ¿Y qué quiere usted decir cuando dice sin dejar rastro, inspector?"

El inspector Gálvez no contestó. Se puso de pie y se acercó al cuadro de Keith Haring. Era un hombre alto y robusto, un tanto calvo, desgarbado.

"¿Le interesa el arte, inspector?"

"Sí, aunque usted no lo crea. De joven trabajé de guardia en un museo y aprendí algunas cosas. Este pobre muchacho, me refiero al pintor, murió de sida, ¿verdad?"

"Así es."

Hua-Ning entró con el servicio y lo dejó sobre la mesa.

"¿Azúcar, inspector?"

"Una cucharadita… no, mejor dos", contestó el inspector y tomó uno de los pisapapeles de la mesa. Lo levantó a la altura de sus ojos y lo contempló al trasluz.

"Lo estuvimos buscando ayer por todas partes… ¿dónde estaba usted?"

"No sabía que me estaba buscando la policía", dijo Dave.

"Claro, no tenía usted por qué saberlo."

El inspector Gálvez dejó el pisapapeles en la mesa y tomó un sorbo de café.

"Pero puedo decirle dónde estuve. Fui al Fisherman's Wharf, al Parque Golden Gate, a muchas de las partes a donde íbamos a pasear mi esposa y yo… al acuario, al Museo Ripley… la casa me pareció insoportable sin ella…"

"¿Quiere usted a su esposa?"

"Linda es el amor de mi vida."

"Y ella, ¿lo quiere a usted?"

"Sí, mucho…"

"¿Le importa que fume?", preguntó el inspector.

"No, yo también fumo. ¿Gusta usted un Marlboro?"

El inspector sacó del bolsillo una pipa de color caoba.

"Gracias, yo fumo pipa."

"Como los inspectores de las novelas y las películas…"

"Con la diferencia de que yo soy una persona real…"

"Naturalmente…"

El inspector encendió la pipa, echó una bocanada de humo y miró a Dave fijamente en los ojos.

"Usted ya sabe, sin duda, que su esposa hizo una demanda de divorcio…"

"Sí, vamos a divorciarnos, pero no es porque no nos queramos. Existen razones para hacerlo, muy graves, que usted desconoce. Es un asunto personal."

"Las conozco. Y es por eso, también, que…"

El inspector se levantó y se dirigió al otro lado de la habitación. Dave encendió un cigarro.

"Me imaginé, cuando lo vi desde lejos, que era un Klee. Una acuarela, desde luego. Una verdadera joya…"

"Lo que usted ve colgado, inspector, no es todo lo que tenemos. En la bodega hay otros cuadros que alternamos con éstos… no nos alcanzan las paredes."

"Los envidio. Yo sólo tengo *posters* y tarjetas postales… Le decía que, porque conozco las razones de su próximo divorcio, me temo que será necesario levantar un inventario de todos aquellos muebles y objetos valiosos que estén a nombre del señor Lagrange. Me da mucha pena, créamelo, pero él mismo lo ha solicitado…"

El inspector se sentó y se echó otra cucharada de azúcar en el café.

"Es inútil. Trato de reducir el azúcar, pero no puedo. Mi mujer dice que no tomo café sino miel. Pero la sacarina me sabe horrible…"

"No me extraña que el padre de Linda me trate como un ladrón", dijo Dave, "pero creo que el viejo está loco. Linda no se ha presentado aquí un fin de semana, eso es todo. Debe estar con algunos amigos. No veo razón para darla por desaparecida. Por otra parte, inspector, sepa usted que ésta es todavía mi casa. Mi esposa y yo no nos hemos divorciado: ella es aún la señora Sorensen y yo soy el señor Sorensen… Puedo servirlo en algo más?"

"El señor Lagrange, como le dije, hizo ya una denuncia formal, de modo que debo tratar la desaparición de la señora Sorensen…"

"La ausencia…"

"La ausencia de la señora Sorensen como un asunto oficial. Sé que tres noches de, digamos, ausencia, no es nada. De hecho la policía no suele investigar esas ausencias tan cortas, pero sucede que yo soy amigo… bueno, amigo no, pero conozco al señor Lagrange desde hace muchos años, y le debo algunos favores…"

"¿Favores? Me cuesta trabajo creer que alguien pueda deberle favores al padre de mi esposa…"

El inspector ignoró el comentario de Dave y continuó:

"Y él está muy asustado…"

Dave tocó la campanilla y cuando apareció Hua-Ning le pidió que trajera un plato para las cenizas.

"En primer lugar, y creo que usted entenderá esto fácilmente, señor Sorensen, no todos los días desaparece la hija de un millonario. Tener o no dinero establece diferencias en todos los ámbitos, ¿no es verdad?"

"¿Qué insinúa usted, inspector?"

"Yo no insinúo nada, afirmo."

Hua-Ning entró y puso un plato blanco, con filo dorado, sobre la mesa.

"Como ve usted, inspector, en esta casa no hay ceniceros", dijo Dave.

"Pero usted fuma…"

"Nunca delante de mi esposa… Nunca en la casa."

"Podríamos, en todo caso, usar un plato más corriente, se me ocurre…"

"La ceniza es ideal para limpiar la porcelana más fina."

"Ah, no lo sabía. No cabe duda, cada día se aprende algo nuevo. Por otra parte, hay que tener en cuenta que no todo el mundo desaparece junto con su automóvil. Por último, que menos personas aún desaparecen con un automóvil tan… tan, digamos tan conspicuo. Tengo entendido que la señora Sorensen tiene un Daimler 67…"

"Así es."

El inspector dejó su pipa sobre el plato y volvió a levantarse, esta vez para contemplar, de cerca, la litografía de Saura.

"No estoy valuando los cuadros, señor Sorensen. Los estoy admirando. De todos modos, para hacer un inventario, necesitaríamos una orden judicial, y el trámite no sería sencillo. Podría llevarse varios días…"

"Y para entonces, mi esposa estará de regreso…"

"Este pequeño cuadro es una preciosidad. ¿Sabe usted una cosa? En veinte años que tengo de casado, nunca he podido lograr que a mi esposa le guste el arte abstracto. Dice que no lo entiende, y yo le digo que no hay nada qué entender. No conozco a este artista…"

"Saura. Español. Es hermano de un director de cine famoso."

"Ajá."

El inspector Gálvez volvió a sentarse.

"Como le digo a ella: un cuadro te gusta o no te gusta. No hay mensajes ni misterios. Un caracol, o las vetas de la madera, te gustan o no te gustan. La naturaleza no te quiere decir nada con eso…"

Dave consultó su reloj.

"¿Tiene usted prisa, señor Sorensen?"

"Trabajo en una agencia de publicidad… como usted seguramente sabe. Y debía haberme presentado hace un cuarto de hora."

"Creo que mi visita no se prolongará sino unos cuantos minutos más. Pero si desea usted hablar a su oficina, le ruego que lo haga…"

"Está bien así", dijo Dave, y apagó el cigarro.

En esos momentos sonó el timbre. Hua-Ning preguntó por el *interfón* quién era.

"No entiendo bien, señor, creo que es un policía."

"Ah", dijo el inspector Gálvez, "debe ser el sargento Kirby. Hágalo pasar… es decir, si el señor Sorensen no tiene ningún inconveniente…"

"Ninguno", dijo Dave.

El inspector presentó al sargento Kirby, un hombre de mediana estatura y bigote delgado, con ojos claros. Dave lo invitó a sentarse.

"¿Café?"

"No, gracias."

"El señor O'Brien…", continuó el inspector, pero Dave lo interrumpió:

"¿También conoce usted al señor O'Brien?… Va usted aprisa, inspector…"

"Es una forma de agradecerle al señor Lagrange las gentilezas que ha tenido conmigo. Por cierto, no le había dicho: el señor Lagrange está en San Francisco. Fue aquí donde levantó el acta. Gracias a él pude entrar en contacto, ayer mismo, con varias de las amistades de su esposa… tengo entendido que el sábado visitó usted algunos hospitales, y que lo acompañó el señor O'Brien…"

"Sí, fui a instancias de él."

"Hubiera bastado que visitaran el Hospital General de San Francisco… es allí a donde se lleva a todas las personas que están inconscientes, ya sea por accidente o por enfermedad…"

"Sí, ahora lo sé. Nos lo dijeron en el California Medical Center, que fue el primer hospital al que fuimos. Pero yo insistí en ir a otros, donde, claro, nos repitieron lo mismo. Fue entonces que nos dirigimos al Hospital Central…"

"No parece tener mucho sentido lo que hicieron…"

"Así es, inspector…"

"Y no visitaron la morgue…"

"Nunca pensé que mi esposa estuviera en la morgue."

"¿Descartó usted que estuviera muerta, o que estuviera en la morgue?"

"No entiendo."

"Es que no todos los muertos van a dar a la morgue…"

"Descarté la posibilidad de que estuviera muerta. Le repito que si fui a los hospitales es porque el señor O'Brien insistió. Yo no creo que mi esposa haya tenido un accidente y mucho menos que haya muerto…"

"Tengo entendido que a su esposa no le gustaba manejar de noche porque no veía bien…"

Dave se dio cuenta de la trampa: el inspector hablaba en pasado, como si Linda no existiera…

"Ni le gustaba cuando la conocí, ni le gusta ahora. Pero algunas veces lo ha hecho. Lo hizo el viernes."

"Dígame: ¿su esposa se llevó algún equipaje consigo?"

"No."

"Su pasaporte, tal vez…?"

"No lo creo. A menos que lo tuviera en su bolsa de mano, pero no tenía por qué llevarlo allí."

"Sólo si hubiera pensado, con anticipación, salir del país, sin que usted lo supiera…"

"¿Sin equipaje? Imposible."

"O quizás ya había hecho el equipaje con anticipación y lo tenía en el automóvil…"

"Es posible, pero muy poco probable. Como le dije, la decisión de irse de la casa la tomó de pronto, cuando nos disgustamos."

"¿Le dijo ella que lo dejaría para siempre?"

"No recuerdo que lo haya dicho. Pero en esos casos, se dicen cosas de las que uno se arrepiente. Pudo haberlo dicho."

"Como dijo usted, señor Sorensen, es posible, pero poco probable… y menos aún que cumpliera su amenaza, en caso de haberla hecho…"

"No entiendo."

"Muy sencillo: siendo ésta la casa de ella, es decir, del señor Lagrange, su esposa no lo dejaría a usted para siempre en ella, en la casa, ¿no es verdad? Más bien sería usted el que tendría que salir…"

"Por si le interesa saberlo, inspector, mi esposa nunca me ha echado de aquí…"

El inspector bajó la vista y contempló la pipa.

"¿Usted sabe dónde guarda su pasaporte su esposa?"

"No, en el clóset de nuestra recámara hay una pequeña caja fuerte donde tiene algunas joyas y papeles, pero yo no sé la combinación. Por otra parte sé que tiene una caja de seguridad en el Bank of America. Pero igual yo no tengo acceso a ella, ni creo que, en todo caso, allí guarde el pasaporte. Aunque, tal vez…"

"¿Sí?"

"Mi esposa guarda algunos papeles en un cajón de su tocador. El pasaporte podría estar allí."

"¿Sería usted tan amable de ver?"

"Con mucho gusto."

El pasaporte de Linda no apareció. Dave no sabía, en ese momento, si era preferible alimentar la hipótesis del inspector Gálvez para que se distrajera con una pista falsa, o si era mejor desbaratarla para que comenzara a pensar en la posibilidad que a él le interesaba: el secuestro. Buscó en dos o tres cajones más. El pasaporte no estaba allí. Dave regresó a la sala.

"No lo veo por ningún lado", le dijo al inspector, "Pero como le digo, podría estar en la caja fuerte…"

"Valdría la pena ver si no faltan algunos de sus objetos personales… ropa, por ejemplo."

"Mi esposa tiene tanta ropa, inspector, que bien podría llenar dos maletas completas, sin que se notara la falta de las prendas."

"Entonces, habría que ver si no faltan maletas", dijo el inspector.

Dave pensó que, en todo caso, por el momento sobraban seis maletas.

"Tenemos también tantas maletas, inspector, que lo mismo, sería difícil darse cuenta. Pero le prometo revisar la bodega y, si noto la falta de algunas piezas, se lo reportaré."

Para alivio de Dave, el inspector no pareció darle mayor importancia a la cuestión de las maletas.

"Gracias. sargento Kirby: ¿alguna información sobre las fronteras?"

El sargento se puso unos anteojos y sacó una libreta de su bolsillo. La hojeó, se detuvo en una página y contestó:

"Las autoridades mexicanas de Tijuana, Mexicali y Nogales, dicen que no ha pasado ningún Daimler con esas características en los últimos días…"

"Ni en los últimos años, probablemente", dijo Dave, "dudo que jamás hayan visto un automóvil como el de mi esposa."

"Con mayor razón lo sabrían si nunca han visto un automóvil así. Las autoridades aduanales mexicanas están muy pendientes de la entrada de cualquier vehículo diferente de los que se fabrican o ensamblan en el país… Y las placas del automóvil de su esposa, señor Sorensen, no se olvidan fácilmente…"

Dave se quedó callado. El sargento prosiguió:

"Está prevenida sobre el caso la policía de todo el estado, y además las policías de Nevada, Utah y Arizona… averiguaremos si la señora Sorensen se ha registrado en algún motel, y desde luego preguntaremos en las gasolinerías si han visto un automóvil como el de ella…"

Dave encendió otro cigarrillo y se puso de pie.

"Inspector, me parece que han ido ustedes demasiado lejos. Esto le va a causar un gran disgusto a mi esposa. ¿No se dan ustedes cuenta que con todo el alboroto que están haciendo la prensa se va a enterar en cualquier momento?"

"Ya se enteró", dijo el inspector, sacó un periódico de su portafolios y se lo entregó a Dave.

"Y qué es esto, el ¿*Petaluma Herald*? Nunca había oído hablar de él."

"Pero existe."

"¿Y cómo es posible? ¿Quién se los dijo?"

"Nunca falta un soplón en cada comisaría, señor Sorensen… esta clase de periódicos retribuye muy bien los *tips* de esta naturaleza… lea usted, página seis, cuarta columna, abajo."

Dave abrió el diario en la página indicada, y leyó:

RICA HEREDERA HA DESAPARECIDO
Linda Sorensen, hija del millonario tejano
Samuel Lagrange, propietario de Universal
Plastics Inc., desapareció desde el viernes
pasado, 14 de abril, después de dejar su casa
de San Francisco, sin dejar huella.

La policía investiga esta misteriosa
desaparición ya que, dada la afluente condición
económica de la señora Sorensen, se teme que
haya sido víctima de un secuestro. La señora
Sorensen conducía su propio automóvil, un
Daimler color azul, modelo 1967.

Dave arrojó el periódico sobre la mesa, y comenzó a pasear a largos pasos por la habitación, agitando los brazos.

"¡Esto es absurdo! ¡Absurdo! ¿Ve usted a dónde nos ha conducido la estupidez de Lagrange? ¿Lo ve usted, inspector?"

"Dígame, señor Sorensen: ¿cree usted que su esposa tuviera motivos para suicidarse?"

"Por Dios, inspector, nada de esto tiene sentido. Linda es una mujer muy feliz. Otra cosa es que en los últimos días haya tenido algunas depresiones, pero es natural: no quiere divorciarse. Y tampoco quiere perder su fortuna. Es comprensible, ¿no es cierto? La decisión de su padre ha sido brutal... la ha colocado, nos ha colocado, en una alternativa intolerable..."

"Sí, claro... le ruego me perdone, señor Sorensen, pero es nuestro deber considerar todas las posibilidades, por absurdas que parezcan. Sucede que a veces algunas personas no se suicidan con una pistola o con barbitúricos, sino con un automóvil, al que usan como instrumento para alcanzar sus fines... su fin. ¿No es cierto, sargento Kirby?"

"Así es, inspector."

"En otras palabras, se estrellan con el automóvil o se despeñan en algún barranco..."

"Mi esposa Linda", dijo Dave, "adora su Daimler.. jamás lo destruiría."

El inspector sonrió.

"Dígame, señor Sorensen, ¿tiene usted una agencia de viajes?"

"Los viajes que hago yo por parte de la empresa en la que trabajo, la agencia de publicidad de Robert Morrison, los arreglan ellos mismos... creo que a través de Wagon-Lits. Los viajes que hace mi esposa, o los que hacemos juntos, los arregla con otra agencia, no sé cuál, Jimmy Harris. Mi esposa, como ya debe usted saberlo, trabaja con el señor Harris en un negocio de decoración integral."

"Sí, lo sé. Ayer lo visité en su casa."

"¿Jimmy Harris? Ayer me dejó un mensaje en mi grabadora. Por lo visto ya regresó de San Diego…"

Dave había decidido sí mencionar el segundo mensaje de Jimmy Harris. Después de todo, lo conocía Chuck O'Brien.

"¿El señor Harris viajó a San Diego?"

"Ah, no lo sé, lo supuse porque su suegra, que vive en San Diego está en agonía, y en su mensaje me dijo que había salido de la ciudad… pensé que se habría reunido con su esposa, Dorothy, que está allá… aunque después me dijo que le hablara a su casa en cuanto supiera algo de mi esposa… en fin, no entendí, y mucho menos el resto del mensaje… me pedía disculpas, así dijo, por el plantón de anoche. O sea, se refería, supongo, al viernes en la noche. Y el caso es que yo no tenía ninguna cita con él…"

"Ajá, qué curioso, eso concuerda…", dijo el inspector Gálvez, y se interrumpió para darle instrucciones al sargento Kirby:

"Anote usted, por favor: averiguar el nombre de la agencia de viajes del señor Harris, y que busquen en los estacionamientos de los aeropuertos de San Francisco y de Oakland, y en otros también, desde luego, el Daimler de la señora Sorensen."

Luego volvió la mirada hacia Dave.

"Usted habló con el señor Harris el pasado viernes, ¿no es cierto?"

Dave estaba preparado para esta pregunta. No lo podía negar, porque era la secretaria de Jimmy la que los había comunicado.

"Sí."

"¿Puedo saber para qué asunto?"

"Para preguntarle si sabía a qué horas regresaba mi esposa. Ella fue esa mañana a Sacramento a una exposición de flores de seda o algo por el estilo, y me dijo que regresaba el mismo día, pero no a qué hora…"

"¿Hablaron de algo más?"

"No, Jimmy me dijo que, según sus cálculos, Linda regresaría a las dos o tres de la tarde. Eso fue todo."

"Lo que me dijo el señor Harris fue muy distinto…"

"¿Cómo?"

"Digo que el señor Harris me contó una historia completamente diferente…"

"¿Qué historia?"

"Me dijo que usted le habló en estado de gran exaltación, y que quería verlo, a como diera lugar, a las ocho de la noche del mismo viernes, en Half Moon Bay…"

Dave se levantó y puso cara de enorme asombro.

"¿En Half Moon Bay? ¿A las ocho de la noche? ¿Yo?… Por Dios, no puede ser. Debe haber una confusión. La cita sería con otra persona, no conmigo…"

"El señor Harris fue muy claro. La cita era con usted en Half Moon Bay, se lo repito, a las ocho de la noche del viernes pasado 14 de abril. Esas fueron las indicaciones que usted mismo le dio: iban a verse en el Straw Flower Shopping Center a la entrada del Hall Mark…"

"Jamás. Está loco. Debe estar loco…", dijo Dave, y pensó que estaba actuando como debía hacerlo. Es decir, como si él mismo estuviera convencido de que decía la verdad.

"Me dijo también que usted había insinuado que la señora Sorensen estaba metida en algún lío de narcotráfico…"

"Por Dios, el pobre hombre si no está loco, debió haber estado borracho cuando dijo tal cosa. O drogado. Creo que no es un secreto para nadie que Jimmy es drogadicto… En sus fiestas corre la coca… siento decirlo, pero veo que no tengo más remedio. Me imagino, inspector, que usted no le dio el menor crédito…"

"Yo creo todo lo que la gente me dice hasta que se presentan las contradicciones, como en este caso. O surge un motivo razonable para dudar. El señor Harris me dijo que en un principio accedió a verlo a usted, pero que pensó después que todo era un disparate, y que mejor hablaría con la señora Sorensen cuando ella regresara a San Francisco. Le habló a usted por teléfono, y como usted no estaba, le dejó un mensaje en la grabadora... ¿Escuchó usted el mensaje, señor Sorensen?"

Dave sopesó cada una de las palabras de su respuesta. No debía decir que no había encontrado un solo mensaje en la grabadora. Tenía que ser específico.

"No, no había en la grabadora ningún mensaje de Jimmy Harris... El sábado, sí, como le digo, pero no entendí qué quería decir con eso del plantón... Le digo, inspector, que debe estar mal de la cabeza..."

"¿Está usted seguro, señor Sorensen, que el viernes no había ningún mensaje del señor Harris?"

"Absolutamente seguro. La grabadora estaba conectada y funcionando. Tan es así que había dos mensajes: uno de mi jefe, Bob Morrison, y otro de mi esposa, que andaba de compras con su amiga Julie Simmons..."

"Es verdad. La señora Simmons me lo contó ayer. Estaba con su esposa en Macy's o en Christofle cuando ella lo llamó a usted y le dejó el mensaje..."

"¿También vio usted a Julie Simmons, inspector?"

"También. Tuve la suerte de encontrar a todo el mundo en domingo. Una cosa más, señor Sorensen, a propósito del señor Harris... ¿la señora Sorensen y él son buenos amigos...?"

Dave hizo una pausa antes de contestar:

"Sí, son buenos amigos..."

El inspector no insistió en el tema y guardó la pipa, ya apagada, en su estuche.

"Bueno, ya tendremos tiempo de hablar más del señor Harris si es necesario..."

"En ese momento sonó el timbre. Hua-Ning contestó el interfón y dijo:

"Es el cartero, señor Sorensen. Desea hablar con usted."

"Bajo a verlo. Un momento, inspector."

El inspector se dedicó a contemplar otro de los pisapapeles: una esfera que contenía en el fondo un apretujado conjunto de piedras transparentes de distintos colores, que parecían caramelos de frutas. Luego se puso de pie para observar un cuadro de Theophilus Brown.

El cartero le entregó la correspondencia a Dave: una revista *Time*, estados de cuenta del banco, publicidad y otros envíos. Luego le extendió un sobre que Dave reconoció de inmediato.

"Quería entregarle este sobre personalmente, señor Sorensen. Parece uno de esos anónimos que envían los delincuentes. Espero que no sea nada serio…"

"Gracias", dijo Dave, y tuvo el cuidado de que su mano temblara al recibir el sobre. "Gracias", repitió.

Dave subió despacio la escalera, mientras abría el sobre. Lo guardó después en la bolsa del pantalón. El inspector, de nuevo sentado, contemplaba otro pisapapeles: un huevo transparente dentro del cual había otro huevo, de color azul marino, con chispas brillantes que simulaban estrellas.

Dave se sentó. El Inspector lo miró a los ojos y después bajó la vista. Transcurrieron así, en silencio, casi treinta segundos.

"Usted conoce, desde luego, el Instituto de Arte de Chicago", dijo el inspector Gálvez.

"Sí, por supuesto."

"Allí tienen la colección más grande del mundo de pisapapeles. Calculo que son cerca de mil…", dijo el inspector mientras tomaba un tercer pisapapeles.

"La recuerdo muy bien… realmente, usted me asombra cada vez más, inspector."

"Fue allí donde estuve como guardián de los diecisiete a los veintidós años… y como le dije, algo se aprende… mientras le echaba yo un ojo a los visitantes, escuchaba las explicaciones de los guías y los conocedores. Éste es, si no me equivoco, un pisapapeles de George Bacchus and Sons, siglo XIX, desde luego…"

"Lamento decirle que soy un ignorante en la materia. Es mi suegro el que sabe de esto. Y un poco, mi esposa…"

"Parece mentira que un objeto tan bello pueda usarse como arma mortal... ¿No es cierto? Recuerdo que en una novela cuyo título se me escapa, un tipo coloca un pisapapeles en un calcetín y con él, usándolo como una honda, le rompe el cráneo a su amante..."

Dave se estremeció.

"Debo retirarme ya, pero quisiera antes hacerle una pregunta que es de rigor en estos casos. No tiene usted por qué ofenderse. Y puede no contestarla, si así lo desea..."

Dave guardó silencio.

"Dígame, señor Sorensen, ¿qué hizo usted la noche del 14 de abril?"

"Después de que mi esposa salió de la casa, comí algo y me metí a la cama a ver televisión. Calculo que me dormí como a las diez o diez y media. Me desperté unas horas más tarde y me extrañó que ella no estuviera a mi lado. Pero me acordé que en los últimos días Linda había dormido en la habitación de los huéspedes para no contagiarse con mi gripa, así que me volví a dormir. Desperté con un sobresalto a las tres de la mañana. Lo sé porque encendí la luz y vi la hora. Me levanté y vi que no estaba en la otra recámara. Bajé, ya muy preocupado, a la estancia. Escuché algo de música, tomé uno o dos whiskies y me quedé dormido en el sofá. Me desperté a las cinco y media, me di cuenta que no había llegado, y entonces me vestí y salí a caminar para calmar mis nervios. Fui hasta Pier 39, me quedé a ver el amanecer, y regresé después en un taxi."

"Cuando salió su esposa, señor Sorensen... estaba la sirvienta?"

"No. Ella sólo viene en las mañanas. Estábamos solos".

El inspector se puso de pie.

"Espere usted un momento", dijo Dave. "Siéntese, por favor."

El inspector se sentó. Dave sacó de la bolsa del pantalón el sobre, y se lo mostró al inspector.

"Acabo de recibir esto", dijo.

El inspector examinó el sobre, sin tocarlo. Dave sacó la carta del sobre y se la entregó al inspector.

"Léala, por favor. Acabo de enterarme de su contenido…"

"Asombroso", dijo el inspector. "Asombroso y poco creíble. Por lo general los secuestradores de alguien se esperan días, y hasta semanas, antes de entrar en contacto con los familiares de la víctima, con el objeto, muy simple, de aumentar su angustia cada día, hasta que se vuelve intolerable. Esta precipitación no es lógica. Debe tratarse de una broma de mal gusto", agregó y le extendió la carta a Dave.

"¿Cómo?", dijo Dave, con un asombro espontáneo. "¿No toma usted en serio este anónimo, inspector?"

"No más que usted, señor Sorensen. A usted, por lo visto, tampoco le sorprendió…"

"Es verdad. ¿Y sabe usted por qué, inspector? Le voy a decir una cosa que le va a asombrar aún más: ayer domingo, en la mañana, recibí una llamada telefónica anónima de alguien, un hombre, que dijo haber secuestrado a mi esposa. Entonces sí que pensé que era una broma de mal gusto. Pero a medida que pasaba el tiempo, comencé a dudar… el hombre me dijo que muy pronto recibiría un mensaje escrito. Aquí está el mensaje. Creo que ayer domingo, inspector, agoté toda la desesperación y el miedo de los que soy capaz… también la incredulidad. Me repetí varias veces que todo era un sueño, una pesadilla. Pero cuando hace unos minutos el cartero pidió hablar conmigo, supe que no era así… Por otra parte, inspector, a usted, que habla de precipitación… ¿No le parece que también la forma de actuar del señor Lagrange revela una precipitación absurda?"

"Sí, es verdad. Dígame, señor Sorensen: en el mensaje dice que si entra usted en contacto con la policía, ya nunca más verá viva a su mujer… ¿por qué entonces me enseñó usted ese anónimo?"

"Porque no puedo hacer nada por salvarla. Yo no tengo quince millones de dólares. No tengo un centavo."

"Pero sí los tiene el señor Lagrange..."

"Eso todo el mundo lo sabe."

"Tenemos que hablar con él."

"Si cuando usted dice *tenemos* me incluye a mí, inspector, me temo que eso no será posible... Lagrange ha jurado que jamás me dirigirá la palabra. De hecho estuvo a punto, varias veces, de colgar el teléfono cuando le hablé, el sábado pasado..."

"Conozco la situación. Pero esta vez, si es necesario, tendrá que hacerlo. Y déjeme decirle una cosa, señor Sorensen: después de lo que me ha contado, sí creo que hay que tomar este anónimo en serio. Vamos a ver qué otras señales recibimos de los secuestradores de su esposa en los próximos días, para ver qué medidas tomamos. Sin duda, señor Sorensen, usted nos avisará en cuanto entren de nuevo en contacto con usted..."

"Por supuesto, inspector", dijo Dave.

"Y no tendrá usted inconveniente en que intervengamos su teléfono..."

"Por supuesto que no."

"Pensándolo bien, me gustaría, señor Sorensen, conservar en mi poder el anónimo... Puede tener huellas digitales..."

"Por lo pronto, ya tiene las mías..."

"Naturalmente."

Dave se lo entregó. El inspector y el sargento se levantaron y Dave se dispuso a acompañarlos.

En la escalera, el inspector alabó las litografías de Vasarely.

"Preciosas, no cabe duda. Con estas litografías y los cuadros de Haring y Klee y los otros que dice usted tener en la bodega, se pagaría una parte considerable del rescate... Cuídelos, señor Sorensen... Y dígame una cosa: ¿así que se aprovecha usted de la ausencia de su esposa para fumar, eh? En eso nos parecemos. Tengo prohibida el azúcar porque el médico dice que soy prediabético. Pero en ese sentido todos somos, o precancerosos, o precardiacos, o preatropellados por un automóvil. En otras palabras, todos somos precadáveres. Sea lo que sea..."

Dave abrió la puerta de la casa. El inspector y el sargento salieron.

"Sea lo que sea", continuó el inspector, "cuando mi mujer no está en casa, me atiborro de chocolates. Y cuando no hay chocolates, tomo azúcar a cucharadas. Pero por fortuna comer azúcar no deja malos olores, como los deja fumar, ¿verdad?"

"Así es, inspector. Pero estoy seguro que, por esta vez, mi esposa me perdonará."

El inspector le dio una palmada en el hombro.

"No se acongoje más de la cuenta... todo saldrá bien, señor Sorensen."

"Así lo espero", dijo Dave.

El inspector lo miró a los ojos y después subió la vista.

"¿Se lastimó usted la frente?"

"Sí, me resbalé en la cocina y me pegué con uno de los muebles..."

"Cuídese... que tenga buen día."

"Lo mismo ustedes."

Camino a la comisaría, el inspector Gálvez dijo:

"No sé por qué, pero esto me huele a autosecuestro..."

"¿Usted cree, entonces, que la señora Sorensen está escondida y que los dos se pusieron de acuerdo?"

"Me es muy difícil imaginar que los dos se hayan puesto de acuerdo para sacarle al señor Lagrange unos millones, porque según Lagrange, a pesar de sus desacuerdos, su hija lo adora... pero la naturaleza humana es impredecible. Por otra parte, hay algo muy extraño en lo que dice Jimmy Harris que le dijo Sorensen, y que Sorensen niega. No, no creo que se trate de un autosecuestro... aunque pudiera estar equivocado... En fin, de todos modos, sargento, tenemos que encontrar ese Daimler. ¿Dónde podría uno esconder un automóvil así, tan inconfundible?"

"En un bosque, inspector..."

"¿Como Muir Woods?"

"Sí, o en un bosque de automóviles… es decir, en un estacionamiento gigante, como usted insinuó… Dígame, inspector, ¿vamos a vigilar al señor Sorensen?"

"Por supuesto, día y noche. Y recuérdeme conseguir de inmediato la autorización para intervenir su teléfono…"

Una cuadra antes de llegar a la Comisaría, el inspector Gálvez se preguntó en voz alta:

"¿Quince millones? ¿Y por qué nada más quince? ¿Por qué no veinticinco, cincuenta, cien millones de dólares?"

Y se contestó a sí mismo:

"Porque, si efectivamente se trata de un secuestro, es la obra de un aficionado, no de un profesional… ¿verdad, sargento Kirby?"

"Así es, inspector… y dígame: vamos a interrogar a la sirvienta, la vietnamita, ¿no es cierto?"

"Hágalo usted… pero no creo que sepa nada. Acuérdese que no estaba el viernes en la noche."

XVII

LLAMADAS CRUZADAS

Dave sabía muy bien que tenía que actuar con rapidez antes de que le interviniernan el teléfono. Cinco minutos después de la salida del inspector, llamó a la Comisaría:

"El inspector Gálvez, por favor…"

"No se encuentra. ¿Qué se le ofrece?", le contestó la operadora.

"Me imaginé, sí, que probablemente no había llegado, porque hace unos minutos se encontraba en mi casa. Dígale que le habló el señor Sorensen para decirle que los secuestradores de mi esposa acaban de entrar de nuevo en contacto conmigo…"

"Muy bien", dijo la operadora. "Se lo transmitiremos por radio Está lista."

Dave dijo:

"Inspector Gálvez: apenas había salido usted de mi casa, cuando recibí una llamada telefónica anónima. Al parecer, de la misma persona. Insiste en los quince millones de dólares de rescate. Espero su llamada. Aquí estaré toda la mañana…"

Dave hizo una pausa. Escuchó de nuevo la voz de la operadora:

"¿Ése es todo su mensaje?"

"Sí", contestó Dave. "Eso es todo."

"Muy bien', dijo la operadora. "Se lo transmitiremos por radio al inspector Gálvez."

El radio de la patrulla llamó al inspector Gálvez:

"Inspector Gálvez... inspector Gálvez..."

Pero fue inútil. El inspector Gálvez había descubierto que la mejor mezcla de café y chocolate de toda la ciudad, la preparaban en The Franciscan Croissant de Sutter Street esquina con Grant Avenue, y le invitó una taza al sargento Kirby.

La operadora del hotel Fairmont contestó la llamada de Dave:

"¿El señor Lagrange? Sí, sí está hospedado con nosotros. Pero dio instrucciones que, a menos que le hablaran su hija o el inspector Gálvez, no se le molestara en absoluto... ¿Es usted el inspector Gálvez?"

"No, soy el yerno del señor Lagrange, y me urge hablar con él."

"Lo siento, señor, no puedo hacer nada."

"Pásele usted un mensaje, por favor..."

"Con mucho gusto..."

Dave escuchó una voz grabada que le decía:

"Grabe usted el nombre de la persona a la que busca, su propio nombre, su teléfono, la fecha y la hora y su mensaje después de la nota aguda. Tiene usted un minuto."

Dave escuchó la nota aguda y dijo a continuación:

"Señor Lagrange. Habla David Sorensen. Me temo que tengo malas noticias. Linda ha sido secuestrada."

Y colgó.

La radio de la patrulla siguió llamando:

"Inspector Gálvez... inspector Gálvez..."

De regreso a la patrulla, el inspector contestó:

"Aquí el inspector Gálvez."

"Tenemos un mensaje para usted, inspector, de un tal señor Sorensen..."

"Póngalo", dijo el inspector.

El sargento Kirby le alcanzó un *kleenex*:

"Le quedó un poco de moka en los labios, inspector..."

Escucharon, los dos, el mensaje de David Sorensen. Cuando

acabó, el inspector volteó a ver al sargento, con las cejas enarcadas.

"Sorprendente. Sorprendente, ¿no le parece? Toda esta precipitación tan extraña… Lástima que no hayamos todavía intervenido el teléfono de Sorensen."

La patrulla arrancó. El inspector se comunicó con la Comisaría para solicitar la intervención urgente del teléfono de Dave. Luego, marcó su número.

En esos momentos, Chuck O'Brien hablaba con Dave:

"¿Cómo que secuestrada?, ¿Linda secuestrada? ¿Pero qué estás diciendo?, ¿estás loco?"

"Espérate, espérate, Chuck, está entrando otra llamada, un momento", dijo Dave, y cambió de línea.

Pero no había nadie. Volvió a Chuck y le dijo:

"Se cortó la otra llamada. Te decía, Chuck…"

Mientras subían por Grant Avenue, el inspector Gálvez le dijo al sargento Kirby:

"Se cortó… Voy a probar el hotel Fairmont para hablar con Lagrange… ¿tiene usted el número a la mano?"

Lagrange contestó de inmediato:

"¿Cómo? ¿Cómo que secuestraron a mi hija Linda, inspector? ¿Está usted loco?", dijo Lagrange.

Dave le respondió a Chuck:

"He recibido ya mensajes muy claros de los secuestradores, Chuck. Una llamada primero, el domingo, una carta hoy y otra llamada hace unos veinte minutos…"

"No me dijiste nada ayer", protestó Chuck.

"Estaba yo casi inconsciente de lo borracho…"

El inspector Gálvez le dijo al viejo Lagrange:

"Su yerno, el señor Sorensen, ha recibido ya tres mensajes anónimos de los supuestos secuestradores: una llamada ayer domingo, una carta esta mañana hace una hora, cuando estaba yo en su casa y, me acabo de enterar, otra llamada hace menos de treinta minutos…"

"¿Una carta y dos llamadas?", dijo, o más bien gritó el viejo Lagrange.

La patrulla siguió de frente por Grant Avenue.

Chuck le preguntó a Dave:

"¿Y qué es lo que quieren los secuestradores? ¿Un rescate?" De nuevo entró otra llamada al teléfono de Dave.

"Un momento, Chuck, acaba de entrar otra llamada…", dijo Dave.

Era Bob Morrison.

"¿Dave? Habla Bob…"

"Tengo a Chuck O'Brien en la otra línea, Bob, te hablo en cinco minutos…"

"Espero tu llamada", dijo Bob.

Lagrange casi le gritó al inspector Gálvez:

"¿Secuestradores, inspector? ¿Está usted seguro? ¿Y qué es lo que quiere esa gente?, ¿dinero?"

Dave volvió con Chuck:

"¿Me decías, Chuck…?"

"Te preguntaba que qué es lo que quieren los secuestradores, ¿dinero?"

El inspector le contestó a Lagrange:

"Sí, señor Lagrange, lo que quiere esa gente, según los mensajes, es dinero…"

"Dinero, sí", le dijo Dave a Chuck.

"¿Cuánto?", le preguntó Lagrange al inspector.

"¿Cuánto?", le preguntó Chuck a Dave.

"Quince millones de dólares", le contestó el inspector a Lagrange.

"Quince millones de dólares", le contestó Dave a Chuck.

Tras una larga pausa, el viejo Lagrange le dijo al inspector:
    "Es imposible. Debe ser un invento de David Sorensen. Mi hija no puede estar secuestrada. Sorensen miente, inspector. Es una patraña."

Chuck le dijo a Dave:
    "No puedo creerlo…"
    "Yo tampoco lo creía, Chuck, pero comienzo a creerlo. Estoy desesperado", le contestó Dave.

Y el inspector Gálvez le dijo a Lagrange:
    "Me temo que podría ser verdad."
    "No, le repito, inspector: es una patraña", dijo Lagrange, David Sorensen es capaz de todo. De secuestrar a mi hija, de matarla… No lo pierda de vista, inspector…"
    La patrulla dobló a la izquierda en Columbus Avenue.
"¿Vamos a la Comisaría, inspector?", preguntó el sargento Kirby.
    "Un momento, por favor", le dijo el inspector a Lagrange, y le indicó al sargento:
    "No, vamos a Marina Boulevard. Necesito despejarme un poco, que me dé aire fresco…"
    La patrulla siguió de frente por Columbus Avenue.

Chuck le preguntó a Dave:
    "¿Puedo ayudar en algo?"

Y el inspector le dijo a Lagrange:

"No se preocupe, nadie va a perder de vista a nadie. Vigilaremos al señor Sorensen día y noche. Lo tendré al tanto de las investigaciones…"

"Gracias", le contestó Dave a Chuck. "Por ahora no necesito ayuda."

"De hecho," le dijo el inspector a Lagrange, "quisiera hablar con usted personalmente…"

Chuck le preguntó a Dave:
  "¿Estás seguro, Dave?"

Y Lagrange le dijo al inspector:
  "Venga usted a la una y media, inspector, lo invito a comer."

Dave le contestó a Chuck:
  "Seguro, Chuck, gracias."
  Chuck le recomendó:
  "Tómate unos *Bloody Mary* para la cruda."
  "Tu consejo llega tarde, pero te lo agradezco…"

Y el inspector aceptó:
  "Muy bien, allí estaré, a la una y media en punto, en el *lobby* del hotel. Hasta luego, señor Lagrange."

Chuck se despidió de Dave:
  "Adiós, Dave."

Y Lagrange del inspector:
  "Hasta pronto, inspector."

Apenas Lagrange había colgado el teléfono de su habitación del hotel Fairmont, cuando volvió a sonar:

"Dígame."

Le respondió una grabación:

"Tiene usted un mensaje. Si desea escucharlo, marque el número uno. Si desea escucharlo de nuevo, el número dos. Si desea borrarlo, el número tres. Para información adicional, el número cuatro. Gracias por estar con nosotros."

Lagrange marcó el número uno.

Apenas Dave había colgado el teléfono de su casa, cuando volvió a sonar.

Lagrange escuchó en la grabadora la voz de su yerno que decía:

"Señor Lagrange, habla David Sorensen. Me temo que tengo malas noticias para usted. Linda ha sido secuestrada."

Y Dave escuchó una voz que decía:

"Señor Sorensen? Hablo de la estación KCBS... Estamos enterados de que su esposa ha desaparecido..."

Lagrange marcó el número dos, y volvió a escuchar la voz de su yerno:

"Señor Lagrange, habla David Sorensen. Me temo que tengo malas noticias para usted. Linda ha sido secuestrada."

La voz de la KCBS continuó:

"... y deseamos que nos dé usted una entrevista..."

Lagrange colgó.

Dave colgó.

Lagrange marcó el nueve para tener línea, y marcó después el número de la casa de Linda.

El teléfono sonó en la casa de Linda. Dave contestó:

"¿Haló? ¿Haló?"

Pero no obtuvo respuesta.

Dave insistió:

"¿Haló?"

En ese momento volvió a sonar la línea dos. Dave la tomó:

"Señor Sorensen, le hablo de la estación de radio KCBS, la llamada se cortó…"

"Un momento", dijo Dave, y volvió a tomar la primera línea.

La patrulla dobló a la izquierda en Bay Street. El inspector marcó de nuevo el número de Dave Sorensen.

"Mmmm… el teléfono de Sorensen continúa ocupado…"

La patrulla estaba ya en Marina Boulevard.

Dave insistió una vez más:

"¿Haló?"

Silencio. Le pareció escuchar una pesada respiración al otro lado de la línea. Luego, colgaron. Dave colgó también, tomó la línea dos, y le dijo al reportero de KCBS:

"No tengo nada qué declarar, ¿me entiende? Nada."

Colgó, y marcó el número directo de Bob Morrison, aunque tenía muy pocos deseos de hablar con él.

"¿Bob? Habla Dave."

"¿Dave? Ah, sí, espérate un momento, por favor…"

Dave alcanzó a escuchar la voz de Morrison:

"Es Dave. Quiero hablar a solas con él. Anote usted, entonces, que para la junta de mañana necesitamos la lista de las frecuencias de los comerciales de M.A.C. en los canales KRON, KPIX y KGO… ¿Dave?"

"Sí, Bob, qué tal…"

Lagrange estuvo a punto de marcar de nuevo el número de la casa de Linda. No lo hizo. Vio la hora, y salió de su habitación.

Bob Morrison le dijo a Dave:

"Como no te presentaste, pensé que seguías enfermo. Pero ya estoy enterado de lo que sucede. Parece mentira que una nota en un periódico desconocido, el *Petaluma Examiner*, o como se llame, tenga tanta difusión…"

"*Petaluma Herald*", dijo Dave.

La patrulla se estacionó frente a Yatch Harbor. El inspector Gálvez le pidió al sargento Kirby que marcara de nuevo el número de Dave.

En el teléfono de Dave sonó la segunda línea.

"Espérate un momento, está entrando otra llamada", le dijo a Bob Morrison.

Y tomó la segunda llamada. Era el sargento Kirby.

"¿Señor Sorensen? Le voy a pasar al inspector Gálvez…"

"Espere un segundo, por favor, tengo otra llamada", dijo Dave.

Y volvió con Bob Morrison.

"¿Bob?… Quería decirte que, aunque Linda no ha aparecido, tengo muchos deseos de trabajar. Necesito hacerlo, para distraerme. Mañana me presento en la agencia…"

"Muy bien, Dave, escúchame…"

"Espérame un segundo. Tengo a la policía en la otra línea", dijo Dave.

Y volvió con el sargento:

"¿Sargento? Un segundo más, se lo ruego…", dijo, y volvió con Bob Morrison:

"¿Me decías, Bob…?"

"Sí, que mañana, como parte del lanzamiento de Olivia, vamos a analizar la estrategia de medios de MAC… "

"¿De qué…?"

"De Make-Up Art Cosmetics… recuerdas que Estée Lauder se unió con ellos hace menos de un mes… Bueno, espero que todo se solucione pronto. Hasta mañana, Dave…"

Dave tomó de nuevo la llamada del sargento. Le contestó el inspector:

"Señor Sorensen: ¿qué hay de esa llamada que se supone recibió usted?"

"No se supone, inspector: *yo recibí* una llamada. La misma que reporté a la Comisaría."

"Le confirmaron tener secuestrada a su esposa, y pidieron quince millones de dólares de rescate…"

"Así es, inspector."

"¿Era la misma persona que le habló ayer?"

"Sí, creo que sí. Un hombre, un hombre joven…"

Dave había tenido una inspiración:

Por cierto , añadió, creo que tenía acento de griego…

En el teléfono de Dave sonó la línea dos.

"Un momento, inspector, está entrando otra llamada…"

La orden del inspector fue tajante:

"No la conteste. Ya le volverán a llamar. ¿Acento de griego, dice usted?"

La línea dos siguió llamando.

Dave había recordado lo bien que Jimmy Harris imitaba el acento griego de su abuela.

"Sí, inspector, griego. Antes, no me había fijado en eso."

La línea dos dejó de sonar. Dave tuvo otra idea:

"Inspector, tengo algo muy importante que decirle…"

"¿Sí?"

"Pedí hablar con mi mujer pero no pude hacerlo. Me dijeron que está inconsciente…"

"¿Inconsciente? ¿Cómo es eso?"

"Tiene una contusión en la cabeza."

"¿La golpearon?"

"No lo sé, inspector…"

"¿Y desde cuándo esta inconsciente?"

"Parece que desde que la raptaron…"

"¿Cómo? ¿Desde hace casi tres días? ¿Y cómo la están alimentando?"

"Tampoco lo sé, inspector."

"Qué barbaridad... ¿Y qué más le dijeron?"

"Que mañana entrarán de nuevo en contacto conmigo..."

"¿Cómo? ¿En qué forma?"

"No se lo puedo decir, inspector... lo siento."

"Si usted no nos dice, no le podemos ayudar, señor Sorensen. Tampoco a su esposa."

"Inspector, me insistieron de nuevo en que no entere a la policía..."

"Está bien. Lo dejaremos actuar. Pero sólo un día... o dos como máximo... Pregúnteles si están alimentando a su esposa de alguna manera..."

El inspector le ordenó al sargento que lo comunicara de inmediato con Lagrange.

"No está, inspector. Dejó dicho que regresaría a la una y media..."

"¿Sabe usted, sargento? Si Sorensen dice la verdad, su esposa puede morir en cualquier momento... Y así se explicaría la precipitación de los secuestradores..."

"Igual si hubiera muerto, podrían seguir pidiendo el rescate..."

"Tiene usted razón, sargento", dijo el inspector y consultó la hora.

"Creo", agregó, "que tenemos tiempo de ir a Sausalito para conversar con el señor Harris y estar de regreso a la una y cuarto o una y media en el Fairmont..."

La patrulla arrancó y tomó el *freeway* del Puente Golden Gate.

Apenas había colgado Dave el teléfono, cuando sonó una vez más:

"¿Señor Sorensen? Hablo de la estación KCBS... la llamada se cortó... Como usted sabe, en el *Petaluma Herald*..."

Dave se quedó callado.

"¿Haló? ¿Haló, señor Sorensen? ¿Me escucha usted? ¿Haló?"

Dave sabía ya cómo actuar en este caso, qué decir:

"Sí, sí lo escucho... Deberían ustedes aprender a respetar el dolor ajeno..."

"Tratamos de ayudar, señor Sorensen..."

"Cada palabra que se publique o se transmita, aumenta el peligro que amenaza a mi esposa... ¿es eso tan difícil de entender?"

"¿Peligro, señor Sorensen? ¿Quiere decir que su esposa ha sido secuestrada?"

En ese momento comenzó a sonar la línea dos.

"Espérese", le dijo Dave al reportero.

Era Jimmy Harris:

"¿Dave? ¿Dave Sorensen?"

"Sí, soy yo. ¿Qué quieres, Jimmy?"

"Primero que nada", dijo Jimmy, "saber si Linda ya regresó. Me dicen que en un periódico de Petaluma..."

"Mira: Linda no ha regresado. Pero espérame un momento. Tengo una llamada en la otra línea", dijo Dave, y volvió al reportero de la KCBS. También en esta ocasión Dave sabía qué responder:

"Si eso es lo que usted quiere saber, sí, sí, se encuentra secuestrada."

"¿Y se pide rescate por ella, señor Sorensen?"

Dave no dudó un instante en contestar:

"Sí. Quince millones de dólares. Pero por favor... por favor, ¿me entiende? No transmita nada de lo que acabo de decirle. La vida de mi esposa, le repito, está en peligro..."

Dave sabía que el reportero iba a hacer exactamente lo contrario de lo que le pedía.

"Entiendo, señor Sorensen, pero nuestro deber..."

Dave colgó la línea dos y volvió con Jimmy Harris:

"Te decía, Jimmy, que Linda no ha regresado. No está aquí."

"Dave, no entiendo nada. Escuchaste los mensajes que te dejé el viernes y el sábado en la grabadora?"

"¿El viernes? No había ningún mensaje. Escuché el del sábado y no entendí nada. ¿Qué querías decir con eso del plantón?"

"¿Cómo que qué quería decir? Que no pude ir a Half Moon Bay como me lo habías pedido…"

"¿Half Moon Bay? ¿Half Moon Bay? ¿De qué estás hablando?"

La otra línea comenzó a sonar.

"Sabes muy bien de qué hablo: de nuestra cita: quedamos en vernos el viernes pasado a las ocho de la noche en Half Moon Bay, en el Straw Flower Shopping Center…"

Al salir del Puente del Golden Gate, el inspector marcó el número de Jimmy Harris.

Estaba ocupado.

"Mientras más pienso en la actitud del señor Harris, más me extraña", dijo el inspector.

La patrulla tomó el camino que llevaba a Sausalito.

Dave le dijo de nuevo a Jimmy Harris:

"Tengo otra vez una llamada en la línea dos, un segundo…"

Tomó la línea dos y reconoció de inmediato la voz de Julie Simmons:

"Dave, dime: ¿qué ha pasado con Linda?"

"No lo sé, Julie. No sé qué pasa con ella. No sé qué pasa conmigo. No sé qué pasa con Jimmy Harris. Estoy a punto de volverme loco…"

"Pero, entonces… ¿eso quiere decir que Linda no ha regresado?"

"En efecto… Linda no ha regresado. Escucha, Julie, tengo una llamada en la otra línea. Te hablaré más tarde."

Dave volvió con Jimmy Harris. Sabía que la mejor forma de cortar una conversación telefónica, era interrumpirse a uno mismo.

Y así lo hizo:

"¿Jimmy? Escucha: te repito que no tengo la menor idea de lo que estás…", dijo, y colgó el teléfono.

Después, lo desconectó.

La patrulla recorría ya la principal calle de Sausalito, Bridgeway, cuando el radio le anunció al inspector que la Comisaría había grabado una conversación de Sorensen y Harris.

"Estaciónese, sargento, por favor, quiero oírla…"

Ambos la escucharon sin abrir la boca. Al final, dijo el sargento Kirby:

"¿Usted cree, inspector, que la comunicación se cortó, o que la cortó el mismo Sorensen?"

"No tengo la menor idea. Lo que sí pienso es que uno de los dos, o Sorensen o Harris, es un magnífico actor…"

La patrulla siguió su camino. Estaba a unas cuadras de la oficina de Jimmy Harris.

El inspector miró fijamente a Jimmy Harris en los ojos y le preguntó:

"¿Está usted seguro?"

"Claro que sí. Ni estoy loco, ni tendría por qué inventar algo tan fantástico, tan… tan absurdo… tan grotesco."

"¿Estaría usted dispuesto a desmentir, cara a cara, al señor Sorensen?"

Al inspector le constaba por lo menos la primera parte de la respuesta de Harris:

"Por supuesto que sí… Lo acabo de hacer por teléfono hace unos minutos. Lo haría mil veces."

"Señor Harris", dijo, "debo hacerle una pregunta de rigor. Le ruego no se ofenda. Puede no contestarla, si así lo desea. O contestarla y modificarla después… Dígame, ¿qué hizo usted la noche del viernes pasado 14 de abril?"

"Como ya le dije, inspector, la llamada del señor Sorensen me perturbó muchísimo. Decidí no ir a la cita y para calmarme me fui a caminar por San Francisco, sin rumbo fijo. Estaba yo solo en la casa, ya que mi esposa Dorothy, como también le dije, viajó a San Diego. Tomé unas copas por allí, y me metí al cine... Al Opera Plaza, a ver *Jefferson in Paris*... Luego me fui a escuchar jazz a algún lugar, no recuerdo cuál exactamente, de Powell Street... regresé a la casa como a las dos de la mañana, cuando ya la servidumbre se había retirado... Y eso es todo lo que puedo decirle..."

"¿Se encontró usted con alguien? ¿Vio a algún conocido?"

"No, a nadie."

"¿No tiene usted nada que agregar?"

"No, inspector, nada."

"Tiene usted un negocio fascinante, señor Harris... Supongo que le va muy bien..."

"He tenido mucho éxito, no puedo negarlo. Pero estamos pasando una pequeña crisis. Tenemos muchos clientes mexicanos que, con la devaluación del peso, han suspendido sus proyectos... Por ejemplo, tuvimos la cancelación de un hotel en La Jolla, de doscientas habitaciones, que íbamos a decorar... Fue un golpe muy duro."

"Pero esos mexicanos tienen su dinero en dólares aquí, en los Estados Unidos, no veo cómo les puede afectar la devaluación..."

"Yo tampoco, inspector, pero así están las cosas..."

El inspector se levantó y le preguntó a Harris:

"Perdone la pregunta, señor Harris, ¿es usted adicto a alguna droga?"

Harris enrojeció.

"No, inspector."

En el camino de regreso a San Francisco, el sargento Kirby dijo:

"Yo creo, inspector, que los dos, Sorensen y Harris, son magníficos actores..."

"¿Qué quiere usted decir, sargento?"

"Que tal vez... tal vez, los dos se pusieron de acuerdo para desaparecer a la señora Sorensen..."

"Permítame que le diga, sargento, que esa hipótesis es absurda."

"Usted me ha enseñado a no desechar ninguna teoría, por absurda que parezca...", se defendió el sargento.

"Pero esa teoría no se sostiene ni un minuto... Espere, tome Lombard Street, y baje por Van Ness Avenue, hasta el City Hall..."

La patrulla se dirigió a Lombard Street.

"No se sostiene porque, si fueran cómplices, se proporcionarían, mutuamente, una coartada... Dirían que habían pasado la noche juntos, de farra..."

La patrulla volteó a la derecha en Van Ness. Dos minutos después, el inspector dijo:

"Mire, mire, sargento: como lo sospechaba, es en el Regency I donde exhiben *Jefferson in Paris*... Vamos a ver ahora qué hay en el Opera Plaza..."

"Lo que sí me parece muy extraño es que el señor Harris no hubiera asistido a la supuesta cita con Sorensen. Si tanto lo perturbó la llamada de Sorensen, como nos dijo, ¿por qué entonces no fue a Half Moon Bay en lugar de ponerse a caminar como un loco, solo, por la ciudad? ¿O es que sí fue a la cita y no lo quiere decir? ¿Y por qué no querría decirlo, en todo caso?"

En el Opera Plaza exhibían *Bullets over Broadway*.

"¿Y eso cree usted que prueba algo, inspector?", preguntó el sargento.

"¿Qué? ¿Que Harris se haya equivocado de cine? No, no prueba nada. Cualquiera puede cometer el mismo error..."

"¿Lo dejo en el hotel Fairmont, inspector?"

"Sí, por favor. Apenas estoy a tiempo. Lagrange debe saber que se supone que su hija está inconsciente... Dudo que sea verdad. Pero si lo es, no podemos esperar un minuto más... algo tendríamos que hacer ahora mismo...", dijo el inspector.

La patrulla dio vuelta en *u* para bajar por Van Ness hasta California Street.

"Dos cosas, sargento", dijo el inspector, "Una, conseguir autorización para investigar el estado de las finanzas del señor Harris. La otra, concierne al automóvil del señor Sorensen. ¿Sabía usted, no? que es un BMW 850 color yema de huevo. No creo que haya muchos iguales en toda California. Es necesario preguntar si alguien lo vio, y en todo caso dónde, la noche del viernes."

"Pero… la señora Sorensen desapareció con su Daimler…"

"Usted hágame caso, sargento."

La patrulla dio vuelta a la derecha en California Street, rumbo al hotel Fairmont.

El inspector volvió a marcar el número de Dave Sorensen.

Hua-Ning contestó:

"Lo siento, el señor Sorensen acaba de salir."

Dave, en efecto, tras conectar de nuevo el teléfono había salido al aeropuerto a entregar el Neón rojo. No se olvidó de sacar del automóvil el control remoto de la cochera. Luego, tomó un taxi al taller de Pacific Street para recoger el BMW y llevarlo a la casa de Jones y Sacramento.

Lo recibió Hua-Ning, con la misma mirada de azoro que no la había abandonado desde el sábado en la mañana, para decirle que su prima se presentaría en la tarde. Dave sacó trescientos dólares de su cartera y le dijo que se los diera a su prima y le pidiera que se presentara dos semanas después. Quería estar solo, cuando menos en las tardes. Apenas Hua-Ning había salido, prendió el radio: era la hora del noticiero. Lo sintonizó en la KCBS. Una de las primeras noticias era la del secuestro de Linda. El periodista había grabado y editado la conversación que tuvo con Dave, de modo que Dave se escuchó a él mismo, contestando las preguntas de su entrevistador:

"Díganos, señor Sorensen: ¿su esposa Linda se encuentra secuestrada?"

"Sí, sí se encuentra secuestrada…"
"¿Y piden rescate por ella?"
"Sí, quince millones de dólares…"
Perfecto.

XVIII

UNA FORMA DISTINTA DE MORIR

Atrás de Dave colgaba de la pared el bello cartel diseñado por el célebre arquitecto escocés Mackintosh para *The Scottish Musical Review*. Era uno de los veinte *posters* originales que decoraban la sala de juntas de la agencia Robert Morrison y Asociados. A petición de Bob, Linda había comprado algunos de ellos en Immendorf Gallery, de Polk Street, donde los precios comenzaban en los mil o mil quinientos dólares por cartel: todos eran auténticos, de la época. Pero a Linda le daban buenos descuentos.

Entre los hallazgos que hizo Linda para Morrison, estaba el célebre cartel de Olivetti de los años 50, y el clásico de Lord Kitchener, el ministro de defensa inglés durante la primera guerra mundial, en el cual el bigotudo ministro señalaba con el dedo índice al espectador. La leyenda decía: "Tu país te necesita". Medio siglo más tarde, durante la guerra de Vietnam, había salido otro cartel en el cual un esqueleto, con el traje y el sombrero del Tío Sam, señalaba también al espectador, con su mano descarnada. La leyenda era la misma. Pero éste era un *poster* que Bob nunca hubiera tenido en su agencia. Bob era un patriota.

Cuando uno abría la puerta de la sala de juntas, era el cartel de Lord Kitchener el primero que se veía, colgado de la pared del fondo.

Dave no pareció darse cuenta de la entrada de Mildred, la jefa de medios masivos.

"¿Dave? ¿Dave?"

"Ah, sí, qué tal, Mildred, cómo estás…"

"Yo, muy bien, gracias. Me imagino cómo estarás tú, con lo que está pasando… Pero estoy siendo indiscreta. Bob nos pidió a todos que no mencionáramos el secuestro de Linda, para no molestarte… Perdóname."

"No hay nada qué perdonar. Por lo demás, me parece una excelente idea no hablar de eso, y te agradezco de todos modos tu interés…"

La sala de juntas era un espacio cerrado. Así la había planeado Bob Morrison, quien sostenía que el espléndido paisaje urbano y marino que se veía desde todas las ventanas de la agencia podía distraer la atención. La sala, decía, es un templo de la imaginación, de las ideas.

Tenía forma de un rectángulo de unos diez metros de largo por cuatro de ancho. En medio había una gran mesa ovalada, de color *beige*. Las paredes eran *beige* también, y *beige* la parte metálica de los veinte sillones acomodados alrededor de la mesa, cuyos asientos y respaldos acojinados eran de color salmón. Los carteles, colgados de todas las paredes de la sala, equidistantes uno de otro, rompían la monotonía con su colorido. Eran veinte carteles para veinte sillas. Ni uno más, ni uno menos.

Dave sacó de la bolsa de su saco un papel, lo desdobló y lo puso dentro de la carpeta verde que tenía frente a su asiento, sobre la mesa. Con la carpeta entreabierta, comenzó a leer una vez más, la vigésima tal vez, el mensaje:

Mi querido y muy pendejo señor Sorensen:

En ese momento entró Bob Morrison, seguido por Borden, Cohen y Stanley, tres de los vicepresidentes de la agencia. Bob le dio una palmada en el hombro a Dave. Borden, Cohen y Stanley se limitaron a decir "buenos días".

En pocos minutos, todos estaban allí. Y todos saludaron con afecto —los más con fingido afecto— a Dave, sin mencionar la desaparición de Linda. En la cabecera de la mesa, dándole la espalda al cartel que anunciaba el trasatlántico *Normandie*, que alcanzaba a verse entero por encima de su cabeza, se sentaba Bob Morrison. A su derecha y su izquierda, cuatro de los vicepresidentes de la agencia, dos de cada lado, incluyendo a Dave. Cada persona tenía asignado un lugar de acuerdo con su categoría: Mildred y sus asistentes, que eran los jefes de Televisión, Radio y Prensa. El ejecutivo de la cuenta y su asistente. El Director Creativo. El artista y el *copywriter* de la cuenta. El jefe de Tráfico. La secretaria que llevaría la minuta de la reunión.

Mi querido y muy pendejo señor Sorensen:
Tu mujercita, cabrón, para que te lo sepas,
está viva.

Y todo el mundo, también, tenía frente a él: una jarra con agua y un vaso, tarjetas blancas, dos lápices recién afilados —uno de ellos rojo— y cuatro carpetas, una encima de otra. Hasta arriba, una carpeta verde. Seguían una azul, una amarilla y una roja. No había, desde luego, ceniceros.

La carpeta verde tenía una etiqueta que decía:

"Investigaciones sobre el mercado de cosméticos de San Francisco y California. Recomendaciones generales sobre la estrategia publicitaria."

La azul: "Análisis de los medios masivos de San Francisco y California. Recomendaciones y presupuestos."

La amarilla: "Publicidad de la competencia. Muestras de anuncios de prensa y revistas. *Scripts* de radio y TV —Se complementarán con la audición de los primeros y la proyección de los segundos durante el curso de la reunión."

La roja: "Estrategia creativa. Nombre de la línea de cosméticos. Logotipo. *Slogan*. Enfoque general de la campaña publicitaria. Ideas individuales para TV, prensa, radio, carteles, correo directo, *billboards*, promociones especiales, etc."

Dave volvió a entreabir la carpeta verde y leyó:

Mi querido y muy pendejo señor Sorensen:
Tu mujercita, cabrón, para que te lo sepas,
está viva. ¿Te acuerdas del chingadazo que se
dio el pinche coche antes de caer al mar?

"Bueno, creo que podemos comenzar", dijo Bob Morrison.

Todo debía seguir un orden, pero nunca sucedía así. John Trattford, el Director Creativo, que hojeaba la carpeta roja, dijo:

"No me gusta el nombre *Olivia*… me recuerda a Olivia Newton-John… Tampoco estoy convencido de los nombres de los colores…"

Dave ya sabía que Trattford iba a reaccionar así. Un poco por envidia, un mucho por inseguridad.

"Quiero decirles a todos ustedes dos cosas. Una, que el nombre *Olivia* ha sido ya aprobado por el cliente. Otra, Trattford, que no te había comunicado, y es la más importante", dijo Bob Morrison, "es que entrevistamos a más de quinientas mujeres hispánicas y les dimos a escoger entre *Olivia* y otros tres nombres. *Olivia* ganó por un… ¿por cuánto, Rodríguez?"

"Por un 69 por ciento", contestó el aludido.

"¿No podríamos hablar antes que nada de la estrategia creativa?", preguntó Trattford.

"Todo a su tiempo", respondió Morris. "Primero tenemos que saber cuál es nuestro mercado."

Terence Milton, jefe de televisión, tomó la palabra. Atrás de él, colgaba en la pared el cartel de Dubo, Dubon, Dubonnet.

"Por supuesto, no seremos nosotros, porque no nos conviene, los que le digamos a Wilkins and Gamble que San Francisco no parece el lugar ideal para el lanzamiento de *Olivia*… Pero yo quisiera saber por qué no eligieron Los Ángeles. Aquí, en San

Francisco, la población asiática supera con mucho a la hispánica…"

"No sólo en San Francisco, sino en toda California: un 29 por ciento contra un 25 aproximadamente. Pero la honradez, Terence", protestó Bob Morrison, "ha sido el principio fundamental de esta agencia. Estuvimos de acuerdo en San Francisco, porque no descartamos la posibilidad de que *Olivia* se transforme en la línea de cosméticos de todas las minorías raciales de este país, con excepción quizás de los negros, y no nada más de la minoría hispánica. Es cuestión de analizar las reacciones del mercado…"

Dave volvió a abrir la carpeta y leyó:

Mi querido y muy pendejo señor Sorensen:
Tu mujercita, cabrón, para que te lo sepas,
está viva. ¿Te acuerdas del chingadazo que te
dio el pinche coche antes de caer al mar?
Pues con ese chingadazo la puerta se abrió y
tu mujercita salió volando, la pobre, del
del coche…

Dave pensó que estaba soñando. Tiene que ser una pesadilla, se dijo, mientras miraba, hipnotizado, el papel que tenía ante los ojos.

"¿Dave?… ¿Dave?"

Era Bob Morrison.

"Perdón, me distraje, Bob…"

Alguien comentó:

"Es natural."

"Mildred hablaba de la estrategia de televisión", dijo Bob.

Mildred Stanton le daba la espalda a un cartel de Alphonse Mucha, una de las joyas de la colección de la agencia. Dave pensó que Mildred, ya cuarentona y pasada de peso, pero aún muy guapa, debió parecerse a la mujer del cartel, Cismonda, cuando era joven.

Mildred continuó:

"Decía yo que todos los medios en español ya han sido evaluados, y hasta cierto punto resultan obvios. Pero no hay que olvidar que un alto porcentaje, nada despreciable, de chicanas, habla o cuando menos entiende bien el inglés. Ahora bien, de los tres canales en inglés que tenemos en la ciudad, KRON Canal 4 nos ofrece los mejores precios en los tiempos de mayor *rating*. O sea entre las ocho y las diez de la noche. Pero por otra parte KGO Canal 7 nos da unos descuentos muy considerables entre las nueve y las once de la mañana…"

"Nadie ve televisión a esas horas…", comentó Borden, vicepresidente.

"Es verdad. Nadie la ve, pero muchos *la oyen*. Ya sé que la televisión es para verse y que para oírse está la radio. Pero me he encontrado con un estudio que revela que las mujeres que trabajan en su casa, oyen no sólo la radio: muchas, más de lo que podemos imaginar, *oyen* la televisión mientras cocinan o lavan la ropa. Y todavía hay un alto porcentaje de mujeres chicanas e ilegales sin empleo. Por otra parte, muchas ayudan en la limpieza de otras casas, mientras las dueñas están fuera, y también *oyen* la televisión. Hay que recordar que, esas mujeres que hacen de sirvientas, forman parte también de nuestro mercado. Y de hecho tienen más poder adquisitivo que las que se quedan en sus casas… Por supuesto, también muchas *oyen* televisión en español…"

Mildred tenía razón. Dave hizo un esfuerzo para concentrarse en lo que quería decir. Tenía la sensación de que no podría articular una sola palabra:

"Okey, okey, repartamos el presupuesto: ni todo para el Canal 4, ni todo para el Canal 7…"

Todos asintieron.

Trattford volvió a lo suyo:

"Nadie ha hecho comentarios sobre el logotipo y el diseño de los envases…"

"El logotipo fue aprobado por el cliente", le informó Bob Morrison. "Me refiero al de las letras manuscritas, delgadas, color de rosa, fileteadas de oro, que diseñaste tú personalmente. Te felicito, al cliente le encantó…"

Trattford sonrió satisfecho.

"En lo que a los envases se refiere…"

Dave se había levantado ese día a las siete de la mañana. Chuck habló para saber si había noticias de Linda. Julie Simmons lo mismo. Ese día, el correo llegó un poco más temprano que de costumbre, y Hua-Ning lo subió. Había una factura del teléfono, una invitación del Museo de Arte Contemporáneo, la revista *Newsweek*, publicidad diversa, un comunicado para Linda de la oficina de impuestos…

Dave había levantado su taza para tomar otro sorbo de café, cuando descubrió el sobre. Era un sobre pequeño, blanco, un poco maltratado y algo sucio y en el cual, con una letra cuidada, ligeramente inclinada hacia la izquierda, estaban escritos su nombre y su dirección. No tenía remitente. Dave abrió el sobre. Adentro, escrita con la misma letra, estaba la carta que, en esos momentos, allí, en la agencia, volvía a leer por la enésima vez:

Mi querido y muy pendejo señor Sorensen:
Tu mujercita, cabrón, para que te lo sepas,
está viva. ¿Te acuerdas del chingadazo que se
dio el pinche coche antes de caer al mar?
Pues con ese chingadazo la puerta se abrió y
tu mujercita salió volando, la pobre, del
coche… Y yo que me echo al agua y que la
saco, toda empapada y noqueada. Sigue
noqueada, con los ojos cerrados, sin decir
una pinche palabra, sin moverse…

"¿Dave? ¿Dave? Despierta, Dave…"

Era, de nuevo, Bob Morrison, que esta vez tronaba los dedos. Al mismo tiempo sonreía como para quitarle peso al ademán.

"Sí, sí, Bob…"

Trattford decía en ese momento:

"Yo insisto en que los nombres de los colores de los barnices de uñas y de los lápices labiales tienen una importancia vital."

"Yo no opinaría lo mismo", dijo Borden, vicepresidente.

"Además," dijo Donovan, "los colores que sugirió Dave ya están aprobados por el cliente…"

"Eso es lo que me preocupa… No estoy seguro de que sean los adecuados. Por otra parte, hemos hablado ya del peligro que representa la asociación de Estée Lauder con Make-Up Art Cosmetics…"

"Bueno, pero Lauder sólo va a distribuir M.C.A. en Europa y Asia", dijo Rodríguez.

"De todos modos, hay que tener en cuenta que en Estados Unidos, M.C.A. tiene ciento sesenta tonos diferentes de lápices labiales, en siete terminados distintos…", insistió Trattford.

"Lo que quiere decir que *no* es nuestro competidor… al menos no por ahora… ¿Pasamos a otro asunto?", dijo Bob Morrison.

Trattford se puso rojo. ¿Rojo sandía? ¿Rojo atardecer? pensó Dave y, muy a su pesar, se sonrió.

Trattford adoptó una actitud conciliatoria:

"Bueno, no es que no me gusten todos. Pero por ejemplo, Rojo Managua, me parece… bueno… suena a color comunista."

"Te recuerdo que en el reportaje de *Time* decía que el color favorito de Madona, de los lápices M.C.A., es el Rojo Rusia…", dijo Donovan.

Dave se dio cuenta que era el momento de hacer una concesión.

"Sí, es cierto, pero Rusia ya no es comunista. Nicaragua tampoco, por supuesto, pero la palabra *Managua* da una idea de miseria… Creo que Trattford tiene razón. Debemos eliminar ese color… y estoy de acuerdo con Trattford en la importancia de los colores. Todos conocemos el enorme poder de venta que en su tiempo tuvo el Rosa Elizabeth Arden…"

"Todos los demás colores me gustan", se apresuró a decir Trattford, agradecido.

"Tomando en cuenta a la población nicaragüense de San Francisco, lo podemos sustituir por el nombre de una playa o una selva de Nicaragua", dijo Dave. "¿Qué tal...? es un poco largo, pero ¿qué tal les parece Rojo Solentiname?..."

La leyó muchas veces, incontables, mientras el café se le enfriaba. Se hizo varias cortadas al afeitarse. Una de ellas, bajo la nariz, le sangró profusamente, y dos gotas de sangre cayeron en el anónimo. No podía creer lo que le estaba sucediendo. Paró al fin la sangre con un *kleenex*, se vistió y salió rumbo a la agencia. Dejó el BMW en la casa y tomó un taxi al Distrito Financiero. Ya no quería saber nada del BMW. Le hablaría al abogado de Lagrange, Martin-Heuber, para entregarle las llaves y ponerlo a disposición de Lagrange. En el camino volvió a leer varias veces el anónimo que había colocado ahora en la carpeta roja, y que volvía a leer una vez más, allí, en la Agencia:

Mi querido y muy pendejo señor Sorensen:
Tu mujercita, cabrón, para que te lo sepas,
está viva. ¿Te acuerdas del chingadazo que se
dio el pinche coche antes de caer al mar?
Pues con ese chingadazo la puerta se abrió y
tu mujercita salió volando, la pobre, del
coche... y yo que me echo al agua y que la
saco toda empapada y noqueada. Sigue
noqueada, con los ojos cerrados, sin decir
una pinche palabra, sin moverse... Mi muy
pendejo señor Sorensen: necesito dinero.
Necesito los cabrones quince millones de
dólares, o te las vas a tener que ver con
la pinche policía...

La pobrecita. La policía. El golpe. El golpe en la roca. Dinero. Necesito dinero. ¿Alguien dijo Selena? ¿Alguien dijo si a Selena no la hubieran matado? La puerta. La puerta del coche se abrió.

Millones. Quince millones. Alguien dijo, sí, Cohen o Rodríguez, o Trattford: si Selena estuviera viva, ése sería el nombre ideal de los cosméticos: *Selena*. Salió despedida. Selena, Selena. Necesito dinero. Todo se confundía en su pensamiento porque quería, y le era imposible, pensar en dos, tres cosas distintas a la vez: ¿cómo cae el cuerpo de una persona inconsciente? Selena se pinta los labios con lápices *Selena*. Selena se pinta las uñas con barnices *Selena*. ¿Se caen las personas con los brazos abiertos? ¿Cayó así Linda en el mar, como un pájaro, como un avión en picada? O ¿cayó doblada, de espaldas, acurrucada? O ¿se movió en el aire como un espantapájaros y dio varias volteretas, cayó de nalgas, salpicó agua, levantó mucha espuma? ¿Cómo se ve una persona cuando cae en el mar desde un automóvil, de noche, a la luz de la luna llena? ¿La bufanda amarilla: se habría visto a contraluz como una larguísima cabellera? *Necesito dinero. Necesito los cabrones quince millones de dólares, o te la vas a tener que ver con la pinche policía…*

"Pero Selena está muerta y no hay nada qué hacer", dijo Stanley, vicepresidente. "Continúe, por favor, señora Ferguson…"

La señora Ferguson continuó:

"… entonces anoté los colores de *Maquiriche* de Lancôme que son: amatista, berenjena, ciruela pasa, durazno, bambú y gardenia…"

¿Todavía estamos hablando de colores?, pensó Dave, qué fastidio.

"Una revoltura de piedras preciosas, flores, frutas y verduras…", comentó Milton.

Y tú sabes, pendejo, cómo se las gasta la policía: ni se te ocurra avisarles de que te escribí, maricón, porque sales perdiendo hasta la cabrona vida. Escúchame, tienes que estar hoy a las doce treinta…

"… y de *Prescriptives*: calabaza, adobe, moka, cacao, chocolate suizo…"

… tienes que estar hoy, a las doce treinta…

"Todos comestibles, menos el adobe. Aunque yo no dudaría que algunos chicanos coman adobe", dijo Mildred, y Donovan y Rodríguez soltaron la carcajada.

Eso de *tienes que estar hoy a las doce treinta, a las doce treinta*, no sólo era algo que estaba escrito allí, en ese papel que Dave tenía en las manos. Era mucho más que eso. Era una orden. Una orden que no se podía ignorar. Una orden de alguien a quien no conocía y de quien nada sabía ni podía imaginar, para él, David Sorensen, para él y para nadie más en el mundo.

… en el teléfono que está en la
Calle 19 con Capp Street…

"Pero, señora Ferguson", dijo Caine, el jefe de prensa, que hasta entonces no había abierto la boca. Atrás de él estaba colgado un famoso cartel de fines del siglo XIX, que anunciaba el Anís del Mono. "¿Dónde tomó usted esas notas?"

"En Nieman Marcus…"

… a esa hora en punto, cabrón, te voy a
llamar para que recibas mis instrucciones.
Pero tienes que darte prisa, pendejo, porque
tu mujercita se me va a morir en cualquier
pinche momento…

"Nieman Marcus… Nieman Marcus: por favor, señora Ferguson: nuestra clientela potencial jamás pisa Nieman Marcus… ni la conocen… su sol nace y se pone en Mission…"

La señora Ferguson, jefa de tráfico de la agencia, se defendió: "Eso ya lo sé. Fue por comparar. También fui a Walgreen's y anoté los colores de otras marcas, por ejemplo Tropéz, que tiene barnices rojo coñac, rojo safari, fucsia crepúsculo y orquídea gentil, y Armatic: rojo ardiente, salmón plateado, malva elegante…"

… y si se me muere, pendejo, si se me muere, cabrón, ¿sabes qué voy a hacer, hijo de la chingada? voy a botar el cuerpo en una calle, con un papelito donde voy a contar cómo te vi, maricón, que la echaste al agua dentro de su coche a tu pobre mujercita. Aunque creo que de todos modos la voy a botar en la calle si no me das, pendejo, los quince melones en dos días.

"Bueno, le agradecemos a la señora Ferguson su esfuerzo", dijo Morrison. "Y pasamos ahora a ver la publicidad de la competencia… creo que todos la hemos visto, pero ahora la vamos a analizar con cuidado. Tenemos aquí anuncios y comerciales desde luego de Tropéz y Armatic, y también de Loreal, Max Factor, Revlon y Almay… ¿Dave? ¿Dave? Despierta, Dave…"

Atentamente,
Un amigo.

Dave despertó:
"Perdón. Perdón. No me siento bien…", balbuceó, se guardó en la bolsa del saco el anónimo y se puso de pie. "Ahora regreso…"

Dave se encaminó a la puerta en la cual estaba colgado el cartel de Etoile du Nord, Paris, Bruxelles, Amsterdam, la abrió y la cerró tras sí.

En el baño, vomitó un poco, se lavó después la cara y las manos, hizo varios buches de agua, se mojó el pelo y se peinó. Una vez en su oficina, sacó una Coca-Cola del refrigerador.

Tenía ganas de fumar y, por supuesto, lo iba a hacer aunque estuviera prohibido. Encendió un cigarro y utilizó la corcholata como cenicero.

Se sentó junto a la ventana y se puso a contemplar el puente de Oakland. Hizo, después, algunos anillos de humo. Cuando apagó el cigarrillo, se acostó en el largo sofá forrado de piel blanca donde había hecho el amor con Linda y cerró los ojos. ¿Qué hacía, qué podía hacer un hombre a media noche, y con ese frío, allí, junto a La Quebrada? Sólo una respuesta era posible: habían ya encontrado a Linda, y ésa era una trampa que le tendían Lagrange y la policía para que se delatara. Una burda trampa. No, no iría a Capp Street. No estaba loco, no se metería, él solo, como un imbécil, en la boca del lobo. Era una trampa... pero, ¿y si no lo era? Abrió los ojos y se quedó mirando el techo de la oficina... ¿Y si no era una trampa? ¿Y si sí había allí un hombre que lo vio arrojar el coche al mar? ¿Y si sí era verdad que con el golpe que se dio en la roca se abrió la puerta del coche y Linda salió despedida y el hombre la rescató del mar? Qué importaba lo que el hombre estuviera haciendo o no haciendo: lo que importaba es que estuviera allí. Y eso no era imposible. No, no era imposible. Podría ser un guardabosques, por ejemplo. De hecho, cada vez le parecía más posible. Y sabía que, si no iba, mañana, pasado mañana, cualquier día de la semana, Linda aparecería botada en una calle, viva, quizás, muerta, tal vez, con una nota para la policía prendida a su ropa.

Decidió sí ir a Capp Street. Estaba a tiempo: eran diez para las doce. Cuando caminaba rumbo a la sala de conferencias, se dio cuenta de una cosa: si de verdad Linda había salido despedida al abrirse la puerta, el agua habría inundado el Daimler y probablemente la tarjeta dorada American Express de Jimmy Harris no aparecería jamás.

Antes de regresar a la sala de conferencias, Dave quemó el anónimo. Las cenizas quedaron en el cesto de los papeles.

Se encontró con un *coffee-break* muy animado. Morrison estaba de un humor espléndido. La señora Ferguson se acercó a Dave y le dijo:

"Dave: hemos decidido seguirnos de largo, de modo que vamos a encargar unas *pizzas* para el almuerzo. Hay *pizzas* vegetarianas de corazones de alcachofa y hongos, otras de salami…"

Dave la interrumpió:

"No, gracias…", le dijo, y a Bob Morrison: "Me voy, Bob, perdóname, pero estoy agotado…"

"Claro, Dave, pero dime… ¿tienes cinco minutos nada más? Voy a mostrarte el comercial que se les ocurrió a Milton y a Trattford. Lo filmaron incluso. Es sensacional… El *slogan* desde luego se basa en tu idea, pero se aparta un poco… no es el orgullo de ser hispánica lo que tratamos de promover, sino el orgullo de ser distinta… A las hispánicas, a las chicanas, no les gusta que les llamen así. Todas están ansiosas de ser consideradas ciudadanas norteamericanas… Aunque, paradójicamente, al mismo tiempo, quieren ser distintas…"

La sala se oscureció, y en la pantalla se proyectó el comercial.

Se veía la espalda de un hombre de piel blanca. Lo abrazaba una mujer de piel morena clara, de la cual sólo se veían brazos y manos. Todo estaba en blanco y negro, salvo las largas, brillantes uñas de la mujer, que eran de color rojo… ¿rojo sangre?, pensó Dave. Sí, rojo sangre, como la sangre que le escurrió a Linda por detrás de la oreja. Las manos de la mujer recorrían la espalda del hombre, de arriba abajo, de abajo arriba, con frenesí. Lo abrazaban, lo apretaban, lo arañaban. Era evidente que se trataba del apogeo de un coito apoyado, en la banda de sonido, por los quejidos de la pareja. El orgasmo se alcanzaba en unos instantes, ya que el comercial debía tener una duración exacta de treinta segundos. Un corte, y se mostraba la línea de cosméticos. Aparecía el logotipo de *Olivia* y abajo de él, la primera parte del *slogan*, leído al mismo tiempo por el locutor: *Olivia… una forma distinta de ser.* Un corte, y aparecía de nuevo la espalda sudorosa y arañada del hombre. Descansaba y respiraba pesadamente.

Entraba en la pantalla la mano de la mujer que, con un lápiz labial... ¿rojo sangre? —sí, se contestó Dave a sí mismo, rojo sangre, como la sangre que le escurrió a Linda por el cuello—, escribía, sobre la espalda del hombre, la palabra *Olivia*... Aparecía entonces un letrero con el *slogan* completo, leído al mismo tiempo por el locutor : *Olivia, una forma distinta de ser... una forma distinta de amar...*

Bob Morrison aplaudió. Dave lo secundó, y le dijo que la idea no estaba *nada*, pero *nada nada* mal.

Bob Morrison estaba casi en éxtasis.

En el taxi que lo llevaba a la Calle 20 esquina con Capp Street, Dave pensó en el *slogan* de *Olivia: una forma distinta de ser, una forma distinta de amar*. Pero... ¿qué es una forma distinta de ser? Una forma distinta de vivir. Una forma distinta de gozar la vida. Una forma distinta de perderla. Una forma distinta de morir. Dave pensó, cuando le dio el golpe con la llave inglesa, que Linda iba a morir de una fractura en el cráneo. Después, cuando arrojó el Daimler al mar, creyó que iba a morir ahogada.

Pero Linda, por lo visto, había escogido una forma distinta de morir.

XIX

"ESCUCHA, PENDEJO... ESCUCHA"

En el teléfono de Capp Street y la Calle 19:

"¿Que qué carajos estaba yo haciendo allí? Nada, pendejo, nada. Es más: yo no estaba allí, ¿me entiendes, cabrón? Yo no estaba allí. Apréndetelo: no, no estaba allí. Nunca he estado allí, donde arrojaste al mar el coche de tu mujercita, con todo y tu mujercita adentro. No, yo no vi nada, cabrón. Yo estaba en mi casa, durmiendo la mona. O viendo la televisión. O cogiéndome a mi mujer, porque sabrás, hijo de la chingada, que yo sí quiero a mi mujer, yo no la quiero matar, no la quiero fría en su tumba, la quiero caliente en mi cama. Tiesa no la quiero, no, sino moviendo las nalgas. No, yo no vi nada, cabrón. Yo estaba lejos, muy lejos de allí. ¿Dónde quieres que yo estuviera? Tú escoges, pendejo, yo estaba en Nueva York. Yo estaba en París, no faltaba más. Yo estaba donde tú quieras que haya estado y no vi cómo empujaste el coche, cómo el coche cayó y se golpeó en una roca antes de caer al mar. No lo vi. Pero que yo no lo haya visto y no le cuente a nadie, ni a la policía ni a mis cuates lo que no vi, eso tiene un precio, cabrón, eso te va a costar sangre, y sobre todo te va a costar muchos dólares, tantos, como los que pensaste que te ibas a embolsar, pinche iluso. Así que en eso quedamos: Yo lo soñé, yo me lo imaginé, porque tengo una imaginación que ya la quisieras tú para los días de fiesta, cabrón, y así como lo soñé, así lo inventé: inventé, soñé, que cuando el coche se golpeó con la roca, se abrió una de las puertas y tu mujercita salió volando y cayó en el mar. De hecho, ¿sabes qué, hijo de la chingada? Yo no te estoy hablando ahorita, tú me estás imaginando, tú me estás inventando. Me estás soñando, qué pinche pesadilla más cabrona, ¿no? ¿no, cabrón? y te vas a despertar en tu camita y te vas a dar cuenta que no ha pasado nada, que tu mujercita está muy tranquila abajo del mar y tú como si nada, preparando una pala para recoger los dólares, ¿eh? Ah, ya lo quisieras, ¿verdad? Ya quisieras que deveras fuera un sueño, por más feo que fuera, ¿verdad?, ¿verdad pendejo?, ¿verdad que sí? Lamento decepcionarte, cabrón, pero te voy a decir: si tu mujercita no tenía la piel de gallina, fue porque estaba dormida, la pobrecita, o más que dormida, noqueada, inconsciente, porque por lo demás hacía un frío de la chingada esa noche, te has de acordar muy bien, y el agua pues ya te imaginarás, estaba peor de helada, lo sé porque en cuanto vi que tu mujercita salía volando como un angelito medio pendejo, me eché al agua con todo y zapatos para rescatarla, cabrón, soy un ciudadano consciente que eché el resto en Vietnam, soy si quieres un alcohólico y hasta drogadicto, cabrón, lo que quieras, pero no soy un asesino, maté vietnamitas en la guerra por la guerra, por comunistas, por rojos, pero no fue nada personal, y sí fue en defensa personal, no había de otra, o los chingaba o me chingaban, pero a los que maté no les vi la cara y menos supe cómo se llamaban, por lo demás nunca he matado a nadie y menos con premeditación y alevosía, a ti podría matarte a chingadazos porque todavía estoy fuerte, pero no tengo por qué hacerlo, y además porque te necesito vivo, vivo, cabrón, vivo… nunca he matado ni a una pinche arañita, ni un pájaro, a los ciempiés les perdono la vida, a las moscas no más las espanto y les abro la ventana, a las ratas las agarro de la cola y las echo fuera, habré sido pobre toda mi vida, pero no le hago daño a nadie, a ti sí, cabrón de cabrones, porque quisiste matar a tu mujer y para qué, pendejo, por unos cuantos pinches millones de dólares que ahora van a ser para mí, para mí, ¿te das cuenta? para un pinche cabrón al que nunca has visto en tu chingada vida, ni vas a volver a ver nunca después de que me veas, y mientras tú estés allí lamiéndole el culo a tus patrones para siempre, yo me voy a comprar unas cajas de champán y me voy a bañar a Cancún y a brindar por la memoria de tu mujercita, la pobre, que con morir me va a hacer tanto beneficio, sí, ya quisieras que yo no hubiera estado allí esa noche, ¿verdad, cabrón? ya quisieras que yo no existiera, pero existo, estoy aquí, al otro lado de la línea, y mi voz no te la imaginas, no la inventas, ya quisieras, pero no: mi voz es mi voz, ¿la oyes, pendejo? claro que la oyes, quiero los quince millones de dólares, los quince melones completitos, en billetes de a cien usados, bien usados, no numerados, ¿me oyes, cabrón? y luego a ver qué le dices tú a la policía de cómo los perdiste, de cómo se hicieron humo, aire, polvo, mierda, esos quince millones, a ver qué les dices, a ver si vas fraguando lo que les vas a decir, cabrón, pero tienes que darte prisa, meter todo el acelerador, porque tu mujercita se va a morir de un momento a otro, mañana, pasado, dentro de media hora y solita, solita se va a morir sin que yo le busque la muerte, porque la muerte ya la trae dentro y de un momento a otro le va a aflorar a la piel y a los labios que ya se le están poniendo morados, tan morados como tenía la piel, pobrecita, cuando la saqué del agua y la llevé a la casa y entre mi mujer y yo la desvestimos para secarla y calentarla, qué chula mujer, hay que reconocerlo, está buenísima, le fuimos quitando la ropa, el brasier, las pantaletas, quedó desnudita la pobre y para que entrara en calor le dimos un buen masaje, a mí claro se me paró la verga pero ni modo de hacer nada, le dimos su masaje en los pechos también y en las nalgas y ella casi ni respiraba, encendimos la chimenea y la cubrimos con frazadas hasta que le fue volviendo el buen color, ¿y quién nos va a pagar todo ese trabajo y todos esos cuidados a mi mujer y a mí? pues tú, cabrón, gracias a nosotros está viva, aunque muy callada, durmiendo bastante tranquila, como soñando, como si se fuera a despertar en cualquier momento, ¿me entiendes, cabrón? Y ahora te voy a decir una cosa: es mentira lo que te dije que yo no estaba allí, yo sí estaba allí, yo, ¿me entiendes, pendejo? yo tu amigo, yo tu cuate, y si te llamo amigo y cuate no es pura hipocresía, nomás tantita, porque por amigo te digo que lo que más te conviene hacer, y ya, pero ya, es conseguir esos dolaritos, no me digas que tú no tienes un centavo, y que es tu suegro el del dinero, eso me importa un carajo, no me lo digas, díselo a tu pinche suegro, dile que si no suelta la lana, si no la suelta, su hijita del alma se va a morir, solita ella, por su cuenta, o, si es el caso, con una ayudadita que le voy a dar, muy pequeña pero efectiva, porque como yo te digo, soy incapaz de matar a una pinche hormiga aunque me pique, a los piojos les perdono la vida, a los policías no se diga, a pesar de que tanto me han jodido en la vida sería yo incapaz de matar a un policía, incapaz de matar a nadie, ¿me oyes, pendejo? incapaz de hacer lo que tú hiciste, por la simplísima razón de que tú eres un asesino y yo no, tú eres un cabrón desalmado y yo no, yo soy un hombre de paz y de la naturaleza, yo no mato animales para comer, no como cadáveres, soy vegetariano, ¿cómo crees que yo pueda matar a alguien de un balazo, acuchillarlo, echarlo al mar en su automóvil?, eso sólo tú y la mujer esa de Carolina del Sur, la desnaturalizada que asesinó a sus dos hijitos, pero cuando las cosas son necesarias, son necesarias, como en el caso de tu mujercita Linda Sorensen o como se llame, como te llames tú, cabrón, escúchalo bien, pendejo, y díselo a tu suegro muy claro, pero muy claro, en su caso nomás tengo que quitarle el tubo de plástico y el embudo con los que la estamos alimentando, con lo que le damos su lechita, sólo me basta quitarle el tubo y el embudo para que solita ella, solita, se muera en unas horas, yo calculo, sin violencia de mi parte, sin que tenga yo que clavarle un cuchillo en el corazón o destrozarle el cráneo con un martillo, ¿me entiendes? nomás la desconecto de la realidad, como se desconecta una lámpara, así de sencillo, ¿me entiendes? pues que también lo entienda tu suegro, cabrón, dile que así nomás, sin violencias, sin golpes, su hijita del alma, que ya está enfilada hacia la muerte, sin sangre, sin cuchilladas, sin desmadres, se nos va a pelar y en cuanto esté muerta de todo a todo, ya te lo dije en mi carta, muerta de pies a cabeza, la vamos a botar en una calle o en una carretera, con una nota en la que voy a contarle a la policía cómo es que yo estaba allí a la orilla del mar la noche de ese viernes 14 de abril y vi, cabrón, cómo llegaste en el coche, cómo te bajaste y lo empujaste y todo lo demás y cómo yo me eché al agua porque eso sí que al agua no le tengo miedo, aprendí a nadar desde siempre, en los ríos del Vietcong yo nadaba entre los cocodrilos, y cómo la saqué del agua, estaba suavecita, dócil, me eché sus brazos al cuello y salimos los dos así abrazados y yo con un frío de la chingada por culpa de esa agua helada, ¿quién me va a considerar por la pulmonía que casi pesco?, ¿quién me va a compensar por esa gripa que sí agarré, o que mejor dicho me agarró por el cuello, la pinche gripa que casi me tumba en la cama?, casi no te puedo hablar, cabrón, de lo ronco que estoy, ¿quién me va a pagar todo eso? todos mis esfuerzos: la saqué del agua, la tendí en la arena, le di el beso de la vida, cómo gocé el beso de la vida y vi que ya le latía el corazón, que ya respiraba, me la llevé cargando, ¿quién carajos me va a pagar todo eso? pues tú y tu suegro, hijo de la chingada, tu suegro que quiere a tu mujercita viva, tú que la quieres muerta, o nada más tu suegro, total, el que sea el más rico y el más pendejo, pendejo será tu suegro de todos modos, lo mismo si suelta los quince melones que si no los suelta, pero más pendejo serás tú si no lo convences, porque entonces te voy a denunciar y serás tú y no tu cabrón suegro el que va ir a parar con sus huesos a la cárcel, ¿me oyes, pendejo?, ¿registras bien?, ¿no te vas a olvidar? eres tú el que va a ir a parar con sus huesos a la cárcel, tú el que van a condenar a muerte por asesinar a tu mujercita, ¿registras?, ¿registras, pendejo? y escúchame,

escúchame pendejo de pendejos: ¿qué te importa qué carajos estaba yo haciendo allí a la orilla del mar a las once de la noche? ¿Quién eres tú para pedirme explicaciones y yo para dártelas, maricón? adivina, cabrón, adivina si quieres saberlo, te doy a escoger: yo estaba allí haciéndole poemas a la luna, porque habrás de saber que así como soy onanista y mariguano, también soy poeta, a ver, escoge, pendejo, cuál de las tres cosas estaba yo haciendo cuando vi que un coche se detenía a la orilla del risco: si es que yo me estaba masturbando y me interrumpiste, cabrón, se me jodió la puñeta, se me encogió la verga de ver cómo se bajaba un cabrón del coche para empujarlo, o si tú quieres estaba yo dándome unos toquecitos de mariguana y tuve que apagar el cigarrito para que no me vieras mientras yo te veía empujarlo hasta la orilla, estaba yo tan cerca, huevón, que nomás hubiera cambiado un poco el viento te hubiera llegado el perfume de mi Acapulco Gold, tan cerca estaba yo de ti, cabrón, que nada más porque jadeaste tanto no escuchaste mis respiros, o si quieres estaba yo haciéndole un poema a la luna cuando te vi que al fin pudiste echar el coche al mar, y no estaba yo tan cerquita, te estoy contando puras mentiras nada más por el gusto de que te las tragues y se te seque la boca, cabrón, ¿cómo iba yo a poder salvar a tu mujercita, echarme al agua, si hubiera estado tan cerca de ti, pendejo? no, yo estaba abajo, en la playa, y me interrumpiste el poema que estaba yo haciendo de memoria, se me olvidaron los versos, y esos versos ¿quién me los va a reponer? te vendo su ausencia, pendejo, te vendo su pérdida por quince millones de dólares, menudo salto que di cuando el coche se dio el chingadazo en la roca, menudos ojos que abrí cuando vi a tu mujercita dando de volteretas en el aire como si fuera de trapo, que si estoy cagando en el mar como me gusta hacerlo, capaz de que se me ahorca y me paro sin limpiarme con la espuma del mar como me gusta, capaz de que me echo al agua con los pantalones bajados hasta el tobillo, si seré pendejo, si seré pendejísimo, cómo no pensé que con esa agua helada me podía dar un calambre y me hubiera ahogado agarrado a tu mujer y nos hubiéramos ido los dos juntos, abrazados, hasta el fondo del mar, y allí estaríamos los dos juntos a estas horas, mordisqueados por los pescados o a lo mejor flotando, pero juntos también, y entonces no te estaría hablando yo ahora ni tú me estarías escuchando, cabrón, con la boca abierta de la pinche sorpresa y el culo fruncido del cabrón susto, me hubiera muerto yo pobre como siempre he sido, pobre de solemnidad y tú hubieras vivido millonario, cabrón, millonario paseándote por el mundo, botando la lana, botando el dinero que casi le cuesta la muerte a tu mujercita y que de todos modos le va a costar la muerte, porque tú la vas a matar, ¿verdad, cabrón? tú la vas a matar si alcanzas a verla viva cuando vengas con los millones, ni creas que yo me voy a manchar las manos con la sangre de nadie, desalmado cabrón asesino, cabrón y pendejo, y todavía te atreves a preguntarme qué cosa hacía yo allí a esas horas, te di a escoger, pero claro que así como yo puedo hacer dos cosas al mismo tiempo, o hasta tres, tú escoges también: o me estaba masturbando, o fumaba mariguana, o le hacía poemas a la luna, o me estaba masturbando y al mismo tiempo componiéndole poemas a nuestro satélite, o no me estaba masturbando pero sí fumaba mariguana para inspirarme más mientras le hacía sus cantos a Selene, Selena no, pendejo, no te vayas a confundir, Selene es la luna a la que tanto quiero y que la otra noche, de eso te has de acordar muy bien, pendejo, salió en el justito momento en que tú llegaste al despeñadero, nada más que para alumbrarte, nada más que para gozar, la cabrona luna, del espectáculo que nos diste a los dos, aunque de no haber habido luna, yo te hubiera visto, cabrón, porque tengo los ojos afilados para la oscuridad desde que era niño, o estaba yo masturbándome y fumando mariguana sin hacerle poemas a la luna, o estaba yo, si quieres, y para que no te esfuerces tanto en pensar, estaba yo haciendo las tres cosas al mismo tiempo: masturbándome, fumándome una colilla de mariguana, y haciéndole cantos a la luna, el caso es, el caso fue, que yo estaba allí para verte y te vi, que yo estaba allí para oírte, y te oí, me mandó la casualidad, me mandó la Providencia, me mandaron las dos para descubrirte y que tu crimen no quedara sin castigo, para que no nada más así sin más ni más huyeras de la justicia humana y te largaras con los bolsillos reventando de dólares, pero tendrás, cabrón, que agradecerme que de los males el menos, te escogí el menor de los castigos, y es que sigas vivo y sigas libre, pero que ese trozo de vida, lo que el destino o Dios o los dos te permitan vivir, y esa libertad, te cuesten carísimos, quince millones de dólares, pero por lo que me dices, hijo de la chingada, suerte de cabrón, ni siquiera te va a costar a ti, sino a tu pinche suegro, suerte de pendejo, dale gracias a Dios y dame gracias a mí, que es por mí y nadie más que seguirás vivo y ahora escúchame, escúchame bien, pendejo: voy a colgar, ya te hablé bastante con el peligro de que localizaran el teléfono del que te estoy hablando, pero aunque sé que eres un pendejo de tomo y lomo, no lo serás tanto, no serás tan pendejísimo como para haberle dicho a la policía cuál es el teléfono al que iba a hablarte, ni la policía tampoco tan pendeja como para seguirte, me consta que no te han seguido, tengo mis espías, y ahora te digo, toma nota, pero no por escrito, pendejo, toma nota de memoria: a las cinco y cuarto de la tarde vas a llegar a donde se cruzan San Jose Avenue y San Juan Avenue, exacto donde comienza el Parque Balboa, allí dejas el coche y caminas de frente hacia el oeste, cruzarás el parque y vas a buscar allí mismo en San José Avenue un teléfono público, el primero que encuentres a la derecha o a la izquierda, allí te voy a hablar entre las cinco y media y cuarto para las seis, ponte buzo, que no se te pase el teléfono, puntualito, cabrón, no me vayas a fallar, ¿me entiendes? no falles, mientras tanto, pendejo, ves a tu cabrón suegro y le sacas los millones de dólares que quiero, los quince, ni uno más ni uno menos, no me interesan dieciséis millones, no me interesan catorce, me gusta el número quince, como verás no soy más ambicioso de lo que tú eres, pendejo, pero sí más vivo, sí mucho más inteligente, porque yo no me ensucio con sangre ajena, yo no herí, yo no asesiné, yo nomás vi y oí, pero de ver y oír me voy a hacer rico, no sé ni qué carajos voy a hacer con tanto pinche dinero, voy a hacer un papalote de dólares para que mi dinero ande por las nubes, voy a hacer barquitos de papel con los dólares para que mi lana viaje hasta China o hasta la chingada, voy a usar los dólares para encender mis puros como en las películas, me voy a limpiar el culo con billetes de a cien dólares, y mientras qué vas a hacer tú, pendejo, vas a perder hasta los calzones, te quedaste sin mujer, te quedaste sin dinero, te quedaste sin mujer, sin dinero, sin orgullo y sin vergüenza, pobre pendejo, ándale vete corriendo a ver a tu suegrito y dile lo que te dije: que si no suelta la lana voy a botar a su hija, muerta, en la calle, así sea que se nos muera sola sin pedirnos permiso, o que la ayudemos un poco, dile a tu suegro, sí, dile que la voy a botar desnuda como vino al mundo en su traje de Eva, al fin y al cabo los pinches muertos no tienen frío, díselo así nomás, que de un jalón le vamos a quitar el embudo y el tubo con que la estamos alimentando, o mejor dicho medio alimentando porque últimamente está vomitando un chingo, la pobrecita, no más la vieras, así tan dormida como está, cómo respinga y tiembla toda cuando vomita, y hasta pestañea como si se fuera a despertar, pero no, qué carajos va a despertar, tu mujercita va derechito a la muerte, dile a tu suegro que hay que llevarla al hospital aunque de todos modos la encontrará muerta, porque tú la vas a matar, mejor dicho no la va a encontrar nunca porque tú la vas a desaparecer, dile a tu cabrón suegro que ya nos cansamos mi mujer y yo de hacerle de pilmamas, que para sustos ya está bien, que el pinche tubo se le sale a cada rato y tenemos que metérselo otra vez, que ya nos fastidiamos, carajo, de lavar su porquería, porque aunque cada vez caga menos todavía caga, y que a lo mejor vamos a ensayar a alimentarla por el culo con lavativas de leche y huevos, pero que eso ya no es vida, ni para ella ni para nosotros, que se apure, el cabrón, que reúna los dólares hoy mismo porque los quiero para pasado mañana tempranito, luego te voy a decir cómo me los vas a entregar, no se te olvide, cabrón, a las cinco y media caminas hoy por San José Avenue y después que cruces el Parque Balboa encontrarás el teléfono, hasta luego, cabrón, puntualito, hijo de tu madre…"

En un teléfono en San José Avenue, situado entre el Parque Balboa y Mount Vernon:

"Así me gusta, puntualito, pendejo, se ve que estás que te cagas de miedo con el agua al cuello, qué digo al cuello: con el agua al culo… cómo, ¿cabrón? ¿cómo? ¿qué escucho? ¿cómo carajos dices? ¿que tu pinche suegro no suelta la lana, el pendejo? el es más, pero mucho más pendejo que tú, pendejos los dos sumados al cuadrado son la pendejez en cuatro patas, mira, mira, escúchame y dime cómo te quieres morir, ya sabes, hijo de la chingada, que aquí en California puedes escoger, fíjate nada más qué cabrón privilegio, escoger, sí, escoger cómo te quieres petatear, igualito que si te fueras a suicidar, pendejo, y te pusieras a pensar y ahora cómo, con un tiro en el hocico o con veneno para las cucarachas, o mejor como si te dijeran de qué te quieres morir, de cáncer en el culo o de sida, tú dices, tú escoges, con la diferencia de que entre las dos muertes que te van a dar a escoger, cabrón, las dos son humanas, muy humanas, qué suerte de cabrón, mucho más humanas que la muerte que tú le dedicaste a tu mujercita y casi tan humana como la que yo le voy a recetar a ella en caso necesario: te van a decir si prefieres gas, o si mejor te gustaría morir de una inyección, ¿cuál muerte prefieres, cabrón? velo pensando porque de ésa no te escapas, o te matan sentadito en una silla, amarrado y con gas, o acostado en una camita, muy a gusto, con una almohada y tus cobijas para que no te dé frío cuando te vayas enfriando. Sentado, vas a sentir el olorcito del gas, o a lo mejor ni olor tiene, pero vas a escuchar el ruidito que hace al entrar en la cámara aunque a lo mejor tampoco ni ruido hace, pero te vas a comenzar a marear un poquito como

264

si te hubieras tomado unos tragos y estuvieras a medios chiles, pero van a ser tragos muy amargos, porque de repente te vas a dormir como si te hundieras en un pozo, cabrón, y te vas a despertar en el infierno, o te van a amarrar a la cama para que no hagas aspavientos pendejos y rompas la aguja, y vas a sentir cómo te frotan el brazo con un algodón con alcohol o a lo mejor no te frotan con nada porque si te pasan una infección te vas a morir antes que ella, pendejo, te vas a morir todito entero, ¿cuál es el caso pues de hervir una jeringa si ni aunque te inyectaran el cólera te salvarás, pendejo, y de todos modos con cólera o sin cólera te vas a zurrar del pinche miedo, cabrón?, y verás primero cómo tu sangre entra en la jeringa para ver si así te picaron le vena, aunque a lo mejor no te dejan ver la chingada jeringa, pero si la ves verás cómo el veneno te entra por la vena, qué digo la vena, verás cómo la muerte te entra gota a gota hasta el alma, y lo mismo, te vas a marear, te va a dar sueño, te va a dar náusea, pero cuando te des cuenta ya no te vas a dar cuenta de nada y lo mismo, te vas a despabilar en el infierno, así que de una vez ve pensando cuál muerte es la que prefieres, si gas o inyección, y no te hagas ilusiones, porque aunque pasen seis meses o seis años, la cola que vas a hacer para comprar tu boleto, es la misma, y termina en el mismo sitio: en la cámara o en la jeringa, aunque a lo mejor te da tiempo para escribir tu historia, para escribir cómo echaste al mar a tu mujer, cabrón, yo puedo ayudarte, yo que soy poeta y novelista, y te vas a hinchar de dólares pero ya no te van a servir sino para mandar hacerte un sepulcrote con tu nombre en letras de oro, así que córrele y dile a tu suegro, pendejo, cuando digo pendejo me refiero a los dos, que tu mujercita tiene una calentura del carajo, que le pusimos el termómetro y que tiene cuarenta grados, eso en la axila, en el culo cuarenta y uno y está que se nos va, que urge llevarla a un pinche hospital, ¿ah, sí? ¿conque el viejo chingado quiere hablar conmigo? qué cabrón honor, sí, dile que sí, pendejo, que cómo carajos no, que cuando guste, hijo de la chingada, con tal de que sea hoy, fíjate bien y memoriza cada puto dato que te voy a dar, pendejo: hoy a las ocho de la noche, tu suegro y tú, si vienen en coche, se van a bajar de él, ¿tomas nota, pendejo? ¿memorizas? ¿registras? en el City Hall y van a subirse a un autobús que los lleve a Union y Van Ness, donde hay un teléfono, y allí van a recibir mi llamada, no quiero hablar contigo, ¿me entiendes, hijo de tu madre?, ¿me entiendes? sólo quiero hablar con él, pero te adelanto que le voy a decir que tú y nadie más, ni él, ni la policía ni nadie, me tiene que entregar los millones: sólo tú en persona... y ¿sabes cuándo y cómo? memoriza bien, cabrón: hoy es martes 18, el jueves 20, te vas a ir a las seis de la mañana con los dólares al estacionamiento Ellis O'Farrell que está en Ellis Street casi esquina con Market, ¿registras? el jueves 20 a las seis de la mañana en Ellis y Market, si tienes como me imagino, cabrón, un coche elegante, un Jaguar o un Mercedes, mejor lo dejas en tu pinche casa y alquilas un coche como cualquier otro, y con él estás a la hora que te digo en el pinche estacionamiento, que está abierto todo el día y toda la noche y te estacionas en el último piso, ¿registras, huevón? hasta el último piso, aunque todos los otros pisos estén vacíos, lo estacionas y te sales del coche y me esperas junto a él, y de ti depende que no te siga nadie, cabrón, tengo mis espías como te dije y llevas los quince melones completitos, y ya después te llevaré a donde tengo a tu mujercita, para que, si está muerta, nomás la entierres, pendejo, con la misma pala con la que ibas a recoger los dólares y, si no está muerta, para que la mates, ya te dejaré solo con ella nada más que cinco minutos ni uno más para que la ultimes, pero no quiero violencia ni sangre, ¿me entiendes hijo de la chingada? por eso te voy a sugerir ponerle una almohada en la cara, tengo una almohada con una funda de encajes y perfumada, para que tu mujercita tenga una muerte apacible y olorosa... tú dirás, cabrón... y bueno, hasta aquí llego, hoy pues a las ocho de la noche, con tu pinche suegro..."

En una caseta telefónica de Van Ness Avenue casi esquina con Union Street:

"¿Señor Lagrange? ¡Señor Lagrange! ¡Qué pinche privilegio! No lo va usted a creer: ésta es la primera vez en mi vida que hablo con un millonetas... Pero vamos al grano, hijo de la chingada, que ni usted ni yo estamos para perder el tiempo. Para usted, pinche viejo, el tiempo es oro, para mí, es billetes, ciento cincuenta mil billetes de a cien dólares, que es como si ya los tuviera contados, escuche, señor Lagrange, que tampoco estoy para gastar más saliva de la que ya he gastado con su pendejo yerno, escuche, escuche muy bien y muy rápido: yo tengo a su hija, yo la secuestré, después le cuento cómo, la traje a mi casa, y escondí el pinche automóvil, pero como tuvimos que calmarla cuando se nos puso al brinco, pues parece que se nos descalabró, la pobrecita, y está dormida, noqueada más bien dicho, la hemos estado alimentando con un tubo y un embudo, pero últimamente le ha dado por escupirlo y vomitar la leche, la otra vez le pusimos una lavativa para alimentarla por el culo, y nos hizo un estropicio, y la verdad, mi mujer no está para lavar sábanas y cagaderas, y ya nos estamos cansando, además, quien deveras no tiene tiempo ya, es su hija, la pobrecita, que está ardiendo en calentura y creo que se nos va a morir de un momento a otro si no la llevamos a un hospital, mejor dicho, si no la lleva usted, pero para llevarla, tiene primero que tenerla, viva, y para que la tenga viva, yo tengo que tener mis millones... ¿me oye? ¿me oye, señor Lagrange? ¿está usted en la línea?... bueno, el caso es que si no la rescata pronto, su hija se nos muere, se nos muere sin remedio, claro que yo no soy ningún pendejo y si se muere, no se lo voy a contar porque usted no se va a gastar quince melones de dólares en un cadáver, no me interrumpa, no me interrumpa, viejo cabrón, que si no tengo la lana, usted no volverá a ver viva a su hija, muerta quizás sí, porque si no se muere sola la muero yo y después pienso botarla en la calle, desnuda, porque de otra manera si está viva, se la entrego bien arropadita, carajo, ya se lo dije, se está muriendo, está inconsciente, ¿cómo chingados quiere usted hablar con ella…? y una cosa más, cállese y escuche, viejo avaro, no juegue con la vida de su hija, una cosa: el que me tiene que entregar su dinero es su pinche yerno, nadie más, ni la policía ni usted, ¿me entiende? ¿Dije una cosa? son dos cosas, la otra es que cuidado la policía siga a su yerno o cuidado traten de aprehenderme, tengo mis cómplices y lo que no haga yo se encargarán ellos de hacerlo: no volverá usted a ver viva a su hija, nunca, nunca, ¿me entiende? y ni una palabra más, dije ni una: o su yerno me da el dinero, completito, el jueves muy temprano, o ya sabe usted a qué atenerse, cabrón, no se lo voy a repetir… pero lo que sí le repito es que quiero la lana el jueves tempranito, así que usted se la tiene que dar sin falta a su yerno mañana a más tardar, a ver cómo le hace… adiós, señor Lagrange…"

XX

LA GALLINA CIEGA

Tener una venda en los ojos fue para Dave, desde niño, una de las cosas, quizás la única, que lo aterrorizaba. No era miedo a la oscuridad: dormía con la luz apagada y Mamá Cuca solía tener cortinas oscuras para los largos días del verano, cuando la luz del sol se ocultaba, en Londres y otras ciudades en las que habían vivido, más allá de las diez de la noche, para aparecer de nuevo a las cinco de la mañana. Pero esto tenía a Dave sin cuidado. Lo que no soportaba era que le vendaran los ojos, por ejemplo, para jugar a la gallina ciega. Se sentía indefenso, ciego, como la gallina del juego. Le parecía que de pronto se había quedado sin la vista para el resto de su vida. Incluso tenía la extraña sensación de que había nacido ciego y de que no conocía el mundo, la luz, los colores. Se sentía, también, objeto de la burla de los demás. Sabía que cuando estaba vendado sus compañeros le hacían gestos obscenos, le ponían cuernos, le sacaban la lengua. Rehuyó cuantas veces pudo jugar a la gallina ciega, y también romper la piñata. Pero no quería que su miedo se transparentase, y a veces debía ceder, muy a su pesar. Tenía un recuerdo amargo de la ocasión en que, con tal de liberarse pronto de esa tortura, concentró toda su fuerza en el golpe con el que, según él, haría pedazos la piñata. Lo único que logró fue abanicar el aire y caerse al suelo. Se raspó las rodillas, se rompió el pantalón, y fue el hazmerreír de todos sus compañeros.

Tener una venda en los ojos tantas horas, eso jamás lo previó, jamás se imaginó que podía sucederle. Después de todo, estar vendado para el juego o la piñata no solía pasar de unos minutos: tres, cinco, que parecían eternos, es verdad, pero que al fin y al cabo eran sólo eso, unos cuantos minutos. Ahora todo era diferente. Había estado vendado varias horas. No sabía cúantas porque había perdido la noción del tiempo. A pesar del miedo visceral que tenía, y de la insoportable tensión, se había quedado dormido. Quizás sólo diez minutos, tal vez cincuenta. La noche anterior había sido para Dave una noche de largos insomnios alternados con pesadillas espantosas. No recordó una sola de ellas, pero sabía que Linda, una vez más confundida con Olivia, había formado parte de todas. Lo mismo el hombre al que había conocido esa mañana. El mismo que lo tenía secuestrado.

Estaba tirado en un suelo de tierra, apoyado en lo que debía ser la pared de madera de una habitación, y tenía las manos atadas a la espalda, con una cuerda que le lastimaba las muñecas. Sintió una profunda necesidad de ver de nuevo el mundo, de saber cómo era el lugar donde se encontraba. Sí, daría cualquier cosa por ver de nuevo. Ver lo que fuera. Incluso la cara del hombre. Incluso a Linda viva.

Fue así, en la oscuridad, que se imaginó que llegaba al lecho donde se encontraba Linda. Y así, como si de pronto una pantalla se iluminara ante sus ojos pare rescatarlo de la negrura y del vacío, que recordó, vio, todo lo que había sucedido desde que el martes había dejado la agencia para acudir a la calle Capp esquina con la Calle 19 a contestar la llamada anónima.

Primero, Linda. Durante todo el camino que hizo en el piso del automóvil, ya vendado y atado, sintió que no podría matar a Linda, o mejor dicho, intentar matarla por segunda vez. O matarla por la primera y única. Pensó que se quedaría paralizado ante ella. Y no pudo evitar imaginarse que Linda, quizás, podría recuperar la conciencia y abrir los ojos y verlo, y abrir la boca y preguntarle qué había pasado, dónde estaba, por qué se encontraba allí, en esa cama y en ese cuarto. Pero no, no es posible, se dijo, que vuelva en sí después del golpe que le asesté, después de caer al mar y casi ahogarse. Cuando llegara hasta donde estaba ella, la encontraría muerta, y se ahorraría el horror de ponerle una almohada en la cara, como el hombre había sugerido.

El hombre, el hippie asqueroso cuya interminable y sórdida verborrea se había desgranado en su breve sueño, en palabras sin sentido que bailaban alrededor de su pensamiento como un coro de brujas.

Sí, encontraría a Linda muerta, y luego el hombre lo soltaría, tras despojarlo de los quince millones de dólares.

Pero antes tendría que enterrar a Linda, o desaparecerla de alguna manera, no sabía como.

Lo que no podría desaparecer era el Daimler azul. Podrían, de todos modos, encontrarlo algún día. Pero, sin el cuerpo de Linda en el automóvil, y sin la tarjeta dorada, jamás podrían culpar a Jimmy Harris aunque, como él, no tuviera coartada. Bueno, tampoco a él, Dave, le probarían nada.

Cuando salió de la agencia, el martes a las doce del día, tuvo el cuidado de cerciorarse que nadie siguiera al taxi. Al parecer, el inspector había cumplido el pacto. Llegó a Mission Street y la l9 a las doce y diez, pagó el taxi y se puso a hacer un poco de tiempo antes de dirigirse al teléfono de Capp Street. Pasó por Thrift Town, la tienda de ropa usada donde había comprado la chamarra, la gorra y la bolsa de lona, y se preguntó si la ropa que los ricos abandonaban al morir iba a parar a esas tiendas. En el caso de Linda se imaginó que Lagrange la quemaría toda, y que las nicaragüenses, las mexicanas, las salvadoreñas, las negras del barrio, no tendrían oportunidad de adquirir por unos cuantos dólares sus blusas Pierre Cardin, sus guantes Gucchi, sus vestidos Vuiton, sus zapatos Via Spiga, y por lo tanto tampoco de lucirlos, pensó, como los habitantes de Queens en la película *Un rey en Nueva York*.

Volteó en la Calle 20 a la derecha y recorrió varias calles hasta regresar a Mission Street. Eran calles solitarias, donde pudo corroborar que nadie lo seguía. Llegó al teléfono de Capp y la l9 unos cinco minutos antes de las doce y media. Una mujer estaba en la cabina. Una mujer joven de unos treinta años, casi bella, pero desaliñada y mal vestida. Se veía que no se había lavado el pelo en muchas semanas. La mujer hablaba y hablaba sin parar. A las doce y treinta y cuatro, seguía hablando. A las doce y treinta y siete dejó al fin el teléfono. Apenas había salido de la cabina, llegó la llamada.

Dave no necesitó mucho tiempo para darse cuenta de que no se trataba de una trampa.

Para tenderle una trampa no era necesario inventar un personaje así.

Tan grotesco.

No, no era necesario, pensó, mientras escuchaba la interminable sarta de vaciedades e insolencias.

No, no era necesario inventar un personaje así de inmundo. Pero el mensaje era claro y breve. Muy claro y muy breve: Linda estaba viva, o probablemente estaba viva.

Pero estuviera viva o no, en cualquiera de los dos casos Dave tenía que conseguir los quince millones de dólares y entregárselos al hombre.

De todos modos, si era una trampa, lo detendrían al salir de la cabina.

Dave memorizó el lugar de la próxima cita con el hombre: San José Avenue, más allá del Parque Balboa.

"... hasta luego, cabrón, puntualito, hijo de tu madre..."

Dave colgó el teléfono y salió de la cabina. Había algunos transeúntes en la calle, pero nadie se le acercó. No había sido una trampa.

Tomó un taxi para la casa de Jones y Sacramento, y de allí se comunicó con el inspector Gálvez.

"¿Qué hay de nuevo, señor Sorensen? ¿Volvió usted a hablar con el secuestrador de su esposa?"

"Sí, inspector. Me dice que mi esposa está muy grave y que puede morirse en cualquier momento. Han tratado de alimentarla con un embudo y un tubo de hule, pero vuelve mucho el estómago. Además tiene, según me dijo el hombre, aunque yo no sé ya qué creer, una fiebre muy alta. Exige que pasado mañana jueves, muy temprano, le entregue yo el rescate. Quince millones de dólares, ni un centavo menos."

"Por cierto, señor Sorensen: no debió usted hacer declaraciones a la radio. Me pareció irresponsable."

"Pero inspector, yo no hice ninguna declaración. Le contesté unas preguntas a un periodista de KCBS y le supliqué que no se transmitiera nada…"

"Pues el periodista, como usted seguramente ya sabe, grabó la conversación y la editó. Todas las otras estaciones de radio la han copiado. Usted no es un niño, señor Sorensen, y sabe muy bien cómo suelen actuar los periodistas, le repito que fue un acto irresponsable…"

Dave se quedó callado. El inspector continuó:

"¿Está usted en su casa?"

"Sí, inspector."

"¿Espera contactar hoy al secuestrador?"

"Sí, más tarde… dentro de unas horas."

"Bien, eso me da tiempo para comunicarme con el señor Lagrange. Por favor, quédese en su casa el mayor tiempo posible…"

"El señor Lagrange no se encuentra", le contestó la telefonista del hotel. "Pero me pidió que si hablaba usted, inspector, lo comunicara al celular de su *limousine*… un momento, por favor, voy a tratar de establecer la conexión…"

"¿Haló? ¿Haló? inspector Gálvez? Sí, dígame…"

El inspector Gálvez le transmitió a Lagrange lo dicho por Dave. Lagrange reaccionó con ira:

"Mentiras, inspector, mentiras, todo es mentira. No sé cómo puede usted creerle a ese… a ese…"

"Pero señor Lagrange, su yerno…"

"David Sorensen *no* es mi yerno, inspector, no es nada mío, nada, no es nada ni nadie…"

"Quisiera hablar con usted personalmente, señor Lagrange, lo antes posible…"

"Muy bien. Esta tarde, a las cuatro, en el *lobby* del hotel. Y perdone usted, inspector, mi exaltación. Usted comprende las circunstancias…"

"Desde luego, señor Lagrange. No se preocupe."

Lagrange invitó al inspector Gálvez a pasar al salón de té del hotel Fairmont, que se encontraba en el *lobby*, a la derecha de la entrada principal.

"¿Le gusta el té, inspector?"

"Prefiero el café, pero con mucho gusto lo acompañaré con una taza de té, señor Lagrange…"

"¿Qué clase de té desea tomar? ¿Darjeeling, Earl Grey?"

"No conozco nada de té, señor Lagrange, tomaré el que usted me recomiende…"

"El Earl Grey es un té perfumado…"

"No, no, entonces prefiero el otro que usted mencionó…"

"Darjeeling… un muy buen té tibetano."

Lagrange pidó el té y una canasta de bocadillos.

"Aunque la decoración es francesa, de *la belle époque*, inspector, esto no podía ser más inglés: sándwiches miniatura con mantequilla y una rodaja de pepino, y otros de queso *cheddar* con semillas germinadas de mostaza…"

El inspector se asombró de la capacidad de Samuel Lagrange para recuperar su aplomo y hablar de cosas tan triviales.

Pero su asombro desapareció cuando vio que dos lágrimas le escurrían a Lagrange por la cara. Lagrange se enjugó las lágrimas con el dorso de las manos.

"¿Qué voy a hacer, inspector? Estoy convencido de que mi hija está muerta. Que David Sorensen la mató…"

"Señor Lagrange, yo me inclino a pensar lo mismo… pero

como policía, no me puedo dar el lujo de creerlo. La duda es la que debe guiar mi comportamiento y prevalecer sobre mis hipótesis. La duda sobre si su hija vive o no, existe y seguirá existiendo mientras no la volvamos a ver, viva o..."

El inspector no se atrevió a continuar.

"... o muerta", completó la frase Lagrange.

"Señor Lagrange, lo que tenía que decirle ya se lo dije por teléfono. Lo siento, pero no puedo agregar nada. La decisión está en sus manos..."

"Pero... ¿y si es verdad lo que pienso?"

"Si es verdad o no, le repito, no lo podemos saber ahora. Pero si sí es verdad, si sí es verdad, señor Lagrange, y usted no hace nada, se arrepentirá por el resto de sus días..."

"Quiero que sepa usted, inspector Lagrange, que el dinero no es el problema. Por volver a ver viva a mi hija, daría no quince millones de dólares. Daría cien, mil, todo lo que tengo... Dígame: ¿se supone que se va a volver a comunicar con David Sorensen la persona que dice tener secuestrada a mi hija?... es decir, si es verdad que la tiene."

"Sí, en unas horas..."

"Dígale que le diga al hombre que quiero hablar con él. Que si no hablo con él, no tendrá jamás el dinero. Pero quiero ir acompañado por David Sorensen y que, desde luego, no me siga la policía..."

"Así lo haré, señor Sorensen."

"Y otra cosa, por favor... creo poder contar con los quince millones de dólares, mañana, si reúno lo que tengo en el Texas Commerce Bank y el First Nation Bank de Dallas, y el Glendale de San Francisco, pero..."

"Entonces, ¿está usted dispuesto a pagar el rescate, señor Lagrange?"

"No lo sé, inspector. Tomaré una decisión esta noche, si es que puedo hablar con el supuesto secuestrador de mi hija. Pero como entonces estarán los bancos cerrados, me pregunto si usted podría conseguirme los teléfonos particulares de los directores de mis bancos…"

"Por supuesto que sí, señor Lagrange. Le ruego me apunte todos los datos necesarios. Sus números de cuenta, los nombres de los directores, en fin, todo…"

Así lo hizo Lagrange.

"Gracias, señor Lagrange… y gracias, también, por el té."

"La próxima vez, tómelo sin azúcar, inspector, para que aprecie el sabor en toda su plenitud."

"Procuraré seguir su consejo, señor Lagrange…"

El inspector se comunicó con Dave:

"La condición es que el señor Lagrange hable con el secuestrador. De otra manera no entregará el dinero."

"Pero… ¿cree usted que pueda reunirlo en un plazo tan corto?"

"Sí."

"Está bien. Me comunicaré con usted, inspector, en cuanto hable con él…"

A las cinco y diez Dave habló al sitio de taxis. A las cinco y media estaba en la esquina de San José Avenue y San Juan Avenue. Bajó del taxi y caminó a lo largo del Parque Balboa. Siguió por San José Avenue hasta encontrar un teléfono. Esta vez la cabina estaba vacía, y la llamada llegó dos o tres minutos después.

"Así me gusta, puntualito, pendejo, se ve que estás que te cagas del miedo…"

No podía soportar esa voz. Le repugnaba. Le provocaba náuseas. Pero tuvo que tragarse toda la retahíla de improperios, hasta el horrible final:

"… tengo una almohada con una funda de encajes y perfumada, para que tu mujercita tenga una muerte apacible y olorosa… tú dirás, cabrón… y bueno, hasta aquí llego, hoy, pues, a las ocho de la noche con tu pinche suegro…"

De regreso a la casa de Jones y Sacramento, Dave se comunicó con el inspector Gálvez. El inspector, a su vez, le prometió comunicarse con él en cuanto hablara con Lagrange. Así lo hizo, diez minutos más tarde. Lagrange aceptaba hablar con el secuestrador esa noche, pero Dave debía acompañarlo. Así lo convinieron. Lagrange pasaría entonces por él a las 7:40.

Dave no soportaba un minuto más esa casa. Salió a la calle y tomó un taxi a Point Lobos. Recargado en el pretil del malecón, disfrutó de un atardecer envuelto en llamas. El viento que llegaba del mar, sin embargo, y como casi siempre, estaba helado. Se metió a Cliff House y se bebió una taza de chocolate caliente.

A las 7:40 en punto, la *limousine* negra de Lagrange se detuvo frente a la casa. Dave salió, abrió la puerta trasera del vehículo y le extendió la mano a Lagrange. Lagrange no volteó a mirarlo. Le indicó, con un ademán, que se sentara enfrente, junto al chofer, y le ordenó, más que le pidió, que le diera las indicaciones necesarias. En cuanto Dave se sentó, Lagrange levantó el cristal que lo separaba del conductor.

Descendieron por Sacramento hasta Van Ness Avenue. Doblaron a la izquierda y, en unos cuantos minutos, se encontraban ya a la altura del City Hall. El coche se detuvo, Dave se bajó y abrió de nuevo la puerta trasera de la *limousine*.

"Tenemos que bajarnos aquí, señor Lagrange."

Lagrange le dijo al chofer que lo esperara allí. Cruzaron a pie la avenida, y se encaminaron a la parada de autobuses. Desde allí tres autobuses los llevaban a Union Street: el 49, el 47 y el 42. Pasó primero el 42, que en ocho minutos los dejó en la esquina de Van Ness y Union, a unos metros de la cabina telefónica que, también esta vez, estaba vacía. Dave recordó que era la misma de la cual lo había recogido Chuck, inconsciente.

La llamada llegó puntual. Lagrange entró en la cabina solo, y cerró la puerta.

A través del cristal, Dave vio cómo Lagrange comenzó a temblar, cómo intentaba hablar sin que, al parecer, ningún sonido saliera de su boca. Después intentó colgar dos veces el teléfono, que se le caía de las manos.

David no había visto nuca antes a Lagrange. Se lo habían descrito como un hombre sólido, fuerte. Pero el hombre que salió de la cabina era otro: un hombre encorvado, pálido, acabado. Sólo sus ojos, de color acero, conservaban algo de fuerza. Dave sintió que lo atravesaba con la mirada. Luego, Lagrange hizo un ademán, como si quisiera apartar a Dave no sólo de su vista, sino también de su vida, y se marchó, solo, por Van Ness Avenue.

Dave esperó unos minutos antes de caminar rumbo a la Casa de Jones y Sacramento. Decidió irse por Polk Street para tomar una o dos cervezas en *The Royal Oak*.

Cuando llegó a la casa, tenía ya un mensaje del inspector Gálvez, en el que le pedía que se comunicara de inmediato con él.

Así lo hizo.

"¿Señor Sorensen? Seré breve: su suegro, el señor Lagrange, ha decidido pagar el rescate. Espera reunir la cantidad requerida el día de mañana, de modo que creo que podremos entregársela a usted en la noche. Mientras tanto, señor Sorensen, le pido que no haga una sola declaración más a nadie…"

"Muy bien, inspector…"

"Y tenga en cuenta que he accedido al deseo del señor Lagrange, y no lo seguiremos a usted. Por otra parte, pienso que es preferible que mañana permanezca usted en su casa todo el día…"

"Así lo haré, inspector…"

"Y que, en lo posible, no llame a nadie y conteste sólo mis llamadas, por favor…"

Había otros mensajes en la grabadora, pero Dave prefirió ignorarlos. Sólo respondió al llamado de Chuck O'Brien.

"¿Cómo va todo, Dave? ¿Tienes noticias de Linda?"

"Lagrange va a juntar el dinero. Yo se lo entregaré al secuestrador el jueves. Mañana me quedaré todo el día en la casa."

Chuck prometió visitarlo después del desayuno y regalarle unos calmantes.

Dave se llevó la botella de whisky, el hielo y el agua mineral a la cama, con el ánimo de atarantarse con unos cuantos tragos bien cargados. Lo logró pronto, y se quedó dormido poco después de las diez.

El miércoles l9 de abril, Chuck llegó con los calmantes y con una noticia que había conmocionado a los Estados Unidos: en Oklahoma una bomba había destruido un edificio del gobierno, causando la muerte de cerca de doscientas personas, entre ellas varios niños.

"Han seguido saliendo noticias sobre el secuestro de Linda, pero este atentado ha desviado la atención de todo lo demás…"

El resto del día, y gracias a los calmantes, Dave pudo dormir a intervalos que alternó con las noticias que, sobre la tragedia de Oklahoma, transmitieron por la televisión.

Hacia las tres de la tarde, llegó la llamada del inspector Gálvez.

"Señor Sorensen: me comunica el señor Lagrange que le ha sido posible reunir el dinero. Hace unas horas salió a Dallas y me habló desde allí para decirme que alquiló un avión particular para traerlo a San Francisco. Nosotros se lo entregaremos a usted mañana temprano…"

"Pero…"

"Quiero decir muy temprano, señor Sorensen: a las cinco de la mañana."

"Está bien", dijo Dave.

En ese momento se acordó que debía ir al aeropuerto a alquilar un automóvil. Tomó un taxi, y regresó a la casa de Jones y Sacramento en un Toyota blanco.

Hizo una comida ligera y siguió, toda la tarde, viendo la televisión. La hipótesis en el sentido de que, probablemente, los responsables del atentado de Oklahoma no habían sido árabes fundamentalistas, como se sospechaba en un principio, sino ciudadanos norteamericanos de la extrema derecha que con ese acto señalaban el aniversario de la masacre de Waco, había dejado estupefacto al país.

A pesar de los calmantes, tuvo una noche espantosa y despertó varias veces bañado en sudor. Por fin, pudo conciliar un sueño profundo una hora antes de que sonara el despertador, a las cuatro. A las cinco en punto, cuando ya estaba bañado y vestido, llegaron el inspector Gálvez y el Sargento Kirby, con las maletas que contenían los quince millones de dólares.

"Quiero creer, señor Sorensen, que todo esto es verdad y que usted podrá rescatar con vida a su esposa…"

"Así lo espero, inspector."

"Buena suerte, señor Sorensen."

"Gracias, inspector."

Dave bajó a la bodega, subió dos de las maletas Samsonite y puso en ellas los dólares. No intentó contar los fajos de billetes. Después de todo, ese dinero nunca habría de pertenecerle. Sería millonario nada más que por una hora. Tuvo el impulso de huir con los dólares. De irse, en el Toyota, hasta el fin del mundo. Pero sabía que, de hacer eso, lo detendrían en unas horas. O en unos días o unas semanas, daba igual. El hombre lo denunciaría, Linda aparecería muerta en una calle, muerta y desnuda si el hombre cumplía su amenaza, y él sería juzgado y condenado a muerte.

Antes de salir, Dave recordó los cheques de viajero con nombre falso. Fue por ellos, los quemó y echó las cenizas al fregadero. A las cinco y cincuenta, puso las maletas en la cajuela del Toyota, y se dirigió al estacionamiento de Ellis Street, al que llegó a las cinco y cincuenta y cinco. Recogió su boleto y comenzó a subir por la espiral. El último piso estaba vacío. Estacionó el automóvil, se bajó y se quedó, de pie, junto a él. Encendió un cigarro.

A las seis y dos minutos apareció un automóvil que se acercó a él, muy despacio. Era un Buick viejo, de un color indefinido, *beige*, quizás. El Buick se estacionó junto al Toyota y de él bajó el hombre.

Era un hippie de unos cincuenta años, de cabello largo, rubio y enredado y barba larga y canosa. Vestía unos *blue-jeans* descoloridos y sucios, zapatos tenis, una camisa de lana de cuadros rojos y verdes y una chamarra de piel, gastada y sucia.

Dave trató de ignorar todas las obscenidades y la insolencia brutal del lenguaje del hombre para concentrarse en el meollo del mensaje y hacer exactamente lo que el hombre le ordenaba. Sacó las maletas de los dólares de la cajuela del Toyota y las guardó en la cajuela del Buick. El hombre, por su parte, se subió al Toyota blanco y comenzó a bajar, despacio, por la espiral del estacionamiento. Dave lo siguió de cerca en el Buick. Cuando llegaron al primer piso el hombre se detuvo a la orilla de la última pendiente, recta, que conducía a la calle. Dave detuvo el Buick a unos pasos del Toyota, sin apagar el motor y, de acuerdo con las instrucciones del hombre, se pasó al otro lado del asiento delantero. El hombre bajó del Toyota, descendió unos pasos, y se echó de bruces en el suelo. Dave no alcanzaba a comprender. Lo que pasó a continuación, sucedió a una velocidad vertiginosa. De pronto el hombre se incorporó de un salto, corrió hacia el Buick, se subió a él, metió el *clutch*, hundió el otro pie en el acelerador mientras ponía la primera, soltó el *clutch* de golpe y el Buick se precipitó sobre el Toyota y lo empujó cuesta abajo. El Toyota rompió la barrera del estacionamiento y, mientras el Buick daba vuelta en Ellis Street, el Toyota atravesó la calle, se subió a la banqueta de enfrente y se estrelló contra un edificio. Dave no salía de su asombro.

"¿Viste, cabrón?", le dijo el hombre. "¿Cómo te quedó el ojo?" y Dave pensó que tendría que soportar un nuevo fárrago de insultos y vaciedades. Pero esta vez el hombre fue breve. La felicidad le brotaba por los poros: estaba orgulloso de lo bien que le había salido la maniobra destinada a distraer a la policía, si la policía hubiera seguido a Dave. Su mujer estaba en la banqueta, le dijo, y le hizo una señal con una pequeña lámpara de pilas para avisarle que la calle estaba despejada: los pocos automóviles que había estaban detenidos por el semáforo de la esquina. Y eso fue todo, el hombre no volvió a abrir la boca. Dave notó que en el dorso de la mano derecha tenía el tatuaje de una flor.

Con toda calma, el hombre se dirigió a Market Street. Dave volteó la cabeza: no los seguía nadie. A la altura de Van Ness, el Buick dobló a la izquierda para tomar Mission Street. Al llegar a la Calle 24, se detuvo frente a la estación del BART. Unos minutos después, salió del Metro la mujer, la misma que Dave había visto en la cabina telefónica de Capp y la Calle 19. Sin decir una palabra, la mujer se subió al coche por la puerta trasera. El Buick arrancó y siguió de frente, por la misma Mission Street, hasta el barrio Excélsior. Dobló después en Persia Street, una vez más en Lisbon Street, y se estacionó atrás de un Mercury destartalado, gris, de los años sesenta. Eran las seis y veinte de la mañana, y la calle estaba desierta.

El hombre y la mujer bajaron del Buick y le ordenaron a Dave que hiciera lo mismo. El hombre sacó las maletas de la cajuela y las guardó en la cajuela del Mercury. Luego abrió la puerta trasera derecha y le ordenó a Dave que se pusiera de rodillas en el piso del automóvil, con las manos en la espalda. La calle estaba aún vacía. El hombre, entonces, le vendó los ojos, le ató las manos con una cuerda y le dio un empellón. Dave cayó pesadamente y se golpeó la cara. El automóvil dio tantas vueltas, subió y bajó tantas calles, que Dave no supo adónde lo llevaban. En un momento dado le pareció que atravesaban un puente. El Golden Gate, quizás. Era lógico, sí, que si el hombre lo había visto esa noche, era porque debía vivir cerca de La Quebrada. El largo y lento recorrido por un camino accidentado, lleno de hoyancos, pareció confirmar su suposición. Cuando lo bajaron y lo hicieron caminar, creyó escuchar el ruido de las olas.

Ocho horas, o diez, quizás, debió haber pasado así, con los ojos vendados, desde que el automóvil arrancó. No menos, a juzgar por el hambre que tenía. En algún momento, entre aquella mezcla de olores a humedad y mugre de la habitación en la que se hallaba, le llegó el olor de comida, de una sopa, quizás, y pidió de comer. Pero se lo negaron. Le dieron, sí, de beber, una sola vez . Y lo habían dejado orinar. El hombre le desató las manos y le dijo camina y encontrarás una puerta, pero cuidado, cabrón, cuidado intentes algo raro o quieras quitarte la venda, porque te sorrajo un tiro, agregó, y le encajó en las costillas el cañón de una pistola.

Dave caminó, a tientas, como la gallina ciega. Se tropezó primero con una botella tirada en el piso. Luego, con una silla y estuvo a punto de perder el equilibrio. A tientas recorrió una pared, se lastimó con un clavo, y dio con una ventana. El hombre y la mujer reían a carcajadas. Al fin el hombre le dijo: camina a la derecha, a la derecha, pendejo, y te toparás con la puerta.

Dave encontró el picaporte y salió. Sintió los aromas del bosque. Alguien, no muy lejos, quemaba madera. Pero esta vez no le llegó el ruido del mar: el hombre había tenido todo el tiempo el radio encendido. De todos modos, pensó Dave, de nada le serviría saber dónde estaba, porque por supuesto nunca denunciaría al hippie.

Dio unos pasos entre guijarros y yerbas y de pronto tropezó con algo, nunca supo con qué, quizás una piedra, se torció el tobillo derecho y cayó de bruces. El hombre dijo ya basta, levántate huevón y ponte a mear. De regreso, Dave no podía apoyar el pie derecho: el dolor del tobillo era insoportable. Pensó que se lo había roto. Casi a rastras, el hombre lo llevó hasta el rincón, le ató las manos de nuevo, y le dijo si serás pendejo, se te olvidó cerrarte la bragueta.

XXI

"FELICIDADES, ABUELITO…"

¿Cuánto tardan dos personas en contar quince millones de dólares en billetes de a cien?

Dave hizo el cálculo: una seis o siete horas. El hombre le había dicho que iba a contar hasta el último centavo, y que entonces vería a Linda.

¿A Linda viva? ¿O a Linda muerta?

De modo que a las seis o siete horas, ocho quizás, de estar vendado y tirado en el suelo, con las manos atadas, regresaría el hombre y le diría:

"Ahora sí, cabrón, vas a ver a tu mujercita…"

¿Viva? ?Muerta?

A las seis o siete horas, quizás ocho, tal vez diez horas de estar vendado y tirado en el suelo, con las manos atadas, Dave escuchó los pasos del hombre, el ruido de una puerta que se abría, un estruendoso eructo, otros pasos que debían ser los de la mujer, y la voz del hombre:

"Te felicito, cabrón, no falta un centavo."

"Quiero ver a mi esposa…"

"Tu mujercita no está aquí, pendejo…"

"¿Está muerta?"

"Tu mujercita no está aquí, pendejo, y nunca ha estado aquí… tu mujercita, claro que está muerta. Tú la mataste, tú la echaste al mar dentro de su automóvil…Y yo te vi, yo que estaba allí, te vi, maricón. ¿Te acuerdas del chingadazo que se dio el coche contra la roca? ¿Te acuerdas? Pues no se abrió la puerta, ni tu mujer salió despedida, ni una chingada, cómo te vas a imaginar, cómo vas a creerlo, lo creíste de puro pendejo, de pendejísimo. Yo lo inventé todo, yo. El coche no se fue al fondo del agua así nomás, pendejo, se hundió primero a medias y flotó un buen rato. Las pinches olas se lo llevaban, las mismas pinches olas lo regresaban y lo estrellaban contra las rocas, rájale y rájale, una, y otra, y otra chingada vez, vieras cómo me divertí, hijo de tu madre, hasta que mi amiga la luna se metió y no supe más. Volví al día siguiente con mi pinche traje de buceo y una cabrona lámpara y me encontré allí, en el fondo del mar, el coche de tu mujercita con tu mujercita adentro, pendejo, y luego leí los periódicos y lo que dijiste, cabrón, por la radio, de los quince melones y me dije este hijo de la chingada es el asesino, pero no voy a dejar que se salga con la suya el cabrón. Por otra parte me dije, aquí está la primera pinche oportunidad de tu pobre chingada vida y seguro la última para volverte millonario y salir de esta caraja miseria. Y la aproveché, y ya ves, pendejo, aquí estás tú, jodido, y aquí estoy yo con los dólares. Tendrías que felicitarme, cabrón. Y debía yo matarte, pero no quiero complicaciones, nomás te voy a dar una ayudadita para que te crean la historia del secuestro, y eso no nomás por lo cuate que soy, sino también para darme el gusto de atizarte unos cuantos chingadazos bien puestos… pendejo."

Fue entonces cuando Dave le preguntó:

"¿Y cómo sabía usted que mi mujer estaba todavía viva cuando la eché al mar?"

"¿Yo? ¿Saber que estaba viva? Yo no sabía un carajo. A mí nomás se me ocurrió. Pura imaginación, pura chingona intuición que ya lo ves, pendejo, resultó cierta… tú mismo lo estás confirmando. Lo que es más: lo confirmaste desde la primera vez que hablamos, cabrón, y por eso hiciste todo lo que hiciste…Porque de otra manera me hubieras dicho mi mujer está muerta, yo la maté, no te hagas pendejo… Me asombra, carajo, me asombra tu pinche maldad, tu pendejez: no supiste matarla, no supiste rematarla… pero estaba viva, ¿verdad? Pura imaginación de mi parte… aunque ahora pienso que no tenía por qué inventarte mentiras… con la verdad me hubiera bastado, pendejo, pendejísimo que soy yo también… ah, pero no, qué digo: tenía que decir que estaba viva, y que tú lo creyeras, para que tu pinche suegro soltara la lana… Pero no fue cuestión de que lo creyeras o no: Tú sabías que estaba viva cuando la echaste al mar… Y como pensé, este cabrón no sería el único que echa a alguien vivo dentro de un coche… los niños del lago John D. Long, estaban vivos, amarraditos al asiento… pero ahora, como te decía, voy a darme el gusto de darte unos buenos chingadazos, por pendejo, cabrón y asesino…pero sobre todo por pendejo…"

Así dijo, y le dio un puñetazo en la boca. Dave sintió un dolor intenso y reconoció el sabor y la tibieza de la sangre.

"Cuatro veces pendejo."

Y le dió una patada en las costillas.

"Mil veces pendejo."

Lo levantó en vilo, lo azotó contra el muro y le dio un rodillazo en los testículos.

"Quince millones de veces pendejo, pendejísimo."

Lo abofeteó una y otra vez, lo dejó caer y le dio de patadas en las piernas.

Luego le dijo a la mujer:

"Pásame la botella."

Dave sintió que la punta de un cuchillo le atravesaba la ropa y se le encajaba en el vientre. Dio un respingo, sin quejarse.

"Así me gusta, así me gusta, cabrón, con huevos… ahora, y como yo no tengo inyecciones qué ponerte, por que no voy a desperdiciar mi droga contigo, vas a beber, a beber, cabrón, hasta que te ahogues."

Así dijo, y le puso el pico de la botella en la boca.

Dave bebió tres, cuatro tragos de whisky. Luego hizo a un

lado la cara, tosió, y aspiró el aire con desesperación. El cuchillo se hundió un poco más en su carne.

"Bebe, te dije, pendejo, bebe, ¿me entiendes? Bebe."

Dave bebió hasta perder la conciencia.

Cuando abrió los ojos se dio cuenta, al instante, que estaba en el hospital. A su lado se encontraban Chuck O'Brien y el inspector Gálvez. Atrás de ellos, una enfermera.

"Tengo sed", dijo.

Chuck le sirvió un vaso de agua.

"Señor Sorensen", dijo el inspector Gálvez. "Vamos a dejarlo descansar. Pero antes, es indispensable que nos diga qué pasó con la señora Sorensen, y dónde está."

Dave apartó el vaso de sus labios.

"Mi mujer estaba ya muerta. Eso me dijeron sus secuestradores. No sé si porque ellos la mataron o porque murió por falta de atención médica, no lo sé, yo nunca la vi..."

El inspector permaneció inmutable. Chuck se llevó las dos manos a la cara y emitió un gemido.

"Mañana reanudaremos nuestra conversación, señor Sorensen... que se recupere."

Dave asintió con la cabeza, le devolvió el vaso a Chuck y se llevó la mano a la boca.

"Te faltan dos dientes, Dave, pero eso es todo. Según parece estás lleno de moretones y magullones y tienes una pequeña herida en el vientre y desde luego las muñecas lastimadas, especialmente la izquierda, porque se ve que pasaron la cuerda por encima del reloj. Ah, y el tobillo del pie derecho lo tienes del tamaño de un melón...Pero de milagro no hay ningún hueso roto... Es decir, del tobillo no están muy seguros, pero ya se sabrá si hay fractura en cuanto se desinflame."

Chuck hizo una pausa, frunció la frente y continuó:

"No sabes cuánto siento todo esto. Aunque me imaginé lo que había pasado cuando me dijeron que te habían encontrado intoxicado, con las manos atadas y vendado, a la mitad de una avenida del Parque Golden Gate, y que no había señales de Linda... por poco te atropella un coche, Dave... No sabes, no sabes, de veras, cuánto lo siento..."

Chuck, a punto de llorar, volvió a guardar silencio. Dave le extendió la mano derecha y Chuck se la estrechó con sus dos manos.

"No puedo creerlo, Dave..."

En ese momento, entró un médico.

"Buenos días, señor Sorensen. Me alegra que haya vuelto en sí. Más tarde le haremos otros exámenes para ver si no hubo daño en los pulmones, el hígado u otras vísceras, pero todo indica que ha tenido mucha suerte. Lo vamos a poner a dormir unas veinticuatro horas, para que se recupere física y anímicamente. Comprendo que ha pasado usted por una situación muy difícil, pero después de un largo reposo se sentirá mucho mejor. Mañana vendrá uno de nuestros dentistas para suplir los dientes que faltan. Le hará un muy buen trabajo, se lo garantizo. Todos los servicios del California Pacific Medical Center son excelentes... A menos, por supuesto, que prefiera usted a su propio dentista..."

Dave vio cómo la enfermera frotaba la parte interior de su antebrazo con un algodón empapado en alcohol. Luego, acercó la jeringa con un líquido transparente que se tiñó de rojo apenas la aguja entró en la vena.

Dave se preguntó si despertaría en el infierno.

La luz del alba, que se colaba por las rendijas de la persiana entreabierta, dibujaba la piel de un tigre blanco en la colcha de la cama del hospital. Dave descubrió que lo habían estado alimentando con suero. Una enfermera entró, lo saludó, le puso un termómetro en la boca, procedió a quitarle la aguja del suero y, después de leer el termómetro, hizo una anotación en una carpeta que colgaba de la piecera y le dijo a Dave:

"Señor Sorensen, en un momento más le traeremos su desayuno. El teléfono que se encuentra en su mesa de noche tiene línea directa tanto al exterior como del exterior. El costo de las llamadas se carga automáticamente en la computadora. El número está desde luego en el aparato. Buenos días... ¿quiere usted afeitarse?"

"Sí, gracias..."

Mientras lo afeitaban, Dave tuvo tiempo de pensar en varias cosas: si en efecto Linda estaba en el fondo del mar, dentro del automóvil, también en el mar, en el fondo del automóvil, debía estar la tarjeta dorada American Express de Jimmy Harris. Por otra parte, Dave se preguntó por qué el hombre se lo había llevado hasta su casa, en lugar de dejarlo tirado en Lisbon Street cuando cambiaron de coche y huir con los dólares. Primero, se dijo, porque aún no había contado los billetes. Segundo, porque tal vez pensaba que si el dinero no estaba completo, el propio Dave podría servirle como rehén. Dave se sonrió ante este pensamiento. El hombre no sabía que él no valía un centavo para nadie, que nadie habría dado por su vida no digamos quince millones de dólares: ni uno siquiera.

¿O acaso Olivia? ¿Acaso Chuck O'Brien? Olivia no tenía dinero.

Chuck sí, mucho, pero... ¿daría un millón de dólares por su amigo del alma?

Nunca un par de huevos tibios y una taza de café negro le habían sabido tan sabrosos en toda su vida. El suero que le habían dado no disminuyó en nada su voraz apetito. Tomó también, bebió, desesperado, un enorme vaso de jugo de naranja.

Cerca de las diez de la mañana llegó Chuck con un ramo de rosas rojas y una bolsa de Macy's llena de periódicos.

"¿Flores? Sí, flores, rosas rojas para el amigo. Dicen que los hombres no le regalan flores a los hombres, pero si yo no te traigo flores, Dave, ¿quién te las va a traer?"

Sí, por supuesto. Si Chuck no le llevaba flores, nadie más se las iba a llevar. Y si Chuck no soltaba los dólares cuando a él lo secuestraran, nadie más los iba a soltar. Por lo pronto, comprar una docena de rosas era mucho más fácil que regalar un millón de dólares.

Después, Chuck comenzó a sacar los periódicos de la bolsa.

"Mira, mira Dave lo que te traje. Lo de Oklahoma estuvo espantoso y ahora se sabe que el terrorista es un gringo. Imagínate qué vergüenza para este país. Pero consideré que la mejor lectura para ti en estas circunstancias, eran las historietas dominicales... ¿te acuerdas cómo nos gustaban de niños?"

Chuck comenzó a alfombrar la cama del hospital con historietas cómicas de *The San Francisco Chronicle* y otros diarios.

"Pues nunca me han dejado de gustar, y me refiero a las historietas para niños, desde luego, no esas de ahora que son para adultos, una verdadera aberración... Y las colecciono, nunca las tiro... aquí tienes seis o diez meses, no sé qué tanto de historietas, para que te instruyas y no te aburras."

Dave estaba conmovido. Chuck no cambiaría jamás, para su fortuna y la fortuna de sus amigos.

La cama quedó cubierta por una colcha multicolor de retazos formada por *El Príncipe Valiente*, por *Lorenzo y Pepita*, por *Pancho y Ramona*, por *Peanuts*, por *Daniel el Travieso*, por *Mut y Jeff*...

Chuck acercó una silla a la cama, se sentó y puso cara seria.

"Dave, yo quería decirte..."

En esos momentos sonó el teléfono. Dave contestó. Era Bob Morrison.

"¿Dave? Qué tal, Dave, cómo estás. Espero que ya repuesto. Físicamente, me refiero, porque la pena que tienes es sin duda muy grande. No sabes cúanto siento lo sucedido. De verdad, todos en la agencia estamos consternados....Quiero decirte, Dave, que te queremos mucho y te necesitamos, pero...pero mira, Dave, yo sé que comprenderás muy bien. Los periodistas nos tienen asediados y los clientes comienzan a preguntarnos qué pasa. Hasta un canal de televisión mexicano trató de sacarnos declaraciones. Filmaron y transmitieron la fachada del edificio y la de tu casa. Ayer, la policía llegó con una orden de cateo y no sólo registraron tu oficina sino también, lo que me pareció el colmo, la sala de los archivos y la bodega que tenemos en el sótano, esto es un abuso, ¿no te parece, Dave…? bueno, pero lo que quería decirte es que te propongo un descanso, un… un… llamémosle un receso de unos seis meses para que todo se calme y podamos desvincular el nombre de la agencia de todo este *affair* tan desafortunado, eh, ¿qué te parece? Te daremos el salario de tres meses, no puedo prometerte más porque como sabes, con la devaluación del peso varios de nuestros clientes mexicanos han reducido drásticamente sus presupuestos. No está el horno para bollos: toda publicidad que hagan en Estados Unidos les cuesta el doble… Pero todo pasa, todo se olvida, Dave, y muy pronto tendremos el gusto de recibirte de nuevo con las puertas y los brazos abiertos…"

Dave colgó el teléfono y le dijo a Chuck:

"Bob Morrison me corrió de la agencia."

"Bueno, bueno, era de esperarse. Siempre desconfié de él. Es un hipócrita. Pero no te apures, yo te encontraré un trabajo mejor que el de la agencia… De hecho, hay una posibilidad muy interesante de la que te hablaré después…"

Dave le contó que la policía había cateado la agencia.

"Ah, sí, era lo que quería mencionarte, Dave. Lagrange consiguió también una orden de cateo de tu casa… es decir, de la casa de Linda… y calculo que ya habrán comenzado. Le encargué mucho al inspector que tuvieran cuidado con tus objetos personales… tú sabes que hacen un cateo exhaustivo, descosen los colchones y los vuelven a coser. Lo mismo con los muebles de sala y con cuanto sillón o silla tapizados haya en la casa. A veces llegan a levantar los pisos, o hacen agujeros en la pared…y después, todo lo dejan como estaba antes… En esas circunstancias, pedí, como te dije, que respetaran tus cosas…"

"¿Qué es lo que buscan? ¿Quince millones de dólares? No

encontrarán un centavo. Los millones se los quedó el secuestra-dor de Linda... es decir, el que posiblemente es también el asesino de Linda... Además, ya es hora que saque todas mis cosas y me largue de esa casa."

"No te apures. Conseguí que Lagrange te diera un tiempo razonable para encontrar un departamento. ¿Te acuerdas del edificio de Lombard Street donde viviste? Parece que se va a desocupar otro departamento, aunque un poco más chico..."

"Creo que debería regresar a México..."

"¿Tú crees que te dejen salir de Estados Unidos?"

"No veo por qué no... no se me acusa de nada..."

"Creo que deberías quedarte, pero... en fin, piénsalo."

"Lo que sí me urge, Chuck, es que me den de alta: éste es el hospital más caro de San Francisco, y ahora, además, me quedo sin trabajo..."

"Dave, me vas a dejar que te invite el hospital. es lo menos que puedo hacer, aunque me gustaría invitarte algo más divertido. Después veremos... Además, el médico no quiere darte de alta hasta que el tobillo se desinflame, de modo que vas a estar varios días más aquí..."

Bueno, la cuenta del hospital, calculó Dave, equivaldría a no menos de trescientas docenas de rosas rojas...

Chuck se puso de pie.

"Tengo que irme. Nos vemos más tarde, Dave... pórtate bien."

"Gracias, Chuck, muchas gracias por todo..."

Chuck agregó:

"Ah, por cierto, ayer te traje dos pares de piyamas, una bata, una salida de baño y tus pantuflas...cómo roncabas, te hubieras escuchado..."

Apenas había salido Chuck, entró una enfermera.

"Señor Sorensen, está aquí el cónsul de México, el señor Javier Aguilar, que pregunta por su estado de salud. ¿Quiere usted recibirlo?"

"No, agradézcale su visita y dígale por favor que estoy bien y que... que me están haciendo unos exámenes..."

"Muy bien. No parece usted mexicano, señor Sorensen..."

"No, no lo parezco... este... espérese, dígame: ¿hay alguna parte del hospital donde se pueda fumar?"

"No, señor, ninguna."

Dave intentó levantarse para quitarse la bata del hospital y ponerse la piyama. Pero cuando se vio el tobillo, se dio cuenta que no podría apoyarlo en el suelo. Pidió el auxilio de una enfermera y, una vez cambiado, siguió el consejo de Chuck: se puso a leer las historietas.

La comida consistió en una crema de zanahoria, filete de res *medium rare* como a él le gustaba, rodeado de una franja de tocino y acompañado por una papa al horno con mantequilla y perejil. El postre era de tapioca. No podía quejarse.

De pronto, sonó el teléfono. Su sorpresa fue inmensa:

"¿Señor Sorensen? Habla la señorita Avendaño... David, David, escúchame: siempre tuve confianza en ti, y no me has defraudado..."

"¿Quién te dio este número? ¿Cómo sabías dónde estoy?"

"Las noticias de todo lo que ha ocurrido salieron ya en varios periódicos de aquí. Hoy *Ovaciones* menciona el nombre del hospital donde estás. El número de tu teléfono directo me lo dio la recepcionista... Señor Sorensen, voy a colgar... Nada más hablé para decirte que te adoro... que te idolatro... Me voy... llámame en cuanto puedas..."

Olivia colgó.

Dave le agradeció la brevedad de la llamada: imposible rastrearla. La emoción le reventaba en el pecho. Pero lo inundaba también un amargo remordimiento. Un remordimiento que nada tenía que ver con la muerte de Linda, sino con las mentiras que le había dicho a Olivia. Claro que había defraudado su confianza, y ella jamás lo querría igual, nunca, si supiera la verdad. Nunca. Y además: ¿si Chuck fallara, si esta vez no le consiguiera nada? ¿Qué iba a hacer, sin trabajo y sin un quinto? ¿Trabajar en México como ejecutivo de una agencia de publicidad? ¿O como gerente de ventas de una empresa? ¿Eso era lo que le esperaba? ¿Ser de nuevo un pobre diablo bien pagado, pero pobre diablo al fin hasta el resto de sus días?

Se dio cuenta que tenía el teléfono en la mano. Apenas lo colgó, volvió a sonar.

Escuchó una voz que le era familiar:

"Muchacho, ¿eres tú, hijo? ¿Cómo estás?"

Era el tío Salomón, el hermano de Papá Sorensen.

"Escucha, hijo, siento mucho lo que ha pasado. Mira: te hablo desde Nueva York… ¿Sabes qué? no voy a usar la casa de Cuernavaca en muchas semanas… ¿por qué no vas allá a descansar unos días, a olvidarte de todo? Ándale. Tú tienes el teléfono, por supuesto: no ha cambiado. Avísale a la servidumbre cuándo vas a llegar para que te tengan todo listo. La despensa está muy bien surtida. El refrigerador está lleno, lo mismo el congelador. La cava es espléndida, no te imaginas… y les dices que te pongan a enfriar unas botellas de champaña… anda, hijo, te la ofrezco de todo corazón por el tiempo que quieras…"

Dave le dio las gracias al tío Salomón y, a pesar de que le guardaba un profundo rencor por haber despojado a Papá Sorensen de la casa de Cuernavaca, aceptó. Claro que sí iría, pensó: iría acompañado de Olivia y le daría dos o tres días libres a la servidumbre para que él y Olivia estuvieran solos y pudieran disfrutar, así, de un gajo del Paraíso.

Estaba seguro, además, que sí lo dejarían salir de Estados Unidos.

Volvió a la lectura de uno de los periódicos. Era el *San Francisco Sunday Examiner and Chronicle* del 9 de abril. Lorenzo leía el periódico en la mesa amarilla de la cocina mientras su mujer, Pepita, se ocupaba de menear el contenido de una olla. Pepita le preguntaba: "¿Ya terminaste de leerlo?" El contestaba que sí y se levantaba. Pepita le decía: "Óyeme, no te hagas el perdidizo, a lo mejor te pido que me ayudes en algo." Lorenzo respondía, ofendido: "Por favor, no hables como si yo siempre quisiera sacarle el bulto al trabajo. Haré lo que gustes cuando gustes." Pero Lorenzo se dirigía al sofá azul de sus siestas cotidianas, tomaba el cojín anaranjado que le servía de almohada, y desaparecía. Pepita lo buscaba en vano en la sala y las recámaras: Lorenzo dormía a pierna suelta, *Zzzzzzz*, en la mesa de carpintería del sótano.

El sueño de Lorenzo se le contagió a Dave: su siesta era una siesta tranquila, sin sobresaltos, despoblada de pesadillas, cuando entró en la habitación el inspector Gálvez.

"¿Lo desperté, señor Sorensen? Qué pena…"

Dave se sentó en la cama.

"No hay cuidado, inspector. Estoy a sus órdenes…"

"Siento mucho molestarlo, créame… pero tengo que cumplir con mis obligaciones, y quisiera preguntarle algunas cosas…"

"Ya le he dicho todo lo que sé, inspector."

"Bueno, no todo. Quizás lo más importante, que es también lo más desafortunado…, me refiero al hecho de que su esposa, la señora Sorensen, muy probablemente está muerta desde hace varios días…. Pero ahora quiero conocer los detalles… Cuénteme, paso por paso, lo que le sucedió el jueves pasado…"

Dave le contó al inspector, paso por paso, lo que había sucedido el jueves en la mañana en el estacionamiento de Ellis Street. Sin embargo, se dio cuenta que describir al hippie sería un error muy grave ya que un personaje así era fácilmente localizable, aun cuando se cortara el pelo y se afeitara, por el tatuaje que tenía en el dorso de la mano derecha, y por supuesto por otras cosas de las que no podría prescindir fácilmente, porque formaban parte de la esencia de su personalidad, como su desaliño, su mugre y su vulgaridad. De modo que, según su descripción, la persona con la que se había encontrado en el Ellis O'Farrel Garage, era un hombre rubio, de unos treinta años de edad, vestido con un overol de mezclilla manchado de grasa, lo que me hizo pensar, dijo Dave, que era un mecánico de automóviles o algo por el estilo. Dave recordó que el hippie había hablado también con Lagrange de modo que había una cosa que no podía ocultarse: su extrema vulgaridad. Un individuo soez, sórdido, incapaz de decir diez palabras sin agregar dos palabrotas, agregó Dave, y describió después cómo habían salido del estacionamiento.

"Sí, lo que dice usted coincide con nuestra información. El *video* del estacionamiento registró la entrada, alrededor de las seis horas, primero del Toyota blanco, y poco después, del Buick. En ambos casos se ve el número de las placas. Desgraciadamente, y debido a un reflejo en los parabrisas, no es posible distinguir las caras de los conductores. Uno de ellos sabemos que era usted. El otro es el hombre del que nos acaba de hablar. Por otra parte, el encargado del estacionamiento nos dijo lo mismo: de pronto salió un carro blanco que rompió la barrera de la salida, atravesó la calle y se estrelló contra un edificio de la acera de enfrente. Ése era el Toyota blanco del que se supo unos segundos después y para sorpresa de todos, que no estaba tripulado. El encargado confirma que el Buick *beige* salió inmediatamente detrás del Toyota y nadie se fijó hacia dónde se dirigió... La matrícula del Toyota nos indicó que era un automóvil propiedad de Hertz, que usted alquiló el día anterior. Por cierto, olvidó usted en él el control remoto del garage de su casa, señor Sorensen... Se lo dejamos en la mesa de la sala... Por otra parte, el Buick era un coche robado, también el día anterior, en la noche. Lo encontramos abandonado en el barrio Excélsior... Dígame, señor Sorensen, ¿lo cambiaron a usted de vehículo?"

Dave consideró que era mejor decir que no.

"No, inspector. Me llevaron a una calle de no sé dónde, Noe Valley, creo, donde me vendaron, me ataron y me ordenaron acostarme en el suelo del coche..."

"Cuando usted dice *me llevaron*, se refiere al hombre y a la mujer que se subió más adelante al automóvil, o sea al griego y a la mujer..."

"¿Al qué, inspector...?"

"Al griego."

Dave recordó haber dicho que el secuestrador de Linda tenía acento griego.

"Ah, no, inspector. El griego es otro hombre, que nos esperaba en la casa a la que me llevaron, pero nunca le vi la cara... y esa vez habló muy poco. De hecho lo escuché a través de una pared y no entendí nada de lo que dijo... pero alcancé a distinguir su acento."

"Entonces, el griego fue el que hizo la primera llamada, y el otro todas las demás... ¿no le parece que eso no tiene sentido, señor Sorensen?"

"Estoy de acuerdo con usted, inspector..."

El inspector sacó un papel de la bolsa de su saco, lo desdobló y se lo entregó a Dave.

"Como ve usted, ésta es una fotocopia del anónimo que usted recibió..."

Dave ya sabía por dónde iba el inspector.

"El señor Lagrange coincide con usted en que el secuestrador de su esposa es un hombre insolente, de un lenguaje muy pobre, de una vulgaridad brutal...¿Cómo, entonces se explica usted, señor Sorensen, que el anónimo esté redactado en un inglés impecable, sin una sola insolencia y sin faltas de ortografía?"

"Supongo que lo redactó el otro, el griego... se me ocurre que quizás fue el autor intelectual del secuestro de mi esposa..."

El inspector se quedó con la boca abierta: él mismo acababa de darle, a Dave, el arma con la que le respondía.

Pero se recuperó de inmediato:

"Dígame, señor Sorensen... ¿viven sus abuelos?"

"¿Mis abuelos? No sé a qué viene su pregunta... No, no vive ninguno. De hecho a tres de ellos nunca los conocí... pero por qué..."

En ese momento entró una enfermera, seguida de un asistente que empujaba una silla de ruedas.

"¿Listo para ir con nuestro dentista, señor Sorensen?"

"Si el señor inspector me lo permite, claro que sí.."

El inspector le rogó a la enfermera que esperara unos minutos fuera de la habitación. Luego, le mostró a Dave algo que Dave reconoció enseguida: era una pequeña bolsa de papel, blanca, de la cual el inspector sacó una tarjeta.

"Usted sabe que estamos haciendo un cateo de su casa, señor Sorensen... y resulta que encontramos esta tarjeta en la cocina. Su sirvienta nos dijo que usted le había dicho que la tirara a la basura, que no servía, pero a ella le pareció muy bonita y decidió guardarla. Le preguntamos si sabía lo que dice la tarjeta, pero nos dijo que no sabe leer inglés..."

El inspector puso la tarjeta un momento en la cama de Dave. La tarjeta decía:

"FELICIDADES, ABUELITO"

"Sí, sí, es una tarjeta que compré el otro día. Quería yo cambiar un billete de cien dólares para comprar el periódico, de modo que entré a la tienda y tomé la primera tarjeta que encontré, sin fijarme en lo que decía..."

"Pero eso no es todo, señor Sorensen: en la bolsa está la nota de la tienda. Por cierto, no fue con un billete de cien dólares que usted pagó, sino con un billete de diez..."

Dave sintió que la sangre le subía a la cabeza. El inspector continuó:

"Y lo más extraordinario de todo, señor Sorensen, es que usted compró esta tarjeta dos días antes de la desaparición de su esposa, precisamente en el lugar en donde el señor Harris dice que usted lo citó para verse en la noche del 14 de abril: el Hall Mark del Strawflower Shopping Center de Half Moon Bay..."

"Es una coincidencia, inspector. Yo hice varios viajes a Half Moon Bay y sus alrededores con objeto de estudiar la distribución de cosméticos..."

"No deja de ser una coincidencia extraordinaria, como también que haya usted alquilado un automóvil el día anterior a la desaparición de su esposa, el jueves 13, para devolverlo hasta el lunes 16…"

"Como usted seguramente ya lo sabe, inspector, tuve que llevar al taller mi BMW porque tenía el parabrisas estrellado…"

"Sí, lo sé. Bueno… tengo que retirarme…" dijo el inspector, se levantó, sacó de su bolsillo un papel más y se lo entregó a Dave.

"Esta es la contraseña del estacionamiento, que encontramos dentro del Toyota. La compañía de seguros va a pagar la barrera rota, pero a usted le toca pagar el parqueo…", dijo, y se despidió con una sonrisa.

Camino, en la silla de ruedas, a la sala de Ortodoncia del California Pacific Medical Center, Dave exploró con la punta de la lengua el hueco de los dientes desaparecidos. La encía estaba todavía hinchada y adolorida. Le pareció escuchar la voz del hombre que le decía: *¿ya ves, ya lo ves hijo de la chingada?* por *pendejo, por pendejísimo, por hocicón, te rompiste el hocico dos veces. Es decir, la primera vez te lo rompí yo. La segunda, pendejo, te lo rompiste tú solito…*

Camino, en la patrulla, a la Estación Central de Policía de San Francisco en Vallejo Street, el sargento Kirby le dijo al inspector Gálvez:

"¿Y se puede saber qué piensa usted de todo esto…?"

"Que nada es concluyente… Desde luego, Sorensen pudo haber estrellado el parabrisas él mismo, para deshacerse del BMW y pasar inadvertido, por unos días, en un coche común y corriente. Pero tendríamos que saber qué hizo en esos días…en dónde estuvo, adónde fue… En lo que concierne a la tarjeta, lo único que prueba es que Sorensen estuvo en Half Moon Bay dos días antes de que desapareciera su esposa… Aunque… tal vez… se me ocurre que fue allá para conocer el lugar a donde iba a citar a Jimmy Harris, fuera de la ciudad, lejos, para que Harris no tuviera coartada… en cuyo caso, la compra de la tarjeta fue una estupidez… hay demasiadas cosas que apuntan hacia la culpabilidad de Sorensen…"

"Pero al mismo tiempo, también del señor Harris, quien de todos modos ni fue a Half Moon Bay ni tiene coartada… Por cierto, inspector, ya le tengo más información sobre el señor Harris. Está al borde de la quiebra. ¿Se acuerda usted que nos habló de un cliente mexicano que había comprado un hotel en La Jolla que su empresa iba a decorar, y que después se echó para atrás?"

"Sí, sí me acuerdo…"

"Pues resulta que Harris ya había comprado las cortinas de las doscientas habitaciones, que tiene almacenadas en la bodega de su negocio, en Sausalito, y por otra parte le había adelantado el cincuenta por ciento a un fabricante de muebles y el cincuenta a uno de lámparas, para todo el hotel. Esperaba de un momento a otro el dinero de México, pero nunca le llegó. Además contactó a un pintor para que le hiciera doscientas acuarelas, y le hizo un adelanto del treinta por ciento…"

"Ya veo", dijo el inspector.

"Pero hay otra cosa más interesante aún: ¿sabía usted que la abuela materna del señor Harris es griega…?"

"No, pero…¿a qué viene eso?"

"A que el señor Harris, algunas veces, imita el fuerte acento de su abuela para hacer reír a sus invitados… Parece que lo hace a la perfección."

"¿Insinúa usted que el griego que supuestamente le habló a Sorensen era Harris? Sorensen le hubiera reconocido la voz…"

"Recuerde usted, inspector, que Sorensen dijo que a donde lo llevaron, escuchó la voz desde lejos, al otro lado de la pared. Por otra parte, usted sabe lo fácil que es distorsionar la voz por teléfono… Pienso que quizás fue Harris el primero que habló con Sorensen, y que después consideró que había sido un error, le dio miedo de que lo reconocieran, de que lo grabaran, y acudió a un cómplice… ¿No cree usted que es posible, inspector?"

"Todo es posible, sargento, todo…"

"Por otra parte…"

"¿Sí?"

"Yo creo que el hecho de que el señor Sorensen apareciera atado de manos y golpeado, lo exculpa…"

"No, sargento. Desde luego, él no pudo atarse a sí mismo. Alguien lo amarró. Pero pudo haber sido un cómplice que además lo golpeó, sí, pero tratando de no hacerle mucho daño… a fin de cuentas, la golpiza se resume en dos dientes rotos…"

XXII

EL PROYECTO ANDRÓMEDA

Había salido del hospital el día anterior, con el tobillo deshinchado y en un magnífico estado de salud. Su estado anímico era también excelente, lo que no dejaba de ser una paradoja. Sin embargo, así era: estaba en la ruina, pero no había añadido al peso del asesinato de Linda la carga —que, pensó, hubiera sido inmensa— de los quince millones de dólares. Estaba seguro que el hombre nunca más se atrevería a chantajearlo, porque no tenía nada qué sacarle. Lo mejor era olvidarlo. Después de todo, no se puede perder lo que nunca se ha tenido.

Diez días en el hospital sin que el Inspector Gálvez lo molestara, sin que le hablaran de ningún periódico o estación de radio o televisión, lo habían tranquilizado. Y sobre todo, sin escuchar la voz del hippie. Corroboró, primero, que no sentía remordimientos de lo que había hecho. O cuando menos lo creyó así. Y con creerlo bastaba. Por otra parte, diez días de leer historietas y ver películas, le habían hecho olvidar también el episodio de la tarjeta de Half Moon Bay.

Eran las nueve de la mañana. Dave se examinaba en el espejo del baño los nuevos dientes. Eran perfectos. Iguales en forma y tamaño a los que había perdido. Iguales, también, en su blancura intensa.

En esos momentos sonó el teléfono. El señor Eric Beckhardt buscaba al señor Sorensen, de parte del señor Chuck O'Brien. El señor Beckhardt le dijo a Dave que el señor O'Brien le había pedido que se comunicara con él.

"Hay un proyecto comercial muy ambicioso que deseamos lanzar en California, y quisiéramos hablar con usted, señor Sorensen, con objeto de saber si podría encargarse de él... El señor O'Brien lo recomendó a usted de la manera más entusiasta... sin duda lo admira mucho."

"Pero... ¿de qué se trata?", preguntó Dave.

"Prefiero no hablar de él por teléfono, señor Sorensen... ¿podría yo verlo esta mañana...?"

Quedaron que Dave estaría a las diez y media en la *suite* 505 del hotel Marriot. El señor Beckhardt no quería hablar del proyecto en un lugar público: era un secreto.

El señor Beckhardt era alto, fornido, de piel ligeramente apiñonada. Se notaba, por otra parte, que se había teñido el pelo de rubio. Tendría unos treinta y cinco años, y hablaba el inglés con un acento extranjero que no era alemán, como podría suponerse por su apellido y su aspecto, sino francés.

"Sucede, señor Sorensen que sí, que mi apellido es desde luego de origen alemán, pero pertenezco a la cultura francesa: mis padres son de Alsacia, y yo nací en la parte francesa de Suiza, lo que llaman *la Suisse Romande*... ¿gusta usted un whisky?

"No, gracias, es muy temprano... café, tal vez".

El señor Beckhardt se comunicó con el *room service* y pidió café para dos personas.

Después le preguntó a Dave:

"¿Qué hora tiene usted?"

"¿La hora?... Ah, sí: veinticinco para las once..."

"¿Sabe usted qué hora tengo yo?"

Dave estaba sorprendido.

"La misma, supongo..."

"No. Yo tengo veinticinco para las nueve... pero de la noche. Es la hora de Berna. Mire...", agregó, y le mostró el reloj que tenía en la muñeca izquierda, "... éste es un reloj suizo, muy fino, un Blancpain. La marca existe desde 1735 y se precia de no haber fabricado nunca un reloj de cuarzo…"

Luego, el señor Beckhardt se levantó un poco más la manga del saco y mostró otro reloj.

"Y éste es también un buen reloj, pero no tan fino, un Tissot. Aquí tengo la hora de San Francisco. Y cuando voy a Londres, la hora de Londres, y así… Sería un desacato estar cambiándole la hora a un Blancpain… ¿no le parece?"

Dave se preguntó si el señor Beckhardt no estaba un poco chiflado.

"Señor Sorensen, el conde de Agasti, relacionado con la familia de uno de los padres de la relojería suiza, tiene, desde hace unos meses, una obsesión: colocar de nuevo a la relojería suiza en la cumbre del mundo. El conde tiene una enorme fortuna a la disposición de este proyecto. Pero no le quedan muchos años de vida, de modo que tenemos que apresurarnos. Nos parece que California, y en particular San Francisco, por ser una ciudad cosmopolita, es el lugar ideal para el lanzamiento de la nueva marca… aunque quizás hagamos una operación simultánea en Nueva York…"

El señor Beckhardt hizo una pausa, tomó un sorbo de café y continuó:

"Aquí, en San Francisco, el gerente de la empresa sería usted… por supuesto si acepta… El señor O'Brien nos ha hablado de su *curriculum*, de su personalidad, de sus talentos… de los idiomas que habla, que son los que necesitamos. Sabemos de la desgracia que le ha ocurrido y, créame, lo sentimos mucho. Por eso mismo, pensamos que usted necesita dedicarse por completo a un proyecto de gran magnitud, no pensar sino en él, entregarse…"

"Pero… ¿qué es lo que yo haría?"

"Todo. Es decir, arrancar el proyecto y luego ocuparse de él. En Berna tenemos una agencia de *marketing* que nos ha proporcionado algunos estudios del mercado americano, pero la verdad, no confiamos mucho en ellos… Los pondremos a su disposición, desde luego, pero queremos que usted le pida otro estudio a una buena agencia local… seguramente usted conoce más de una… Usted se encargaría de alquilar un espacio para las oficinas en el centro de San Francisco, de equiparlas, de entrevistar a posibles ejecutivos de ventas y secretarias, etc. Más adelante se ocuparía de los trámites legales para registrar la razón social y, desde luego, de contratar a una agencia de publicidad para el lanzamiento…"

Dave pensó en la agencia de Bob Morrison: ser cliente de ella, un cliente exigente, que impusiera sus ideas, sería una bonita venganza.

"Tenemos, claro, que calcular un presupuesto publicitario, pero eso dependerá de cuántos modelos lancemos y de si su lanzamiento sería simultáneo o no… Esto a su vez depende de decisiones que, naturalmente, debemos tomar lo más pronto posible… La fábrica está lista para comenzar a producir cuando menos cuatro modelos distintos, de precios muy diferentes…"

"Pero… ¿todos finos?"

"Mire usted: la idea del señor Dumaurier —que es mi jefe inmediato, director general de la empresa—, es la de lanzar una muy amplia gama de modelos amparados, todos, por un solo gran prestigio. Así como la General Motors, que respalda con su prestigio desde el Cadillac hasta el Chevrolet Kodiak, pasando por el Oldsmobile, el Pontiac, el Silverado o el Cavalier… ¿De qué otra manera, si no fabricamos modelos populares, de qué otra manera, señor Sorensen, podemos competir con Timex, Seiko y Lunalite…?"

"Pero… eso presenta ciertos riesgos… quizás primero hay que consolidar el prestigio que se pretende construir con uno o dos modelos muy finos…"

"Exactamente. Exactamente. Por eso queremos escuchar opiniones… como la suya, señor Sorensen…"

"¿Y en cuanto a las características de los modelos, el nombre de la marca, los nombres de los modelos…?"

"Pondremos a su disposición toda la información necesaria referente a cada modelo… lo que no hemos decidido aún son los nombres… *Agasti* sería, desde luego, el nombre ideal para la marca general, pero el conde no está muy convencido… Por otra parte, sobre los nombres de los modelos, hay varias sugerencias. Le daremos las listas para que nos ayude a elegir, y desde luego, esperamos que a usted se le ocurran otros…"

"Y…"

El señor Beckhardt adivinó el pensamiento de Dave:

"El salario que le ofrecemos, señor Sorensen, es magnífico… veinte mil dólares mensuales. De ellos, se le pagarían cinco mil en acciones de la empresa. Al año le podemos aumentar el salario a veinticinco mil y, en cuanto comiencen las ventas, le daríamos, también, una generosa comisión… Todo eso, aparte, claro, de amplios gastos de representación, viáticos, etc…"

"Y ¿cuándo… señor Beck…?"

"Beckhardt… be, e, ce, ka, hache, a, erre, de, te… Beckhardt. Su pregunta es: ¿cuándo comenzaría usted a trabajar con nosotros?"

"Sí."

"En cuanto se entreviste usted con el señor Dumaurier y él apruebe su nombramiento."

Dave no necesitó pensarlo mucho:

"¿Cuándo puedo verlo?"

"Pasado mañana… en Berna… Él no puede venir. Pero si usted se decide, hoy mismo ordeno su pasaje de avión y le reservo un hotel en Berna… Podemos viajar juntos mañana en la noche… tiene usted pasaporte mexicano, según tengo entendido…"

"También británico, o sea, del EEC… nací en Londres y he conservado las dos nacionalidades…"

"Muy bien, muy bien… entonces: ¿cuál es su respuesta?"

"Bueno… eh… realmente, la oferta es magnífica y… y… bueno, creo que estoy capacitado para llevar adelante un proyecto así… pero… quisiera pensarlo unas horas. Nada más unas horas…"

"Estaré en el hotel parte del día. Si no me encuentra, déjeme un mensaje… No lo piense demasiado. Usted es al parecer nuestro mejor candidato, pero no es el único…"

Dave tomó un taxi al Visitors Center de Market Street, donde compró dos tarjetas telefónicas de veinte dólares cada una, y se comunicó con Olivia desde la primera caseta que encontró. Cuarenta dólares le permitirían hablar unos ocho o diez minutos. Olivia estaba en casa, y Olivia lo adoraba. Dave estaba en San Francisco, y también la adoraba. Olivia estaba feliz de que no lo culparan de la desaparición de la *gringa*, y lo idolatraba. Dave también estaba feliz y también la idolatraba. Dave quería aprovechar la oferta del tío Salomón para ir a Cuernavaca. Ella también, pero sólo podría hacerlo el sábado y el domingo. Dave calculó: hoy es lunes primero de mayo, salgo el martes 2 en la noche a Berna, estoy en Berna el miércoles 3, tomo el avión de regreso el jueves 4, el viernes 5 estoy ya, libre, en San Francisco, listo para irme en la noche a México y estarme allí el sábado 6 y el domingo 7. En eso quedaron. Los dos se adoraban. Yo te quiero más de lo que tú me quieres a mí. No es cierto, tú me quieres menos de lo que yo te quiero a ti.

De regreso a la casa de Jones y Sacramento intentó comunicarse con Chuck O'Brien. Le contestó su secretaria:

"El señor O'Brien se tomó unos días de descanso y pidió que no lo molestaran, señor Sorensen… Está fuera de San Francisco… lo que le sucedió a la esposa de usted lo ha afectado muchísimo… Claro que si se trata de algo urgente en relación con la señora Sorensen…"

"No, no es urgente. No quiero molestarlo, gracias", dijo Dave, y colgó. Recordaba ahora que en una de las últimas visitas que Chuck le había hecho al hospital, le dijo que quizás se tomaría unas vacaciones fuera de la ciudad.

Dave pensó que sería conveniente dejar pasar unas horas antes de hablar con Beckhardt. La oferta era magnífica y tenía que aprovecharla. Pero no quería parecer demasiado ansioso. Se comunicó con él hasta las 9 de la noche. El señor Beckhardt estaba a punto de salir a una cena. Le expresó su satisfacción. Había entrevistado a otros dos candidatos durante el día, pero en su opinión, Dave seguía siendo el mejor, con creces. Dave le preguntó si podía regresar el jueves. El señor Beckhardt dijo que sí, y que al día siguiente le llegaría el pasaje de avión.

En efecto, al día siguiente en la mañana le llegó un boleto de Swiss Air de viaje redondo a Berna, en primera clase. La salida era el martes en la noche y el regreso, con una conexión en Atlanta, el jueves en la mañana. Con el boleto venía un mensaje del señor Beckhardt en el que le rogaba que fuera por su cuenta al aeropuerto. Él lo encontraría allí. Anexa al boleto, Dave encontró una reservación, por una noche, en una *suite* del hotel Bären.

Después de comer, Dave fue al sótano a rescatar algunas revistas recientes para recortar anuncios de relojes. *Pierre Balmain de París: el placer de dar, la alegría de recibir...* *Piaget: ser diferente es cuestión de estilo. Rolex...* uno más de sus anuncios testimoniales: la célebre bailarina Cynthia Gregory decía, con su *Rolex* en la muñeca: *"No importa qué cosa esté yo bailando, siempre descanso en el poder de la música."* Uno de los modelos que mostraba el anuncio, dorado y de correa metálica también dorada, se llamaba *Lady Oyster Perpetual.* Le pareció espantoso. Lo de *ostra* le sonaba a vagina, lo de *perpetuo* a sepultura. Él, sin duda, encontraría nombres mucho más atractivos para la colección *Agasti.*

Durmió luego una siesta, vio televisión y hacia las siete de la noche comenzó a hacer su equipaje. Pensó que, además de la ropa que usaría en el viaje, con dos trajes bastaría. Empacó tres, por si acaso, cuatro corbatas y cinco *pochettes.* Pensó que el fin de semana, cuando viera a Olivia, le pediría las llaves del *locker* donde, seguramente, estarían aún las maletas. Ya era tiempo de recuperarlas.

A las nueve de la noche estaba en la cola del mostrador de Swiss Air, cuando se le acercó un hombre que se identificó como miembro de la policía y le pidió que lo acompañara a una oficina del aeropuerto.

"Usted perdone, señor Sorensen, pero debo revisar su equipaje…"

"Lo entiendo", dijo Dave.

El hombre puso la maleta y la bolsa de los trajes en una mesa, las revisó con cuidado, las cerró y le deseó un buen viaje a Dave.

Dave pasó a la sala de abordaje. Unos diez minutos antes de subir al avión, llegó el señor Beckhardt, quien lo saludó con efusividad.

Dave no tenía deseos de hablar de relojes durante el viaje y, por fortuna, el señor Beckhardt le dijo que a él le gustaba tomar cinco o seis champañas, o más si era necesario, para conciliar el sueño y dormir durante el viaje: había que llegar descansado a Berna, porque el *décalage* era fuerte. Dave hizo lo mismo, y cayó en un sueño profundo. Sin embargo, se despertó varias veces, y el viaje se le hizo eterno.

A la salida del aeropuerto de Berna los esperaba una *limousine* gris, con chofer uniformado.

"Buenos días, señor Beckhardt…"

"Buenos días, Pierre… vamos primero al hotel Bären a dejar al señor Sorensen…"

En el camino al hotel, sonó el teléfono de la *limousine*.

"El señor Dumaurier, señor…", dijo el chofer.

"¿Cómo? Sí, el señor Sorensen llegó conmigo… ajá… sí… ya veo… ¿a las siete de la noche? Muy bien… sí… adiós, adiós, señor Dumaurier…"

"Tendrá usted tiempo para reponerse, señor Sorensen, el señor Dumaurier está fuera de Berna y llegará en la tarde. En estos momentos está con el conde de Agasti, que se fue a un *spa* para tomar unos baños termales… si le parece, pasaremos por usted a las siete de la noche. Le aconsejo que tome un almuerzo ligero, porque vamos a cenar bien, y que camine un poco por las calles de Berna. Ésta es una hermosa ciudad."

La *limousine* se detuvo en el número 10 de Schauplatzgasse.

Instalado en su *suite*, Dave durmió unas horas, se bañó, se cambió y siguió el consejo de Beckhardt: pidió una guía de la ciudad, y salió a la calle. Era una mañana templada, con cielo azul.

Berna era en efecto, como lo señalaba la guía, una ciudad medieval, la ciudad cuyo emblema era un oso negro sobre fondo dorado. Decía la leyenda que Bertoldo V de Zähringen había fundado la ciudad en 1191, tras haber dado muerte a un oso. De allí venía el nombre original: Bär, que significaba *oso*. Antaño ciudad imperial, sus construcciones antiguas eran señoriales y sólidas, y en la ciudad abundaban las fuentes coronadas por monumentos y rodeadas de flores. El río Aar, cruzado por varios puentes, circundaba las dos terceras partes de la vieja Berna. Al salir del hotel, Dave se dirigió hacia la Bärenplatz y entró en una de las numerosas *terrasses de café*, donde tomó un excelente café estilo vienés y comió un pastel suizo de tres chocolates, espolvoreado con cocoa. Después de fumar un cigarro que le supo a gloria, siguió de frente, pasó la Torre de las Prisiones y llegó a la Waisenhausplatz, donde se levantaba la Torre de los Holandeses. Dave leyó en la guía que era allí donde los oficiales berneses al servicio de la corona de Holanda, se reunían a fumar a escondidas, en la época en que las autoridades puritanas de la ciudad habían promulgado una estricta prohibición del tabaco. Dave pensó que de haber vivido en aquél entonces, y en Berna, él hubiera sido uno de los fumadores clandestinos.

Regresó después, despacio, y dobló a la izquierda en la Marktgasse. La torre que tenía enfrente era, según la guía, la *Zytglogge* o Torre del Reloj, construida también en 1191, modificada en 1771. Dave le dio la vuelta a la torre para ver la fachada desde la Kramgasse. Allí, continuaba la guía, y Dave lo corroboró, Cronos agita su cetro y le da vuelta a su reloj de arena, mientras unos ositos danzan en ronda a sus pies y un loco toca las campanillas.

Más allá, en la misma Kramgasse, a la que Goethe describió como la calle más bella de la ciudad, se levantaba la Fuente de Zähringen rematada por el oso heráldico de la ciudad, Mutz, que portaba una armadura y el estandarte de los Zähringen. Dave se sintió, por primera vez en su vida, desde que de niño llegó a San Francisco, como un turista libre de cuidados y preocupaciones. Sólo le faltaba Olivia, y una cámara para fotografiarla frente a la imponente fachada gótica de la catedral de Berna a la que llegó, siguiendo las indicaciones de la guía, por una callejuela, y tras contemplar la casa de la Kramgasse donde Albert Einstein había comenzado a elaborar la teoría de la relatividad.

Olivia junto a la fuente de Moisés. Olivia que contemplaba, en los alféizares de la catedral, las diez esculturas que ilustraban la parábola de las vírgenes sabias y las vírgenes tontas. Olivia admirada ante el formidable fresco que ilustraba doscientos cuarenta y tres personajes que asistían al Juicio Final. La llevaría de la manos por las calles de los alrededores de la magnífica catedral, donde abundaban los pasajes con arcadas y las fachadas nobles, las mismas calles misteriosas que él recorría ahora, y abrazados irían a la Plaza del Casino donde los martes se ponía el mercado de las carnes y de los quesos, y luego caminarían rumbo al Kornhausbrücke y doblarían a la derecha en la Zeughausgasse donde visitarían el Museo Gutenberg de la historia de la imprenta, y más tarde, después de comer algo, visitarían, en la Hodlerstrasse, el Kunstmuseum o Museo de las Bellas Artes.

Es una buena idea, se dijo Dave, ir al museo. Pero antes entró a una crepería, donde comió una crepa de espinacas y queso y una crepa con Grand Marnier, acompañadas de dos vasos de sidra seca y helada.

En el museo tuvo oportunidad de admirar la *Maestá* de Duccio, un cuadro del bizantino más formal, el *Tríptico de la Coronación de la Virgen* de Jacopo del Casentino, algunos pintores suizos de los siglos XV y XVI, la *Bataille de la Bicoque* de Niklaus Manuel Deutsch que algunos críticos comparaban a las batallas de Ucello, más adelante algunos Monet, Pizarro, Chagall y la riquísima colección Paul Klee: cerca de cuarenta cuadros, ciento sesenta acuarelas y dos mil trescientos dibujos del pintor suizo. Todo un banquete.

Dave regresó al hotel con tiempo suficiente para dormir una breve siesta, bañarse, afeitarse de nuevo y cambiarse de ropa.

A las siete y cinco, Dave se encontró con el señor Beckhardt y el señor Dumaurier en el restaurante del hotel Bären. El señor Dumaurier era también joven: tendría unos cuarenta años, pelo negro envaselinado y anteojos redondos y dorados. Parecía un banquero. O mejor, un *yuppy*. Al igual que Beckhardt, hablaba el inglés con acento francés.

"*Mais nous pouvons parler en français si ça vous plaît…*", dijo Dave.

"No, no, no, no se apure, queremos practicar nuestro inglés", se apresuró a contestar Dumaurier, "¿Gusta un aperitivo?"

"Sí, gracias… un *kir royal*."

Al señor Dumaurier le pareció una excelente idea, pidió tres *kirs* sin consultar a Beckhardt, y sugirió algunos platillos.

"La verdad, a mí me gusta siempre probar lo típico de cada lugar", dijo Dave. "Me gustaría un *fondue savoyarde*…"

"Ah, aquí es magnífico", dijo Beckhardt.

"Mi madre no lo podía hacer más ortodoxo: con queso *Beaufort fruité*…"

"Ajá", dijo Dumaurier.

"*Gruyére…*"

"Sí, claro…"

"Un buen vino de Saboya, los que llaman *rousette*, dos centilitros de Kirsch… nuez moscada, sal y pimienta… y dos pizcas de fécula de maíz."

"Así es…", concluyó Dumaurier.

"Lo que no sabía yo, es por qué se llama *savoyarde*, habiéndose inventado en Suiza…"

"¿Ah, no?"

"Hasta que consulté el *Larousse Gastronomique*… y es que la Saboya, en el siglo XIII, ocupaba una parte del territorio suizo: llegaba casi hasta Neuchâtel y Berna…"

"Así es", dijo Dumaurier y agregó: "Señor Sorensen, sugiero que ordenemos toda la comida, incluso el vino, para dedicarnos a hablar de negocios…"

"Me parece muy bien", dijo Dave.

"¿Conoce usted las *bettes*?"

"¿Lo que llaman *Swiss chard* o espinaca-fresa?"

"Exacto. Son una especie de betabel, que no sé si es originaria de aquí y por eso la llaman Swiss… pero ya que estamos aquí, en Suiza, podemos pedirla como entrada, *à la vinagrette*, ¿qué le parece?"

"Perfecto."

El señor Dumaurier pidó la carta de los vinos, le echó una ojeada y se la pasó a Dave.

"Hay aquí un buen vino del Rhin, seco, el Müller-Thurgau…"

"Lo conozco", dijo Dave, mientras leía la lista de vinos.

"Pero, si prefiere usted algo típico", añadió Dumaurier, "le puedo decir que, en lo que concierne a vinos blancos, en el Cantón de Vaud producimos uno seco, dorado, que llamamos *délazey*, magnífico, y en el Cantón de Ginebra un vino seco, *perlant*, o sea que produce algunas burbujas, perlas diminutas, al servirse, y de un *bouquet* extraordinario…"

Dave se inclinó por el *perlant* de Ginebra.

La comida resultó excelente. Dave descubrió que sus dos compañeros eran buenos conversadores y grandes bebedores. El señor Dumaurier comenzó a hablar de las tribulaciones de la industria relojera suiza, que en 1980 había perdido más diez mil obreros. Dijo después que el reloj de cuarzo se había inventado en Neuchâtel en los años sesenta y luego se refirió al reloj de la Marktgasse construido, dijo, siete siglos antes que el Big Ben de Londres… el meridiano de Greenwich debía en realidad ser el meridiano de Berna, Suiza es la hora del mundo. Ordenaron después algunos digestivos, Beckhardt y Dumaurier tomaron un coñac de La Grande Champagne, Dave una Poire Williams, fumaron sendos habanos Montecristo, Dumaurier le dijo a Dave que tenía mucho mundo y que era eso lo que necesitaban, y que lo llamara Jean Charles, él lo llamaría Dave, y Beckhardt le dijo y a mí llámame… llámame… y en esos momentos se atragantó y casi se ahoga, Eric, le dijo Dave, te llamaré Eric. Luego se rieron a carcajadas, y Beckhardt sacó de un portafolios folletos y recortes de la publicidad de Longines, de Citizen, de Baume Mercier, de Swatch…

"En ocasión del Festival Internacional de Cine de San Francisco", dijo Dave, "*Swatch* acaba de lanzar tres modelos, con nombres de directores famosos: *Almodóvar, Altman* y *Kurosawa…*"

"Sí, sí, lo sé… pero no vamos a hacer esa clase de payasadas, ¿verdad?"

"Por supuesto que no", dijo Dave.

Y estuvieron de acuerdo en que sí, que mejor era no sacar modelos baratos como Carriage o Timex, ni de precios intermedios como Bulova, ni relojes como Hardrock Acapulco, ni relojes complejos como Breitling a menos que fuera un modelo tan fino como Ulysse Nardin.

"En resumen, nuestros dos o tres primeros modelos tendrán que ser muy finos, como Blancpain, Gérald Genta, Cartier…" dijo Dumaurier, y Dave completó la lista:

"Philippe Charriol, Pelletier, Hublot…"

"Exacto, exactísimo", dijo Dumaurier, entusiasmado. "Y ahora, Dave, te voy a decir el nombre que le hemos dado a esta operación: el Proyecto Andrómeda… ¿sabes por qué?"

"Bueno, conozco la leyenda de Andrómeda…"

"Pues la leyenda de esa bella mujer a quien Perseo salva de ser devorada por un monstruo marino, ha pasado a simbolizar a la joven doncella a quien su amante salva de los piratas que la quieren raptar… La doncella es la relojería suiza. Los piratas, son los norteamericanos y los japoneses. Y Perseo es el conde de

Agasti, eres tú, soy yo, es Eric: todos los que vamos a salvar a la relojería suiza somos Perseo... te invito a brindar, Dave, por el Proyecto Andrómeda... salud..."

"Salud", dijo Dave muy divertido, y alzó su copa. "Por el Proyecto Andrómeda..."

Bebió un sorbo, y le pareció muy oportuno dar a conocer una idea que había rumiado por unos minutos.

"Se me ocurre algo para un modelo de mujer: comerciales y anuncios en los cuales el reloj asuma el papel de una verdadera joya. Por ejemplo, un reloj injertado en una diadema de esmeraldas, que tendría puesta, desde luego, una modelo muy bella... Otro reloj injertado en un arete de brillantes que colgaría, en otro anuncio, de la oreja de la modelo... Otro reloj injertado en un cinturón también de piedras preciosas... Un reloj injertado en una ajorca de qué sé yo: rubíes y zafiros, que usaría, en el tobillo, la modelo... Otro más injertado en un riquísimo collar, otro como simple *pendentif*, otro como anillo..."

Dumaurier se puso de pie y le extendió la mano:

"Magnífico, excelente, maravilloso."

Dave agradeció hasta el fondo de su alma que Dumaurier no le hubiera dicho *eso no está nada, pero nada mal*...

Dumaurier propuso que se retiraran. Era evidente que Dave necesitaba descansar. Pidió la cuenta y entregó una tarjeta de crédito. Conversaron de algunas nimiedades y Dumaurier le preguntó si estaba a gusto en el hotel Bären, Dave dijo que sí, que cómo no, y el mesero trajo la cuenta y la tarjeta, y las puso al lado de Dave.

"No, no, yo soy el que paga... permítame", dijo Dumaurier y extendió el brazo. Dave le pasó la cuenta y la tarjeta.

Al despedirse, Dumaurier le dijo:

"Tengo entendido que tu avión sale para Nueva York mañana a las diez. De modo que te hablaré como a las siete y media para comunicarte nuestra decisión definitiva..."

Dave dormía profundamente cuando sonó el teléfono:

"¿Dave? Buenos días, Dave. Habla Jean Charles. Jean Charles Dumaurier. ¿Te desperté? Lo siento, pero creo que no importa, porque te tengo una muy buena noticia: tú eres nuestro elegido para dirigir en los Estados Unidos el Proyecto Andrómeda. No sólo en San Francisco, también en Nueva York, en todas partes... Ahora, por favor, toma nota... ¿tienes con qué escribir? Mira: en San Francisco, en Mason Street, entre Bush Street y Pine Street, hay una sucursal del First Pacific Bank, que es una filial de Crédit Suisse... Nos urge que este viernes, sin falta, abras una cuenta a tu nombre, ya después abriremos una a nombre de la empresa, con mil o dos mil dólares, da igual, pero que sea este viernes, por favor, porque queremos enviarte de inmediato unos quince mil dólares para los primeros gastos que tengas que hacer. Por cierto, en lo que respecta a la oficina, pensamos en unos ochenta o cien metros... eso será suficiente para arrancar... y desde luego necesitamos una bodega de alta seguridad... en la oficina queremos una sala de juntas y un saloncito especial para recibir a los principales clientes... Piensa también en el sistema de distribución... Bueno, me despido... que tengas un buen viaje. Nos veremos pronto, estoy seguro, porque tengo que presentarte al conde de Agasti. Ha sido un gran placer conocerte, Dave... Te enviaremos también, por DHL, tu contrato..."

"El placer ha sido mío", dijo Dave.

"*Bon voyage*, Dave..."

Casi de inmediato, Dave se quedó dormido de nuevo y tuvo una pesadilla: llegaba al banco, pero el banco era también un restaurante. Se sentaba en una mesa donde un hombre leía la carta. La carta le ocultaba el rostro. Pero de pronto la bajaba y era el Inspector Gálvez que se ponía furioso y se atragantaba. Seguían en un restaurante, pero ahora al aire libre, en la Plaza de España de Sevilla. El Inspector casi no podía hablar de la furia. Llamaba al mesero y le preguntaba a gritos por qué, si toda la carta estaba en francés, el nombre de un platillo, el de un solo platillo, estaba en español.

escena del martes, cosa que no sorprendió a Dave: un policía vestido de civil lo invitó a pasar a una oficina para revisar su equipaje, hizo un registro cuidadoso y, como el otro, le deseó buen viaje. Dave comenzaba a acostumbrarse a esa rutina.

Fue un buen viaje, en efecto, porque Dave ardía en deseos de ver a Olivia, y sabía que se acercaba al objeto de su amor a una velocidad de novecientos kilómetros por hora. Pero en el camino dos preocupaciones lo asaltaron. Una, concreta: la tarjeta que había comprado en el Hall Mark de Half Moon Bay. Pensó que, si no podrían utilizarla en su contra, quizás él sí podría usarla en su favor… quizás. Quizás, sí, podría decirle a la policía que Jimmy Harris había dicho la verdad, pero al revés: que era Harris el que quería que él, Dave, fuera a Half Moon Bay. Que Harris fue el que le dijo que Linda tenía relaciones con narcos. Y que todo había comenzado unos días antes, dos para ser exactos, cuando Dave recibió una llamada anónima de un hombre cuya voz no conocía, que lo citó, ni más ni menos, en el Hall Mark del Strawflower Shopping Center de Half Moon Bay con la amenaza de que, si no iba, algo le sucedería a su esposa. Que fue a la cita, en efecto, pero no se presentó nadie. Que tal vez el billete con el que pagó la tarjeta para tener cambio no era de cien dólares sino de diez, pero que eso carecía de importancia. Que luego el viernes en la mañana, le llegó la llamada de Harris citándolo en el mismo lugar a las ocho de la noche y que, a causa de ello, Linda y él tuvieron una agria discusión. Que ella le suplicó, llorando, que no fuera a Half Moon Bay. Que él no le hizo caso y salió de la casa, pero que Jimmy Harris no se presentó a la cita. Que entonces él regresó a la casa, a donde llegó a las once y se encontró que ni Linda ni su automóvil estaban allí. ¿Que por qué no le había contado todo esto a la policía? Por la simple razón de que no quería manchar el prestigio de su esposa, ya que pensó que Harris decía la verdad, pero que ahora se había decidido a contarlo por haberse dado cuenta que Harris mentía, y que si lo había citado esa noche en Half Moon Bay, era para dejarlo sin coartada.

Quedó un poco más tranquilo, pero la otra cosa que le preocupaba no se definía. Era sólo una especie de sensación que no podía concretar en un pensamiento, en palabras. Había leído algo, no sabía dónde, no sabía cuándo, pero había sido en los últimos días, que no debía haber leído. O al menos que no se suponía que él iba a leer. Algo que no tenía por qué estar en el lugar donde lo había leído. En el hotel Bären le habían dado un diario en inglés, *The Times*. Podría haber sido allí. Una de esas frases que se leen de reojo, sin asimilarlas de inmediato. O en la calle. O en la guía de Berna. Una de esas cosas extrañas, insólitas, fuera de contexto, pero que no sorprenden cuando se leen, porque en realidad no se leen, sólo se miran sin captarlas, pero la memoria las conserva y las asimila, y afloran cuando menos se espera, llenas, entonces sí, de sentido.

Ante un misterio que se obstinaba en no revelarse, Dave trató de pensar en otras cosas, y lo logró. En la aduana de la ciudad de México apretó el botón, le salió luz verde y no tuvo mayores problemas. Alquiló en Hertz un Jetta azul marino, y se dirigió al Camino Real. Desde allí le habló Olivia para que fuera a verlo al hotel. Imposible, le dijo ella, tenemos una fiesta en la casa, del bautizo de uno de mis sobrinos. Pero te veo mañana, en el *lobby* del hotel, a las nueve.

Dave decidió visitar uno de los museos que más admiraba en el mundo: el de Antropología e Historia, y una vez más, tuvo oportunidad de sorprenderse ante la apabullante majestad y la magnificencia —la crueldad también—, del arte mexicano precolombino. Luego, de regreso al Camino Real, se encerró en su cuarto a ver televisión y pidió que le subieran dos *martinis* secos, una cerveza, y un *steak* tártara con doble ración de mostaza y, desde luego, con alcaparras. Se le ocurrió pagar una película pornográfica, pero antes de los diez minutos había perdido el interés. Papá Sorensen tenía razón: si el amor no es para leerse ni para decirse, tampoco es para verse. Es para hacerse.

A las ocho de la mañana bajó a la recepción para avisar que deseaba conservar la habitación durante el fin de semana, y amparó con su tarjeta las tres noches. Después subió a desayunar en Los Azulejos y bajó a las nueve en punto para encontrarse con Olivia. Nunca Olivia había estado tan bella como esa mañana, de pie en el *lobby* del Camino Real, con un traje sastre amarillo que acentuaba el color moreno de su piel y la negrura de sus ojos. Se miraron en silencio por unos segundos. Después se echaron en brazos uno del otro. Dave la levantó en vilo, como lo había hecho en el Exploratorium de San Francisco, y le dio una vuelta completa.

"No podía creerlo, Dave, no podía creer que tú hubieras matado a la gringa", le dijo Olivia camino a Cuernavaca. "Confieso que la odiaba porque me moría de celos, pero yo sólo quería que te separaras de ella".

Dave llamó a Roberto el mozo, a la cocinera y al jardinero, les dio una buena propina y les dijo que él y la señorita querían estar solos, y que no regresaran sino hasta el domingo por la tarde. El jardinero dijo que se iría cuando acabara de limpiar la alberca, que estaba llena de hojas de buganvilia. Dave le dijo que la dejara así.

"Y fue la duda, la duda de la que ahora me avergüenzo tanto, la que me hizo sufrir lo indecible, hasta que me enteré que te habían secuestrado y golpeado, pobre de mi David", le dijo Olivia mientras exploraban la alacena y el refrigerador.

Tío Salomón había dicho la verdad. En el refrigerador estaban esperándolos varias botellas de champaña y, en la alacena, docenas de latas de caviar, salmón, espárragos, corazones de alcachofa, caracoles, *tripes à la mode* y mil maravillas más. El refrigerador reventaba de carnes y pescados, quesos, aderezos de ensalada, cervezas y verduras. En la mesa del comedor había una canasta con un melón, mangos, plátanos dominicos, lichíes, sandía y kiwis. La cava contenía prodigios y en el congelador había toda clase de *gibier*: venado, jabalí, liebre, faisán... Dave le dijo a Olivia que le cocinaría un faisán con salsa de puré de manzana y

Cointreau, unos champiñones con salsa de queso Kraft y curry, y una ensalada de lechuga con aderezo de *blue-cheese*.

Los sirvientes salieron, al fin, después de reunir algunas de sus cosas, y Olivia y Dave se quedaron solos en la casa.

Desnudos los dos, sobre el pasto, uno al lado del otro y cara al cielo, Dave tuvo la certeza que nunca antes en su vida había amado y que nunca, tampoco, volvería a amar a nadie con tal intensidad.

Con tal pureza.

Con tal abandono.

Con tanta alegría.

Con tanta sensualidad: una sensualidad que le brotaba por cada poro de la piel, para consumar las bodas del amor, del placer, del delirio, con cada poro de la suave, cálida, sudorosa piel de su amante.

Olivia. Olivia a su lado, que contemplaba el mismo cielo azul, de inasible profundidad, donde una vez más él hubiera querido arrojarse de la mano de ella, para sumergirse, vivos, en la eternidad.

Nunca antes tampoco, y él lo sabía, el escenario de un amor tan niño y tan sabio al mismo tiempo, tan consciente y tan inocente a la vez, sería el mismo: un jardín de una belleza que, como su pasión, era tan real como soñada, tan suya como de nadie.

O quizás sí, por unas horas esa belleza les había pertenecido, se les había entregado a ellos y a nadie más como otra amante que completaba un triángulo mágico y perfecto.

Desnudos, bajo la clavellina de prodigiosas flores rosadas que agitaban en la brisa sus rosados abanicos, se habían besado.

Desnudos, bajo el palosanto de flores blancas como la nieve entreveradas con las flores azul cielo del manto de la Virgen, él le había jurado que la querría para siempre, y le había acariciado los pechos de piel color canela, duros y magníficos, perfumados, alzados como pitones.

En el esplendor del césped donde crecían, esparcidas, las amapolitas moradas, ella había dejado la huella de su espalda: allí habían hecho el amor, a pleno sol.

Y ella había gemido como nunca antes.

En los muros del jardín, cubiertos por las flores del clarín que tenían forma de campanillas anaranjadas y rojas, ella se había recargado, de pie, mientras él le besaba todo el cuerpo, desde la frente a la punta de los pies para subir de nuevo y destilar entre sus muslos su ácida y dulce saliva y, ya de pie, como ella, su cálida leche de varón.

A la sombra de una amapa de flores color rosa lavanda, habían descansado. Dave preparó un martini seco para él, uno dulce para ella. Comieron mangos y sandía helada, y Dave tuvo una vez más el gusto de compartir con Olivia el humilde placer de fumar.

Por unos momentos, sin embargo, su conversación se transformó en dos monólogos entrecruzados:

"Olivia: ¿te vas a casar conmigo?"

"No sabes, no sabes lo que sufrí cuando pensé que tú la habías matado..."

Ella estaba sentada en el pasto, la espalda recargada en el tronco del árbol. La cabeza de él descansaba en sus muslos.

"Compraremos tu vestido de novia en París..."

Ella le acarició el pelo, lo ensortijó.

"Me pareció de pronto espantoso perder la confianza en alguien a quien tanto se ama..."

"Y nos iremos de luna de miel a Nueva York, a Venecia, a Roma..."

"Me imaginé que tú mismo la habías secuestrado... me imaginé cosas horribles..."

"Y luego nos compraremos un departamento en San Francisco, que tenga vista de toda la bahía..."

"Y después me arrepentí. Y me confesé. Hacía años que no me confesaba..."

324

Él alzó la mirada. Desde esa perspectiva, las pestañas de Olivia se veían mucho más grandes y rizadas.

"Porque habrás de saber que si no soy millonario, sí soy rico. Voy a ganar mucho dinero, Olivia, y vamos a vivir como príncipes…"

Ella le acarició los labios.

"El sacerdote me perdonó, pero me dijo: ¿y si fuera verdad, si descubrieras que él sí mató a su mujer, seguirías amando a ese hombre… lo seguirías queriendo?"

Él comenzó a mordisquearle y a chuparle los dedos.

"Y después de pasearnos por todo el mundo, podemos pensar en tener hijos… a los dos o tres años, digamos…"

"Y yo le dije: sí, porque lo adoro… pero después llegué a la casa, me encerré en mi cuarto, y lloré mucho, David… David, ¿me oyes?"

"Si tenemos una niña le pondremos Olivia…"

"Porque sí, es verdad, te hubiera seguido queriendo con toda mi alma, pero jamás te hubiera vuelto a ver, jamás…"

Dave había escuchado a Olivia. Hizo una pausa antes de continuar:

"Y si es un hombrecito…"

Se interrumpió, se incorporó, besó a Olivia en los labios y le dijo:

"Yo sí te escuché… ¿me escuchaste tú?"

"Sí, te escuché… yo no quiero vivir nunca en San Francisco…"

"¿Cómo dices?"

"Que yo nunca voy a vivir en San Francisco…"

"¿Lo dices en serio?"

Sí, Olivia estaba muy seria.

Pero de pronto, comenzó a reir.

"¿Ya te viste las rodillas, David? Pareces un niño…"

Dave tenía las rodillas verdes, manchadas con el jugo del pasto. Olivia se levantó.

"Ven, dame la mano, vamos a la alberca."

La alberca parecía una alfombra de hojas de buganvilia moradas y blancas, blancas y anaranjadas, anaranjadas y lilas, entreveradas con trozos de un cielo azul y movedizo. Se zambulleron, se besaron en lo hondo del agua, y con las bocas unidas subieron a la superficie. Los dos salieron coronados con hojas de buganvilia húmedas, brillantes. Olivia tenía también algunas hojas en la cara, que Dave le quitó con la lengua. En las pestañas de Olivia se habían ensartado pequeñísimas gotas de agua que parecían diminutos mundos de cristal.

Rodeados de la danzante alfombra púrpura, blanca, magenta, naranja, lila, no alcanzaban a ver sus cuerpos, sólo sus cabezas. Se miraron fijamente a los ojos mientras sus manos, como si ellos no lo supieran, se enlazaban y desenlazaban, se unían y se separaban de nuevo para explorar las suavidades, los misterios, las durezas y lisuras, las asperezas y dulces pelambres del cuerpo que les era, a la vez, ajeno y propio.

Dave llevó a Olivia hasta la parte baja de la alberca y allí la penetró una vez más. La risa de ambos se mezcló con los gemidos, y al acercarse al apogeo, Olivia, con los brazos abiertos, comenzó a golpear el agua con las palmas de las manos, en un gesto que participaba de una maravillosa ambigüedad: algo tenía de cómico, pero algo también de la agonía de una garza moribunda que, dando aletazos en el mar, intentara en vano levantar el vuelo a las alturas.

Cuando salieron de la alberca, se tendieron de nuevo en el pasto. Olivia tenía el cuerpo sembrado de hojas de buganvilia. Dave se dedicó a recoger todas las hojas que encontró, para acabar de vestirla con ellas. Y pronto la cara y el cuerpo de Olivia quedaron cubiertos con las multicolores brácteas. Parecía una estatua vegetal, una escultura formada por pétalos de flores. Dave cortó una dalia de intenso color rojo, y se la puso en la frente. Cubrió después su vientre con pequeñas rosas de Castilla. Luego cortó una flor de tigre, naranja y con lunares oscuros y sombras moradas, y la colocó en su sexo, entre sus muslos. Recogió después los pétalos caídos de un árbol de flor del templo, rosa oscuro, y se los colocó en los pechos, sobre los pezones. Cerró sus ojos con dos pétalos de una rosa blanca que puso sobre sus párpados. Y recogió los pétalos naranja fuego del flamboyán y se los colocó en los labios.

Alrededor de ella, esparció las flores lilas de la jacaranda.

Luego se acostó a su lado, y la invitó al silencio.

Y en silencio, apenas tocándose la punta de los dedos, se amaron, se idolatraron, se prometieron una fidelidad infinita.

Luego la invitó a mirar el cielo.

Olivia abrió los ojos y los dos pétalos blancos de la rosa temblaron al unísono con sus párpados.

Olivia lloró de felicidad, y sus lágrimas humedecieron los mirasoles de color amarillo brillante que Dave había deshojado en sus mejillas.

Dave se incorporó, y besó los pétalos incendiados del flamboyán, que era lo mismo que besar los labios de Olivia.

Después, Dave sopló los pétalos rosa carmesí del árbol de la flor de templo, y besó los pezones de Olivia. Los besó y los succionó.

Luego, su boca bajó por un camino húmedo y palpitante de hojas de buganvilia violetas, naranjas, rojas, magentas, púrpuras, hasta que sus labios se encontraron con las rosas de Castilla y, abajo de ellas, con el vientre de Olivia y su ombligo.

Después, hundió su cara en la copa de la flor del tigre para beber de ella la miel más dulce del Paraíso.

La alberca no era un buen lugar para quitarse las hojas: de ella salían vestidos de buganvilia. Lo mejor era bañarse. Bajo la regadera, se besaron mil veces más. El la enjabonó a ella, y ella lo enjabonó a él. Así, enjabonados, se besaron de nuevo e intercambiaron salivas y espumas, delicias y amarguras. Luego, él la enjuagó a ella, y ella lo enjuagó a él. El la secó a ella, y ella lo secó a él. Después se vistieron. El tenía unas *bermudas* y una *t-shirt* blancas. Ella también estaba de blanco, con una falda corta y una blusa que dejaba que se transparentaran sus pechos.

Dave cumplió su promesa. El faisán era de antología. Cocinó también unos hongos espléndidos acompañados de arroz blanco. Preparó la ensalada y después hizo el postre: abrió una lata de higos en conserva, les cortó los rabos y los molió en la licuadora con leche evaporada, crema, una copa de jerez seco y un poco de nuez moscada. Olivia estaba admirada de las habilidades culinarias de Dave.

"Eso no es nada", le dijo Dave. "Te voy a enseñar maravillas…"

Abrieron una botella de champaña y brindaron por su felicidad.

"¿Cómo es eso de que no vas a vivir en San Francisco?", le preguntó Dave.

"Mira, David: yo aquí vivo muy a gusto. No quiero que me discriminen por ser mexicana, ni en San Francisco ni en ninguna parte…"

"Pero por favor, Olivia, sólo discriminan a los mexicanos pobres, no a los ricos, lo sé por experiencia…"

"Será a los mexicanos ricos de piel blanca como tú. Pero a mí todo el dinero del mundo no me puede cambiar el color de la piel…"

Dave se quedó callado por unos momentos. Después, dijo:

"Sólo te pido que entiendas que el trabajo que tengo, el trabajo en el que voy a comenzar el lunes, lo tengo en San Francisco… no lo tengo en México… y ésta es la oportunidad más importante que se me ha presentado en toda mi vida…"

"David, mis padres están viejos… si me voy a vivir contigo a San Francisco, ¿podría venir a verlos seguido?"

"Tan seguido como quieras."

"Bueno, déjame pensarlo… te prometo que lo pensaré muy bien…"

Para la siesta, eligieron la bella y ancha hamaca de seda blanca que colgaba entre dos jacarandas. Cuando Dave despertó, ya era de noche y Olivia, desnuda de nuevo a su lado, dormía bocarriba. El cielo estaba cubierto de estrellas, de constelaciones que navegaban lentamente al amor de la oscuridad. Los reflejos de las gotas de sudor que cubrían el cuerpo de Olivia parecían otras tantas luces.

Un enjambre de luciérnagas se agregó a la fiesta de los destellos.

Dave fue a la cocina y regresó con una botella de champaña helada y unos bocadillos de caviar. Olivia despertó, y se bebieron esa botella, y otra, y otra más, hasta que volvió a invadirlos el sueño. Hablaron de cómo sería su casa. Su casa en San Francisco, su casa en Puerto Vallarta. Olivia dijo que le gustaría tener muchas artesanías mexicanas. Dave dijo que podrían combinar muy bien con muebles modernos, de diseño danés o italiano. No hablaron de Linda. No hablaron del nuevo trabajo de Dave. Pero él le prometió que también tendría una casa en Cuernavaca. Ella dijo que no quería un traje de novia blanco, sino de color lila.

Después de ver una película en la televisión, se quedaron dormidos. En la madrugada, Dave se despertó quejándose: los moscos lo habían devorado y la piel le ardía. Olivia encendió la luz y vio que, en efecto, la piel tenía un intenso color rojo y estaba llena de ronchas y piquetes.

"Mi abuela decía que lo mejor para la piel quemada por el sol, era la saliva… pero nunca le pregunté si la propia o la ajena", dijo Olivia. "¿Te arriesgas a que haga la prueba con saliva ajena, es decir, con mi saliva?"

Despacio, con cuidado y suavidad, como una perra amorosa, Olivia lamió hasta el último centímetro de la piel de Dave. Dave se le montó y la penetró. Nunca había hecho el amor así: con la piel adolorida hasta tal punto que el simple aliento de Olivia la hería. Pensó que esa mezcla bárbara de dolor y placer era el principio del masoquismo. El enorme esfuerzo que hizo para alcanzar el orgasmo, contribuyó también a un apogeo de todos los sentidos.

El domingo en la mañana Olivia lo despertó: había café fresco y huevos rancheros con salsa de tomates verdes.

"Yo también sé cocinar, como verás…"

Hablaron poco en el camino a la ciudad de México, a cuya entrada llegaron hacia el mediodía. Dave la invitó a acompañarlo al hotel y comer allí. Olivia accedió.

Cerca de la una de la tarde, Dave y Olivia llegaron a la habitación del Camino Real. La luz roja de los mensajes telefónicos estaba encendida.

La sola persona que sabía que Dave estaba en la ciudad de México, en ese hotel, era Chuck O'Brien. Es decir, suponiendo que ya hubiera regresado a San Francisco.

A menos, claro, que alguien le hubiera preguntado dónde estaba.

Dave levantó el auricular y marcó el número que decía *mensajes*.

Escuchó la voz de Chuck O'Brien:

"Dave: comunícate conmigo, por favor, es muy urgente."

Dave colgó:

"¿Quien era?" preguntó Olivia.

"Chuck O'Brien… te he hablado de él, ¿verdad? Me pide que me comunique con él…"

La luz roja seguía parpadeando. Había otros mensajes.

Era, de nuevo, la voz de Chuck:

"Dave, llámame en cuanto llegues… ha pasado algo muy importante."

La luz siguió parpadeando.

"Dave, ¿dónde te has metido? Es la una de la mañana aquí en San Francisco, así que deben ser las tres en México y no apareces. Me voy a dormir, pero por favor háblame, no importa la hora… Es muy, pero muy urgente."

La luz continuaba encendida:

"Dave, ésta es la última vez que te hablo. Por favor, comunícate conmigo enseguida… ha sucedido algo muy importante…"

Dave marcó el 9, después el 95 y la clave de San Francisco, 415, y luego el número de la casa de Chuck.

"¿Dave? Pero qué pasa contigo, por Dios… Dave, viejo, escucha… No sé como decírtelo… encontraron a Linda…"

"¿Está viva?" preguntó Dave.

Hubo una larga pausa. Chuck se limitó a decir una sola palabra:

"No."

"¿Cómo la encontraron…? ¿dónde…?"

"No puedo darte más detalles por teléfono. Es indispensable que regreses hoy mismo."

"Bueno, tenía una reservación para mañana en la mañana, pero pienso que puedo hacer un cambio…"

"En todo caso, avísame, por favor… y cuídate, Dave."

"¿Puedes pasar por mí al aeropuerto? Ya no uso el BMW…"

"Claro que sí… estoy al pendiente."

Dave colgó.

"¿Apareció tu esposa?", preguntó Olivia. Era la primera vez que no le decía *la gringa*.

"Sí."

"¿Muerta?"

"Sí. Tengo que regresar hoy mismo a San Francisco…"

"Lo siento, David, lo siento de veras…"

David se acercó y la tomó de los hombros.

"Pero tenemos tiempo para hacer el amor…"

Olivia se sorprendió:

"¿Ahora? ¿Ahorita que acabas de saber que tu mujer está muerta? Dave, cómo es posible… es como si nos acostáramos frente a su ataúd… ¿no te das cuenta?"

"Pero si yo ya sabía que estaba muerta… me lo dijo el hombre que la secuestró…"

"No importa… da lo mismo…"

Olivia se despidió sin besarlo. No quiso que la acompañara al *lobby*. Le pidió que le hablara desde San Francisco.

Dave la detuvo:

"Dime, Olivia, ¿es verdad que si yo hubiera matado a mi esposa, tú jamás me volverías a ver?"

"Sí, es verdad. Jamás. Adiós, Dave…"

Se detuvo un momento en la puerta.

"La próxima vez que vuele a San Francisco te daré la llave del *locker*… Adiós." Dave no sabía que, de todos modos, nunca más volvería a ver a Olivia. El fantasma de Linda les había impedido entregarse a su amor en cuerpo y alma, esta vez y para siempre.

En la agencia de viajes del hotel, Dave pudo hacer los cambios. Llegaría a San Francisco a las diez de la noche, hora local. Así se lo comunicó a Chuck.

Desde el aeropuerto de la ciudad de México, habló a la casa de Olivia. No había llegado.

No, no sabían a qué horas llegaría.

XXIV

UNA EQUIVOCACIÓN DE TRES CEROS

Chuck lo recibió con un abrazo, y cargó su maleta. Sólo hasta que se subieron al automóvil de Chuck, en el estacionamiento del aeropuerto, Dave se atrevió a romper el silencio.

"¿Cómo murió Linda?"

"La arrojaron al mar dentro de su automóvil, el Daimler... desde un peñasco..."

"¿Por qué dices *la arrojaron*...? ¿No pudo haberse suicidado?"

"¿Lo creerías tú, Dave?"

Dave no vaciló al contestar:

"No, no lo creería."

"Nadie lo creería. Linda fue asesinada. Hay pruebas de eso."

Chuck pagó el estacionamiento y el MG rojo salió a la luz del día, rumbo a la carretera 101, que los llevaría hasta Jefferson Square.

"Murió ahogada: sus pulmones estaban llenos de agua... pero probablemente estaba inconsciente porque tenía fracturada la base del cráneo. La policía cree que la golpearon antes de arrojar el automóvil al mar..."

Dave se quedó callado. Chuck continuó:

"Lagrange se negó a identificarla. Lo hizo el dentista de Linda. Al parecer tenía la cara carcomida: el automóvil estaba lleno de unos peces diminutos que se colaron por alguna rendija..."

"¿Y dónde está?"

"Ya no está... o si quieres, está en muchas partes... Lagrange consiguió el permiso para incinerarla y se llevó las cenizas a Tejas... las esparció en el campo..."

Dave guardó silencio de nuevo. Chuck continuó:

"La encontraron unos muchachos que estaban acampando cerca de Muir Woods... al parecer, desde la cima del peñasco descubrieron el automóvil..."

Tras un breve silencio, Chuck agregó:

"Quiero comentarte algo muy serio... Pero prefiero hacerlo cuando estemos en la casa... ¿te importa ir a mi casa? Te voy a dejar después..."

"No, no me importa... de hecho lo prefiero. Ya no aguanto más... mañana mismo me mudo a un hotel, mientras consigo un departamento..."

A las once de la noche estaban ya en la casa de Marina Boulevard. Chuck preparó un martini seco para Dave, y un manhattan para él.

"Ya sé que ahora no hay nada qué festejar, pero no he querido romper nuestra tradición... salud, Dave."

"Salud, Chuck."

Chuck se sentó, bebió un sorbo de su coctel y le preguntó a Dave:

"¿Tú conocías la relación que había entre Linda y Jimmy Harris?"

"Sí... eran amantes."

"Eso me sorprendió mucho, ¿sabes?... En esas cosas soy muy ingenuo, nunca sospecho nada... Parece que todo el mundo estaba enterado, menos yo... Y ahora veo que entre los que sabían de esa relación estabas tú..."

"Sí, pero también fui uno de los últimos en enterarme... Y te digo la verdad: me sentí herido en mi amor propio, pero por lo demás me fue indiferente... la relación que teníamos Linda y yo estaba muy deteriorada... tú lo sabías, ¿verdad?"

"Sí, y me dolió saberlo… te quiero a ti, pero a ella también la quería… En fin, mira: estuve hablando con el sargento Kirby, que es demasiado locuaz para ser policía… le invité unas cervezas en sus horas libres, y se le soltó la lengua… yo me aproveché de su debilidad… y me contó algo extraordinario…"

"¿Sí?"

"Como te habrás dado cuenta por lo que te dije de Linda y los pececitos, el Daimler estaba cerrado, con las ventanas subidas. Esa fue la razón por la que el cuerpo de Linda no se salió de él… y la misma por la cual tampoco… tampoco se salió del automóvil algo que encontró la policía… ¿sabes qué? La tarjeta American Express de Jimmy Harris…"

"¿La tarjeta American Express de Jimmy Harris? ¿En el automóvil de Linda?"

"Sí. La tarjeta American Express de Jimmy Harris estaba en el automóvil de Linda…"

"¿Y él no reportó su pérdida…?"

"Dijo haberla extraviado antes del viernes 14 de abril, pero no reportó la pérdida sino hasta el lunes *17*… O sea, *tres* días después de la desaparición de Linda… Cuando lo interrogaron, dijo no haberse dado cuenta sino hasta entonces… Y hay algo más grave aún: la policía hizo una investigación y resultó que la tarjeta fue usada por última vez el viernes 14, a las ocho de la noche, en la gasolinería que está en Van Ness y Union Street…"

"No puedo creerlo… ¿quieres decir que Jimmy Harris asesinó a Linda? Pero entonces… el hombre que me dijo haberla secuestrado, el hombre al que le di los quince millones de dólares…"

"La policía piensa que es un cómplice de Jimmy, y cree que Harris es el hombre que te habló la primera vez, y al que escuchaste en la casa donde te tenían raptado…"

"Pero el hombre me dijo que Linda estaba viva… y después que había muerto… Aunque claro, bien pudo haberla echado al mar en el coche después de que yo estuve allí…"

"Fue una mentira. Linda estuvo siempre dentro del automóvil. La autopsia indicó que murió entre el l4 y el l5 de abril".

"Pero Jimmy Harris hacer eso, ¿matar a Linda por quince millones de dólares?"

"Su negocio está en quiebra."

Esto era algo que Dave ignoraba.

"¿En quiebra? No puede ser… estás bromeando…"

"No, es la verdad. La policía descubrió que ya había puesto la casa de Sausalito en venta… pero que ni aún vendiéndola podría cubrir todas sus deudas…"

"¿Y por qué no pidió entonces por Linda cincuenta, cien millones de dólares? El viejo Lagrange se los hubiera dado… Además no entiendo: si eran amantes, se suponía que amaba a Linda… ¿por qué entonces matarla?"

"Ignoro la razón por la que pidió quince millones y no cien… Por otra parte, sus relaciones andaban ya muy mal… Jimmy Harris es un donjuán que pierde el interés en una mujer apenas la conquista… de por sí, la relación entre él y Linda había durado demasiado, mucho más del promedio…"

"¿Y… ya lo detuvieron?"

"Lo ignoro."

"No lo puedo creer", dijo Dave.

"Yo tampoco, Dave, pero así están las cosas… Además, lo ha embrollado todo… primero le contó a la policía el cuento ese de tu llamada en relación con Linda y unos narcos, y dijo que no había asistido a la supuesta cita contigo, que había vagado en la noche por San Francisco, que había visto una película y se había tomado unos tragos en un lugar cuyo nombre no recordaba, de Powell Street, donde tocaban jazz…"

"¿Y ahora dice otra cosa…?"

"Sí, le dijo a la policía que la verdad era que sí había ido a Half Moon Bay, pero que, por una parte, le había dado vergüenza confesarlo y por la otra, aunque todo le parecía absurdo, al final del día le entró la duda y eso fue lo que lo decidió a ir… Y que ahora piensa que el verdadero objetivo de tu llamada —es decir, de tu supuesta llamada— fue el de dejarlo sin coartada…"

"Créeme, Chuck, que me reiría si todo no fuera tan absurdo y tan trágico… tan sórdido también", dijo Dave, indignado, y continuó:

"Digo esto, porque hay algo que no quería contar a nadie, pero creo que ha llegado el momento de hacerlo… No lo quería contar, para no manchar el prestigio de Linda porque hubo un momento en que sí creí que estaba relacionada con narcos, y que de hecho eran ellos sus secuestradores… ¿Sabes qué? La verdad es que fue Jimmy Harris, y no yo, el que me citó en Half Moon Bay… Él fue, no yo, el que habló de Linda y los narcos… Él, el que quería sacarme de la casa por unas horas, para dejarme sin coartada…"

Chuck lo escuchaba con ansiedad.

"Eso se lo tienes que decir a la policía pero ya… pero ya, ¿me entiendes?… Y dime una cosa: ¿fuiste a Half Moon Bay…?"

"Sí… Linda y yo nos peleamos, en efecto, pero no fue ella la primera en salir de la casa. Fui yo…"

"Y Jimmy Harris no acudió a la cita…"

"Por supuesto que no."

"Y cuando regresaste a la casa…"

"No estaban ni Linda ni su automóvil."

Ya no hablaron más de Linda por esa noche. Dave dijo estar muy cansado, y Chuck lo llevó a la casa de Jones y Sacramento. Cuando partió el MG rojo, Dave se dio cuenta que no le había dado las gracias a Chuck por haberlo recomendado con tanto entusiasmo y eficacia con Eric Beckhardt. Bueno, lo haría al día siguiente: habían quedado en almorzar juntos en John's Grill.

Al día siguiente, después de desayunar, Dave le dijo a Hua Ning que iba a mudarse a un hotel, y que por lo tanto debía prescindir de los servicios de ella y de su prima. Agregó que al regreso del banco les pagaría, a ambas, un mes de salario. Luego, anotó en una tarjeta que dejó junto al teléfono: *hablarle a Martin-Heuber*. Quería decirle que en la tarde podría pasar a recoger las llaves del BWM y el control remoto de la puerta cochera. Le dejaría todo en la mesa del teléfono. Podría entrar a la casa con la clave 06-15-67 que, como sabía, eran el mes, el día y el año del nacimiento de Linda. A Dave se le ocurrió que ahora la combinación de la entrada electrónica podría ser 04-l4-95, que eran el mes, el día y el año de su muerte.

La mañana estaba fresca, pero decidió no usar corbata. Se puso un saco y salió a la calle. Bajó esta vez por Sacramento y pasó por enfrente de la Catedral de Gracia. Allá en lo alto, al final de la larga y ancha escalinata, brillaban las puertas del Paraíso. Se sintió enormemente feliz: Jimmy Harris sería condenado por el asesinato de Linda. En cinco minutos más estaba ya en el First Pacific Bank de Mason Street. Lo atendió una de las cajeras.

"¿Su chequera, señor Sorensen? Sí, tengo órdenes de darle una chequera provisional... ¿desea usted saber su saldo? Un momento, por favor... permítame el número de su cuenta..."

La cajera consultó la computadora y apuntó una cifra en un papel que dobló y entregó a Dave, junto con una chequera.

"Muchas gracias..."

"Hasta luego, señor Sorensen..."

Dave caminó hacia la entrada del banco, se detuvo unos pasos antes de llegar a ella y desdobló el papel. Al principio, se decepcionó porque creyó que en el papel estaba escrito Dlls. $ 1,000.00... bueno, ya llegará el dinero, quizás mañana, pensó, hay que tener paciencia.

Pero no alcanzó a meter el papel en la bolsa de su saco. Lo desdobló de nuevo, y ésta vez sí leyó correctamente lo que decía: Dlls. $ 15'001,000.00. Es decir, quince millones un mil dólares.

Sin darle crédito a sus ojos, Dave regresó a la caja:

"Debe haber un error, señorita, éste no es mi saldo..."

"A ver, permítame... Su cuenta es la FPB-SF-450007-5", dijo la cajera mientras oprimía las teclas correspondientes. Después comparó la cifra que aparecía en la pantalla con la cifra que había apuntado.

"No hay error, señor Sorensen... su saldo es de quince millones un mil dólares..."

"Pero... yo no tengo esa suma... jamás he tenido quince millones de dólares... yo esperaba un envío de quince mil dólares, no de quince millones, eso es absurdo... hay tres ceros de más, ¿me entiende?... es una equivocación."

"Señor Sorensen, yo no puedo hacer nada... El gerente, el señor Johnson, estará aquí dentro de una hora, por si quiere usted hablar con él..."

Dave vio la hora. Eran las once.

"Está bien. Volveré a las doce, gracias."

Tres ceros de más, pensó Dave, camino a la puerta. Si serán brutos. Tres ceros de más... sintió un escalofrío... tres ceros de más habían convertido el envío de Berna, en la cantidad que él había pedido por el supuesto secuestro de Linda. Era urgente aclarar la equivocación. Pero... ¿cómo podía ser?

Apenas había cruzado la puerta, cuando se encontró al inspector Gálvez.

"Señor Sorensen..."

"Inspector... qué sorpresa..."

"Sí, y mayor de lo que usted cree... Señor Sorensen, está usted arrestado."

"¿Arrestado? ¿Arrestado yo?" dijo Dave, y se señaló a sí mismo, "¿Yo, arrestado? Pero ¿por qué...? ¿Y con qué derecho me arresta usted, inspector?"

"¿Por qué? Por sospechoso de haber dado muerte a su esposa, señor Sorensen... ¿Con qué derecho? Con el que me da la ley... en particular la claúsula 825 del Código Penal del Estado de California, que me autoriza a detenerlo sin acusación formal hasta por 48 horas..."

El inspector invitó a Dave a subir al asiento trasero de la patrulla, y él se sentó a su lado. Conducía el sargento Kirby.

"Sabe usted muy bien que puede guardar silencio si así lo desea y, si no es así, que lo que diga podría ser usado en su contra. Tiene usted derecho a un abogado de oficio si no tiene un abogado personal... En cuanto lleguemos a la comisaría puede usted hacer, si gusta, algunas llamadas telefónicas..."

"Pero inspector, yo no tengo miedo de hablar... ¿por qué habría yo de tenerlo? Soy inocente..."

"Eso es lo que usted tendrá que probar", dijo el inspector. La patrulla bajó por Bush Street y dobló a la izquierda en Kearny Street.

Esta vez Dave se llevó las dos manos al pecho.

"¿Probar, yo, yo, que soy inocente? En todo caso, inspector, son ustedes lo que tendrían que probar que soy culpable", dijo Dave y preguntó:

"¿Puedo fumar?"

"No."

"Y en todo caso... ¿qué pruebas tienen en mi contra?... Si hablamos de pruebas, y hasta donde yo sé, las que hay, y muy graves, son en contra del señor James Harris..."

"En contra de usted, señor Sorensen", dijo el inspector, "están quince millones de dólares."

"¿Quince millones de dólares? ¿Cuáles quince millones de dólares?"

La patrulla se detuvo en el cruce de Kearny Street y Washington Street, al pie de la Transamerica Pyramid.

"Los quince millones de dólares que se pagaron por el rescate de la señora Sorensen, y que acaba usted de traer de Suiza..."

"¿Yo? ¿De Suiza? Por favor, inspector... ¿Cómo voy a traer yo quince millones de dólares de Suiza? Por principio de cuentas... ¿Cómo podría yo tener quince millones de dólares en Suiza?"

"Porque usted los llevó allá..."

Dave soltó una carcajada.

"Pero inspector, por favor, yo no llevé un solo centavo a Suiza…"

La patrulla arrancó.

"Usted viajó a Berna la semana pasada, ¿no es cierto?"

"Sí, fue un viaje de negocios. Y usted sabe muy bien, inspector, que antes de salir del país mi equipaje fue registrado y no encontraron nada, porque por supuesto, no había nada… También inspeccionaron mi equipaje unos días después, el viernes, cuando salí para México…"

La patrulla se detuvo de nuevo, esta vez en Broadway Street.

"Así es. No fue usted, en persona, el que sacó el dinero de los Estados Unidos… fue su cómplice."

"¿Mi cómplice? ¿Cuál cómplice, inspector?"

"El hombre al que saludó usted en el aeropuerto. Pensamos que era un amigo suyo, o un conocido… ése fue nuestro error, nuestro gran error… Pero usted cometió uno mucho más grande… Fue muy hábil la forma en que sacó usted el dinero del país, pero su torpeza fue enorme al traerlo de nuevo… no entiendo por qué lo hizo…"

"Pero si yo no me he llevado ni traído nada… Y el que llama usted mi cómplice…"

El inspector lo interrumpió.

"Recibimos una llamada anónima de quien dijo ser una empleada del First Pacific Bank, en el que usted abrió una cuenta la semana pasada, y del cual salía cuando lo detuvimos. Esta persona nos dijo que le había llegado a usted un depósito, de Suiza, por valor de quince millones de dólares…"

La patrulla dobló a la izquierda en Vallejo Street.

Dave estaba con la boca abierta y comenzó a sudar. Cuando levantó los brazos para apoyar con ademanes lo que decía, las manos le temblaban.

"No entiendo, inspector. Le doy mi palabra que no entiendo nada. Ese que dice usted que es mi cómplice, es un hombre de negocios suizo, Eric Beckhardt, a quien conocí porque el señor

Chuck O'Brien me recomendó con él. Su empresa va a lanzar una nueva marca de relojes y quieren que yo sea el representante en San Francisco... de hecho en todos los Estados Unidos... Me invitó a Berna para que conociera yo a su jefe inmediato, estuve en Berna un día, se llama Jean Charles Dumaurier, y al regreso, de acuerdo con sus instrucciones, abrí una cuenta en el First Pacific Bank, a donde prometieron enviarme quince mil dólares para iniciar las operaciones... quince mil dólares, inspector, no quince millones de dólares... es una equivocación de tres ceros... una equivocación, eso es evidente, ¿no lo ve usted?"

La patrulla se detuvo en la Estación Central de Policía de San Francisco, en Vallejo Street. Era un edificio negro y blanco, que destacaba por su insulsa fealdad, de fallidas pretensiones modernistas. El inspector le pidió al sargento Kirby que bajara las ventanillas del vehículo.

"Puede usted fumar, señor Sorensen... adentro no podrá hacerlo..."

Dave encendió un cigarrillo y aspiró el humo con fruición.

"Un error de tres ceros, ¿se da usted cuenta, inspector? De tres ceros... y por eso me arresta usted. Es ridículo, completamente ridículo..."

"Dice usted que el señor O'Brien conoce a ese señor... ¿cómo se llama?"

"Beckhardt... y el otro, al que conocí en Suiza, Dumaurier... Los dos son empleados de un tal conde de Agasti... hoy o mañana me debe llegar el contrato... Puedo probar que todo lo que le estoy diciendo es cierto, inspector."

"¿Trae usted consigo las direcciones de esos señores, sus teléfonos?"

"No, no... no me los dieron... pero estarán en el contrato, sin duda..."

Dave fumaba furiosamente y, de pronto, arrojó el cigarrillo a medias por la ventana de la patrulla.

"No debe usted tirar basura en la calle, señor Sorensen...

podría levantarle una multa…", dijo el inspector, y lo invitó a bajar de la patrulla.

"Sugiero que se comunique usted con el señor O'Brien", agregó, "para que lo ayude a localizar a esos señores… de todos modos, él conoce a uno de ellos, ¿no es cierto?"

"Sí, por supuesto."

El vestíbulo de la comisaría era pequeño y deprimente. No debía tener más de nueve metros cuadrados. A la entrada, al lado derecho, había dos enormes máquinas vendedoras, una, de Coca-Cola y otros refrescos. La otra, de Doritos, papas fritas y diversos *snacks*.

"Pero entonces, ¿de todos modos me va usted a arrestar, inspector? No tiene sentido…", protestó Dave.

"Señor Sorensen, no lo voy a arrestar: usted está arrestado desde hace veinte minutos… Y déjeme decirle que no hay un error de tres ceros… Lo que usted tiene en su cuenta del First Pacific Bank no son quince mil dólares… son quince millones de dólares."

La puerta que había a un lado del vestíbulo se abrió.

"Pase, pase usted por aquí", le ordenó a Dave un policía.

"Lo dejo en buenas manos, señor Sorensen…", dijo Gálvez.

La patrulla dejó la comisaría.

"Lo menos que me merezco es un *moka* y un *croissant*, ¿no cree usted, sargento…?"

"Claro que sí… ¿vamos a Sutter Street?"

"Por favor…"

El sargento Kirby se dirigió a Stockton.

"¿A qué horas es la cita con el señor Harris?"

"Falta más de una hora… tenemos tiempo de sobra."

"¿Cómo se explica usted lo de los quince millones de dólares, inspector?"

La patrulla se detuvo en el semáforo de Stockton y Sacramento.

"No me lo explico. Sencillamente no lo entiendo. ¿Por qué

Sorensen, si logró sacar el dinero del país, lo volvió a traer? Debe estar loco…"

"Y para asesinar a alguien a sangre fría, a su propia esposa… ¿no hay que estar loco?"

"No necesariamente… pero supongo que ayuda… De todos modos, si fuera verdad lo que cuenta Sorensen… pero no, no es posible… Por otra parte soy incapaz de sospechar de O'Brien…"

La patrulla dio vuelta a la izquierda en Clay Street.

"¿Piensa usted que de alguna manera el señor O'Brien está encubriendo a Sorensen?"

"Imposible", contestó el inspector.

"¿Un error del banco suizo, tal vez…?"

"No diré que es imposible, pero casi… si lo fuera, lo rectificarán muy pronto, se lo aseguro…"

En Montgomery Street, la patrulla dio vuelta a la derecha.

"¿Y tiene usted una idea de por qué quiere hablar con usted el señor Harris?"

"Sí, dijo que quería cambiar sus declaraciones…"

"¿Por segunda vez?"

"Por segunda vez."

El sargento Kirby volvió la cabeza y miró con asombro al inspector Gálvez.

"No puede ser…"

"Cuidado, cuidado con ese camión, sargento, no voltee a mirarme."

La patrulla sorteó el escollo.

"Perdón, inspector… ¿sabe qué? El otro día yo pensaba…"

"¿Sí?"

"Había unas fotos en la oficina de Harris de cuando fue, de joven, *pitcher* de los Gigantes de liga menor… ¿Observó usted que es zurdo?"

"No."

"¿No había usted mismo comentado, inspector, que estando la señora Sorensen sentada del lado izquierdo del asiento delantero, en virtud de que el Daimler tiene el volante al lado derecho... y bueno, suponiendo que ella no estaba manejando que es lo más seguro, no decía usted que un golpe dado con la mano izquierda sería mucho más efectivo que dado con la mano derecha?"

La patrulla dió vuelta en Sutter Street.

"Mi querido sargento: ... o quizás debería yo decirle: Mi querido Watson: esa clase de conclusiones elementales pertenecen al mundo de Sherlock Holmes o al de Alfred Hitchcock, no al mundo real... Sí, dije eso, pero cualquier persona normal puede también usar la mano y el brazo izquierdo con eficacia."

La patrulla se detuvo en Sutter Street y Grant Avenue.

"Desconecte el radio, por favor, sargento, quiero tomarme mi *moka* en paz..."

El policía colocó en el mostrador una especie de canastilla de plástico, y le pidió a Dave que pusiera en ella todos sus objetos personales, mientras le ordenaba a un colega tomar nota.

"Un pañuelo...", dijo.

"Un pañuelo...", repitió el otro.

"Una pluma *Montblanc* azul..."

"Una pluma *Montblanc* azul..."

"No es necesario que repita usted lo que estoy diciendo, limítese a apuntar... Unas llaves..."

"Unas lla... perdón."

"Un reloj... no se le ve bien la marca... Emile..."

"Emile Pequignet... permítame, se lo escribo...", dijo Dave.

"Un encendedor Cartier..."

"De oro", dijo Dave.

"De oro", repitió el primer policía.

"Una cajetilla de Marlboro rojos con uno, dos, tres..."

"Con dieciséis cigarrillos, sargento, sólo he fumado cuatro esta mañana..."

"Con dieciséis cigarrillos."

"Un paquete de *kleenex*…"

"Una cartera de piel.. a ver, tome usted las tarjetas de crédito… incorpórelas a la lista mientras cuento el dinero…"

El policía contó los billetes en dólares.

"Cien, doscientos, trescientos, cuatrocientos… cuatrocientos cincuenta… cuatrocientos sesenta, setenta, ochenta… cuatrocientos ochenta y cinco, cuatrocientos noventa y uno, noventa y dos… cuatrocientos noventa y dos dólares… ¿correcto?"

"Correcto."

"Apunte usted: cuatrocientos noventa y dos dólares…"

El segundo policía devolvió las tarjetas de crédito. El primero las guardó en la cartera y sacó unos billetes mexicanos.

"¿Moneda?"

"Nada."

"Vamos a ver… cien, doscientos pesos… eh… cien mil pesos… doscientos mil pesos… son entonces doscientos mil doscientos pesos… pero no entiendo, estos billetes parecen iguales…"

El segundo policía se acercó al mostrador.

"Es que a estos billetes, sargento, hay que quitarles tres ceros. Los mexicanos cambiaron la moneda. Estos billetes valen cien pesos nada más, y no cien mil, y estos cincuenta y no cincuenta mil y estos veinte y no veinte mil…"

"Pero entonces, ¿estos otros que dicen veinte, cincuenta, cien, sin los tres ceros?"

"Eso es lo que valen, lo que dicen…"

"Pero hay otros que dicen también veinte, cincuenta y cien, sin los ceros, y son distintos… véalos…"

"Sí, es verdad. En México hay en estos momentos tres billetes distintos de diez, veinte, cincuenta y cien pesos, sargento, y todos valen lo mismo… si me permite, sargento, yo cuento el dinero…"

"No me extraña que ese país esté sumido en el caos… Entonces, a éste, por ejemplo, ¿hay que quitarle los tres ceros…?"

"Sí, todo es cuestión de tres ceros, como le dije al inspector Gálvez…", dijo Dave.

"¿Cómo dice?"

"Nada, no importa."

En total, Dave tenía setecientos cuarenta pesos mexicanos.

"Su cinturón, por favor…"

"¿Mi cinturón?"

"Su cinturón."

"Hermès", dijo Dave. "Con hebilla de oro."

"Cómo?"

"Hermès… hache, e, erre, eme, e, ese…"

La celda era pequeña pero cómoda y limpia, con una pequeña ventana a casi tres metros del piso, por donde entraban el sol y un poco de aire fresco. Chuck no estaba cuando lo había llamado, pero le dejó un mensaje: que por favor lo fuera a visitar a la comisaría. Recostado en el catre, bocarriba, con las manos tras la cabeza, Dave cerró los ojos y trató de recordar sus días felices en San Francisco, cuando jugaba a ser Robinson Crusoe.

XXV

LAS PUERTAS DEL INFIERNO

Chuck no tardó en presentarse en la comisaría.

"¿Pero qué haces aquí, Dave? No entiendo…"

"Yo tampoco, te lo juro… Pero por lo pronto puedes hacerme un gran favor…"

"Lo que tú quieras…"

"Decirle a ese necio del inspector Gálvez que Eric Beckhardt es tu amigo, o tu conocido o lo que sea, y que fuiste tú quien me recomendó con él…"

"¿Con quién, dices?… ¿Eric Beckman?"

"Beckhardt… Eric Beckhardt, el suizo… con quien me recomendaste para el negocio de los relojes… Por cierto, Chuck, no sabes cuánto te lo agradezco."

"¿Que yo te recomendé con ese señor? Debe haber un mal entendido… jamás he conocido a nadie que se llame así… Es más: no conozco a ningún suizo…"

"No es posible… es el empresario suizo, el relojero… tú hablaste con él, o él contigo, da igual, y tú le dijiste que yo podría ser el gerente de la empresa que van a abrir en San Francisco…"

"Te juro, Dave, que no sé de qué hablas…"

Dave le contó su encuentro con Beckhardt, su viaje a Berna, la cena con Dumaurier. Todo eso había ocurrido en ausencia de Chuck, y por eso no había tenido ocasión de consultarlo. Le contó que a su regreso había abierto una cuenta en el First

Pacific Bank a instancias de ellos, y lo que había sucedido esa mañana.

"¿Quince millones? Quince millones de dólares? No es posible…"

Chuck tenía una expresión de enorme incredulidad.

"¿Y no tienes el teléfono en Berna de Beckhardt o Dumaurier?"

"No, Chuck… por favor, trata de localizarlos, habla a Berna, te lo ruego… Tal vez en alguna ocasión, en un coctel, conociste a Beckhardt y le hablaste de mí, en un avión, quizás, en un intermedio del teatro, y ahora no lo recuerdas…"

"Bueno, no es imposible, lo acepto… tal vez… sí… tal vez… pero no lo creo", dijo Chuck.

Dave se recostó en el catre de la celda. Era cuestión de esperar. A las doce en punto le sirvieron la comida: media pechuga de pollo con una insípida salsa blanca, acompañada de arroz y puré de papa, y como postre un flan de vainilla. Dave tomaba una taza de café cuando llegó Chuck. Dave nunca lo había visto tan serio.

"Dave, hay varios Dumaurier en Berna, y unos cuantos Beckhardt. De ellos, ningún Dumaurier se llama Jean Charles, y sólo un Beckhardt se llama Eric… y no te conoce, no habla inglés, no tiene nada que ver con relojes… Por otra parte, nadie ha oído hablar del conde de Agasti… Hay un apellido parecido, Agassiz, que es el del creador de los relojes Longines…"

Dave se levantó. Estaba pálido. Tomó a Chuck de los hombros.

"No puede ser… no puede ser… se habrán equivocado… no es posible, esto es una trampa, ¿te das cuenta, Chuck? Una trampa para achacarme el asesinato de Linda… no puede ser… Ahora veo, sí, ahora me doy cuenta que Dumaurier sabía que tú no estabas en San Francisco… ¿entiendes?… y yo creí de inmediato todo lo que me dijo porque en el hospital me hablaste de una posibilidad muy interesante… ¿te acuerdas?"

"Sí, claro, pero se trata de algo completamente distinto…"

"Pienso, pienso, Chuck, que podemos hacer otra cosa… Mira:

el miércoles 3, cuando estaba en Berna, cené con ellos en el restaurante del hotel Bären, como te dije, y Dumaurier pagó con su tarjeta de crédito... quizás, si hablas ahora...", Dave vio su reloj. "Son las diez de la noche en Berna... si hablas ahora al restaurante y les pides que te den el número de su tarjeta, quizás podríamos localizarlo..."

"No creo que un restaurante esté dispuesto a dar esa información a cualquiera que hable por teléfono..."

"Pero tal vez... tal vez si se hace a través de la policía de San Francisco... si Gálvez estuviera dispuesto a enviar un *fax* a la policía de Berna para que consiga la información... por favor."

"Es una buena idea... haré lo que pueda..."

"Y pienso que tal vez Beckhardt y Dumaurier podrían tener teléfonos privados, de los que no aparecen en el directorio... En eso también la policía nos podría ayudar..."

A las cuatro de la tarde, Dave recibió un mensaje de Chuck: el restaurante del hotel Bären estaba cerrado, y en la administración del hotel no podían informar. Harían otro intento a las dos de la mañana hora de San Francisco, las doce del día en Berna.

Dave estaba profundamente dormido cuando lo despertó Chuck a las cinco de la madrugada del día siguiente.

"No tuvimos éxito, Dave... Por una parte, no hay ningún Dumaurier o Beckhardt en la lista de teléfonos privados de Berna... Por la otra, en la noche del tres de mayo, el restaurante del hotel Bären de Berna no estuvo muy concurrido, y no hubo ningún Dumaurier entre aquellos que pagaron con tarjeta de crédito... nos dieron, de todos modos, la lista de aquellos que pagaron con tarjeta el consumo de tres personas o más... Los nombres de esos clientes son: Hammerstein, Nicole, Ancini, Lang, Sevilla y Dufoix..."

"¿Cómo dijiste?"

"Dufoix... no Dumaurier, está muy claro."

"No, antes."

"Hammerstein, Nicole..."

"No, no, antes de Dufoix…"

"Antes de Dufoix los que te acabo de decir, y además Ancini, Lang y Sevilla…"

"¿Sevilla? Sevilla, ¿un apellido español?"

"Y también chicano… hay muchos Sevilla en California… te dice algo ese apellido?"

"No sé… no sé… creo que sí, pero…"

Dave se quedó callado.

"¿Y qué vamos a hacer ahora?" preguntó Chuck.

"Fue una trampa… una trampa… Chuck: no creerás que estoy inventando todo esto, ¿verdad?"

"No sé qué creer, Dave… parecería, sí, una trampa… Es evidente… pero dime: ¿qué quieres que haga?"

"Y no creerás, verdad, Chuck, que yo maté a Linda…"

"Sólo lo creería si tú me lo dijeras, Dave… Dime: ¿tú mataste a Linda?"

Dave bajó la cabeza y, tras una pausa, contestó:

"Por supuesto que yo no maté a Linda… ¿Cómo puedes creerlo?"

"Te digo que no lo creo…"

"O suponerlo, siquiera…"

"Yo no supongo nada."

"O preguntármelo…"

"Dave, por favor, no nos compliquemos más la vida… Una de las cosas que más respeto y que más cuido en este mundo, es una amistad como la tuya y la mía…"

"Gracias, Chuck…"

"Hay otra cosa, Dave…"

"¿Sí?"

"Hace unas horas, Jimmy Harris modificó sus declaraciones…"

"¿Harris? ¿Harris? ¿Más mentiras? ¿Pero no se dan cuenta que es él el asesino de Linda?"

"Esta vez no son mentiras… tiene una coartada."

"¿Cómo?"

"Te acuerdas de Sheila Norman, ¿verdad?"

"Por supuesto, es la sobrina de Dorothy…"

"Pues resulta que Jimmy Harris y Sheila Norman pasaron juntos la noche del viernes 14 de abril…"

"¿Sheila? ¿Sheila Norman? Pero… si Linda era la amante de Harris…"

"Fue… y una de las que más duró… seis o siete meses… pero Sheila la sustituyó…"

"¿Y tiene pruebas?"

"Sí. Pasaron la noche en el Holiday Inn de Van Ness Avenue."

"¿En un hotel de noventa dólares, teniendo tanto dinero?"

"Precisamente por eso Jimmy iba al Holiday Inn, para no encontrarse con conocidos… figura, además, en la lista de huéspedes de esa noche. Por pudor, siempre firmaba con su nombre y daba el número verdadero de las placas de su automóvil… Es más, pagaba con su tarjeta de crédito… Esa noche, pagó con Visa, sin haberse dado cuenta que había extraviado la tarjeta de American Express… Además, Harris ya era conocido por parte del personal del hotel… el encargado del estacionamiento nocturno dijo que él no olvidaría fácilmente un Jaguar plateado, ni las propinas generosas que le da Harris. Dijo también que, sin excepción, el Jaguar llegaba hacia las nueve de la noche al hotel y salía casi al amanecer…"

"Pero bien pudo haberse registrado en el hotel y haber salido sin el coche y regresado varias horas después…"

"Dave, lo que te he dicho, no es la parte medular de la coartada. Lo más importante es el testimonio de Sheila Norman. Durante las pocas semanas que ha durado su romance con Sheila, Harris lo ha querido mantener en absoluto secreto —y ella también, con mayor razón—, para no echarle a perder a su sobrina su matrimonio con Archibald MacLuhan, el millonario escocés… Pero como se han puesto las cosas, él, desde luego, prefiere el escándalo a ser acusado de asesinato… También la propia Sheila, que no quiere mandar a la cámara de gases a su tío y amante. La policía tiene ya la declaración de ella. Entraron al Holiday Inn a las ocho y media de la noche, cenaron allí mismo, se metieron a su habitación y salieron cerca de las seis de la mañana… Los encargados del *lobby* los conocen bien y no los vieron salir del cuarto durante toda la noche… Por otra parte, la salida de emergencia del hotel cuenta siempre con un vigilante…"

"Pero entonces, la tarjeta de American Express…"

"El simple hallazgo de la tarjeta en el automóvil, lo exonera… el recibo de la gasolinería indica que fue a las siete y cuarenta y cinco de la noche cuando se pagó el consumo de gasolina con su tarjeta… A las ocho y media, como te dije, Harris se registró en el hotel. Aunque era conocido, por el hecho de no llevar equipaje, él prefería, al registrarse, presentar su tarjeta… La factura del hotel confirma la hora… La tarjeta, Dave, indica una sola cosa, una nada más, pero de manera muy clara: que otra persona la usó, y la dejó en el Daimler, con la intención de que Jimmy Harris apareciera como culpable del asesinato de Linda…"

Dave hundió la cabeza en sus manos.

"Me voy, Dave, tengo que irme… no he dormido en toda la noche. Te dejé en la entrada ropa limpia. Pídesela al guardián cuando la necesites…"

"Gracias, Chuck, muchas gracias…", dijo Dave, sin levantar la cara. Lo abrumaba un sentimiento de vergüenza. De una enorme vergüenza.

Dave se recostó. Se dio cuenta que Chuck tenía la certeza, o casi, de que él era el asesino de Linda, y eso lo avergonzaba. Le había fallado a Chuck. Le había fallado a Olivia. Le había fallado a sus padres. Pero quizás no todo estaba perdido aún: poco antes de quedarse dormido, dio un salto en el camastro… Sevilla, se dijo, Sevilla, claro, ahí está la clave. Lo que él había leído que se suponía no debía haber leído, era ese nombre: Sevilla. Lo vio de reojo, lo leyó sin leerlo, cuando el mesero del restaurante del hotel Bären se equivocó y le dejó a él la cuenta y la tarjeta de crédito de Dumaurier. Daumaurier se apresuró a extender el brazo, pero los ojos de Dave ya se habían encargado de registrar el nombre, Sevilla, que venía en la tarjeta en lugar del de Dumaurier. Y de sus ojos, el nombre Sevilla pasó al subconsciente. Sería fácil, ahora, localizar al tal Sevilla por el número de su tarjeta y probar que el viaje a Berna y la oferta de los supuestos suizos formaban parte de una trampa, una trampa magnífica armada, pero que no dejaba de ser pueril y estúpida. Dave se preguntó quién sería capaz de hacer algo así. Lagrange. Lagrange por supuesto, nadie más. Dave lo demostraría y lo llevaría al tribunal. Tendría que pagarle una indemnización enorme.

Con este pensamiento, se quedó dormido. Tuvo un sueño tranquilo y hubiera deseado dormir un poco más, pero lo despertaron a las siete con el desayuno. Después lo afeitaron, y tuvo oportunidad de bañarse y cambiarse de ropa. Apenas acababa de atar las agujetas de los zapatos, cuando se abrió la puerta de la celda y apareció un guardián que le dijo:

"Salga usted. Vamos a la oficina del inspector Gálvez."

Gálvez estaba sentado detrás de su escritorio. A un lado, de pie, el sargento Kirby. Sobre el escritorio del inspector, Dave vio la canastilla de plástico con sus objetos personales.

Pensó que lo dejarían en libertad, y así lo dijo:

"¿Me van a liberar?"

"No, señor Sorensen... Dígame: ¿estos objetos son suyos?"

"Sí."

"Dígame, señor Sorensen... ¿trajo usted las llaves de su casa?"

Apenas el inspector Gálvez pronunció esas dos palabras, *las llaves*, Dave se dio cuenta de lo que había sucedido.

"No, inspector. Mi casa se abre con combinación digital."

Y lo que había sucedido es que la mañana del día anterior, cuando fue al First Pacific Bank, se había puesto un saco de *tweed* gris...

El inspector tomó un llavero de la canastilla.

"¿Son éstas, entonces, las llaves de su automóvil?"

"No, inspector, ayer me fui caminando de mi casa al banco…"

Y ese saco de *tweed* gris, era el mismo que había usado la noche en la que mató a Linda.

El inspector alzó las llaves para que Dave las viera mejor.

"Entonces, estas llaves…"

"Son el duplicado…"

El inspector lo interrumpió.

"No, señor Sorensen, estas llaves *no* son el duplicado de las llaves del automóvil de su esposa, el Daimler… el llavero con el duplicado está colgado en la pared de su cochera, con una tarjeta que dice eso: *duplicado*… Estas llaves son las originales, como usted puede apreciar por este pequeño relicario, en cuyo interior hay una fotografía del señor Lagrange… En el Daimler, señor Sorensen, no había ningunas llaves… Usted se olvidó dejarlas en el automóvil, y se las echó en la bolsa de su saco…"

El inspector le extendió el llavero. Dave lo cogió, y contempló por unos cuantos segundos la cara de Lagrange. Después, cerró el relicario. Sí, el inspector tenía razón. Eran las llaves del Daimler que él se había echado en la bolsa del saco después de abrir la cajuela para sacar la bolsa de lona.

Con esas llaves, no sólo se echaba a andar el motor del Daimler: se abrían las puertas, se abría la guantera, se abría la cajuela. Con esas llaves, también, se abrían, para Dave, las puertas del infierno.

XXVI

LOS BIGOTES DE BENJAMIN FRANKLIN

Cuando el inspector Gálvez supo que Samuel Lagrange estaba en San Francisco, se apresuró a llamarlo al hotel Fairmont. Deseaba hablar con él, le dijo. Lagrange lo invitó a comer en el restaurante Mason's, del mismo hotel. Podrían verse a la una y media en el New Orleans Room, para tomar un aperitivo.

El inspector sabía que Lagrange no soltaría la presa con facilidad y que era necesario ser paciente. Tenía la íntima convicción de que Lagrange deseaba hablar del mismo asunto pero que, antes de abordarlo, daría algunos rodeos.

El inspector llegó al New Orleans Room en punto. Lagrange ya estaba allí. Gálvez se dio cuenta que por Lagrange habían pasado diez años. Estaba hecho un anciano.

"¿Gusta usted un whisky, inspector? Le recomiendo un excelente whisky de malta, el *Auchentoshan*… es mi preferido."

"No, gracias, señor Lagrange. Nunca bebo en horarios de trabajo."

El inspector pidió un refresco de granadina con agua mineral.

"Tuve que regresar a San Francisco para arreglar algunos pendientes. Sin proponérmelo, mi pasión por los muebles comienza a transformarse en un muy buen negocio, en los momentos en que menos quisiera ocuparme de mis cosas. Esto se debe a la insistencia de uno de mis socios, que hace algunos meses me presionó para abrir una tienda en Dallas… Vengo ahora de Los

Ángeles. Estoy convertido en comprador, no sólo de antigüedades, sino también de muebles modernos… Visité Country Loft Antiques y Rose Tarlow…"

Lagrange hizo una pausa para tomar un sorbo de whisky.

"Sí, señor Lagrange, lo escucho…"

"Pero también Missoni… y una tienda de Ethan Allen, donde tienen muebles modernos muy originales, muy bellos, alegres… Creo que a Linda le hubieran encantado… ¿Pasamos al restaurante, inspector?"

"Sí, como usted guste", contestó Gálvez, y se acabó su bebida en dos tragos.

"Mi socio afirma que vamos a tener mucho éxito, y de hecho ya lo estamos teniendo… Pero yo me pregunto ¿cuál es el objeto de que yo haga más dinero…? Usted sabe, inspector, yo nunca desheredé a mi hija. Fue una mentira. ¿Cómo iba yo a dejar en la miseria al ser que más he querido en el mundo? ¿Usted cree que yo podría haber cometido semejante injusticia?"

"Desde luego que no, señor Lagrange…"

El *maître* saludó a Lagrange y les entregó a cada uno una carta.

"Aquí se come bien, inspector… Yo voy a pedir algo sencillo… cada vez tengo menos apetito… siento que me estoy muriendo, ¿sabe usted? Ya nada me interesa…"

"Comprendo, señor Lagrange, su gran dolor, pero… usted debería hacer un esfuerzo…"

Lagrange pidió un *sirloin* término medio, con zanahorias cocidas. El inspector Gálvez, unos camarones a la plancha con ensalada de col.

"¿Alguna entrada, señores?", preguntó el *maître*.

"No, nada para mí…"

El inspector tampoco quería una entrada. Lagrange pidió la lista de vinos.

"Una botella, por favor, de Cabernet Silveroak Vineyard. Pero… quizás sea demasiado: el señor no me va a acompañar con el vino…"

"Le cobraremos por copa, señor Lagrange…"

"El vino que pedí, usted debe saberlo inspector, es uno de los más finos de California… yo diría del mundo… Le comentaba, sí, que me estoy muriendo de hambre, de tristeza, de soledad… Y me preocupa mucho porque yo, inspector, soy un hombre profundamente religioso, y ésa es la única razón por la que no he tomado mi propia vida… Pero entiendo que lo que hago es cometer una especie de suicidio lento…"

El mesero le mostró el vino a Lagrange, quien leyó la etiqueta y tocó la botella para apreciar la temperatura. Después el mesero abrió la botella y le dio a probar el vino. Lagrange observó el color al trasluz, aspiró el *bouquet* y dió un pequeño sorbo.

"Está bien, muy bien", dijo Lagrange y continuó: "Me veo obligado, ahora sí, a modificar mi testamento. Quizás usted sepa que patrocino algunas cosas en Dallas, como una orquesta juvenil, un grupo de teatro y uno de danza. A ellos les dejaré una buena cantidad, desde luego, pero no puedo dejarles todo… Creo que repartiré mi capital entre varias fundaciones, como las que luchan contra el cáncer y el sida… ¿Toma usted algo, inspector?"

El inspector pidió un Perrier con hielo y una rodaja de limón, y se animó a hacer la pregunta que le bailaba en la punta de la lengua:

"Señor Lagrange: ¿conoce a usted a alguien que se llame Eric Beckhardt? ¿Jean Charles Dumaurier? ¿El conde de Agasti?"

Lagrange se sonrió, con un dejo de amargura.

"Me suenan… me suenan mucho esos nombres… diría que me son familiares… Pero adelante, inspector, coma usted, se le enfrían los camarones… Sí, creo que nunca volveré a San Francisco. Todo me recuerda a mi hija… Antes me encantaba venir, porque usted ha de saber que mi padre me trajo muchas veces de niño, y siempre nos hospedábamos en este hotel, el Fairmont… me sé toda su historia."

"Sí, señor Lagrange…"

"El hotel fue la gran ilusión de Tessie Oelrichs, hija del senador Fair, a quien le llamaban *Bonanza Jim*, y que hizo una gran fortuna con la minería… Cuando lo empezaron a construir, todo el mundo se burló de ellos porque, decían, estaba muy lejos de la ciudad… Sus camarones, inspector, ¿están bien?"

"Sí, excelentes…"

"Lástima que no bebe usted. El vino está en su punto. ¿Pero sabe qué, inspector?"

"Sí, señor Lagrange…"

"Creo que nunca he dejado de ser puritano, y me causa un conflicto enorme disfrutar cosas como éstas: el vino, la comida, mientras que mi hija… mientras que mi hija…"

Lagrange estaba a punto de llorar. Cortó un gran pedazo de carne y se lo metió en la boca.

Ambos comieron en silencio por unos minutos.

"Creo que cuando muere un ser querido, uno debería abstenerse de todo placer, por mínimo que sea…"

"Sí, señor Lagrange… y perdone mi insistencia: ¿me va usted a hablar de los señores Beckhardt y Dumaurier?"

"Sí, por supuesto, en un momento más… Le decía, inspector, que ya ve usted, ahora el Fairmont es uno de los hoteles con más prestigio en el mundo y ha servido de modelo para otros hoteles Fairmont en Chicago, Dallas, San José y Nueva Orleans. Mi padre solía coleccionar menús especiales del Fairmont. Yo todavía conservo uno de 1931, de la cena del *Halloween*, y otro del desayuno de Pascua de 1925… Aparte, me acuerdo de varias cosas, por ejemplo, de la apertura del Salón Veneciano… tengo una carta del bar: los manhattan costaban entonces treinta centavos… Me acuerdo también, tendría yo diez años, de la inauguración, en 1933, del *Cirque Room*, usted sabe, ése de las cebras pintadas al fresco por una artista que se llamaba Esther Brutton…"

"Sí, señor Lagrange…"

"En aquél entonces, en el comedor principal, había conciertos sinfónicos de música *pop*…"

"Señor Lagrange: permítame decirle, cambiando de tema... o mejor dicho, volviendo al tema que me interesa, que me asombra la audacia de su plan y lo bien concebido que estuvo. Pero... me parece que, tarde o temprano, estaba destinado a fallar... ¿no lo pensó usted?"

Lagrange ignoró al inspector.

"Como le decía, inspector, nunca desheredé a mi hija Linda. Lo que quería era presionarla para que se divorciara de Sorensen. Las referencias que tenía yo de Sorensen no sólo procedían del señor O'Brien, y que eran elogiosas porque es un hombre ingenuo, de buena fe, que se deja seducir por patanes como Sorensen... No, yo sabía, de buena fuente, que Sorensen era eso, un patán con modales postizos, un *dilettante*, un cazador de fortunas... Lo que nunca me imaginé, es que fuera un asesino..."

"Sí, señor Lagrange..."

"Sorensen, inspector, me hizo el daño más grande que un ser humano puede hacer a otro ser humano... Y que no es quitarle la vida, sino quitarle la única razón para vivir. ¿Dije que nunca pensé que era un asesino? No es verdad. La mañana en que me habló para decirme que Linda no había regresado a su casa en toda la noche, lo supe... supe que Linda estaba muerta, y que él la había asesinado..."

"Usted tuvo siempre esa convicción, ¿no es así, señor Lagrange?"

"Siempre. Y me prometí hundirlo, destruirlo. Me prometí mandarlo a la cámara de gases... Sólo durante uno o dos días me dejé engañar por la ilusión de que estaba viva. Por eso di el rescate. Creí que Sorensen la tenía secuestrada, y que todo se iba a saber... que me la devolvería... Pensé después... pensé, cuando no hubo forma de dar con los quince millones de dólares, que se me estaba escapando, que no habría pruebas suficientes para culparlo, que tenía el dinero muy bien escondido en alguna parte, y que un día se iba a largar con él..."

"Y fue entonces cuando usted pensó que si los quince millones de dólares aparecieran en una cuenta bancaria de Sorensen, eso bastaría para enviarlo a la cámara de gases…"

"¿Gusta usted un postre, inspector?"

Lagrange pidió una tarta de cerezas. El inspector, un Paris-Brest.

"Sí, inspector, y sobre todo si primero se hacía viajar a Sorensen a Suiza, de modo que pudiera pensarse que había sacado del país el dinero y lo había traído después…"

"Es fantástico, señor Lagrange… ¿pero de dónde sacó usted a Beckhardt y a Dumaurier? Su actuación, al parecer, fue perfecta… en ningún momento dudó Sorensen sobre la veracidad de la oferta…"

"Los saqué del grupo de teatro que patrocino en Dallas… Mientras Sorensen estaba en el hospital, ellos estaban en Suiza, urdiendo la trama de la comedia… parece que se divirtieron mucho…"

"¿Todo perfecto?", preguntó el *maître*. "Señor Lagrange, ¿desea usted un café? Usted, señor…"

Lagrange pidió un expreso. El inspector, un *capuccino*.

"¿Y usted pensó, con su perdón, señor Lagrange, que la policía sería tan estúpida como para creer que Sorensen había cometido una torpeza inimaginable: la de traer el dinero a Estados Unidos, cuando ya había logrado sacarlo del país…?"

Lagrange sonrió.

"Yo no estoy llamando estúpida a la policía… La policía lo creyó… lo creyó usted, inspector…"

El inspector se sonrojó.

"Uno de esos dos actores se apellida Sevilla, ¿no es cierto?"

"Sí, es chicano… un magnífico actor…"

"¿Supo usted del error que cometió el mesero del hotel Bären de Berna?"

"Sí, me lo contó el propio Sevilla."

"¿Ve usted cómo la mínima equivocación daría al traste con su plan, señor Lagrange?… Por otra parte, aunque no hubiera pasado ese pequeño accidente, Sorensen podría haber demostrado que ese dinero lo depositó usted en Suiza…"

"Se olvida usted del secreto bancario, inspector…"

"Se ha roto algunas veces, por ejemplo en el caso de Imelda Marcos…"

"Sí, y suele romperse cuando hay sospecha de lavado de dinero… pero yo no soy ni un dictador sanguinario, ni un narcotraficante. Soy un hombre de negocios, muy respetado y conocido en Suiza… El secreto habría sido mantenido…"

"¿Aun en el caso de que alguien sea acusado de asesinato? Yo pienso que, si una información de esa clase puede mandar a un hombre a la cámara de gases, o lo que es más importante, salvarlo de ella, el gobierno suizo hubiera cedido a las presiones de, por ejemplo, el Estado de California…"

"Confieso que sí, que también consideré esa posibilidad… pero para entonces, pensé, Sorensen ya habría padecido lo suficiente como para quebrarse… y ya lo ve usted, se está quebrando ya… ¿no es cierto?… Claro, con el hallazgo de las llaves del automóvil…"

"¿Y estaba usted dispuesto así, nomás, a perder quince millones de dólares, además de los otros quince?"

"Le dije un día, inspector, que por salvar la vida de mi hija hubiera dado toda mi fortuna… ahora, que está muerta, la daría toda, también, por hundir a ese hombre…"

"Y además, Sorensen podía acusarlo a usted… De hecho todavía puede hacerlo…"

"¿De qué? De que le regalé quince millones de dólares… me los puede devolver cuando guste…"

"No, de tenderle una trampa."

"Creo que sería difícil probarlo… yo hubiera podido decir, puedo aún decir, que él me pidió quince millones de dólares más por devolverme a mi hija… o sea, treinta millones de dólares en total…"

"No, señor Lagrange. Después del error del hotel de Bären,

imposible... Lo que yo no entiendo, es por qué Sorensen no consultó al señor O'Brien antes de ir a Berna..."

"Porque O'Brien no estaba en San Francisco... yo le pedí que me acompañara unos días y que no le dijera a nadie dónde estaba... lo invité a cazar. Tengo un rancho en Tejas..."

Lagrange hizo una pausa, y continuó:

"De todos modos, inspector, hay algo muy importante... Reconozco que hay una buena cantidad de ingenuidad en mi plan. Pero, si no lo hubiera llevado a cabo... por cierto, la supuesta llamada anónima con la denuncia de la llegada del depósito, no la hizo una empleada del banco, sino mi secretaria... Le decía que, si no lo hubiera hecho, Sorensen no hubiera ido al banco el lunes y ustedes no lo hubieran arrestado. Yo les di a ustedes un motivo para detenerlo y, además, le di a él una razón para quedarse en Estados Unidos... temía que se fuera a México y no volviera... de hecho, como usted sabe, se fue por un fin de semana, pero volvió... Aunque también, pensé, volvía porque todavía no encontraba la forma de sacar el dinero del país... Aunque tal vez ya lo sacó su cómplice... ¿Ya reveló quién es?"

"Sorensen no ha querido hacer ninguna declaración... pero sabemos que no tuvo cómplice..."

"Pero entonces... ¿quién le ató las manos? ¿Quién lo golpeó y lo dejó tirado en la calle? Tuvo que haber un cómplice, inspector... Pues sí, le decía estoy consciente de las debilidades, de la inconsistencia de mi plan... de sus contradicciones... pero, insisto, gracias a mí lo arrestaron, y gracias a que lo arrestaron encontraron en su saco las llaves del automóvil de mi hija... La Providencia tiene extraños caminos, inspector... ¿Usted cree en Dios?"

"Soy agnóstico, señor Lagrange... Pero parece que sí, que la providencia o la suerte, como se llame, nos ha ayudado y nos sigue ayudando..."

"Quisiera que me explicara eso de que no tuvo cómplice... no entiendo... ¿Vamos al New Orleans Room?"

"Vamos, señor Lagrange…"

En el camino al New Orleans Room, el inspector le dijo a Lagrange:

"Pero dígame… legalmente, esos quince millones de dólares pertenecen a Sorensen… están en su cuenta…"

"¿Y qué? Sólo le servirán para pagar sus funerales…"

"O a un muy buen abogado…"

"Lo que logrará, con un buen abogado, será prolongar su agonía…"

Lagrange pidió un coñac Camus. El inspector, un vaso de agua mineral.

"Y… entonces, inspector… me puede usted explicar…"

"Sí, cómo no… estamos por arrestar… quizás a estas horas ya esté arrestado, al hombre al cual Sorensen le entregó los quince millones de dólares… Pero no su cómplice, como afirma usted…"

"No."

"¿Entonces…?"

"Se trata de un hippie viejo, drogadicto, que alguna vez fue enfermero pero lo corrieron por falta de higiene, cuyo físico no tiene nada que ver con la descripción que hizo Sorensen del hombre que dijo lo había secuestrado. Sólo coincide en lo que se refiere a la vulgaridad del hombre… vive con una mujer, en una casa abandonada, cerca de… cerca de…"

"De donde fue arrojado el automóvil…"

"Sí, señor Lagrange… No existe ninguna relación posible entre ese hombre y Sorensen. Estamos seguros que se trata de un chantajista y que por eso Sorensen falseó su descripción. Probablemente él vio cómo ocurrieron los hechos, fue testigo del crimen, y después se enteró por los periódicos, y sobre todo por la radio, de la desaparición de su hija junto con su automóvil, señor Lagrange, y de que Sorensen decía que la habían secuestrado, y que los secuestradores pedían quince millones de dólares… Fue entonces cuando este hombre se comunicó con él. De allí la diferencia entre la forma en que está redactado el anónimo que Sorensen recibió —de hecho lo recibió en mi presencia—, y el lenguaje de este sujeto…"

"Pero entonces, el anónimo…"

"El anónimo lo hizo el propio Sorensen y se lo envió él mismo por correo…"

"Eso confirma otra de mis suposiciones, pero… ¿y el griego?"

"Jamás existió. Fue otro invento de Sorensen, para culpar a James Harrison. Lo que sí parece ser cierto es que Sorensen inventó la supuesta relación de su hija Linda con narcotraficantes, y también que citó al señor Harris en Half Moon Bay ese viernes, para dejarlo sin coartada… Y por supuesto, fue Sorensen quien utilizó la tarjeta de crédito de Harris para cargar gasolina la noche del 14 de abril. Harris dice que a él se le debió caer la tarjeta en el Daimler… Como usted probablemente sabe, su hija y el señor Harris hacían con frecuencia visitas a sus clientes en diversas ciudades de California. A veces viajaban en el automóvil del señor Harris, y a veces en el de su hija Linda…"

"¿Y cómo descubrieron a ese hombre?

"Gracias a dos libras de limones frescos, un exprimidor, diez pinceles y el trabajo de diez de mis hombres durante más de nueve horas…"

"No entiendo."

"Marcamos los billetes… bueno, una parte de ellos…"

"Pero… ¿cómo es que el hombre no se dio cuenta de que estaban marcados?"

"Porque la marca era invisible, señor Lagrange. Desde el momento en que se habló de un rescate, me puse a pensar si habría una forma de hacerle a los billetes una marca… Recordé entonces que, cuando era niño, jugaba yo a hacer cartas con tinta invisible, que no era otra cosa que jugo de limón… Usted sabe, el jugo de limón lo absorbe el papel y desaparece… Después, para leer lo escrito, basta acercar el papel a un foco encendido… Un foco digamos de unos setenta y cinco o cien *watts*, y entonces aparece lo que se escribió... el jugo de limón se quema con el calor del foco. Hice la prueba con un billete de cien dólares. Le pinté, con el jugo de limón, unos bigotes a Benjamín Franklin y me esperé varios días, incluso manipulé el billete, lo saqué varias veces de la cartera, lo volví a meter... y aquí está el resultado..."

El inspector sacó de su cartera un billete de cien dólares y se lo mostró a Lagrange. Benjamín Franklin tenía, bajo la nariz, una mancha de color café.

"Usted nos entregó los quince millones de dólares a las seis de la tarde, y yo se los llevé a Sorensen a las cinco y media de la mañana del día siguiente. Esto nos dio tiempo para marcar los billetes..."

El inspector bebió un poco de agua mineral, y continuó:

"Calculé que una persona podría marcar unos noventa billetes por minuto, lo que nos da cinco mil cuatrocientos en una hora y cincuenta y cuatro mil en diez horas... multiplicados por diez, es decir, por las diez personas que hicieron el trabajo, nos da quinientos cuarenta mil... y quince millones de dólares son ciento cuenta mil billetes de a cien, esto es, menos de la tercera parte... Por supuesto, en la práctica no es tan sencillo porque, además del cansancio natural que provoca esta tarea, el limón tarda en ser absorbido por el papel de un billete... de todos modos, marcamos cerca de treinta mil billetes. O sea, el veinte por ciento. Los repartimos lo más equitativamente que pudimos entre los mil quinientos fajos de cien billetes cada uno, y los volvimos a atar con las ligas que tenían..."

El inspector tomó otro sorbo de agua mineral, y continuó:

"Pasamos después una circular a todos los bancos de California y, ante nuestra sorpresa, a los cuatro días el Banco Glendale de Novato reportó haber encontrado dos billetes. Ese día, un hombre había hecho un depósito en efectivo de diez mil dólares, en billetes de a cien. Los depósitos por diez mil dólares o más en efectivo, no son raros... Hay muchos negocios que los hacen...

cadenas de *fast food*, por ejemplo. Pero son en billetes de todas las denominaciones, y casi nunca son cifras redondas. La cajera no estaba muy segura de la identidad del hombre, porque, de todos modos, ese día otros dos clientes habían hecho, cada uno, un depósito en efectivo por la misma cantidad… pero nos habló de un hombre de pelo largo y barba, con una flor tatuada en el dorso de la mano derecha. Usted sabe, señor Lagrange, las personas que han tenido un tatuaje por veinte, treinta años, ya no se acuerdan de él… ya no lo ven… Pasamos otra circular a los bancos, y hace dos días el hombre se presentó en otra sucursal del mismo banco, en Albany, para depositar otros diez mil dólares en efectivo… La cajera le pidió que esperara un momento y fue a consultar al gerente. El hombre notó que lo observaban, y se fue apresuradamente del banco, pero dejó en la ventanilla el dinero y la ficha de depósito. La cuenta en la que pretendía depositar el dinero, es también del banco Glendale, de Fairfax. Localizamos su dirección a través de su apartado postal. Cuando llegamos a su casa, la había dejado. Se llevó todos los dólares… pero ya lo tenemos localizado. Estuvo en Reno un día, y se hizo notar en un casino porque perdió cinco mil dólares. Luego, tomó un autobús para Nebraska. Como le digo, a estas horas ya debe estar arrestado, y dentro de algunos días le devolverán a usted sus quince millones de dólares… es decir, los quince millones menos lo que perdió este sujeto en Reno y lo que haya gastado desde que recibió el dinero, que no será mucho… pero lo más importante, es que tendremos la declaración que acabará de hundir a David Sorensen…"

"Y dígame, inspector… ¿a todos los billetes les pusieron la misma marca?"

"Si se refiere usted a los bigotes, sí, señor Lagrange… en los treinta mil billetes, Benjamín Franklin tiene bigotes invisibles…"

"Muy ingenioso", dijo Lagrange. "Muy ingenioso…"

El inspector consultó su reloj.

"Señor Lagrange... ¿puedo pedir un digestivo? ¿Un Grand Marnier?"

"¿No decía usted que nunca toma cuando trabaja, inspector?"

"Son las dos y treinta y cinco... hace cinco minutos que se terminó mi horario..."

Lagrange ordenó un Grand Marnier doble para el inspector.

"Salud, señor Lagrange..."

"Salud, inspector... muchas gracias por todo", dijo Lagrange, y por un segundo miró al inspector a los ojos. El inspector se dio cuenta que la expresión de Lagrange era de una tristeza infinita.

XXVII

LINDA 67

Papá Sorensen había conservado una fotografía de David en La Quebrada de Acapulco. Tenía entonces nueve o diez años, y estaba sentado en unas escaleras de piedra blanquedas con cal. Su ropa: camisa, pantalones, zapatos, era también blanca. Tenía cruzadas las piernas como si fuera un adulto y, aunque sus ojos estaban entrecerrados por la intensidad del sol, aun así su rostro conservaba toda su belleza infantil, y reflejaba una mezcla de inocencia y seriedad. Entonces era un niño bueno al que todos querían. Veía hacia la cámara con una mirada que parecía traspasarla y viajar hacia un futuro que, como el paisaje, estaba lleno de luz.

No sabía que, adentro de él, lentamente, crecía un animal.

Salía sobrando cualquier esfuerzo para evocar sus recuerdos. Ellos surgían solos, de manera espontánea, ya fuera de día, o en las largas noches pobladas de insomnios. Algunos se entrometían en sus sueños. Otros eran recuerdos nuevos que estrenaba: jamás antes, por ejemplo, había recordado que en una ocasión su padre lo había llevado a un río de Escocia a pescar salmón rosado. Papá Sorensen llevaba puestas una gorra a cuadros y unas botas de hule negro y lustroso que le llegaban a la mitad de los muslos. Manejaba la caña como si lo hubiera hecho toda la vida. Ese día, pescaron seis o siete salmones. A cada uno, después de zafarlo del anzuelo, papá le daba con un pequeño palo un golpe en la parte trasera de la cabeza, que los mataba al instante y les evitaba un largo sufrimiento. Dave hubiera querido salir de su celda, correr al aeropuerto, tomar un avión y pasear de nuevo a la orilla del mismo río… aspirar, del mismo aire, la frescura, y mojar sus labios con la misma agua clara.

Linda estaba bien cuando estaba en el fondo del mar. Estaba bien ahora, esparcidas sus cenizas en las llanuras desiertas de Tejas. Y podría estar desperdigada en todos los Estados Unidos: a Dave no le importaba. Le tenía sin cuidado. Sólo una vez, y por muy poco tiempo, había sentido horror por el crimen, unas horas después de haberla arrojado al mar, cuando contemplaba el amanecer en San Francisco. Nunca más.

Tampoco le importaba que su inocencia se hubiera perdido para siempre: en todo caso, esa desaparición había sido tan lenta, a través de tantos años, que nunca supo cuándo se fue para no volver, cuándo se agotó como se agota una fuente. Cuándo, como la nieve, se desvaneció sin dejar rastro.

Algunas cosas, en cambio, lo habían afectado con su muerte, una muerte, unas muertes de las que él solo, como de la muerte de Linda, era el único culpable.

Ahora apreciaba más que nunca lo que era caminar por la calle, sentarse en la banca de un parque, meterse a un cine, ir al zoológico: lo que le estaba permitido hacer a miles de millones de personas en el mundo, a él le estaba negado. Había perdido la libertad. Todas las libertades, incluso la bendita y simple libertad de elegir entre hacer una cosa u otra. Por ejemplo, entre bajar por la calle de Sacramento cuando saliera de su casa, para ir al parque Lafayette, o bajar por Jones Street para ver una vez más, desde Pier 39, la salida del sol en la bahía.

La única libertad que gozaría dentro de poco tiempo, sería la de elegir entre ser ejecutado por medio de una inyección letal, o en la cámara de gases. El hippie se lo había dicho muy claro, y él no lo había olvidado.

Junto con su libertad había dado muerte al maravilloso amor

que existía entre él y Olivia. A la cálida amistad que lo unía, casi desde siempre, con Chuck O'Brien.

Nunca más volvería a ver las puertas del Paraíso de la Catedral de Gracia, y tampoco a Olivia entre los rododendros, bajo las jacarandas. Nunca más volvería a ver las veinte lámparas Tiffany del Royal Oak, y tampoco la sonrisa de Chuck. Y nunca vería las cosas que jamás había visto pero que alguna vez deseó conocer. Ciudades y países, paisajes: Barcelona, la India, las cataratas del Niágara, una flor o un animal nuevos. Una bella mujer. Diez, cien mujeres bellas.

A veces, recostado en la cama de la celda, bocarriba, con los ojos abiertos, miraba, sin mirar, el techo, y se le aparecían, en un desorden perturbador, las imágenes no sólo de los momentos más alegres de su vida, sino también de los más trágicos.

Viviera lo que viviera, no le quedaría otra posibilidad que vivir de sus recuerdos.

De los propios recuerdos, claro está. Pero también de algunos recuerdos ajenos:

Tanto había rumiado algunos episodios que le habían contado, relacionados con la muerte de Linda y con su hallazgo, tanto los había imaginado, que tenía la extraña sensación de haberlos presenciado, de haber sido testigo, mudo, invisible, de ellos. Incluso de haberlos vivido.

Bajo la luna, en un mar plateado, el Daimler azul se hundía lentamente. La resaca se lo llevaba, las olas lo traían y lo azotaban contra el peñasco, una y otra y otra vez, y adentro el cuerpo de Linda danzaba como si fuera de trapo, y se pegaba contra las puertas, contra el techo, contra el piso del automóvil, una y otra y otra vez. Y las olas se volvían a llevar al Daimler, las gotas de agua brillaban como diamantes en su techo, las olas lo traían y lo azotaban contra la roca y se lo llevaban, y cada vez se hundía más y más, y lo arrastraban, y lo traían, hasta que al fin, allí mismo, al pie del peñón, el Daimler desapareció en un remolino de espuma.

Fueron unos muchachos que acampaban en las cercanías de

Muir Woods, y que salieron esa mañana en sus bicicletas, con sus camisetas y pantalones negros y sus bufandas anaranjadas. Encendieron una fogata en la playa, para asar carnes y malvaviscos. Uno de ellos se trepó al peñón y vio que abajo, en el fondo del mar, había algo que parecía un espejo, algo que relumbraba con un brillo metálico cuando las olas se retiraban, para desaparecer cuando las olas regresaban y lo opacaban, lo ocultaban, con su espuma. Eran muchachos jóvenes, que no le temían al agua helada. Uno de ellos se desnudó y se zambulló en la poza. En el fondo, dijo, hay un automóvil, pero está muy oscuro, necesitamos lámparas.

El Daimler descansaba en el lecho de la poza, de pie, sobre sus cuatro ruedas. Adentro flotaba el cuerpo de una mujer, pegado al techo, bocabajo. Los muchachos, desnudos, revoloteaban alrededor del automóvil azul como ángeles sin alas, y con sus lámparas iluminaban, unas veces, el cabello dorado de la mujer. Otras, su cara carcomida. Con la luz, docenas de pequeñísimos peces plateados chispeaban como alfileres fosforescentes.

Así vieron el automóvil, así vieron el cuerpo de Linda, los hombres que llegaron con sus trajes de hule negro y sus tanques de oxígeno. Ellos traían lámparas más grandes y revolotearon, como murciélagos sin alas, alrededor del Daimler azul.

Los helicópteros llegaron más tarde, y revolotearon como moscardones a unos cuantos metros de la superficie del mar. Llegó la grúa y llegaron los hombres que tendieron los cables desde la grúa hasta el fondo de la poza y que, con unos garfios, engancharon el automóvil.

La grúa comenzó a operar y, de pronto, las aguas se abrieron y salió de ellas el automóvil, poco a poco: primero se vio el techo, luego las ventanillas, después las puertas y las salpicaderas, por último, las llantas. De las rendijas de ventanas y puertas comenzó a escurrir un agua turbia. Faltaba poco para anochecer y las nubes se incendiaron y el sol, de un rojo incandescente, se agrandó en el horizonte.

Luego, el coche pegó contra un saliente de la roca y las cuerdas de acero se tensaron. La grúa comenzó a operar con toda su potencia, pero era inútil: el Daimler estaba atascado.

Los reflectores llegaron cerca de las nueve de la noche, una noche sin luna, estrellada. Llegó otro helicóptero, y llegaron otros hombres que aferraron al automóvil otras cuerdas de acero que partían del helicóptero.

El automóvil comenzó a balancearse y a subir en el aire, sostenido por las cuerdas que lo unían, por un lado, al helicóptero, por el otro, a la grúa, e iluminado por los reflectores de tierra que entrecruzaban sus abanicos fulgurantes. Otro helicóptero sobrevolaba al automóvil y también lo alumbraba, de modo que proyectaba la sombra danzante del Daimler sobre la piedra de la cima del acantilado.

El automóvil comenzó a bajar lentamente. Estaba a menos de tres metros de la tierra, a menos de dos, a menos de uno.

Tuvo un ligero rebote al tocar tierra.

En el acantilado había varios policías. Uno de ellos iluminó al Daimler con su lámpara de mano antes de que lo enfocaran los reflectores.

Se vio entonces el techo mojado, surcado por relámpagos rojos de óxido.

Después la ventanilla trasera, alfombrada de gotas de agua.

Luego la cajuela, sobre la cual aún escurría una especie de baba espesa.

Por último la lámpara iluminó la placa del Daimler.

Era un placa de California que decía:

LINDA 67

O sea, el nombre y el año del nacimiento de la mujer que estaba adentro del automóvil.

Sí, definitivamente Dave había presenciado eso. Lo había vivido alguna vez.

Este libro se terminó de imprimir en el
mes de noviembre de 1996 en los talleres de
Mundo Color Gráfico S.A. de C.V.
Calle B No. 8 Fracc. Ind. Pue. 2000, Puebla, Pue.
Tels. (9122) 82-64-88, Fax 82-63-56

Se tiraron 5000 ejemplares
más sobrantes para reposición.